유현종 장편소설

사도 바울

유현종 장편소설

사도 바울

예수의 심장을 가진 성자(聖者)

【상】

목차

【상】

사도 바울

St. Paul

예수의 심장을 가진 성자(聖者) 바울

유현종 (劉賢鍾)

2008년 10월 28일, 나는 터키의 중남부 지역인 셀주크시(市)를 돌아보고 있었다. 셀주크는 원래 성서시대 이전부터 에베소(Ephesus)로 불려온 유서 깊은 고도(古都)이다. 사도 바울이 3차에 걸쳐 전도여행을 하며 교회를 세운 곳 중에서 서양지역의 선교 중심지를 제국의 수도인 로마로 정했다면, 동양지역의 선교 중심지는 중남부 터키의 에베소였다. 그래서일까. 피온산에서 지중해 바닷가에 이르는 에베소 시가는 2천 년 전 모습으로 발굴 복원되고 있었으며, 은세공업자 더메드리오의 난동으로 사도 바울이 끌려들어가 린치를 당하며 수난을 겪었던 2만 5천석의 야외 음악당과 첼수스 도서관을 비롯한 두란노 강원(講院)의 추정 자리 등 사도 바울의 숨결이 그대로 느껴지는 곳이었다. 게다가 훗날 에베소 주변에 일곱 교회를 세우고 자기 어머니 살로메와 이모(姨母)였던 성모 마리아를 똑같은 어머니로 모시고 성모가 돌아가실 때까지 사도 요한이 산 곳도 에베소의 파나야 카풀루였기에 더욱 뜻 깊은 성지였다. 사도 요한은 예수께서 최후를 맞아 임종할 때 어머니 마리아를 부탁했던 유언을 지켰던 것이다.

에베소 여행이 끝나면 북쪽으로 2시간 거리에 있는 이즈미르 외항(外港)으로 나와 여객선을 타고 에게해를 건너 그리스 아테네로 떠날 예정이었다. 11월 3일에는 아테네에서 우리 문우들을 만나 11월 5일부터 일주일 동안 아테네 근처의 고도 델포이시에서 개최되는 세계 작가대회에 참가하기로 되어 있었다. 그런데 돌발 상황이 벌어졌다. 나와 함께 에베소에 온 문우(文友)가 여행피로를 견디지 못하고 쓰러져 병원 신세를 지게 된 것이다. 그가 다시 몸을 추스르기를 기다리는 동안 초조하기 이를 데 없었다. 그리되면 개막 첫날 내가 맡은 순서 약속을 지킬 수 없게 된 것이다. 3일 만에 건강을 회복한 문우와 함께 늦었지만 뒤늦게 떠나려고 여객선 선표 예약을 하려했더니 이게 웬일인가. 아테네로 떠나는 배는 없었다.

뿐만 아니라 모든 여객선 운항이 중지되어 있었다. 바울이 죄수 신분으로 로마에 압송 당하던 도중, 지중해에서 만난 태풍 유라굴로가 다시 오늘 살아나 덮쳐온 것일까. 알아보니 그게 아니고 지중해 뱃길은 동절기(冬節期)가 시작되면 대형 선박이 아니면 운항을 중지하기 때문이었다. 사도 바울 시절부터 연중 지중해의 동절기는 11월 11일에서 이듬해 3월 10일까지 4개월이었다. 현대에는 해운 기술과 견고한 선박 덕에 큰 의미는 없게 되었지만 우리가 골탕을 먹은 것은 연안 여객선을 타야만 했는데, 그게 없고 대형 상선이 오기만 기다려야 한다는 데 문제가 있었던 것이다.

물론 인근 공항에 나가 비행기로 건너갔으니 큰 낭패는 없어 다행이었다. 이윽고 기내에서 지루하여 성경을 꺼내 펼쳤는데 디모데란 이름이 적혀 있어 머릿속에 꽂혔다. 디모데 후서 4장이었다.

- 데마는 이 세상을 사랑하여 나를 버리고 데살로니가로 갔고 그레스게는 갈라디아로 디도는 달마디아로 갔고 누가만 나와 함께 있느니라. 네가 올 때

에 마가를 데리고 오라. 그가 나의 일에 유익하니라. 네가 올 때에 내가 드로아 가보의 집에 둔 겉옷을 가져오고 또 책은 특별히 가죽종이에 쓴 것을 가져오라. (딤후 4:9~13).

디모데 후서는 바울의 마지막 서신이며 믿음의 아들이었던 디모데에게 보낸 유서이기도 하다. 이 편지를 쓸 때 바울은 참담한 감옥생활을 하고 있을 때였다. 로마의 2차 투옥사건이었다. 뼛속까지 스며드는 반지하 감옥의 습기와 냉기에 떨며 마지막 처형을 기다리던 때이기도 했다. 로마시의 절반 이상이 불에 타 잿더미가 된 대화재(AD 64년 7월 19일)가 일어나자 황제 네로는 자신의 실화(失火) 책임을 기독교도들의 방화(放火) 사건으로 뒤집어 씌워 닥치는 대로 체포 구금, 살육했다. 콜로세움 원형경기장에 집어넣어 굶주린 사자들의 먹이가 되게 했으며, 십자가에 매달고 기름을 바른 몸에 불을 붙여 야간 경기장을 비추는 횃불로 사용하기도 했다.

거기다가 감옥 밖에서 옥바라지를 해주던 제자들마저 하나 둘씩 떠나가고 아무도 없으니 얼마나 외롭고 추웠을까. 마지막으로 아들을 한번만 보고 싶었다. 그래서 <속히>오라 한 것이다. 그리고 드로아(트로이) 가보의 집에 있는 자신의 토카(외투)와 가죽 성경책을 가져오라 하고 있다. 3년 전, 가보의 집에서 밤을 지새워 설교를 할 때 3층 다락 난간에 앉아 졸다가 떨어진 유두고란 청년이 있었다. 죽었던 것을 바울이 다시 살려내는 이적을 베풀었다. 바울은 그 때 자신이 입고 있던 겉옷을 벗어 유두고를 덮어 체온을 올려 살아나게 해주었다. 그 외투가 거기 있으니 가져다 달라 한 것이다.

연락을 받은 디모데는 서둘러 당장 떠나려했지만 정리할 일이 많아서 차일피일 미루다 마침내 로마로 가기 위해 달려 온 마가와 함께 항구로 나갔다. 하지만 때는 이미 늦어서 로마행 뱃길은 막히고 떠나는 배가 없었다. 이른바 동절기가 되었던 것이다. 디모데가 바울이 갇혀 있던 로마의 오스틴 감옥에 도착한 것은 동절기가 끝나고 다시 뱃길이 열린 이듬해 3월이었다. 헐레벌떡 찾아왔지만 아버지 바울을 볼 수 없었다. 그는 이미 2개월 전 아쿠아 사르비아의 처형장에서 참수형(斬首刑)을 당하여 순교한 다음이었다. 디모데를 본 감옥의 간수는 날마다 아들이 오기를 손꼽아 기다렸는데 왜 이제야 왔느냐고 원망을 했다고 한다.

예수의 살아 있는 심장을 이식수술(移植手術) 받아 간직하고 다닌 사도 바울은 누구인가. 지방의 종교 종파로 황량한 유대땅 갈릴리 호수 주변에 머물러 있을 수밖에 없었던 기독교를 동양은 물론 서양에까지 전파하여 국제적이며 세계적인 구원의 종교로, 사해지내(四海之內), 만민(萬民)의 종교가 되도록 만든 장본인, 그 사도 바울은 누구인가.

속옷에 겉옷인 토카만 걸치고 성경책 하나와 지필묵(紙筆墨), 그리고 외투 한 벌만 보퉁이에 싸 짊어지고 오직 지팡이 하나에 의지하여 수만 마일의 형극(荊棘)의 길을 헤매 다니며 죽을 고비도 수없이 넘기고, 매 맞고 옥에 갇힌 것도 셀 수 없었으며, 동족인 할례자에게 사십에 한 대 감한 채찍도 5번이나 맞았고, 몽둥이로 세 번 맞아 사경을 헤매고, 뭇매 돌에 맞아 죽었다가 살아난 것이 한 번이며, 산중 강도를 만나 털린 것도 수 없이 많았고, 바다에서 파선을 당하고 표류한 것도 3번이며, 주리고 목마르고 헐벗고 며칠 동안 굶어가며 오직 죽어도 예수, 살아도 예수만을 전도하러 다닌 사도 바울은 누구인가.

다메섹 도상에서 만난, 정오의 태양보다 더 밝았던 주님의 빛에 눈이 멀었다가 다시 고침을 받았지만 후유증으로 시력이 나빠서 직접 자기 손으로 편지를 쓰지 못해 제자인 더디오에게 구술하여 대필시켰고, 심신이 극도로 피폐해지면 거품을 물고 잠시 혼절하는 초기 간질병을 앓고 있어 그 <몸의 가시>를 빼내달라고 하나님께 간절히 기도했지만 <자고(自高)>

할까봐 들어주시지 않아 평생의 가시로 간직하게 되었다는 바울.

그의 가슴 속에 들어박혀 평생 그를 괴롭힌 들보 같던 진짜 가시는 나쁜 시력도 아니었고 지병인 간질증세도 아니었다. 산헤드린 재판정에서 바울 자신이 사형선고를 내리게 만들어 돌에 맞아 죽은 순교자, 스데반 집사가 들보 같은 가시였다. 평생 스데반표 고난의 십자가를 짊어지고 회개하며 다니다가 스데반처럼 죽은 바울. 대체 그는 누구였을까.

병이 깊었던 아버지가 위독하다는 전보를 받고도 당장 달려가지 못하고 어물거리다가 나 역시 디모데처럼 아버지의 마지막 임종을 지키지 못하는 불효와 한(恨)을 갖고 있었다. 나는 비행기 안에서 읽던 성경을 덮고 눈을 감았다. 그때 갑자기 신학자 바울보다, 사도로서의 바울보다, 전도자 바울보다 <인간 바울>의 모습이 살아서 내 앞에 다가오는 것을 보았다. 바울의 예수님과 한 인간으로서의 바울, 그 분의 모습을 보고난 순간 나는 그의 일생을 소설로 남기지 않으면 후회로 남을 것 같은 절실함을 느껴 집필하기로 했다. 그리고 탈고(脫稿)할 때까지 질정(叱正)의 가르침을 아끼지 않으신 여러 바울학자, 성직자, 목회자 여러분께 고마운 인사를 드린다.

2016. 5. 1 著者

1
산헤드린의 젊은 검찰관 (檢察官)

장내는 물을 끼얹은 듯 조용했다. 태풍 전야의 태풍의 눈 속 같은 고요함이 흐르고 있었다. 언제 회오리바람이 해일처럼 몰아닥칠지 모를 권위 속의 긴장감이 조여들며 석조로 쌓인 반원형의 경기장 같은 대공회당(大公會堂) 안에서 죄인을 재판하기 위한 산헤드린(Sanhedrin)이 열리고 있었다.

산헤드린은 유대 내의 종교문제 정치문제 도덕적인 문제 등을 망라하여 권면 심판들을 내리는 유대 최고의 종교 재판정이었다. 참석자는 산헤드린 공회원(公會員)인 바리새 랍비와 사두개 장로 등 65명과 7명의 지도자인 라반 그리고 대제사장과 서기관 등이었다. 회당은 반원형으로 된 화강석 바닥에 나무의자가 빙 둘러져 있었고, 중앙 벽 쪽에는 아치형으로 만들어진 특별좌석이 좌우에 자주색 우단 커튼을 늘어뜨려 호화롭게 장식이 되어 있었다. 나무의자에는 공회원 전원이 앉고 중앙에 있는 특별석은 대제사장의 자리였다. 가야바 대제사장 오른쪽 첫 번째 자리에는 대교법사(大教法師) 가말리엘이 앉아 있었고, 왼쪽 첫 번째 자리에는 사두개 장로인 서기관 루벤이 앉아 있었다. 산헤드린 공회의는 재판의 사안에 따라 바리새파 랍비들이 주도하기도 하고 사두개파가 주도하기도 해왔다. 때로는 양 파가 절반의 회원을 내어 공평하게 재판에 임하기도 했다. 두 파는 근본적으로 하나가 될 수 없는 교리를 내세우고 있었다. 바리새는 <토라(律法)>를 해석함에 예정됨이 있어 선택할 자유의지가 있다고 가르치고 있었다. 그리고 그들은 죽은 사람의 부활을 믿고 있었고 구원자인 메시야가 오신다했으며 세상의 종말을 가르치고 기적의 존재와 천사들에 대한 믿음 등을 가르쳤다.

바리새들은 토라의 가르침에 충실하면서도 정결례(淨潔禮)에 무게를 두고 토라를 해석할 때도 인도주의적이며 실제적인 노선을 택하였다. 율법을 해석할 때도 바리새들은 문자 뿐 아니라 구전(口傳)율법도 중요시했지만, 사두개는 문자로 기록되지 않은 그 어떤 율법도 받아들이지 않았다. 그리고 그들은 사후 세계를 인정치 않았고 따라서 죽은 자의 부활이나 메시야의 오심 등도 믿지 않았다. 사두개는 전통적으로 귀족출신들이었으며 성전의 수입 지출 등 운영과 재산을 관리하던 서기관들이어서 모두 부자였고 대제사장과도 항상 어깨를 나란히 할 정도였다. 예수를 체포한 쪽도 사두개인들이고 제사장 가야바에게 보낸 것도 그들이었으며, 사도들을 특히 핍박했던 자들도 사두개였다.

지금 이 재판정에 고발된 죄수는 전면 중앙에 박혀 있는 작은 돌기둥에 두 손목이 하나로 묶인 채 서 있었다. 바닥은 역시 갈색 대리석 조각이 깔려 있는데 서른 살 안팎으로 보이는 젊은 죄수는 맨발로 서 있었다. 집사 스데반(Stepben)이었다. 그의 맨발은 상처투성이여서 피딱지가 여기저기 말라붙어 있었다. 그는 유대 백성들이 흔히 입고 있는 짧은 소매의 튜닛 속옷 한 장만 걸치고 있는데 역시 여기저기 핏물이 배어 있었다. 몹시 지친 듯한 얼굴에는 검정수염이 더부룩하게 덮여 있었다. 서 있는 죄수 뒤쪽으로는 대리석 기둥들이 가로질러 서 있고, 그 기둥 너머는 밑으로 내려가는 돌층계가 나 있었다. 그리고 너른 마당이 있었는데 재판이 열리고 있는 재판정 모습을 그곳에서도 볼 수 있게 되어 있었다. 그 마당에는 스데반을 고발한 오백여 명의 유대인들이 서서 재판을 방청하고 있었다. 그때 대교법사 가말리엘 옆에 앉아 있던 라반 나단이 자리에서 일어났다. 그는 이 산헤드린의 재판장이었다.

"하나님께서는 정의의 이름으로 불의를 치며 정죄를 하고 심판하라 명하셨다. 저 자의 죄상을 낱낱이 공개하고 어째서 저 자가 성스러운 유대의 율법을 어긴 악마의 사자인지 검찰관은 밝히기 바란다."

그러자 죄인 오른쪽에 대리석으로 된 탁자에 앉아 있던 검찰관이 절도 있는 동작으로 일어섰다. 그의 맞은 편 대리석 바닥에는 하늘색 양탄자가 깔려 있고 그 복판에 낮은 상을 놓고 두 명의 서기가 두루마리 파피루스지를 놓고 기록할 준비를 하고 있었다. 검찰관은 벗겨진 이마에 머리숱이 성글고 회색 수염을 기른 삼십대 초반의 청년이었다. 자그마한 키에 마른 체격을 하고 있었는데 깊숙하게 패어 들어간 짙은 갈색 두 눈은 형형한 불길을 감추고 있었다. 그는 젊은 바리새 중에서도 가장 촉망 받는 차세대 지도자 중의 하나인 랍비 사울(Saul)이었다. 기록된 서류는 탁자 위에 놓은 채 보지도 않고 그는 신중하게 흥분을 억누르며 주변을 둘러보고 나서 죄인 스데반을 노려보며 입을 열었다.

"이 자가 여호와 하나님 앞에 저지른 씻을 수 없는 중죄는 세 가지로 말씀드릴 수 있습니다. 이자는 예루살렘 뿐 아니라 유대 땅 곳곳 그리고 사마리아에 이르기까지 리버디노 공회당을 비롯하여 유대공회당을 찾아다니며 다음과 같이 설교하고 선동하며 신을 모독했습니다.

첫 째, 이 자는 하나님이 임재하고 계신 성전을 모독했습니다. 하나님은 사람의 손으로 지은 성전에 계시지 않고 믿는 자 개개인이 자신이 성전이라고 주장했습니다. 신성모독이 아닐 수 없습니다.

둘 째, 이 자는 이른바 예수라는 자가 성육신(成肉身)해서 하나님의 아들이 인간의 모습으로 이 땅에 오게 된 바 그를 그리스도(메시야)로 섬겨야 한다고 이단이설로 미혹했습니다. 거기서 한발 더 나아가 이자는 모든 성전 제사를 폐지해야 하며 예수만을 위해야 한다고 주장했습니다. 이는 모든 유대인이 가장 신성시하며 중요시하고 있는 제사제도를 정면에서 부정하는 패역을 저지른 행위가 아닐 수 없습니다.

셋 째, 수 천 년 동안 고대해 오던 유대의 메시야는 바로 나사렛 출신의 예수인데도 메시야가 온 걸 깨닫지 못하고 그를 죽이고 부인했으니 모든 유대인은 죄와 책임을 져야 된다며 공격을 했습니다. 그뿐만 아니라 이 자는 예수라는 자가 여호와의 저주를 받아 십자가형을 받아 죽었는데도 3일 만에 죽은 자 가운데 부활하고 승천하여 모든 인간들을 구원했다고 거짓 증거로 미혹해왔습니다. 이 자의 행악은 이외에도 여러 가지 있으나 이상 세 가지만 해도 극형을 받아 마땅하다고 봅니다."

검찰관 사울은 명료하게 스데반의 죄에 대한 논죄를 마치고 자리에 앉았다. 마당에서 방청을 하고 있던 유대인들이 웅성이기 시작했다. 그 소란을 잠재우기라도 하듯 재판장인 라반 나단이 일어섰다.

"죄수 스데반에게 묻겠다. 너는 검찰관이 논고한 너의 세 가지 큰 죄에 대해 모두 인정하겠지?"

"……."

스데반은 돌기둥을 짚은 채 대답 없이 고개를 숙이고 있었다.

"왜 대답이 없느냐? 저자의 얼굴을 쳐들게 하라!"

화가나서 나단이 소리쳤다. 조금 떨어진 곳에서 경비를 서고 있던 로마 병사 두 명이 급히 다가오더니 스데반의 머리칼을 움켜쥐고 뒤로 제쳤다.

"다시 한 번 묻겠다. 네가 저지른 죄를 인정하는가?"

"검찰관이 제시한 세 가지 죄, 그것이 죄라면 인정하겠습니다."

그러자 라반 나단이 왼손을 가볍게 들어 올렸다. 스데반의 머리칼을 놔

주라는 신호였다. 스데반은 지금까지와는 다르게 당당하게 재판장을 바라보며 말을 이었다.

"감히 여러분들 앞에서 나는 성령의 계시를 받아 하나님의 말씀을 대언(代言)하고자 합니다. 우리 이스라엘 민족이 출애굽을 한 후 40년 광야 생활을 할 때 모세는 환상 중에 영계(靈界)의 성전을 보고 그 계시를 받아 여호와를 모시기 위한 성막(聖幕)을 만들었습니다. 그것이 솔로몬 시대에 이르러 화려하고 장엄한 성전이 건축되어 모든 속죄의 제사는 성전(聖殿)을 중심으로 올려왔습니다. 하지만 예수 그리스도가 메시야로 오심으로 해서 성전의 속죄 제사는 필요 없게 된 것입니다. 그리스도인 예수께서 피 흘려 죽으신 순간 온 유대인을 비롯한 모든 인간들의 죄를 홀로 지시고 하나님으로부터 사함을 받았기 때문입니다. 예수께서는 제9시(오후 3시)가 되자 큰소리로 부르짖으며 운명하셨습니다. 그 운명의 순간 천지가 어두워졌으며 천둥소리와 함께 바위들이 터지고 성소의 휘장이 두 쪽으로 갈라졌습니다. 갈라져 찢어졌다는 의미는 무엇입니까? 휘장은 성막 성소 쪽에 있는 휘장과 성소와 하나님의 법궤(法櫃)가 모시어진 지성소를 나누기 위해 있는 휘장이 있습니다. 여기서 말하는 휘장은 성소와 지성소를 나누는 휘장을 말함이며 그 휘장이 둘로 갈라졌다는 것입니다. 속죄를 위해 일 년에 한 차례 성소의 휘장을 걷고 지성소로 들어 갈 수 있는 분은 대제사장 밖에 없습니다. 그 휘장이 둘로 갈라졌다는 것은 예수님께서 자기의 피로 영원한 속죄를 이루었다는 표시이며 구약의 모든 종교의식은 그 순간 폐지되고 일반 성도들도 예수님을 의지하면 제사장처럼 하나님께 직접 나아갈 수 있다는 의미가 있는 것입니다. 그리고 율법만을 믿고 있는 유대인들과 바리새인들은 다시 오시는 메시야는 바로 다윗의 자손이어야 하며 모세와 같은 권능과 지도력을 가진 현실적인 지도자여야 한다고 갈망해 왔습니다. 하지만 메시야는 일찍이 이사야 선지자가 말씀하신대로 그런 지도자가 아니라 <고난 받는 종>으로 오셨습니다. 다윗의 집안에서 처녀가 잉태하여 아들을 낳을 것이라 한 분이 예수님이시며, 모세는 시내산에서 자기와 율법을 말하던 그 천사와 우리 조상들과 함께 광야교회에 있었고, 또 생명의 도를 받아 우리에게 주던 자라고 한 분이 바로 예수님이시며, 나아가 거룩한 성전의 주인되시는 자가 예수 그리스도이며, 모세께서 '너희 형제 가운데 나와 같은 선지자를 세우리라'라 한 선지자가 예수님이십니다. 예수께서는 십자가에서 돌아가신 후 사흘 만에 부활하시고 40일 만에 승천하셔서 하나님 우편에 좌정하셨습니다. 하나님의 아들이기 때문입니다. 여러분, 율법을 믿지 말고 예수님의 복음을 믿으십시오. 드리고 싶은 말씀은 그뿐입니다."

기쁨이 충만한 얼굴로 스데반이 진술을 마쳤다. 그러자 참고 있던 분노를 억누르며 검찰관 사울이 일갈했다.

"더 이상 궤변으로 하나님을 모독하지 말라. 네가 믿고 있는 나사렛 예수는 십자가에 못박혀 죽은 저주받은 이단의 괴수일 뿐이다. 서기는 신명기 21장 22절, 23절을 피고에게 들려주라."

"예."

서기가 두루마리로 된 모세오경 중 신명기를 펼쳐들고 큰소리로 읽었다.

"사람이 만일 죽을죄를 범하므로 네가 그를 죽여 나무 위에 달거든 그 시체를 나무 위에 밤새도록 두지 말고 당일에 장사하여 네 하나님 여호와께서 네게 기업으로 주시는 땅을 더럽히지 말라. 나무에 달린 자는 하나님께 저주를 받았음이니라."

"피고는 들었을 것이다. 십자가 나무 위에 매달려 죽은 자는 여호와 하나님께 저주를 받은 자이다. 저주 받은 자에게 감히 메시야 운운하다니 하나님이 두렵지 아니하냐?"

그러자 마당에 있던 유대인들이 옷을 찢으며 가슴을 치고 소란을 피우기 시작했다.

"저자를 당장 끌어내 사형을 시켜야 한다."

"저자를 우리들 손에 맡기소서!"

그들은 발을 구르고 스데반을 자신들에게 넘겨달라며 아우성을 쳤다. 그러자 재판장인 라반 나단이 일어서서 외쳤다.

"조용히 하라. 이곳은 산헤드린이 열린 신성한 법정이다. 검찰관은 신문을 종결하고 저자의 유, 무죄(有無罪) 여부를 모든 공회원들에게 물으라."

지시를 받은 검찰관 사울은 서기들과 함께 일어섰다.

"그러면 피고인 스데반의 유죄여부를 묻겠습니다. 가부를 표시해주십시오. 먼저 유죄임을 묻습니다. 표시해주십시오."

사울의 요청에 따라 공회원들은 일제히 돌판으로 된 표지판을 들었다. 청색인 청석(靑石)은 부(否)를 나타내고 백색인 백석(白石)은 가(可)를 표시했다. 서기 두 사람이 일어나 집계하고 사울에게 결과를 알렸다. 이윽고 사울이 발표했다.

"이 법정에 참석하신 본 산헤드린 공회원 71인 중 극형에 찬성하신 분은 모두 71인, 반대 한명도 없이 전원 찬성하셨습니다."

보고를 듣자 재판장 라반 나단이 일어나 최종 선고했다.

"패악을 저지른 하나님의 배교자 스데반은 투석형(投石刑)에 의한 극형을 선고하는 바이다. 본 법정을 폐회한다. 피고를 끌어내라."

지키고 있던 로마 병사 두 명이 다가와 양쪽에서 스데반의 팔을 잡고 밖으로 끌고 나갔다.

산헤드린이 열린 공회당 앞길은 쏟아지는 수백 명 인파로 가득 찼다. 제일 선두에는 두 손이 뒤로 묶인 스데반이 앞장서고 좌우에 로마 병사

네 명이 따르고 스데반의 뒤에는 일단의 유대인 청년들이 따르고 있었다.

그 청년들 앞에는 근엄한 얼굴의 사울이 따라가고 있었다. 군중은 모두 재판을 지켜본 유대인들이었다. 그들은 스데반의 투석형을 지켜보기 위해 따라가고 있었다. 형장은 예루살렘 동쪽 기드론 골짜기 돌산 아래 있었다. 회색의 석벽이 나타났다.

유대인 청년들은 스데반을 석벽 밑에 세우라 했다. 그곳이 처형장이었다. 스데반을 세우고 나자 청년들은 십여 걸음 물러나 반원형으로 둘러섰다.

"준비됐나?"

사울이 물었다.

"예."

"그럼 죄인의 눈을 가리도록 하라."

"예."

로마병사 하나가 검은 수건을 가져다가 스데반의 두 눈을 가려주려 했다. 그러자 스데반이 고개를 흔들며 거부했다.

"내 눈을 어둠 속에 두게 하지 마시오."

유창한 헬라(그리스)말이었다. 그 말을 알아들은 사람은 사울과 몇 사람밖에 없었다. 이들은 모두 예루살렘에 살고 있는 유대인들이고 그들은 아람어로 변해버린 히브리말 밖에는 모르고 있었다. 유다와 이스라엘은 아수르와 바벨론 등의 침략을 받아 수많은 유대인들이 포로로 끌려갔다. 길고 긴 포로생활을 하면서 유대인들의 순수한 히브리 언어에 지배국의 말들이 섞여 아람어가 탄생했고, 새로운 세대는 아람어를 할 뿐 전통적인 히브리말은 못했다. 물론 스데반이나 사울 모두 유대인이었다. 다만 디아스포라의 해외출신 유대인이라서 헬라어까지도 구사한다는 게 달랐다.

"준비 끝났습니다."

형집행을 맡고 있는 청년들이 사울에게 보고했다.

투석형을 시작하려는 열두 명의 청년들은 살기등등하여 벌써 눈들이 증오로 타오르고 어쩌면 잠시 후 자신들의 두 팔에 전해질 짜릿한 살인의 쾌감을 즐기고 싶다는 기대감으로 가볍게 떨고 있었다.

증인으로 선택받은 사울은 그들보다 한발 앞으로 나와 섰다. 청년들이 하나하나 걸치고 있던 겉옷을 벗었다. 그리고 사울의 발 앞에 벗은 겉옷들을 모아 놓았다. 빈한한 농부들은 속옷 한 벌만 입고 살아가지만 일반 시민들이나 관리들은 대체로 두 가지 옷을 겹쳐 입었다. 목에 구멍만 뚫은 속옷을 입고 그 위에 겉옷을 덮어 입는 것이다. 속옷은 무명으로 되어 있지만 겉옷은 양모로 짠 사각형의 천이었다. 겉옷의 용도는 낮엔 덥고 밤엔 추우니 몸을 보호하기 위해 필요했지만 겉옷의 의미는 또 다른데 있기도 했다.

겉옷 네 귀퉁이에는 실로 꼬아 만든 장식용 매듭이 매달려 있다. 그걸 매다는 이유를 성경에서는 이렇게 말하고 있다.

"이스라엘 자손에게 명하여 그들의 대대로 옷단 귀에 술을 만들고 청색 끈을 그 귀의 술에 더하라. 이 술은 너희로 보고 여호와의 모든 계명을 기억하여 준행하고 너희로 방종케 하는 자기 마음과 눈의 욕심을 좇지 않게 하기 위함이라. 그리하면 너희가 나의 모든 계명을 기억하고 준행하여 너희의 하나님 앞에 거룩하리라(민수기 15:38-40)."

그 장식용 매듭술은 바로 율법과 계명을 지키겠다는 하나님과의 약속 표시였다. 따라서 그 같은 겉옷을 벗어 사울의 발 앞에 모아 놓고 돌덩이를 들었다는 것은 배교자(背敎者)의 처형을 앞둔 의식(儀式)의 일종이었다. 스데반은 석벽에 기대선 채 기도를 하고 있었다.

청년들은 각기 돌조각을 손에 주워들었다. 집행관인 사울에게 시선을 집중하고 있었다. 그의 신호가 있기를 기다린 것이다.

"어서 저 자를 돌로 쳐 죽여라!"

"배교자의 최후를 보고 싶다! 빨리 쳐라!"

뒤쪽으로 빙 둘러선 3백여 명의 유대인 군중들이 소리 지르고 있었다. 그러자 기도를 끝낸 스데반이 성령충만하여 하늘을 우러러 보며 외쳤다.

"보라! 우리들의 머리 위에 있는 하늘이 열리고 있다. 그대들은 안 보이는가. 우리 주 예수 그리스도께서 하나님 우편에 서 계신 것을! 하늘엔 영광 땅에는 사랑과 평화로다!"

낭낭한 목소리로 떨면서 스데반이 선언하자 유대인들이 발을 구르며 악을 썼다.

"어서 빨리 저자의 입을 돌로 쳐 다시는 입을 놀리지 못하게 하라!"

"죽여라!"

입고 있는 옷을 찢고 귀를 막으며 소란을 부렸다. 더 이상 지체할 수 없다는 것을 안 사울이 오른쪽 주먹을 가슴높이로 쳐들었다가 밑으로 떨어뜨렸다.

"와!"

군중들이 함성을 질렀다. 이제 됐으니 빨리 뭇매 돌을 던지라는 함성이었다. 사울이 주먹을 떨어뜨린 것은 바로 형을 집행하라는 신호였고 그 증인이 되기 위함이었다.

여호와의 이름을 훼방하는 자는 반드시 돌로 쳐 죽여야 한다는 것이 율법의 법이고(레24:16) (신13:10) 그런 자를 죽임에는 증인이 먼저 그에게 손을 댄 후에 뭇 백성이 손을 댈지니라(신17:7)고 율법에 나와 있기에 증인이 필요했던 것이다. 어쨌든 그것이 신호이기라도 한 것처럼 돌덩이를 쥐고 있던 청년들이 일제히 스데반의 몸을 향해 던졌다.

"아아."

스데반의 몸이 들썩 했다. 돌덩이들이 가슴과 옆구리를 파고드는가 하면 서너 개는 얼굴에 맞아 당장 피투성이가 되었던 것이다. 그런데도 던져지는 돌들은 우박처럼 쏟아져 스데반의 몸뚱이를 짖이겨 버렸다. 스데반은 무릎이 꺾인 것처럼 꿇어앉으며 하늘을 보고 부르짖었다.

"주 예수님이시여! 내 영혼을 받으시옵소서. 이 죄를 저들에게 돌리지 마옵소서!"

스데반을 청년들이 돌로 치고 있을 때 3백 명 유대인들은 합창으로 살인의 정당함을 노래하고 있었다.

여호와여! 주는 영원토록 지존하시나이다.

여호와여! 주의 원수가 패망하리니 죄악을 행하는 자는 다 흩어지리이다.

여호와는 내 뿔을 들소 뿔처럼 높이셨으며 내게 신선한 기름으로 부으셨나이다.

내 원수가 보복 받는 것을 내 눈으로 보며 나를 치는 행악자에게 보응하심을 내 귀로 들었도다.

온몸이 터져서 피가 낭자하게 흐른 채 스데반은 처참한 시체로 변하여 역시 피 묻은 돌조각들에 의해 절반이 묻혀 있었다. 이미 죽은 것을 확인한 살인자들은 돌 던지기를 멈추고 시체 앞으로 다가가 스데반의 피투성이가 된 옷자락을 찢어냈다.

그런 다음 그들은 스데반의 옷자락을 마대 주머니에 집어넣어 사울에게 전했다. 청년들은 사울 앞에 쌓아두었던 자기들 옷을 찾아 입고 그곳을 떠날 채비를 했다. 사울은 스데반의 옷 주머니를 들고 그 자리를 떠났다. 그를 따라 투석한 청년들이 큰길가로 나왔다.

아직도 분을 이기지 못한 남은 군중들은 죽은 시체에 돌을 던지며 욕설을 퍼붓고 있었다. 얼마 후 사울은 예루살렘 성전 정문 근처에 있던 산헤드린 사무소에 도착했다. 라반 나단이 기다리고 있었다.

"집행은 끝났나?"

"예. 여기 처형된 죄인의 증거물이 있습니다."

사울은 가지고 온 옷 주머니를 건넸다. 나단이 자루를 열어보고 진위(眞僞)를 확인한 후 앉아 있던 서기에게 기록하라 명했다.

"사울 랍비, 충실히 형 집행의 증인이 되어 주어 고맙네."

"해야 할 일을 했을 뿐입니다."

사울이 사무소를 나왔을 때는 수많은 유대청년들이 격앙하여 거리를 메우고 행진하고 있을 때였다.

"토라의 율법을 무시하고 성전을 모독하며 성전예배를 무시하는 사이비 예수당 신도들을 찾아내 응징해 마땅하다."

"사이비 이방인 예수당을 색출하자!"

성난 군중들은 예루살렘 거리를 누비고 기독교인들을 잡아내겠다며 살기등등하게 몰려다니기 시작했다. 사울은 앞섰던 대열에서 벗어나 다른 골목으로 걸음을 빨리했다. 누군가 뒤따라오는 인기척을 느끼고 사울은 돌아보았다.

"사울!"

황토색 가운에 회색 긴 수건으로 얼굴을 가린 삼십대 후반의 사나이였다. 가린 수건을 제쳤다. 커다란 검정 눈에 역시 검은색 수염이 구레나룻을 덮고 있었다. 그는 여인 하나를 데리고 있었다. 여인은 뒤에 물러선 채 머리를 숙이고 있었다. 울고 있었다.

"바나바(Barnabas)가 아니오?"

"열성이 지나치다고 생각지 않으시오?"

"무슨 말이오?"

사울이 퉁명스럽게 되물었다.

"죄없는 사람 돌로 쳐서 죽였으면 됐지 그것도 부족하여 집집마다 수색해서 신도들을 잡아내다니…."

"바나바, 지금 죄 없는 사람이라 했습니까? 그자는 흑사병 환자 같은 위험천만한 자였습니다. 그자는 성전을 모독하고 토라를 무시하며 유대인과 유대교를 근본에서 파괴한 장본인입니다. 처형되어 마땅한 자였습니다. 바나바, 만나지 않은 사이에 당신도 예수당이 되었소? 리버디노 공회당에 다니며 스데반 같은 예수당 선동가들과 만나고 있다는 소식은 듣고 있었소만…."

"사울, 이 분은 스데반 집사의 부인이십니다. 장례문제 때문에 날 만나러 왔소. 이 부인의 슬픔은 부인 하나로 족하다는 생각 안 드시오? 부디 관용을 베푸시오. 하나님도 원하실 겝니다. 수색 체포를 중지하라고 건의 요구해주시오."

"바나바, 지난 시절 우정으로 그냥 넘어가고 문제 삼지 않는 것입니다. 그런 소리 하지 마시오. 부인께는 심심한 조의를 표합니다. 어쨌거나 슬픔을 드렸다면 사과드립니다. 하지만 사심이 아닌 공심(公心)의 행위였다는 걸 이해해 주십시오. 그럼!"

바람을 내며 사울이 돌아서자 바나바가 간절하게 한 번 더 당부했다.

"하나님도 원하십니다. 관용을 베푸시오."

사울은 듣는 둥 마는 둥 가던 길을 재촉했다. 바나바의 그림자가 뒤따라오는 듯한 강박감을 느끼고 문득 다시 돌아보았다. 아직도 흐느낌을 그치지 못한 듯 스데반의 부인은 두 손으로 머리를 감싼 채 걸어가고 있었고 곁에서 바나바가 따라가고 있었다. 바나바는 22규빗(약190센티미터) 쯤 되는 큰 키에 당당한 체구를 가진 호남이었다. 얼굴 또한 윤곽이 뚜렷하고 잘 생긴 미남이었다. 바나바는 구브로(Cyprus 키프러스) 섬이 고향이었고, 그는 레위집안 출신이었다. 사울보다 다섯 살이 위였던 그는 언제나 형처럼 든든했다. 사울이 바나바를 처음 만난 것은 열여섯 살 때, 예루살렘에 유학을 와서 가말리엘 율법학교에 다니던 소년 시절이었다. 바나바를 만난 것은 율법학교에서가 아니었다. 그는 구브로의 디아스포라 유대인이었지만 자유주의자였다. 바리새교육을 받는 사울을 그렇다고 멸시하진 않았다. 이해심이 많았다. 사울이 비타협적이고 성격이 모가 났다면, 바나바는 원만했고 화를 낼 줄 몰랐고 포용력이 있었다. 두 사람이 친해진 것은 그래서였다.

사울이 바나바를 처음 만난 곳은 <천상의 정원>(Gaden of Haven)이란 예루살렘의 엘리트 청소년들의 모임에서였다. 이 모임은 유대인이라면 히브리인이거나 디아스포라인이거나 가리지 않고 모인 단체였다. 회원은 30명 가량이었고, 모임이 추구하는 바는 이스라엘의 미래를 생각하자는 것이었다. 당시 로마 제국 사회에서는 여러 단체(Club)의 결성과 운영이 허용되고 있었다. 이러한 단체는 제국 이전의 그리스시대부터 있어 왔다. 대표적인 클럽으로 BC 6세기, 남부 이태리학파로 불리던 기하학자 <피타고라스 클럽>이 오래 존속했으며, 그리스에서는 플라톤의 <아테네 아카데미>, 아리스토텔레스의 <뤼케움(Lyceum) 클럽>, 스토아 제논학파의 <에피큐로스 정원 클럽> 등이 있었고 그 이래 유명 무명의 많은 클럽이 존재하고 있었다. 이 클럽들의 특징은 자체 운영 규정이 있고 서로 만나는 장소가 정해져 있었고 후원자(Patron)의 후원을 받을 수 있으며 후원자는 장소와 노예 등 인력을 제공할수 있었고 회의를 주재하며 상석에 앉아 명예와 존경을 누릴수 있었다.

인원은 대개 10명에서 1백여 명에 이르렀다. 배운 자들이 클럽활동을 선호한 것은 그 작은 공동체 안에서 일반 사회보다 보다 높은 지위와 인정을 받고 사회적 불일치에서 안정감을 얻게 되고 상대적인 소외감이나 착취감에서 벗어날 수 있었기 때문이다.

바나바는 구브로의 유복한 집안 출신이었다. 그의 선대부터 구리 채굴 광산을 가지고 있었고 전답도 많았다. 그의 누나 마리아는 예루살렘 유대인 상인과 결혼하여 큰 저택을 가지고 부자로 살고 있었다. 그러나 바나바의 누님은 남편과 사별하고 혼자 외아들을 키우며 살았는데 그 아들이 훗날 마가복음을 쓴 마가 요한(Mark John)이었고 바나바의 외조카였다. 마가의 어머니 마리아는 생전 예수를 진심으로 따르던 신자로써 이른바 마지막을 대비하여 최후의 성만찬을 했을 때 자기 집 다락방에 예수와 그 제자들을 모신 것도 마가의 어머니였다.

뿐만 아니라 훗날 <예루살렘 사도의 모(母)교회>라 칭하고 알려진 장소가 바로 마가의 집 다락방이었다. 그 다락은 2백여 명이 모여 예배드릴 수 있는 너른 공간이었다. 예수 사후 첫 번째 오순절날 120여명이 모여 기도하고 있을 때 성령이 임한 곳도 그 다락방이었다. 사울과 바나바는 처음 만날 때부터 서로 친근감을 느끼고 의기투합했으나 그 클럽에서의 만남이나 교유도 2년이 채 안되어 끝나게 되어 서로 헤어지게 되었다. 그건 사울의 입장 때문이었다. 학년이 높아질수록 가말리엘 율법학교의 엄한 학칙이 굴레가 되었던 것이다. 바리새 랍비가 되려면 지켜야하는 규칙과 학칙이 아주 까다로웠다. 저학년일 때는 외부의 클럽 활동에 그래도 힐렐파의 학교여서 자유롭고 관대했지만 고학년이 되면서는 용납되지 않았다. 그런 바나바를 몇 년 만에 다시 만났다가 헤어진 것이었다. 사울은 바나바의 생각에 착잡한 갈등을 느꼈지만, 곧 예수당의 탄압은 바리새 랍비로서 당연하고 정당한 행위라고 자신을 합리화하며 평상의 마음을 찾았다.

얼마가 지나서 그는 붉은 대리석 건물 앞에 이르렀다. 그곳은 대제사장 가야바(Caiaphas)의 집이었다. 돌문을 들어서면 사무를 보는 공좌(公座)가 있고 작은 정원을 지나 안으로 들어가면 그의 저택이 있었다. 예수가 체포 연행되어 왔을 때 신문을 벌인 대제사장은 안나스의 사위였던 가야바였으며 그는 지금도 제사장을 맡고 있었다. 가야바의 공좌가 있는 저택은 기적 같은 성령이 강림했던 마가 요한의 다락방 집에서 가까운 곳에 있었다. 공좌에 도착해 보니 안에는 가야바와 교법사 가말리엘이 차를 나누고 있었다.

"어서 오게. 사울랍비!"

"스승님도 계셨군요."

"음, 막 일어서려던 참이야."

"죄인 처형은 마쳤나?"

대제사장이 물었다.

"예. 형장에서 오는 길입니다. 마침 공좌를 다녀 가라는 말씀 듣고 왔습니다."

그러자 대제사장은 두루마리로 된 공문서 여섯 통을 꺼내놓았다.

"이 공문서는 수리아 지방의 큰 도시에 있는 유대교 공회당 회당장에게 보내는 것일세. 다메섹. 우가리트. 에블라. 알레포. 셀류기아. 안디옥 등등. 내용은 그 지방에 숨어든 예수교도들을 색출하여 예루살렘에 압송하라는 것이야. 체포, 구금 연행 등 모든 일체의 권한은 수색대 대장에게 맡긴다. 누구를 보내면 좋을지 그대의 의견을 듣기 위해 오라 한 것이다. 누가 적임자인가?"

대제사장의 말을 듣고 있던 사울은 이글거리는 갈색 눈을 빛내며 한손으로 벗겨진 이마를 쓸어 올렸다. 중대한 결심을 할 때 나오는 그의 버릇이었다.

"제가 가겠습니다. 비느하스(Bhinehas) 같은 열정으로 맡은 바 책무를 다하겠습니다."

" 비느하스의 열정? "

대제사장 가야바가 흠칫하며 가말리엘을 바라보았다. 눈을 감은 채 창문으로 들어오는 시원한 바람에 하얀 수염을 날리며 그는 잠잠히 고개를 끄덕이고 있었다. 제자 사울이 누구인지 잘 알고 있다는 표시였다.

비느하스는 아론의 손자이며 엘르아살의 아들이었고 대제사장이었다. 모압 평지인 싯담에 이른 이스라엘 백성들이 너도나도 이방신을 섬기게 되었다. 이에 여호아의 진노를 사서 2만 4천여 명이 흑사병인 페스트, 염병으로 몰살을 당하게 되었다.

이에 비느하스는 마침 유대인 시므리와 이방의 미디안 여인 고스비가 간음하고 있던 현장을 덮쳐 잡아죽임으로써 하나님의 진노를 무마시키고 염병을 멈추게 했다.

"역시 사울다운 결심일세. 그럼 그대를 믿고 모든 책임을 맡기노라."

대제사장 가야바는 수색대의 대장으로 사울을 임명한다는 임명장을 작성케 하여 전했다.

"유대의 나라에서 유대법을 어기고 타국으로 도주했다면 언제 어디에 숨어있든 체포하여 본국으로 연행하여 처벌할 수 있도록 이미 150여 년 전 로마제국 법으로 인정하고 있다는 건 알고 있겠지?"

"알고 있습니다. 150년 전 범법자 유대인이 도망쳐 왔을 때 애굽왕 프톨레마이오스8세가 로마 정부에 그자의 처리방법을 문의했을 때 도주한 유대인은 본국으로 송환하거나 본국에서 체포 연행하면 협조하여 본국의 법에 따라 처벌 받게 하란 공문을 받았다 합니다. 그 이후 그 법조항은 합법이 되었습니다."

"역시 가말리엘 대교법사 제자답구먼. 적법한 사법권이 있으니 강력하게 집행하라는 뜻으로 한 말일세."

"알고 있습니다."

그러자 대제사장 가야바가 가말리엘에게 차를 권하며 한마디 했다.

"예수도당은 예삿 놈들이 아닙니다. 그들은 우리 유대율법을 근본에서부터 부정하고 흔들어 놓은 패괴(敗壞)한 자들입니다. 그동안 우리들이 너무 안이하게 대처한 듯 싶습니다."

"흠, 나도 그렇게 생각했소. 자칭 예수 그리스도라 칭하는 자가 나타났을 때 나는 예부터 우리 유대교에 수많은 사기꾼들이 메시야를 사칭하며 등장했었기에 예수라는 자도 갈릴리 유다 같은 사교(邪敎) 집단의 우두머리쯤으로 알았지요."

애초 가말리엘은 예수 그리스도가 나타났을 때 갈릴리 유다(Galilee Judas)같은 민란(民亂)의 주모자쯤으로 치부했었다. 갈릴리 유다는 갈릴리 지방 골란고원의 가말라 출신으로 AD 6~8년 수리아의 총독이었던 구레뇨가 세금징수를 위해 인구조사를 시작하자 불온한 민심을 등에 업고 반(反) 로마제국을 외치며 반란을 일으켰다. 유다는 스스로 유대땅의 메시야로 자처했는데 반란이 실패하자 체포당해 처형을 당하고 말았다. 그러나 그를 따르던 도당(徒黨)들이 열심당(熱心黨 .Zealots)을 만들어 지하에서 암약했다. 메시야로 소문 난 예수도 그 중 하나일 거라고 가말리엘도 초기에는 그렇게 단정했었다. 따라서 그 예수만 잡아들여 골고다에서 처형하면 갈릴리 유다의 반란처럼 모든 것이 끝나리라 본 것이다. 그의 도당도 힘을 잃고 풍랑이 잠잠해지듯 조용해지겠지 하고 생각했던 것이다. 그러나 그게 아니었다. 어찌된 셈인지 예수를 따르는 신도들이 소리 없이 그 숫자가 늘어나고 세력화되는 조짐이 보였던 것이다. 바리새인들이나 유대교 지도자들은 그에 대한 불안을 감추지 못하고 있었다.

"예수도당이 갑자기 늘어나고 있는 근본적 이유가 어디 있다고 보나?"

대제사장이 사울에게 물었다.

"제가 죽은 죄수 스데반을 추궁하여 들은 바에 의하면 예루살렘의 예수도당은 크게 두 줄기로 나누어져 있는 듯싶습니다. 예수의 제자는 열두 명인데 사도라 하는 그 제자들을 따르는 도당무리들, 이들은 성전에 나아가 예배를 드리는 자들로 전통적인 유대율법을 믿으며 할례도 인정하는 온건파들입니다. 어찌 보면 그들은 우리 유대교의 한 지파라 볼 수 있다는 겁니다."

"유대교의 지파라? 유대교는 믿으면서 예수도 믿는다?"

"그렇습니다."

"흐음, 또 다른 줄기는 뭔가?"

"예루살렘 시중에 있는 유대공회당에 모여 예배를 드리는 예수도당들입니다. 예루살렘에는 헬라파 디아스포라 유대인들을 위한 회당이 한군데 있습니다. 그 회당에는 유대인 그리고 헬라인 이방인 등 각색 주민들이 모여든다 합니다. 문제는 바로 그 회당에 모이는 무리들입니다. 죽은 죄수 스데반은 바로 그 회당 소속의 집사였고, 그 회당에 모이는 자들은 스데반이 주장하고 있는 이단이설(異端異說)을 맹신하는 자들입니다. 그들에 의하면 십자가에서 죽은 예수는 끌어내려 장사를 지냈는데 3일 만에 다시 살아나 부활하고 살아난 모습을 제자들에게 직접 보이고 사십일 후에 승천했다는 것입니다."

" 그 허황된 말들을 백성들이 믿는 단 말인가? "

어처구니 없다는듯 가말리엘이 물었다.

"그렇습니다. 더구나 죽은 예수가 이제 제자들은 흩어지지 말고 모여서 기도하며 기다리고 있으라 하였는데 기도 중에 기적이 일어났다고 선전합니다. 그 기적은 바로 알 수 없는 성스런 혼령이 임하여 은혜를 입었다는 것입니다. 그 같은 소문이 우매한 백성들 사이에 퍼져나가 도당들의 숫자가 1천명 2천명 급속히 불어난 것이라 합니다."

"부활은 역사의 종말에 있을 미래사건이지, 역사 한가운데서 일어난 과거사건일 수 없다. 그래서 예수 사건은 사기사건이라는 것이다."

듣고 있던 가말리엘이 단정하듯 말했다.

"그렇습니다. 그런데 문제는 급속히 불어난 광신도들입니다. 스데반 처형 이전부터 그들은 모두 지하에 숨거나 도망을 치고 있습니다."

"그래서 잡아 들이라는게 아닌가? 체포하여 죄과를 뉘우치고 돌아오겠다는 자들은 용서하고 개전(改悛)의 정이 없는 자는 가차 없이 씨를 말려야 한다."

대제사장이 화난 듯이 말했다.

"알았습니다."

그리스도교도의 현황에 대한 사울의 판단은 비교적 정확했다. 사울은 나사렛 예수보다 여덟 살이 아래였다. 예수가 3년간의 공생애를 시작하고 끝냈을 때 사울의 나이 24세에서 26세 시절이었다. 사울은 예수라는 이름과 소문은 들었어도 직접 대면하거나 만나본 적이 없었다. 그 시절 사울은 가말리엘 율법학교에 다니며 랍비가 되기 위한 교육을 받고 있었기 때문이었다. 관심도 없었다. 나는 모세 같은 권능을 여호와로부터 받은 메시야이니 자기를 따르라 하던 가짜 메시야는 지난 역사에서도 여러 명이 나왔었다. 예수 또한 그 중 한명인 가짜 그리스도라 생각했던 것이다. 그러면서 그가 잡혀 처형을 당하고 나면 그를 따르던 무리들도 흩어지게 되어 있고 컵 속에 물처럼 잔잔해질 것으로 보았던 것이다.

그러나 예수 사후, 양상은 그렇게 전개되지 않았다. 산헤드린 검찰관 사울의 조사에 의하면 십자가에서 내려진 예수의 시신은 돌무덤으로 옮겨졌는데 놀랍게도 시신이 없어지고 3일 만에 부활하고 40일 만에 승천, 여호와 곁으로 갔다는 것이다. 부활한 예수를 제자들이 직접 만나 확인했고 승천한 예수가 다시 올 때까지 흩어지지 말고 모여서 기도하고 있으라, 당부하여 어느 대갓집 다락방에서 기도하고 있을 때 기적의 체험을 하게 되었다는 것이었다. 급한 소리와 함께 바람이 기도실을 휘감았는데

각 사람 머리 위에 바람 끝이 불꽃처럼 갈라져 임하고 모두 몽환(夢幻)의 신비를 체험하게 되었으며 예수 제자 중 하나인 베드로가 설교할 때는 각기 다른 언어로 알아듣게 되는 기적이 일어났다는 것이다. 그 다락방에 모인 120명의 신도들은 모두 히브리인이 아니라 멀리 소아시아에서부터 아프리카 구레네에 이르기까지 각처에서 온 사람들이라 다 언어가 달랐는데, 베드로가 아람어로 설교를 하자 희한하게도 각 나라 자기나라 말로 변하여 알아듣게 되었다는 것이었다. 이날 다락방 기도회에 유대 땅, 소아시아. 아프리카 등 각처의 교인들이 예루살렘에 모인 것은 오순절(五旬節)을 기념하는 성지순례를 위해서였다. 유대인들은 일곱 차례 있는 명절이 되면 성지순례를 하는 게 풍습이었다.

이런 기적의 소문들은 꼬리를 물어 예수만 없어지면 그 신도들도 없어지리라 했으나 오히려 화제가 되어 더 증가하게 되었다. 사도들이 모여 있는 이른바 예루살렘 모(母)교회 신도들은 유대교 율법을 여전히 믿고 할례도 하며 그 이단의 그리스도교를 믿는데 반하여, 헬라계 이방인 신도들이 모이는 리버디노(libertines) 공회당 교도들은 불온한 이단들이었다. 예루살렘 안에 헬라계 이방인들의 회당은 리버디노 공회당 한 곳이었다. 주전(B.C)148~106년경 이스라엘 청년들은 로마장군 폼페이우스에 의해 징발되어 군사로 끌려가 온갖 고생을 다 했다. 40여년 후 자유의 몸이 되어 그들은 조국으로 돌아와 그것을 기념하기 위해 회당을 세웠고 리버디노 공회당이라 이름 했다. 그 회당에 모여 예배드리는 급진파들이 문제였다. 그들은 이미 예수 그리스도가 십자가의 피로 혼자 모든 죄를 대속(代贖)하고 부활했으므로 성전은 필요 없고 성전제사를 없애야 하며 율법과 할례를 폐하고 오직 예수의 복음만 믿으면 구원 받고 영생을 얻으며 죽어서 함께 부활하여 천당에 간다고 선동하고 있었던 것이다.

유대계 신도와 헬라계 신도들은 합하여 백 명 이백 명이 되더니 점차

천 명 이천 명으로 불어났다. 그러자 목회자들은 교무(教務)가 너무 벅차니 자기들은 기도와 설교만 맡고 다른 교무 일절은 성령 충만하고 칭찬받는 성도 중에서 가려 뽑아 집사로 세우자하여 스데반, 빌립, 브로고로, 니가노르, 디몬, 바메나, 니골라 등 일곱 집사를 세웠다. 일곱 집사를 세운 것은 가난한 극빈자 과부들의 식량배급 때문이었다. 신도수가 증가함에 따라 과부들의 숫자도 불어났는데 그들에게 매일 식량을 나눠주어야 했다. 그 식량은 모 교회에서 받아왔는데 그걸 배분하는 일까지 일곱 집사들이 나서야했다. 물론 갈등도 있었다. 갈등은 히브리 토박이들의 공동체인 모 교회측 과부들이 해외에서 돌아온 헬라계 이방인 과부들을 박대하고 배급량에 차등을 두어 차별을 했기 때문이었다. 그런 갈등도 해소시켜야 했고 집사들은 교회 안에서는 새로운 교리를 가르치는 교사역도 맡아야 했고 선교사역도 맡아 전도에 앞장섰다.

그 가운데 가장 두드러진 집사는 스데반이었다. 그는 웅변가이며 성경지식이 풍부했고 겁내는 일이 없고 어디서든 토론하고 성령충만하여 사자후를 토했다. 그와 맞서 이기는 자가 없었다. 그는 내놓고 전통적 유대교의 율법과 할례에 대한 무용론을 주장하며 새로운 예수 그리스도의 복음을 전파하고 있었다. 그 때문에 모교회 유대인 교도들이나 스데반이 속한 교회의 헬라계 디아스포라 출신 유대인들의 미움을 받게 되었고, 마침내 그는 산헤드린에 고발당하기까지 했다. 고소가 들어오자 유대교 최고재판소인 산헤드린 검찰부에 있던 청년 사울은 스데반의 엄중한 처벌을 당연히 주장했다. 일벌백계(一罰百戒), 그를 잡아 죽이면 그 도당들은 장마철에 거미 흩어지듯 흩어져 조용해지리라 보았던 것이다. 사교이단(邪教異端)들이 더 이상 자라기 전에 싹을 완전히 잘라내야 한다는 게 청년 사울의 생각이었다.

2
나는 네가 핍박하던 나사렛 예수이다

- 만일 누구든지 육체를 신뢰할 것이 있는 줄로 생각하면 나는 더욱 그러하니 내가 팔일 만에 할례를 받았고 이스라엘의 족속이요 베냐민의 지파요 히브리인 중의 히브리인이요 율법으로는 바리새인이요 열심으로는 교회를 핍박하고 율법의 의로는 흠이 없는 자로라

(빌3:4-6)

바울(사울)의 고백대로 그는 흠잡을 데 없는 히브리인 중의 히브리인 출신이며 유대교의 바리새 랍비였다. 사울(Saul)이란 이름은 히브리식이고 바울(Paul)은 헬라(그리스)식으로 부르는 이름이었고, 바오로(paolo. Paullus)는 로마식 이름이었다. 사울은 주후 8년(AD 8년)에 터키 동남부 지중해 연안의 길리기아주(州) 다소(Tarso)에서 태어났다. 다소는 동서문화의 교차지였고 헬레니스틱 문화의 중심지였다. 기원전 50년에는 당대의 웅변가로 명성을 날리던 키케로(Cicero)가 길리기아 총독으로 오면서 스토아 철학의 중심이 되었다. 수만명을 수용할 수 있는 올림픽 경기장이 있어 시민들은 스포츠를 사랑했고 수십 개의 원주가 세워진 광장이 있어 그곳에서는 언제나 연설이나 토론이 활발하게 진행되고 있었다. 그리고 다소는

유명한 교육도시였다. 호머의 서사시(敍事詩) 등 그리스 고전문학과 시, 비극, 설화 등을 가르치고 연설문 논설문 외 철학과 수사학(修辭學)을 가르치는 다소 대학(Nestor the Academy)은 아테네대학과 필적할 만큼 명문으로 소문이 나있었다.

게다가 온화한 기후와 아름다운 풍광을 자랑하며 시내를 가로질러 지중해 외항(外港)으로 흐르는 치드누스강은 영웅과 미인의 호사스런 이야기가 숨어 있기도 했다. 팽창하는 로마제국의 힘에 국가적 위기를 느끼고 있던 세기의 미녀 클레오파트라는 로마 실력자 중 하나였던 안토니우스의 포섭이 절실했다. 이에 클레오파트라는 안토니우스에게 청혼하기 위해 당시 다소에 주둔하고 있던 안토니우스를 찾아오게 되었다. 다소를 방문했을 때 그녀는 바다에서 탄생했다는 비너스(아프로디테) 여신으로 분장하고 미소년들의 호위를 받으며 가장 호화로운 배를 타고 다소로 들어와 세계를 놀라게 했다. 치드누스강은 클레오파트라 이전에 이미 알렉산더 대왕 때문에 유명했다. 한 여름이 되어 더위를 피하기 위해 젊은 알렉산더대왕은 옷을 다 벗고 강물에 뛰어들었다가 심장마비를 일으켜 잘못했으면 불귀의 객이 될 뻔한 사고를 겪었던 것이다. 치드누스 강물은 머리에 만년설을 이고 해발 2천 미터가 넘는 고산준령이 이어지는 타우르스 산맥에서 내려오는 빙하 녹은 물이라 그 차가움은 언제나 손발이 시릴 정도였다. 알렉산더는 그것을 몰랐던 것이다.

바울은 다소지역의 디아스포라 유대인으로 태어났다. 디아스포라는 <떠도는 자>라는 뜻이고, 해외 거주 유대인 집단촌에 거주하는 자들을 말한다. 해외에 사는 유대인은 자기들끼리 모여 살며 자신들의 종교와 전통과 관습을 지키며 살아간다. 폐쇄적이고 타민족은 이방인이라 하여 항상 멸시한다. 사울의 집안은 길리기아의 다소에 근본을 두고 천막 제조업을 하며 살아온 제조업자 겸 상인집안이었다. 천막제조를 가업으로 대물림하게 되었는데 그의 집은 다소에서도 부유한 사업가로 손꼽히고 있었다. 천막을 만드는 원단은 길리기아 지방의 염소 털을 가장 고가(高價)의 고급품으로 쳐주었다. 다른 지방에서 나는 것들은 질적으로 따라오지 못했다. 염소 털로 짠 천막 원단은 천막뿐만 아니라 범선(帆船) 돛이나 건축물에도 널리 사용되었다.

사울집안이 부자가 된 것은 천막으로 군납(軍納)사업을 크게 했기 때문이었다. 로마제국은 끊임없이 영토 확장과 식민통치를 위해 전쟁을 벌여왔다. 군대가 가장 필요로 하는 장비는 무기류이겠지만 그에 못지않게 중요한 장비는 야영과 숙영, 군대주둔에 필요한 막사였다. 막사는 모두 천막으로 지어졌기 때문에 천막제조 사업이 각광을 받았던 것이다. 그로 인하여 사울의 부친은 로마 원로원으로부터 공을 인정받아 로마시민권을 받게 되었다. 아무나 로마시민권자가 되는 게 아니었다. 1억이 조금 넘는 전체 로마인구 중에 시민권자는 600만 명 정도 밖에 안 되었으니 그건 특권자들이나 다름없었다. 시민권자가 되면 세금면제(稅金免除) 혜택을 받고 제국의 유공자로 대우를 받으며 황제의 명 없이는 체포, 연행, 구금, 매질을 당하지도 않았다. 사울은 형제가 없는 외아들이었고 위로 나이 차이가 좀 있는 누님 하나가 있었다. 그의 누나는 자영업을 하고 있던 유대인 청년에게 시집을 갔고 예루살렘에 살고 있었다. 그 집은 사울의 아버지가 장차 예루살렘 유학을 떠나는 아들을 위해 미리 장만한 것이었다.

AD 58년, 바울이 예루살렘 성전에서 난동을 부리는 유대인들 때문에 체포되고 가이사랴로 이송되기 전 40인의 유대청년 결사대가 기습하여 암살하려한다는 정보를 미리 알아 천부장 글라우디오 루시오에게 전해주어 사울의 목숨을 살려낸 장본인이 그 누님의 아들인 조카 미샬이었다. 사울은 태어나자마자 8개월 만에 할례(割禮)를 받았고 아버지의 소원에 따라 경건한 바리새인으로 자라기 위한 바리새 교육을 받아야 했다. 바리새인은 5세가 되면 성경공부를 시작하고 암송해야 하며 10세가 되면 율법과 계명을 의무적으로 지키며 살아야 했고 13세가 되면 이스라엘 역사와 전통 관습과 선인들의 가르침이 망라되어 있는 구전집(口傳集) 할라카와 유전집(遺傳集) 미쉬나를 떼고 15세가 되면 탈무드 공부를 끝내고 18세가 되면 결혼을 하며 계속 율법공부를 게을리 하지 않아야 했다. 이들 바리새인들은 <구별된 자들>이었고 율법을 지키며 경건하고 검소하게 살며 유대인들의 지도층의 일원이란 자부심을 갖고 살았다. 그들은 세리(稅吏)나 죄인들을 멀리하고 자기들끼리 공동식사를 즐겨했으며 각종 생필품도 자기들끼리만 사고팔았다. 전체 유대인들 중에서 바리새인은 약 6000명 정도 밖에 되지 않았다. 사울의 부친은 아들이 바리새 랍비가 되기를 원했다. 그래서 사울은 15세가 될 때까지 길리기아 다소에서 바리새의 기본 교육을 받았다.

기본교육은 다소의 유대인 회당(Synagogue)에 상주하는 랍비를 찾아가 회당에서 배웠다. 그는 그곳에서 헬라어로 된 <70인역(Sepuagint LXX)> 구약성경으로 율법을 배웠다. 70인역 구약성경은 BC150년 경 이집트 알렉산드리아 출신의 헬라계 유대인 학자 70명이 히브리어 원전을 헬라어로 번역한 것을 말함이다. 사울이 히브리어 뿐 아니라 세련된 헬라어를 습득하고 공부하게 된 것은 성경공부가 기초가 되었지만 다소가 헬레니스틱 문화의 중심지였고 유대인은 모두 디아스포라의 헬라계였기 때문이었다는 것도 큰 영향을 미친 것으로 보아야 했다. 소년 사울은 헬라어 뿐 아니라 문학을 좋아하여 호머의 일리아드나 오디세이 등 그리스문학도 독학하여 풍부한 문학적 소양도 기를 수 있었다. 사울은 소년시절부터 호기심이 많았다. 틈만 나면 광장에 나가 돌계단에 앉아서 매일 매일 벌어지는 온갖 세상일을 보고 듣는 즐거움을 만끽하곤 했다. 광장에서는 웅변가들이 그리스 철학과 문학을 전하기도 하고 군중들과 때로는 진지한 토론도

하곤 했다. 물론 항상 그렇게 고급한 학문이나 예술론을 가지고 대화를 하는 게 아니고 다소시가 가진 지역사회의 각종 문제점에 대해서 정치적 토론을 하든지 아니면 스포츠 경기나 외국에서 일어나고 있는 여러 정보들도 화제의 대상이었다. 사울이 회당 밖에서 배운 산지식은 바로 광장의 야외교육을 통해서였다. 연사들이나 토론자들을 통하여 문학적인 수사법(修辭法)이라든가 연설법 토론법 등을 자연스럽게 깨닫고 익힐 수 있었던 것이다. 탈무드를 떼고 15세가 될 무렵 사울의 부친은 예루살렘 유학을 권했다.

"이미 네가 가서 공부해야 할 학교는 손을 써두었으니 예루살렘으로 가거라."

아들을 불러 앉히고 그렇게 말했다.

"공부해야할 학교는 어디인데요?"

"가말리엘 율법학교다. 너는 대교법사 가말리엘의 제자가 되어 랍비교육을 받아야 할 것이다. 교육이 언제 끝날지는 그 스승밖에는 모르지만 여하튼 열심히 공부해서 랍비가 되어라."

사울의 아버지는 이미 지인(知人)을 통하여 아들이 당대 최고의 율법학자이며 현자로 존경 받고 있는 가말리엘(Gamaliel) 문하생으로 들어갈 수 있도록 손을 써놓고 있었던 것이다. 사울은 곧 예루살렘으로 떠났다. 가말리엘 학교에는 30여명의 학생들이 공부를 하고 있었다.

이즈음 이스라엘에서 율법을 가르치는 학교와 학파는 두 파가 있었다. 샴마이(Shammai)학파와 힐렐(Hillel)학파였다. 힐렐파는 대학자 가말리엘 조부인 힐렐을 지칭하는 학파였고 샴마이는 힐렐과 경쟁관계에 있던 학자였다. 샴마이는 유대인들이 선민으로서의 높은 도덕적 이상을 가지고 신앙을 이끌고 나가려면 율법의 준수가 무엇보다 중요하기 때문에 문자적 해석뿐만 아니라 전승되어 오는 성경 외의 선조들의 계율에 이르기까지 정확한 고증과 해석은 물론 지키는데 치중해야 한다고 가르쳤다. 보수적이고 폐쇄적인 것이 특색이었다. 그에 비하여 힐렐학파는 샴마이처럼 보수적인 율법해석과 고수를 반대하고 변화하는 사회에 알맞게 적응할 수 있도록 탄력성 있게 율법을 적용하여 가르치는 자유주의적 특징을 가지고 있었다.

사울은 자유주의적인 가말리엘 학교에서 교육을 받았다. 그의 스승 가말리엘은 율법에는 엄격했지만 모든 백성들에게 존경 받는 스승이요 현자로 대접 받았다. 그만큼 그는 제자들에게도 평소 관용과 인내를 갖춘 신사가 되라고 가르친 온건한 합리주의자였다. 사도들을 잡아들이고 강경하게 탄압하려 할 때 가말리엘은 신중론을 펴며 조정했다. "소위 예수당이 드다나 갈릴리 유다 같은 가짜 메시야로 민란에 앞장 선 자들이라면 그냥 두어도 무너질 것이다. 하지만 진정 하나님께로 났다면 너희들이 하나님을 대적하는 것과 같으니 너무 몰아세우지 말라" 했던 것이다. 스승으로부터 가장 촉망받는 으뜸제자로 불리던 사울이었지만 스승의 관용과 온건을 물려받기에는 너무 피 끓는 젊은이였다. 그는 원래부터 불의에 타협하지 못하는 불같은 열정과 자기 직무에 대한 사명감이 남달랐다. 그래서 각처에 흩어지고 숨어 있는 사교교도 예수당은 샅샅이 찾아내 진멸을 해야 한다는 게 그의 다짐이었다.

얼마 후 사울은 다메섹으로 떠나기 앞서 여행준비를 하기 위해 집으로 갔다.

"재판정에서 오시는 길이에요?"

아내인 유오디아가 아직도 살기가 가시지 않은 표정의 남편을 맞이했다.

"내일 아침 일찍 다메섹으로 떠나야 하니까 그 준비 좀 부탁하오."

"다메섹을 거쳐 다소 고향집까지 다녀오실 거예요?"

"아니오. 공무 집행을 위해 가는 것뿐이오."

"저두 함께 가면 안될까요?"

"휴가를 즐기기 위해 가는 여행이 아니오. 아마도 살벌한 여행이 될 거요. 검도 챙기시오."

"검(劍)을요? 싸우러 가시는 거예요?"

"예수교 본당 무리를 토벌하여 잡아들이라는 대제사장님의 특명을 받고 가는 겁니다."

그러자 아내 유오디아가 놀란 표정을 지으며 한숨을 내쉬었다.

"그런 일에 앞장서시는 이유가 뭐예요?"

"왜 그들을 잡아들여야 하는가는 누구보다 당신이 잘 알잖소?"

"알지요. 하지만 제 말은 칼을 들고 나서야하는 사람이 당신 밖에 없느냐는 거예요. 왜 하필 당신이 앞장서느냐는 말이지요. 난 애초 당신이 산헤드린 검찰부 일을 한다고 할 때부터 반대했어요. 폭력과 당신은 맞지 않고 어울리지 않기 때문이에요. 우리가 결혼할 때 당신은 나와 약속했지요. 공부만 해서 이스라엘의 현자가 되겠다구요. 그 약속을 지키세요."

"유오디아! 누군가는 청소를 해야 하오. 이번 청소만 끝내면 그 약속 지키리다."

사울은 감정이 상한 아내를 겨우 다독였다. 사울이 유오디아를 만나 결혼한 것은 18세 때였다. 유오디아의 부모 모두 디아스포라의 유대인이었고 다소에서 채소장수를 했다. 유오디아 는 사울의 어머니 집안의 먼 친척이었는데 사울 어머니가 마음에 들어 하여 결혼을 하게 되었던 것이다. 그녀는 높은 교육은 받지 못했지만 총명했고 아담한 체구에 예쁘장한 용모를 하고 있었다. 사울은 그런 아내를 사랑했고 아내 역시 남편을 믿고 의지했다. 두 사람 사이에 어두운 그늘이 있다면 결혼한 지 십여 년이 지났는데도 아이를 갖지 못하고 있다는 것이었다. 사울은 자식은 그저 울타

리일 뿐이니 있어도 좋고 없어도 좋다며 아내를 위로했지만 아내는 마치 자기가 아이를 갖지 못하는 것처럼 늘 미안해했다.

이튿날 날이 새자 아침 일찍 사울은 대제사장 공좌 앞으로 나갔다. 사복은 입었지만 무장한 유대 청년 수색대원 30명이 출발을 기다리고 있었다. 사울은 말에 올라 앞장서서 예루살렘을 뒤로 했다. 다메섹(현 시리아 Damascus) 시내에만 해도 약 40여 군데의 시나고구(유대인 회당)가 있었고 그 중 한두 군데의 회당에는 예수 그리스도를 믿는 복음주의 신도들이 모이고 있었다. 물론 전통적 유대교 세력을 능가하지는 못했다. 그 같은 유대인 회당 회당장(會堂長)에게 가는 공문서를 휴대한 산헤드린 검찰관 사울은 30명의 유대 청년 수색대를 거느리고 말을 탄 채 다메섹 근교에 도착하고 있었다. 다메섹은 예루살렘에서 200km 떨어진 곳이었다. 말을 타고 있는 사람은 대장인 사울과 수색대 부대장 두 사람이고 나머지는 모두 도보로 따라오고 있었다. 키 작은 덤불나무들만 한 포기 두 포기 자라고 있을 뿐 가도가도 돌과 회색빛 먼지 모래가 쌓인 반(半)사막이었다. 수색대장의 권한은 막강했다. 사울에게는 예수당의 수색과 체포 연행은 물론 매질이나 악형을 가하며 신문할 수 있는 특권이 있었다. 그가 다메섹을 제1 목표지로 삼은 것은 골수 예수당이 숨기에는 최적지였기 때문이었다.

다메섹은 나바테안 느밧(Nabatean)왕국의 자치적 독립도시였다. 나바테안 왕국(현 요르단 왕국)은 이스라엘 요단강 동편에 마치 포위하듯 남북으로 길게 뻗어 있었고 아레다왕(Aretas IV, BC 9~AD 40)이 통치하고 있었다. 독립된 도시여서 일찍부터 종교적 피난자들의 은신처가 되었다. 대표적인 사례가 BC 130년 경 예루살렘의 종교적 지배에서 벗어나 독자적인 신앙생활을 하기 위해 사해(死海) 서북쪽에 있던 쿰란(Qumran) 수도원의 수도사들이 피난을 와서 에세네(The Essenes)파를 이루며 정착한 것이 처음이었다. 자유로운 도시 다메섹은 해발 1천 미터 상공의 고원지대에 발달한 세계 최고(最古)의 도시 중 하나였다. 안티 레바논 산맥 동쪽 기슭에 위치하며 남서쪽으로는 유명한 헐몬산이 있고 바라다강이 시내에 흐르며 그 연안에는 아주 비옥한 평야가 있어 산업 군사 무역도시로 중요한 지점에 위치하고 있었다.

"안내원! 여기가 어디쯤이냐?"

가던 말을 멈추고 사울이 뒤돌아보며 물었다. 그러자 따라오고 있던 현지출신 안내자가 앞으로 뛰어오며 말했다.

"카우카브라는 곳입니다. 앞에 보이는 완만한 언덕길을 넘어가면 마을이 나타납니다."

"다메섹은 얼마나 더 가야하느냐?"

"다 오셨다고 보아도 무방합니다. 여기서 12킬로쯤 남아 있습니다."

"그래?"

말 위에서 사울은 머리에 쓰고 있던 두건으로 흐르는 얼굴의 땀을 닦아냈다. 그런 다음 앞에 있는 언덕길을 바라보았다. 황량한 길이었다. 보이는 것은 잿빛 모래와 여기저기 널린 바위들 그리고 메말라 바짝 땅에 엎드린 풀들이 전부였다. 땀을 닦고 난 사울은 하늘을 올려다보았다. 태양이 보이지 않았다. 사막은 한낮이 되면 태양은 내뿜는 강렬한 빛 그 뒤편으로 숨는다. 건조한 기후 때문에 하늘은 늘 고등어 등처럼 코발트색으로 떠있기 마련이지만 한낮이 되면 푸른 하늘은 온통 하얀 빛으로 가득차서 은비늘처럼 반짝인다. 태양은 오직 강렬한 하얀빛으로 변하는 것이다. 흰 빛줄기가 온 시야를 꽉 채우며 빛난다. 사울은 눈이 부신 듯 왼손을 펴서 눈앞을 가리며 잠시 망설였다. 따라오고 있는 수색대의 젊은 대원들도 완전히 기진한 듯 모두 처져 있었다. 잎이 무성한 큰 나무라도 몇 그루 있다면 쉬어가고 싶지만 그늘이라고는 서있는 말과 자기 자신의 그림자뿐이었다. 피곤에 지쳐 저절로 눈까풀이 내려앉아 감겨지고 있었다. 하지만 그는 다시 힘을 내며 세차게 고개를 흔들었다. 그런 다음 부하들에게 외쳤다.

"가자! 다메섹에 거의 다 왔다고 하잖는가? 우리가 늦으면 놈들은 옷깃도 안 보일만큼 숨어버린 뒤일 것이다. 지금쯤 우리가 덮쳤던 파니아스 쪽에서 위험을 미리 알려줄 수도 있기 때문이야. 그들에게 그 소식이 전해지기 전에 우리가 먼저 도착해서 잡아내야만 한다. 출발!"

일행은 다시 땡볕이 쏟아지는 언덕길을 향해 움직이기 시작했다. 사울은 예루살렘을 떠나기에 앞서 일곱 명의 정탐꾼을 먼저 예수당들이 숨어 있을만한 지역에 풀어서 어디에 많이 있는지 알아내 보고하라 했다. 그런 다음 자신은 수색대를 거느리고 예루살렘을 떠났었다. 가장 먼저 알려온 정탐내용은 예루살렘에서 도망치는 예수당 이십여 명이 메롬호수 북쪽 작은 도시인 파니아스에 은신하여 숨어 있다는 것이었다. 메롬호수는 갈릴리호수에서 헐몬산으로 가는 길목에 있고 파니아스는 그 위쪽에 있었다. 정탐보고를 들은 사울은 수색대를 이끌고 바람처럼 달려서 덮쳤다. 그러나 그곳에 사는 주민들만 놀라 길거리를 우왕좌왕할 뿐 예수당은 그림자도 없이 사라진 뒤였다. 그때의 좌절감과 분노는 말할 수 없었다. 온몸의 피가 거꾸로 솟구치는 걸 느끼며 증오심을 눌렀다.

"헐몬산 쪽으로 갔다는 걸 보면 그들은 틀림없이 다메섹으로 간 것이다. 가자! 다메섹에는 그들 말고도 수많은 신도들이 숨어있을 것이다."

사울은 부하들에게 행군을 재촉했다. 예수당은 용서할 수 없는 자들이었다. 예수는 율법과 성전을 모독한 죄로 하나님께 저주를 받아 십자가에서 죽임을 당한 이단의 괴수일 뿐이었다. 결코 그는 이스라엘이 바라고 있던 그리스도(메시야)가 아니었다. 그런데도 예수를 메시야로 믿는 광신자들이 늘어나 유대교의 근본을 흔들고 있다는 것은 용서할 수 없었다.

잡는 데로 씨를 말려야 한다며 사울은 다시 한 번 자신이 모압 평지에 나선 비느하스가 된 것처럼 전의를 불태웠다. 사울은 말의 목덜미 갈기 밑에 맺히는 땀방울을 보자 손바닥으로 닦아주고 너무나 무더웠던지 얼굴을 찡그리며 하늘을 바라보았다. 그의 매부리코와 일자로 된 짙은 눈썹 사이에 있는 갈색 눈은 시체가 널브러진 산기슭을 노려보는 독수리눈처럼 빛나고 있었다.

"아!"

하늘을 올려다보던 사울은 그때 자기도 모르게 짧은 비명소리를 급하게 목뒤로 삼켰다. 온힘을 다해 뛰어 온 사람처럼 심장이 터질듯 부풀어 올랐다. 너무나도 놀라운 광경이 나타났던 것이다. 하얀 하늘이 한순간에 쪼개지듯 둘로 갈라지고 있었다. 그러면서 정오의 태양빛보다 더 찬란하고 강렬한 빛이 쏟아져 나오며 사울의 주변을 에워싸는 것이었다. 말이 앞다리를 들어 올리며 요동을 치자 순간적으로 다가든 현기증에 눈앞이 얼보이게 되자 사울은 말고삐를 놓치고 말에서 떨어져 옆으로 굴렀다. 사울은 너무도 급작스런 변화에 충격을 받아 땅에 엎드렸다. 뭐라고 설명할 수 없는 위엄의 빛이었다. 그 순간은 마치 위엄의 거미줄에 걸린 곤충처럼 온몸 모든 관절들이 가늘고 질긴 줄에 여러 겹으로 묶여 있어 손가락 하나 움직일 수 없었다. 눈을 감고 있어도 눈을 떴을 때처럼 그 찬란하고 강렬한 빛이 파도치고 있었다. 바로 그때 찬란한 빛이 회오리치듯 다가오며 낯선 목소리가 들려왔다. 굵고 부드러운 목소리였지만 근엄했다.

"사울아, 사울아! 어찌하여 너는 나를 박해하느냐?"

그발 강가에 나타난 하나님의 현현(顯現)에 자기도 모르게 땅에 엎드린 에스겔처럼, 올래 강변에서 하나님의 환상을 보고 땅에 엎드린 다니엘처럼 사울도 몸을 떨며 엎드렸다. 그리고 겨우 입을 열었다.

"주여! 뉘시옵니까?"

“나는 네가 핍박하던 나사렛 예수다!”

“오오 주님이시어!”

훗날 바울의 회고에 의하면 주변의 다른 사람들은 햇빛보다 더 밝은, 그 찬란하고 강렬한 빛은 함께 보고 엎드리며 쓰러져, 소리는 들었지만 주님의 말씀소리는 듣지 못하고 오직 바울만이 들을 수 있었다 하고 있다. 현현하신 예수 그리스도의 말씀은 계속 이어졌다.

“네가 일어나(유다의 집이 있는) 다메섹 시내로 들어가라. 행할 것을 네게 이를 자가 있느니라.(행 9:6)”

사울은 비틀거리며 엎드린 땅에서 몸을 일으켰다. 중심을 잡지 못하자 옆에 있던 대원 두 사람이 부축해 주었다. 일어 선 사울은 아직도 찬란하고 강한 빛이 가득 차 있다는 것을 알았다. 그리고 바로 눈앞에 사울에게 말씀을 내리신 분이 서 있다가 말씀을 마치자 사라지는 것이 보였다. 그 분이야말로 스스로 밝히신 나사렛 예수였다. 십자가에서 죽임 당한 예수가 부활했다는 주장을 들었을 때 무슨 헛소리냐고 믿지 않았던 사울이었다. 그런데 부활한 그분이 자기 앞에 서 계셨던 것이다. 그 사실이야말로 엄청난 충격 그 자체였다.

“괜찮으십니까? 대장님.”

먼저 정신을 차린 부대장이 다가와 사울에게 물었다.

“으음.”

“어떡할까요?”

“성 안으로 들어가자. 유다의 집으로 가라하셨다.”

“유다의 집이라구요? 누구한테 들으셨지요? 주변엔 아무도 없는데요.”

부대장이 주위를 둘러보며 고개를 갸웃거렸다. 정오의 태양빛보다 더 찬란하고 강렬했던 빛에 압도당하여 쓰러졌던 수색대원들은 모두 엎드린 곳에서 일어나 옷자락의 흙을 털어내고 있을 뿐이었다.

"주님께서 알려주셨다."

"주님이라구요? 그럼 그 집이 성안 어디에 있는지 알고 계십니까?"

"회당을 찾아가 물어볼 수밖에 없다."

"알았습니다. 여기 고삐가 있습니다. 말에 오르시지요."

부대장이 내미는 말고삐를 잡지 못하고 사울은 허공중에 손을 움직여 더듬었다.

"왜 그러십니까? 대장님!"

"앞이, 앞이 보이지 않는다."

"예? 그럴리가요?"

"안보인다. 아무 것도 안 보인다. 날 부축하여 말안장에 앉혀라."

대원들이 부축하여 장님이 된 사울을 말 등에 앉혔다. 대원 하나가 말고삐를 잡았다.

"출발하라."

장님이 된 사울을 말 등에 앉히고 고삐는 대원이 잡은 채 일행은 카우카브 언덕길을 넘어 갔다. 이윽고 일행은 다메섹 동쪽 성문 앞에 이르렀다.

"이곳 나무 그늘에서 기다리십시오. 제가 가서 유다의 집이 어디 있는지 알아보고 오겠습니다."

현지 안내인이 사울에게 말했다.

"서둘러라."

"알겠습니다."

안내원은 성안으로 뛰어 갔다. 유대인 회당에 찾아가면 유다라는 사람의 집을 알아낼 수 있다고 본 것이다. 뜨거운 차 한 잔이 식어질 때쯤 아치형으로 된 성문 옆 길가 백향목 그늘 밑에서 쉬고 있던 사울 일행에게 안내원이 뛰어 돌아왔다.

"찾았습니다. 가시지요."

"먼 곳에 있느냐?"

"아닙니다. 지금 이 동쪽 성문 안으로 난 길은 곧게 뻗어 다메섹 시내를 관통하여 곧장 서쪽으로 이어집니다. 이 길을 바른길(直街 Straight Street)이라 부릅니다. 바른길 끄트머리길가에 있답니다. 가시지요."

얼마가지 않아 길가에 있는 유다의 집을 찾았다. 디아스포라 유대인 유다의 집은 길보다 낮은 곳에 위치하고 있어 돌층계를 내려가야 했다. 부대장이 따로 집주인 유다에게 사울의 신분을 밝혀서일까 그래서 그 신분의 권위에 눌려서 그랬는지 아니면 애초 선량한 사람이어서였는지 전혀 예고 없이 방문 했는데도 따뜻하게 맞아 주었다. 수색대 대원들은 따로 유대인회당으로 가 머물게 하고 유다의 집에는 사울 혼자 있게 되었다. 방안으로 들어간 사울은 장님이 되어 아직도 정신적인 충격에서 벗어나지 못한 채 침상 밑에 꿇어 앉아 엎드렸다. 그는 떨고 있었고 식은땀을 흘리고 있었다.

(아아, 내가 본 예수 그리스도는 실제인가 환상인가?)

꿈만 같았다. 분명 예수를 만났고 그의 목소리로 대화하심을 들었는데 그게 꿈인지 생시인지 헷갈리는 것이었다.

(환상 중에 뵌 것인가?)

하지만 사울은 고개를 세차게 흔들었다. 결코 환상으로 본 게 아니란 생각이 들었다. 정오의 햇빛보다 더 찬란하고 강렬한 빛이 쏟아지고 예수의 음성이 들렸고 모습이 보였던 것이다. 일행들은 말씀의 음성은 듣지 못했다 하지만 그 강렬한 빛을 받자 모두 위엄에 놀라 쓰러져 엎드렸던 것이다.

(실제였다. 환상 중에 오신 게 아니라 실제로 오신 것이었다. 그것도 내 앞에 현현하셨다.)

사울은 그와 같은 기적을 어떻게 해석해야할지 몰라 목이 탔다. 시원한 물 한 그릇으로도 풀 수 없는 갈증이었다. 부활한 예수가 천상에 있다는 사실은 믿지 않았지만 평소 사울은 종말에 심판자로 오실 그리스도는 천상에 계신다는 사실은 믿고 있었다. 그런데 그 그리스도가 비천한 목수의 아들로, 저주받은 죄수로 십자가에서 죽었는데 자신은 그 죽음에서 부활한 나사렛출신의 예수라 하지 않았는가. 그보다 더 놀라운 것은 현현한 예수가 돌아갈 때 천상의 여호와 보좌 오른쪽에 오르는 것을 본 것이었다. 여호와의 보좌 우편에 자리했다는 것은 예수는 곧 하나님의 아들이며 그와 동격의 하나님이란 걸 나타낸 것이었다.

그렇다면 예수 그리스도 주님은 어제도 계셨고 이제도 계시고 장차 오실 이란 말 아닌가. 사울은 그제야 모든 먹구름이 눈앞에서 사라지는 청명함을 느끼며 새로운 세계가 전개됨을 깨달았다. 예수의 음성이 다시 귓전에 선명하게 들려오는 것이었다.

"사울아, 사울아, 너는 어찌하여 나를 박해하느냐?"

사울은 가슴이 찢어지는 듯한 괴로움에 전신을 떨며 주님께 기도하기 시작했다. 통회(痛悔)의 자복(自服)이었다.

"주님이시어, 이 죄인을 용서하여 주옵소서. 그 찬란하고 강렬했던 빛! 그 빛은 하나님 형상으로 나타나신 영광의 주님이시라는 걸 뒤늦게야 안 죄 용서하여 주옵소서. 주님께선 둘째로 태어나신 아담이십니다. 첫 째로 태어나신 아담은 죄와 사망의 머리가 되었지만 두 번 째 태어나신 아담은 의(義)와 생명의 머리가 되셨나이다. 저는 눈이 있어도 두 번째로 오신 아담, 주님이 오신걸 보지 못했고 귀가 있어도 듣지 못했고 입이 있어도 몰라서 말하지 못했나이다. 뿐만 아니라 주님의 복음을 증거하는 당신의 자녀들을 잔인하게 핍박하고 탄압하며 스데반을 죽일 때는 그 증인으로 서서 돌을 던지는 자들의 옷을 지키며 죽여야한다고 선동했으니 그 죄 백번 죽어 마땅하옵니다. 감히 용서를 구할 수 없을 만큼 참람하나이다. 하오나 이제라도 아직은 주님의 신발끈으로라도 존재할 가치가 남아 있다면 긍휼이 여기시고 거두어 용서하시옵소서. 용서만 해주신다면 오직 예수 그리스도 주님만 붙들고, 살든지 죽든지 내가 사는 것도 그리스도요 죽는 것도 그리스도니 내 안에 계시는 그리스도만을 위해 봉사하고 복음 전하고 예수 그리스도의 휴대자(携帶者 Christophory)로 목숨 다할 때까지 살겠나이다."

악독이 가득 찬 도시 니느웨로 가서 멸망을 막으려면 회개하라고 전하라 하신 하나님의 명을 그것도 면전에서 거절하고 지구 끝이라는 다시스로 도망치다가 하나님이 일으킨 풍랑을 만나 바다에 던져져 끝내는 스올이란 물고기 뱃속에 갇히게 된 요나처럼, 사울도 암흑 속에서 삼일낮 밤을 아무 것도 먹지 못한 채 통한의 기도만 하게 되었다.

사울에게 스올 뱃속에 들어 간 요나가 하나님께 간절하게 기도하는 모습이 환영으로 보였다.

- 주께서 나를 깊은 바다 속 바다 가운데 던지셨으므로 큰물이 나를 둘렀고 주의 파도와 큰물이 다 내 위에 넘쳤나이다. 내가 말하기를 내가 주의 목전에서 쫓겨났을 지라도 다시 주의 성전을 바라보겠다 하였나이다. 물이 나를 영혼까지 둘렀사오며 깊음이 나를 에워싸고 바다풀이 내 머리를 감쌌나이다. 무릇 거짓되고 헛된 것을 숭상하는 자는 자기에게 베푸신 은혜를 버렸사오나 나는 감사하는 목소리로 주께 제사를 드리며 나의 서원을 주께 갚겠나이다. 구원은 여호와께 속했나이다(요나 2:3~9).

이윽고 사울은 지치고 기진하여 엎드린 채 가수(假睡) 상태에 빠져들었다.

같은 시각.

다메섹의 동문 남서쪽에 있던 에살(Esh Shar)의 작은 유대인 회당 기도실에서는 회당장 아나니아가 기도를 하고 있었다. 그는 경건한 그리스도인으로 많은 이들의 존경을 받고 있는 교회의 지도자였다. 기도 중에 갑고 있던 두 눈 안이 마치 아침 창문처럼 밝아지는 것을 느끼고 눈을 떴다.

"아아."

그는 가벼운 신음소리를 삼켰다. 좁은 기도실은 천장 쪽에 환기통만 있을 뿐 단한개의 창문도 없었다. 외부로부터 햇빛이 들어올 수 없는 공간이었다. 그런데 어두운 한쪽 벽에서 한줄기 강한 빛이 들어오더니 한순간에 방안이 대낮처럼 밝아졌다.

"아나니아야! 아나니아야!"

부르는 소리에 그는 흠칫 놀라 부복했다. 주님의 목소리임을 직감했던 것이다.

"주님, 말씀하시옵소서."

"일어나 바른길이라 하는 거리로 가 유다의 집에 있는 다소 사람 사울이라 하는 사람을 찾아라. 그가 기도 하는 중이다. 네가 찾아가서 안수하여 보이지 않는 눈을 고쳐 앞을 보게 하라."

"예?"

아나니아는 놀라서 응대했다.

"주님! 그 사울이라는 자의 악명은 평소 여러 사람들에게서 들었습니다. 그는 예루살렘에서부터 주의 성도들에게 해를 가하고 이곳까지 온 것은 대제사장으로부터 예수교도들을 색출하여 체포 압송해오라는 권세까지 받고 온 자이옵니다."

"그 사람은 내 이름을 이방인과 임금들과 이스라엘 자손들 앞에 전하기 위하여 택한 나의 그릇이라, 그가 내 이름을 위하여 해를 얼마나 받아야 할 것을 내가 그에게 보이리라."

"알겠나이다. 그렇다면 찾아 가겠습니다."

이윽고 아나니아는 더 이상 이유를 달지 않고 복종하며 유다의 집을 찾아 왔다.

"당장님이 어떻게 오셨습니까?"

아무런 기별도 없이 찾아온 그를 보고 유다가 놀란 표정을 지었다.

"여기 예루살렘에서 온 사울이란 사람이 있지?"

"아, 예. 그런데 그건 또 어떻게 아시구?"

"인도하게."

아나니아는 사울이 엎드려 있는 방안으로 들어가게 되었다.

"일어나시오."

가수 상태에 빠져있던 사울은 인기척과 자기를 부르는 소리에 흠칫 하며 일어나 앉았다.

"누구십니까?"

"사울! 일어나 서시오."

아나니아는 사울의 두 팔을 부축하여 일으켜 세웠다. 사울은 앞이 보이지 않아 중심을 잡지 못하고 비틀거렸다. 아나니아가 사울의 어깨에 손을 얹고 선언했다.

"우리 조상 하나님이 너를 택하여 너로 하여금 자기 뜻을 알게 하시며 저 의인을 보게 하시고 그 입에서 나오는 음성을 듣게 하셨으니 네가 그를 위하여 모든 사람 앞에서 너의 보고 들은 것에 증인이 되리라(행22:14-15)."

"오, 주여!"

"내가 네게 나타난 것은 곧 네가 나를 본 일과 장차 내가 네게 나타날 일에 너로 사환과 증인을 삼으려 함이니 이스라엘과 이방인들에게서 내가 너를 구원하여 저희에게 보내어 그 눈을 뜨게 하여 어두움에서 빛으로 사단의 권세에서 하나님께 돌아가게 하고 죄 사함과 나를 믿어 거룩케 된 무리 가운데서 기업을 얻게 하리라. 이것이 그대에게 전하시는 주님의 소명이오."

"주님, 감사합니다. 저에게 주신 말씀 잊지 않겠습니다."

"주님께선 그대에게 안수와 세례를 하라고 말씀하시었소."

아나니아는 무릎을 꿇고 앉은 사울의 머리에 손을 얹고 안수했다.

"형제 사울아! 네가 오는 길에 나타나신 예수 그리스도께서 나 아나니아를 보내어 자신의 이름으로 성령 충만케 해주시고 멀었던 눈을 다시 뜨고 보게 하라 하셨다. 사울은 눈을 떠라!"

"아아 주님, 감사합니다. 보입니다. 멀었던 눈이 보입니다."

기쁨에 차서 사울이 외쳤다. 그의 두 눈에서는 비늘 같은 것이 떨어져 내리고 있었다. 그것들이 시야를 막고 있었던 것이다. 감격의 눈물을 흘리는 사울에게 아나니아는 세례를 주기 위해 작은 물 항아리를 찾아 들고 왔다.

"성령 세례를 받기 전에 중생(重生)을 해야 합니다. 하나님의 진리의 말씀을 온전히 받아들이고 진정한 회개를 통해서 하게 되는 구원의 체험을 중생이라 합니다. 예수 그리스도의 새사람으로 거듭 태어난다는 뜻입니다. 성령세례는 바로 중생한 성도가 그리스도인으로서 맡겨진 사역을 철저히 감당키 위해 영적인 능력을 덧입는 체험을 말하는 것입니다. 따라서 성령 세례를 받으면 말하기, 듣기의 방언(放言)을 하게 되며 복음을 전파하는데 있어 아주 강력한 능력이 생겨나게 되는 것입니다."

아나니아는 바울의 머리 위에 성수를 흘려 세례를 베풀었다. 이로써 바리새인 사울은 회심(悔心) 후 예수 그리스도의 공동체 일원이 되었고 예수만을 위해 평생을 살아가겠다는 다짐을 했다. 전까지는 예수를 핍박하고 교회를 박해하고 성도들을 탄압하였지만 오늘 이후부터는 박해하던 그 예수 때문에 평생 거꾸로 자신이 박해를 당하며 닥쳐올 고난을 하늘나라의 축복으로 이해하며 십자가를 지고 살아가야만 하게 되었던 것이다. 유다의 집에서 3일 있는 동안에 안수를 받아 시력도 회복했고 건강도 되찾게 되었다. 사울은 떠날 준비를 했다. 그런데 마침 안식일이 되자 예배를 보아야 해서 아나니아가 회당장으로 있는 유대인 회당을 찾아 가게 되었다.

"건강해 보이시는군요. 다행이십니다."

사울을 본 아나니아가 반갑게 맞아 주었다.

"다시 중생시켜주셔서 감사합니다."

"감사는 주님께 하시면 됩니다. 그러고 보니 회심 후 처음 드리는 예배시군요."

"그렇습니다. 예배말미에 신도들에게 내가 회심에 대한 간증 말씀을 드려도 되겠습니까?"

"좋습니다."

"이 회당에 오는 신도들의 성향은 어떻습니까?"

"전통적 유대교도들 그리고 예수 그리스도를 믿는 신도들, 반반입니다."

"그렇군요."

"이곳 다메섹 시내에는 40여 군데의 디아스포라 유대인 회당이 있습니다. 규모가 큰 회당도 여러 개 있습니다만 우리 회당은 아주 작은 회당에 들어갑니다. 이곳은 자유로운 도시라서 그런지 각종 공동체가 많습니다."

이윽고 아나니아의 집전으로 예배가 끝났다. 아나니아가 단 위로 올라가 큰소리로 전했다.

"주목해주십시오. 오늘은 내가 소개해 드릴 분이 있습니다. 예루살렘에서 오신 다소의 사울이십니다."

그러자 백여 명 되는 신도들의 시선이 일제히 아나니아 옆에 서 있는 젊은이에게 쏠렸다.

"사울은 카우카브 길 위에서 정오의 태양보다 찬란한 빛으로 오신 주님을 환상 속에 영접한 놀라운 체험을 하신 분입니다. 이 분의 그 간증을 들어보는 시간을 갖기로 하겠습니다."

아나니아는 사울에게 자리를 내주었다. 장내에는 잠시 침묵이 흘렀다. 단위에 올라선 사울은 긴장감을 떨치지 못했다. 그때였다. 누군가 신도들 속에서 팔을 들어 사울에게 손가락질을 하며 외쳤다.

"나는 저자를 압니다. 저자는 예루살렘에서 집집마다 돌아다니며 예수교도들을 잡아내어 온갖 탄압을 다하고 여기까지 추격해 온 악마 같은 자입니다."

그의 외침 소리 한마디에 회당 안이 당장 소란해졌다. 회당 안에는 50여명이 있었는데 그 중 일부는 놀라고 겁이 나서 밖으로 급히 빠져나가고 있었다.

"잠깐! 형제들이여, 내 말을 들으시오. 조용히 해주시오. 부탁입니다."

사울이 부르짖었다. 벌써 20여명은 도망쳐 없고 30여명만 남아 우왕좌왕했다. 그러자 신도 중에서 나이 지긋한 노인이 나섰다.

"회당장께서 천거했으니 무슨 곡절이 있는 사람인지 이야기나 들어 봅시다. 그런 뒤에 평가를 해도 늦지 않습니다. 자, 조용히 합시다."

노인의 말이 끝나자 겨우 좌중이 조용해졌다. 지체 없이 사울이 입을 열었다.

"형제 여러분! 나는 아까 예수교도들을 잡아내어 온갖 탄압을 하는 일에 앞장 선 악마 같은 자라 누군가 말씀했는데 그 말씀에 부인하진 않겠습니다. 그건 사실이기 때문이오. 나는 이스라엘 예루살렘 산헤드린 법정 소속 검찰부의 검사이며 바리새 랍비인 사울입니다. 여기에 온 것도 이곳 다메섹에 숨어 든 예수교도들을 잡아내어 예루살렘으로 압송해 오라는 특명을 받고 수색 토벌차 온 자입니다."

그의 말을 들은 신도들은 일순 쥐죽은 듯 조용했다. 쇳가루 같은 침묵이 무겁게 내려앉고 있었다. 다음 말이 궁금한지 모두 사울의 입을 지켜보았다.

"방금 전에 말했지만 나는 히브리인 중에 히브리인이며 베냐민 지파의 후손이며 가말리엘 율법학교에서 토라를 배우고 랍비 안수를 받은 바리새인입니다. 내가 예수와 예수당에 대해 격분한 것은 여호와를 모독하여 십자가에 매달려 죽은 죄수 예수가 죽은 뒤 삼일 만에 부활하고 40일 만에 승천했으며 바로 그 예수만이 율법이나 성전예배 없이도 모든 사람과 세상을 구원한다고 예수당이 전파하고 있다는 점이었습니다. 유대 역사가 시작될 때부터 하나님은 우리 유대민족에게 토라(율법)를 통하여 계약과 약속을 주셨습니다. 오직 토라를 통해서만 구원이 이루어지며 메시야가 온다했습니다. 예수당은 구원에 대한 율법의 역할을 무시하고 구원의 업적을 예수의 업적으로 돌리고 있다는 엄청난 죄악을 저지르고 있다는 것이었습니다. 이는 나처럼 유대교와 율법을 하늘처럼 알고 믿고 있는 바리새 랍비로써는 도저히 용서할 수 없는 배교가 아닐 수 없었습니다. 그래서 유대의 역사와 율법과 유대교를 지키기 위해 포도원을 뒤집어엎으며 짓밟는 멧돼지처럼 예수당을 진멸키 위해 나섰고 다메섹까지 왔던 것입니다."

"그래서 어쨌다는 거야?"

누군가 신도들 속에서 외쳤다.

"나는 30명의 수색대를 거느리고 다메섹 인근 교외인 카우카브에 이르렀을 때 상상치도 못할 기적을 겪어 한순간에 장님이 되었고 새사람이 되었습니다. 하늘이 갈라지고 정오의 태양보다 더 밝고 강렬한 빛이 쏟아져 내려와 내 주변을 에워쌌고 그 순간 나는 타고 있던 말에서 떨어져 알지 못하는 위엄에 엎드리고 말았습니다. 바로 그때 주님의 목소리가 들려왔습니다. 사울아, 사울아. 어찌하여 너는 나를 박해하느냐, 그 말씀에 주여, 뉘시옵니까? 하고 묻자 나는 네가 핍박하는 나사렛 예수다라고 하시는 것이었습니다."

사울은 예수님의 말씀에 따라 다메섹 시내에 들어가 유다의 집에서 3일 동안 식음을 전폐하고 회개 기도를 했더니 주님이 보낸 사자, 아나니아가 와 안수하여 멀었던 눈을 다시 보게 되었고 세례를 받아 예수의 제자로 새롭게 거듭 태어났다는 것을 감격에 차서 증언했다.

"그건 환상이 아니었습니다. 환상 가운데 주님이 나타나신 게 아니라 내 앞에 직접 현현하시어 서 계셨고 자신을 나사렛 예수라고 신분을 밝히셨습니다. 이 얼마나 놀라운 기적입니까? 예수님의 부활을 믿지 않던 나였습니다. 그런데 죽음에서 다시 사시어 내 앞에 오신 것입니다. 말씀을 마치시고 주님은 천상으로 올라갔습니다. 하나님의 보좌 옆에 서시는 것이었습니다. 성육신하여 십자가에서 죽고 부활하신 예수 그리스도는 바로 하나님의 아들이시며 하나님과 동격임을 내 눈으로 확인하는 순간이었습니다. 예수 그리스도는 어제도 계셨고 오늘도 계시고 장차 오실 이였던 것입니다."

"아멘, 오오, 주여!"

사울의 간증을 들은 일부 신도들은 무릎을 꿇고 엎드리며 감동의 눈물을 흘렸다.

"그 순간 나는 사나 죽으나 주님만 붙들고 죽어도 주님을 위해 죽고 살아도 주님만을 위해 살며 내 안의 주님을 위해 주님의 복음만 전하고 주님만 모시고 다니며 목숨 다 바쳐 살겠다고 서약했습니다."

사울의 간증이 끝나자 끝까지 남아 있던 신도들은 엎드린 채 감사의 기도를 올리고 있었다. 그때 회당장 아나니아가 다가와 소곤거렸다.

"회당 앞에 몇십 명의 유대교도들이 흥분하여 몽둥이를 든 채 기다리고 있다니 뒷문으로 속히 피하여 다메섹을 떠나시는 게 안전할 것 같습니다. 어서 가시오."

회당 밖으로 먼저 나간 유대교도들은 사울의 배신에 분노하여 그를 잡아 족치려고 대기하고 있다는 것이었다. 사울은 조그만 회당 뒷문을 통하여 재빨리 몸을 피했다. 그런 다음 다메섹 시내를 빠져나가기 위해 뛰다시피 잰걸음을 옮겼다.

사울이 예루살렘으로 다시 돌아온 것은 다메섹을 탈출한지 3일만이었다. 밤이 이슥해서야 성안으로 들어올 수 있었다. 피곤한 몸을 이끌고 집안으로 들어 왔다. 아내 유오디아가 거실에 앉아서 바느질을 하고 있었다.

"아니 당신,"

들어서는 사울을 보자 아내가 놀라 다가왔다.

"이게 어찌된 일이에요? 당신 가셨다가 길에서 강도라도 만난 거예요?"

"강도?"

"당신 입은 옷을 보세요. 남루하기 그지없고 얼굴은 또 뭐예요? 머리와 수염은 말라버린 수세미 같이 됐어요."

"피곤하오. 물부터 한 잔 내오시오. 목이 탑니다."

아내는 물 컵을 내다주고 어서 씻으라 했다. 사울은 대강 몸을 씻고 나서 침실로 들어오자 그냥 쓰러져 잠이 들어버렸다. 죽은 듯 하룻밤 하루낮을 자고 일어났다.

"이제 피로가 가셨어요?"

아내가 갈아입을 새 옷을 가져다 놓고 물었다.

"다시 살아난 기분이요 유오디아, 난 다메섹에 가서 노상강도를 만난게 아니고 죽은 자 가운데 다시 살아나신 구주 예수님을 뵈었소."

"뭐라구요? 그렇게 주장하는 예수당들을 소탕해야 한다고 가신 분이 이상한 말씀을 하시네요?"

아내는 사울의 말을 믿지 않으려 했다. 사울은 그제야 차근차근 자기 앞에 현현하신 예수 그리스도와 그분과의 대화 내용 등을 자세히 전해주었다.

"그게 사실이에요? 몽환 중에 환상으로 뵌 게 아니구."

"그렇소. 환상이 아니라 직접 실제로 내 앞에 나타나셨소."

"멀었던 눈도 다시 고쳐주시구요?"

"음."

"예수께서는 죽은 뒤에 다시 부활하시어 살아나시고 하늘에 올라 전능하신 하나님 우편에 계시게 된 진정한 구원자이며 메시야이셨군요. 왜 우리는 그걸 몰랐었지요?"

아내가 감격해하며 되물었다.

"그 진실을 직접 보여주시기 위해 나타나신 거요. 예수께서는 사울아, 나를 보라며 다시 말씀하셨지. 눈부신 모습이었소. 말씀이 이어졌어요. 우리 조상들의 하나님이 너를 택하여 너로 하여금 자기 뜻을 알게 하시며 저 의인을 보게 하시고 그 입에서 나오는 음성을 듣게 하셨으니 네가 그를 위하여 모든 사람 앞에서 너의 보고 들은 것에 증인이 되리라 하셨소. 그때까지 주님을 핍박해 온 백번 죽어 마땅한 나 같은 죄인을 용서하시고 이제부터는 하나님이 택정(擇定)한 바가 있고 그 택정한 소명을 나에게 주셨으니 평생 증인이 되어 전하라 하신 것이오. 예수께서 직접 나에게 소명을 내리셨소."

"앞으로는 어찌하실 거지요?"

"주님의 복음을 전하는데 신명을 다 바쳐야지요. 안식일부터는 회당에 나가 나의 회심을 전하고 주님이 나에게 하신 일을 증언하려 하오."

사울은 안식일이 되자 잠시 망설였다. 유대인 회당에 나가 예배를 드리고 다메섹 회심에 대한 간증을 할까 했으나 주님께 기도하여 그 응답부터 들어보고 나서야겠다는 생각을 하게 되었다. 사울은 여느 때처럼 성전으로 예배를 드리기 위해 나갔다. 아직은 다메섹 사건이 예루살렘까지는 전해지지 않았는지 누구도 그를 주목하지 않았다. 사울은 이제부터 어떻게 해야 될지 가르쳐달라며 간절히 기도하기 시작했다.

"주님, 저는 주를 믿는 사람들을 가두고 각 회당에서 때리고 또 주의 증인 스데반이 피 흘릴 적에 내가 곁에 서서 찬성하고 그 죽이는 자들의 옷을 지켰나이다. 예루살렘 성민치고 그걸 모르는 자 없나이다. 저는 그들 앞에 어떻게 서야 합니까?"

아침부터 저녁때가 되도록 기도를 하고 있을 때 비몽사몽간에 다메섹에서 본 주의 모습이 보이고 말씀이 들려왔다.

"속히 예루살렘에서 나가라. 그들은 네가 나에 대하여 증거하는 말을 듣지 않을 것이다. 떠나가라. 내가 너를 멀리 이방인에게로 보내리라."

사울은 놀라 일어나 성전을 뒤로 하고 급히 집으로 돌아왔다. 이튿날 아침 사울은 길 떠날 채비를 하고 아내와 아침 식사를 했다.

"아니, 또 어디루 가시려구요?"

"유오디아, 지금부터 내가 하는 말 새겨주시오."

"왜 그러세요? 왜 그렇게 심각하세요?"

"성전에서 하나님께 이제 난 예루살렘에서 무엇부터 해야 합니까 하고 기도로 물었소. 그러자 환상 중에 나타나셔서 평생 내가 짊어지고 가야할 십자가를 지워주셨어요. 예루살렘을 떠나라! 내가 너를 멀리 이방인에게로 보내리라 하셨습니다."

"이방인이라면?"

"히브리인이 아닌 이방에 살고 있는 헬라계 유대 형제들을 비롯하여 유대교를 믿지 않는 여러 민족들을 찾아다니며 주님의 복음을 전하고 증거하라는 명령을 내리신 거요. 그래서 난 지금 떠나려는 겁니다."

"목적지는 정하셨어요?"

"발 닿는 곳 주님이 정해주시는 곳이 목적지요."

"저두 함께 가게 해주세요. 강건한 몸도 아니신데 저라두 곁에 있어야 보살펴드리지요."

"그래서 말인데 유오디아, 이집은 누님 댁에 맡기고 당신은 다소 집에 돌아가 있는 게 좋을 것 같소. 당신한테는 가혹하게 들릴지 모르지만 난 다메섹 회개 후 나에 대한 사사로운 모든 것은 희생하기로 결심했소. 기름진 식사 푹신한 잠자리 일상의 작은 쾌락 등 그 모든 걸 버리기로 한 거요. 골고다의 십자가 길을 가신 주님의 고난의 길을 나도 한 발 한 발 걸어갈 겁니다. 내게 아내가 있다는 건 사치입니다. 다시는 날 찾지 말아줘요."

"사울!"

"별거한다, 그렇게 생각해주시오. 할 말이 없소."

오열을 삼키는 아내를 뒤로 하고 사울은 정든 예루살렘 집을 뒤로했다. 그는 남쪽을 향해 걷기 시작했다.

헤브론을 지나면서 사울은 사해(死海) 끝자락을 돌았다. 무념(無念) 상태였다. 머리 속은 텅 비어 아무 것도 생각나지 않았다. 그저 목적 없이 발길닿는 대로 걷고 있었다. 사해 끝자락에서 동쪽으로 향했다.

광야가 펼쳐지고 있었다. 사울은 한 손에 책과 파피루스 두루마리 축으로 된 종이와 필묵(筆墨) 그리고 갈아입을 겉옷을 싼 보퉁이를 들고 지팡이를 의지한 채 회색바위들이 깔린 황무지를 걷고 있었다.

이윽고 눈앞에 나무 한그루 풀 한포기 보이지 않는 바위산들이 광야 한복판에 그것도 겹겹이 병풍처럼 버티고 서있는 곳에 이르렀다. 그 바위산들은 광야 위에 떠있는 섬처럼 보였다. 나무 한그루 풀 한포기 없는 깎아지른 듯한 돌산들이 모두 한 곳에 겹겹이 모여 있었던 것이다.

길은 바위산 밑으로 나있었다. 삼거리 갈래 길이 나섰다. 길 하나는 카트라나와 암만으로 향하는 방향이었고 왼쪽으로 가는 길은 바위산 속으로 들어가는 방향이었다. 바위산 쪽으로 들어가는 길로는 십여 마리의 짐 실은 낙타들이 일렬로 늘어서 가고 있었다.

사울은 낙타 캐러밴(隊商)의 뒤를 따랐다. 바위산 밑에 이르자 조그만 광장이 나왔다. 그곳은 높은 산비탈 때문에 그늘이 져서 시원했고 지나는 길손을 위해 우물터도 있었다. 낙타나 노새에게도 물을 먹이고 사람들도 목을 축이고 있었다. 사울도 다가가 시원한 물로 갈증을 풀었다.

그 때 누군가 등 뒤에서 말을 걸었다. 길안내를 맡은 안내인이었다.

"바위산 속 도시인 세라로 들어가려면 말이나 노새를 타야합니다. 세라로 가실 거죠?"

"걸어서 가면 될텐데? 왜 짐승을 타야 한다는 겐가?"

"한 번도 안들어가 보셨죠? 들어가 보면 압니다. 왜 타고 가야 하는지."

"좋아, 그럼 자네 노새를 타기루 함세."

"예, 여기 노새 대령했습니다."

그는 자기 노새를 끌고 와 타라 했다. 사울이 노새 등에 타자 그는 신이 나서 고삐를 끌고 앞장섰다. 광장을 벗어나 비탈진 낭떠러지 바위 틈으로 난 좁은 길로 들어섰다. 그 길은 바위와 바위 사이로 구불거리며 나 있는데 가고 오는 노새 두 마리가 겨우 비껴 다닐 수 있을 만큼 협소한 길이었다. 그 길에 들어서자 들어가고 나오는 노새와 말들이 줄을 잇고 있음을 볼 수 있었다.

"여기서 시내는 먼가?"

사울이 물었다.

"2km정도 바윗 틈에 난 이 길을 꼬불대며 들어가야 대접 속 같은 곳에 있는 세라 시가지가 나옵니다."

둘러보니 병풍처럼 둘러싼 석벽이고 햇빛마저 들어오지 않고 있었다.

세라로 불리는 이 바위산 속의 도시는 나바테안(Nabatean 요르단)왕국의 수도인 페트라(Petra)였다. 나바테아 왕국의 영토는 북으로 시리아의 다메섹으로부터 갈릴리 동쪽에서 사해동쪽에 이르는 긴 땅이었다.

"바위 석벽 중간에 길을 낸 것처럼 홈이 파여있는 듯 한데 저건 뭔가?"

사울이 가리켰다.

"대단하십니다. 그걸 지적하시는 손님은 본적이 없는데 손님께서는 물어보시네요. 저건 수도입니다."

"수도? 물길?"

"시내는 겹겹이 둘러싸인 돌산 속이라 시냇물도 흐르지 않고 우물도 없습지요. 그래서 외부에서 물을 끌어다가 씁니다. 그 물을 끌어들이는 수로를 석벽 중간에 홈을 파서 만들었는데 역시 1마일정도의 길이를 가지고 바위산 속의 시내까지 통하게 되어 있습니다. 그 수로가 숨어 있기 때문에 원래 알려지지 않아 일반 사람들은 모르고 있었답니다. 그런데 그 수로 때문에 페트라가 로마군의 공격에 무너져서 항복하게 되었답니다."

사울은 고개를 끄덕였다. 지금 느밧왕국은 로마의 식민지였고 로마의 총독대신 아레다왕이 명맥만 유지한 채 다스리고 있었다.

"로마군은 3년 동안이나 페트라를 떨어뜨리려고 공격을 계속했지만 페트라는 보시다시피 이렇게 높은 돌산의 석벽들이 겹겹이 둘러싸고 있어 점령할 수가 없었답니다. 공격을 포기하려던 중 어떤 병사가 외부에서 들어오는 수도의 물길을 발견하게 되어 사령부에 보고를 하게 되었고 즉시 로마군은 성안으로 통하는 물길을 끊어버렸다 합니다. 마침내 성안의 느밧군은 식수가 없어 견디지 못하고 한 달 만에 항복했다 합니다."

"나바테아(느밧)왕국은 왜 이 불편한 곳에 수도를 정했을까?"

"창고로 사용하기 위해서였지요."

"창고? 무슨?"

"동서양을 잇는 실크로드의 종착지랍니다."

"페트라가?"

"예. 중국 인도를 거쳐 오는 실크로드의 캐러밴들은 거의 모두 이곳 은밀한 페트라 속으로 들어와 짐을 푼다고 합니다. 가보시면 알겠지만 페트라는 나무로 짓거나 돌을 쌓아서 지은 집이 없습니다."

"그럼 뭘로 짓지?"

"모래바위들이라 무른 편입니다. 그래서 석벽을 파내고 또 깎아서 건물을 만든 겁니다. 오직 암벽 속을 파내고 다듬어서 집을 만들었기 때문에 집들의 앞부분만 밖으로 돌출되었을 뿐 집안은 굴속처럼 바위 속에 들어 있지요."

그런 집들의 구조 때문에 값비싼 실크로드의 귀중한 동양 상품들을 잘 보관할 수 있었고 또 동양에 가져다 팔 서양상품들을 모아 보관하는데도 지형상 외부로부터의 약탈이나 절도 등을 막아낼 수 있는 안정성 때문에 상인들이 좋아하게 되었다는 것이었다. 나바테아 왕국이 예부터 부국 중의 하나로 군림하게된 것도 따지고 보면 수도 페트라의 창고업(倉庫業)에서 벌어들인 돈 때문이었다. 아닌 게 아니라 반마일쯤 좁은 바위틈 길을 지나자 시야가 넓어지고 길이 커졌다. 조금 떨어진 곳에 조그만 광장이 있었다. 말과 나귀들이 매어져 있고 길 안내자들이 손님을 기다리고 있었다.

"다 왔습니다. 여기서 내리셔서 걸어가시면 됩니다."

나귀에서 내리라 했다. 사울은 노자를 주고 큰길로 나섰다. 엄청나게 높고 큰 건물이 길가에 서 있었다. 이오니아식의 돌기둥들이 떠받치고 있는 사원이었다. 사원은 석벽을 파내어 공간을 만들고 돌을 깎고 다듬어서 기둥을 만들어 놓은 상태였다. 자재를 가져다가 지은 건물이 아니고 원래 있는 석벽을 파고 깎아 만든 사원이었다. 이방신을 모시는 곳이라서인지 옥색 가운을 입고 붉은 허리띠를 한 신녀(神女)들이 술항아리를 들고 부지런히 들락거리고 있었다. 큰 길이 뻗어 있는 쪽을 바라보니 사방이 2km 가 안돼 보이는 작은 분지(盆地)가 늘어선 돌산 중앙에 펼쳐져 있었다.

"신기한 곳이구나."

사울은 놀랍다는 듯 고개를 끄덕였다. 큰길 좌우에는 역시 석벽을 파고 만든 건물들과 가옥들이 이어져 있었고 산자락에도 집들이 동굴처럼 들어서 있었다. 사울은 시내의 중심지로 나갔다. 바위산들은 사암(砂岩)이어서 모든 건물들은 온통 붉은 색이었는데 큰길 좌우로 화강암으로 된 하얀 석주(石柱)들이 회랑을 만들고 서 있는게 보이고 왼쪽 언덕에는 원형극장이 있어 이 땅도 로마 제국의 일부임을 말해주고 있었다.

마침 맞은 편에서 걸어오고 있는 사나이가 있었다. 그는 갈색 옷을 입고 머리에 붉은 줄이 있는 머리수건인 푸시를 쓰고 있어 느밧인처럼 보였지만 검정 수염으로 덮인 얼굴은 히브리인임을 알 수 있었다.

"샬롬!"

"샬롬!"

"말씀 좀 물어보십시다. 초행이어서 그러오만 이곳에도 유대인 형제들이 많이 삽니까?"

"백여 명 되지요."

"그럼 예배드리는 회당이 있겠군요."

"있지요."

"알려주실 수 있을까요?"

"예, 저기 언덕에 있는 게 원형극장이구요. 그 왼쪽 밑으로 있는 건물이 공중목욕탕입니다. 그 목욕탕 뒤쪽에 시나고구가 있습니다."

"고맙습니다."

사울은 그 사람이 가리켜준 유대인 회당을 찾아갔다. 조그만 회당이었다. 텅 빈 채 아무도 없었다. 한동안 기도를 하고 난 사울은 하릴없는 사람처럼 시가지 구석구석을 돌아다녔다. 그래도 사람들이 많이 왕래하는 곳은 시장이 있는 저자거리였다.

화덕에 붙여서 갓 구워 낸 얇은 떡 다섯 장을 사든 사울은 보퉁이에 넣고 시장 뒤로 보이는 돌산 쪽으로 걸음을 옮겼다. 돌산 중턱에는 여러 개의 동굴입구 같은 게 여기저기 뚫려있었다. 살림집은 아닌 듯 했다.

입구 부근에 와서야 동굴들은 모두 묘지라는 것을 깨달았다. 죽은 자들의 시신들은 마포에 싸서 동굴 안에 선반식으로 만들어진 공간에 안치해 놓고 있었다. 비어있는 곳을 찾던 사울은 조금은 넓은 굴속에 두 개쯤 비어있는 공간을 발견하고 자리를 잡았다.

사울은 이곳을 기도처로 정하기로 하고 생활도 이곳에서 하기로 했다. 가시밭길을 걸어온 나그네가 모처럼 휴식을 취하는 기분이었다. 평온하고 행복했다. 입을 열고 기도하면 오직 여기까지 인도해주신 주님께 감사한다는 말만 나왔다.

"첫 째도 감사, 둘째도 감사 모두가 감사할 뿐입니다. 주님! 잠시 이곳에 머물며 엉클어진 사유(思惟)의 온갖 가닥들을 정리하며 주님의 십자가 길을 떠나기 위한 준비를 할까 합니다. 성령으로 인도하여 주옵소서."

사울은 벽을 향해 앉아 명상에 잠겼다. 수많은 사념들이 거미줄처럼 얽히고설킨 채 머리속에 부유했다. 다소의 거리에서 보낸 유년시절의 모습이 떠오르는가하면 가말리엘 율법학교에서 공부에 열중하던 모습이, 산헤드린 재판정에서 재판부에 집사 스데반의 사형선고를 내리도록 만들던 광경이, 미친 듯이 욕설을 퍼붓는 유대인 군중들의 돌에 맞아 피투성이가 되어 쓰러져 운명하던 그의 모습이 가슴 저린 죄의식으로 괴롭혔다.

그런가하면 다메섹의 카우카브 마을 길에서 갑자기 쏟아져 주변을 둘러싸던 정오의 태양보다 더 밝고 찬란하던 빛이 떠올랐다. 그리고 구름 저편에서 들려오는 듯한 굵고 인자했던 주님의 목소리가 귓가에 울렸다.

"사울아, 사울아, 너는 왜 나를 박해하느냐!"

"주여, 뉘시옵니까?"

"나는 네가 핍박하는 나사렛 예수다."

"오, 주님!"

사울의 이마에서는 피가 흐르고 있었다. 괴로움과 뉘우침에 어쩔 줄 모르다가 돌벽에 이마를 찧은 것이었다. 그는 계속해서 기도하며 돌벽에 이마를 짓찧었지만 아픔을 느끼지 못하고 있었다. 이마의 아픔보다는 가슴 속의 아픔이 더 컸기 때문이었다. 사울은 사흘 동안 그동안 저질러왔던 자범죄(自犯罪)의 모든 것을 위장 속에 든 것들을 토해내듯 철저하게 반성의 토사물(吐瀉物)을 쏟아내며 용서를 빌었다. 그렇게 닷새 동안 굴 밖으로 나오지 않던 사울은 안식일이 되어서야 비틀거리며 밖으로 나왔다. 예배를 드리기 위해 회당을 찾아가야 했던 것이다. 원형 극장과 아폴로 신전이 있는 거리는 여느 로마 식민지 도시와 같은 모습을 하고 있었다. 공중목욕탕 뒤쪽 작은 언덕 위에 유대인 회당이 서 있었다. 회당은 석벽을 파서 만들지 않고 근처의 다른 건물처럼 돌과 흙으로 쌓아서 만든 건물이었다. 야트막한 층계를 올라 안으로 들어갔다. 이삼십 명이 앉으면 꽉 들어찰 만큼 좁은 공간인데 예배로 모인 유대인들은 십여 명이 좀 넘을 만큼 그 수가 적었다. 사울은 벽 쪽에 무릎을 꿇고 한동안 기도를 올렸다. 누군가 토라를 읽는 소리에 사울도 벽에서 몸을 돌리고 주변을 바라보았다. 중앙 뒤쪽에 낮은 단이 하나 있는데 그 위에 앉은 중년의 사내가 두루마리로 된 성경을 봉독하고 있었던 것이다. 그가 읽고 있는 성경은 민수기였다. 성경을 읽는 자는 회당장이었고 그가 한 구절 한 구절 읽을 때마다 회중은 교대로 암송하듯 따라서 낭독하는 것이었다.

사울은 모세 오경 쯤은 그야말로 한 점, 한 획도 틀림없이 모두 암송할 수 있었다. 율법학교에 입학하기 전부터였다. 의자에 앉아 있는 사람들을 바라보니 행색은 초라해 보이지 않았다. 그들은 거의 모두 이곳에서 장사를 하고 있는 상인들이었던 것이다. 그런데 남자들 속에는 여자들 모습이 보이지 않았다. 물론 유대인 회당에 들어와 예배 보는 남녀 신도들의 구분은 철저했다. 회당 안에 앉아 예배드리는 사람은 모두 남자들뿐이고 여자는 베란다가 있는 2층 구석에 앉게 되어 있었다. 거기다가 휘장을 쳐서 예배 보는 여신도들이 보이지 않았다. 그런데 그 금기(禁忌)를 깬 유대인 회당이 있었다. 회심한 사울이 장님으로 유다의 집에 있을 때 세례를 주고 안수를 해 준 아나니아가 회당장으로 있는 다메섹의 작은 유대인 회당이었다. 회심하고 건강이 좋아져 처음으로 예배를 드리기 위해 찾아 갔던 그 회당에 들어선 순간 바울은 깜짝 놀라고 말았던 것이다. 예배당 안에는 면사포(面紗布)를 쓴 여자들도 있었던 것이다.

"처음 보십니까?"

아나니아가 물었었다.

"예."

"그러시겠죠. 부인들이 회당 예배에 참석하고 남성들과 교제를 나누는 건 없었던 일입니다만 스데반 집사가 있던 예루살렘 리버디노 회당같은 곳에서 처음으로 부인들의 예배 참석을 허용하게 되었고 서로 교제도 이루어지기 시작하여 해외에 있는 이방 회당에까지 전해져서 우리도 함께 예배를 보게 된 것입니다."

아나니아의 말이었다. 그런데 이곳 회당에 여성들이 없다는 것은 보수적인 전통 유대교를 믿는 유대인들이 예배를 보는 회당이란 뜻이었다. 사울은 다메섹의 아나니아 회당을 떠올렸다. 여성들까지 예배를 허용한 자유로운 곳인데도 사울이 간증을 위한 말씀을 전할 때 그는 분노한 유대교도들에게 잡혀서 곤욕을 당할 위기를 당하여 가까스로 피신했었다.

3
느보산의 모세와 세례자 요한

그런데 이곳 페트라의 유대교 회당에는 아예 전통적인 할례자 유대교 신자들만 모여 있는 것 같아 더욱 두렵고 긴장되기까지 했다. 사울이 이 회당을 찾아올 때까지는 적어도 자신이 체험한 새로운 믿음에 대해 무슨 일이 있더라도 전도해야한다는 다짐을 하고 있었다. 이윽고 예배의식이 끝났다. 사울이 일어나 큰소리로 말했다.

"나는 오늘 처음 온 히브리사람입니다. 처음 온 건 이 회당뿐 아니라 이곳 페트라도 처음 방문했습니다."

그러자 헤어지려던 십여 명의 신자들이 사울을 보며 그 자리에 멈춰 섰다.

"상인이시오?"

누군가가 물었다.

"아닙니다. 수행자(修行者)입니다. 어쩌다보니 예루살렘에서 여기까지 오게 됐습니다."

"무엇이 궁금하시오?"

"페트라에는 히브리 형제들이 얼마나 살고 계시며 이 회당에는 몇 분이나 나와 예배를 드리는지 궁금합니다."

“이곳 페트라에는 한 때 천여 명이나 되는 우리 유대인 동포들이 거주했지만 몇 년 전부터 상권(商權)이 약해지는 바람에 자꾸 빠져나가 요즘은 백 명이 채 되지 않습니다. 아이들과 여자들을 빼면 예배에 나올 수 있는 남자는 삼십 여명 되지요.”

“혹시 나사렛 예수에 대해 알고 계신가요?”

“예수? 여호와와 율법을 모독한 죄로 십자가 위에서 죽었다던 가짜 메시야?”

“그렇습니다. 하지만 십자가에서 피 흘리며 죽은 나사렛 예수는 가짜 메시야가 아니라 진짜 메시야였습니다.”

“뭐요? 당신이 감히 뭘 안다고 그 위험한 소릴 하지? 진짜라니? 무슨 근거로?”

“그분은 죽어서 장사 지낸지 사흘 만에 무덤에서 살아나셨고 사십일 만에 부활 승천하셨습니다.”

“지금 부활이라 했나?”

화난 얼굴로 질책한 사람은 회당장이었다. 그는 다른 신도들보다는 유대교의 율법이나 교리에 대해서는 유식한 사람이었다.

“그렇습니다.”

“우리 유대인은 조상들이 남겨 준 유전과 구전의 가르침과 율법을 배우고 지키면 마지막대에 모세보다 더 큰 권능을 가진 다윗왕의 혈통을 가진 영웅이 나타나 로마의 속박에서 해방시켜주고, 우리를 구원하기 위한 최후의 심판자로 오시는 이가 메시야 그리스도라 했소. 이스라엘의 메시야는 마지막대에 오시지 그 중간에 올 수는 없소. 율법에 명시되어 있소. 그런데 지금 메시야라 주장하는 나사렛 예수는 보잘 것 없는 목수의 아들일 뿐이고 십자가에 매달려 죽어갈 때에도 하나님의 아들이라면 왜 제 생명 하나 못 건지고 기적의 힘을 나타내지 못했겠소? 헌데 그런 가짜를 변호하는 이유는 뭐요?"

그러자 사울은 구약 성경 가운데 '이사야'서를 암송해 보겠다 했다.

"이사야 11장 1절의 말씀입니다. <이새의 줄기에서 한 싹이 나며 그 뿌리에서 한 가지가 나 결실할 것이요 그의 위에 여호와의 영, 곧 지혜와 총명의 영이요 모략과 재능의 영이요 지식과 여호와를 경외하는 영이 강림하시니…> 이는 아시는 바와 같이 이새는 다윗왕의 부친이니 그 뿌리에서 장차 오실 메시야가 탄생할 것이란 선지자 이사야의 예언이며 이어서 그는 이사야 7장 14절에 더 구체적으로 메시야이신 그리스도의 탄생을 예언하고 있습니다. <그러므로 주께서 친히 징조를 너희에게 주실 것이라 보라, 처녀가 잉태하여 아들을 낳을 것이요 그의 이름을 임마누엘이라 하리라>."

"그건 토라를 공부하는 유대인이라면 모두 알고 있는 사실입니다."

회당장이 퉁명스럽게 말했다.

"그렇습니다. 그래서 우리 이스라엘 백성들은 로마제국의 세력을 몰아내고 광복(光復)을 하며 새 이스라엘 낙원을 건설해 줄 영웅이 메시야로 마지막대에 오신다고 철석같이 믿고 있었던 것입니다. 하지만 우리가 고대하던 메시야는 그런 메시야가 아니라고 이사야께서는 이사야서 53장 4절과 5절에서 말씀하고 계십니다. 즉 메시야는 위대한 영웅으로 오는 게 아니고 '고난 받는 종'으로 오신다고 명기(明記)하셨습니다. 암송해 볼까요?

<그는 실로 우리의 질고를 지고 우리의 슬픔을 당하였거늘 우리는 생각하기를 그는 징벌을 받아 하나님께 맞으며 고난을 당한다 하였노라 그가 찔림은 우리의 허물 때문이요 그가 상함은 우리의 죄악 때문이라 그가 징계를 받음으로 우리는 평화를 누리고 그가 채찍에 맞음으로 우리는 나음을 받았도다>"

“도대체 무슨 궤변을 늘어놓으려고 이러시오?”

“조금만 더 들어 보십시오. 고난 받는 종으로 오신 메시야는 나사렛 예수십니다. 우린 그걸 몰랐던 것입니다.”

“우리라니요?”

“유대교인들을 말함이오. 그 예수를 믿는 예수당은 예수가 잡혀 십자가 위에서 피 흘리고 죽음으로 해서 우리들이 지고 있던 모든 죄를 대신 사해주셨으며 그 순간부터 우리는 우리를 얽매고 있던 모든 율법과 계율 그리고 성전제사나 할례에서 해방되었으니 그러한 것들은 지키지 않아도 되고 오로지 예수의 복음만 믿으면 구원받고 영생을 얻으며 함께 부활한다고 가르쳤소.”

“어불성설이요. 그 따위 거짓을 믿으란 거요?”

“그들은 거기서 한술 더 떠 죽은 예수는 3일 만에 다시 살아났고 40일 만에 부활하여 승천하고 여호와 하나님 곁으로 올랐다는 겁니다. 그러니 그 나사렛의 가난한 목수아들은 하나님의 아들이라는 것이었습니다. 나 역시 도저히 그들의 말에 수긍할 수 없었습니다. 이건 심각한 배교행위이기 때문이었소. 나는 우리 이스라엘의 현자이며 대교법사이신 가말리엘 선생으로부터 율법과 바리새 교육을 받았으며 랍비안수까지 받았던 히브리인 중에 히브리인입니다. 그리고 산헤드린 최고법정에 소속된 검찰부의 일원이었습니다. 예수당을 잡아내고 처벌하는데 앞장섰습니다. 그러다 예수당들이 체포 탄압을 피하여 예루살렘을 벗어나 각 지방으로 도망쳐 숨기 시작했습니다.”

사울의 말이 계속되자 모두 놀라운지 눈을 크게 뜨고 그의 입만 바라보고 있었다.

“다메섹에 많이 숨어 있다는 제보를 받고 나는 그들을 체포하기 위해 수색대를 이끌고 좇아갔습니다. 다메섹 근교의 카우카브 마을에 이르렀을 때였습니다. 갑자기 주체할 수 없는 강렬하고 찬란한 빛이 하늘로부터 쏟아져 내려 내 주위를 감싸는 바람에 너무도 놀라 말에서 떨어졌습니다. 눈앞에 보이는 것은 오직 찬란한 빛뿐이었는데 놀랍게도 사울아 사울아 너는 왜 나를 핍박하느냐는 음성이 들려오는 것이었습니다. 뉘시냐고 물었지요. 그랬더니 나는 네가 핍박하는 나사렛 예수라 하시는 것이었소, 나는 내 눈앞에 나타나신 예수님을 본 것이요. 그분은 분명 죽은 자 가운데 다시 사셨고 부활하여 승천하신 하나님의 아들이셨습니다. 나는 환상 속에서 주님을 뵌 게 아니라 직접 내 앞에 현현하신 예수 그리스도를 뵌 것입니다. 다시 살아오신 예수님이었습니다. 예수께서는 나에게 자신의 복음을 전하라 하셨습니다. 지키지도 못할 율법에 갇혀서 고통을 당하지 말고 예수를 믿음으로 의인이 되어 진정한 하나님의 자녀로 거듭 태어나라는 것이었습니다."

"잠깐!"

그 때 누군가 바울의 설교를 막고 나섰다.

"여러분. 이 자는 분명 배교(背教)한 이단자입니다. 성전 제사를 지내지 않아도 된다하고 율법은 버리라 하고 있습니다. 신을 모독하고 있습니다. 이런 자를 가만두어서는 안됩니다."

그는 오십 여세나 보이는 억센 체구를 가진 사내였다. 그는 바울의 멱살을 잡아 회당 밖으로 끌어냈다. 신도들이 우 몰려나왔다.

"어디서 갑자기 굴러 온 말뼈다귀 같은 놈이야? 네가 유대인 정말 맞아? 응? 어디 맛 좀 봐라."

그는 바울의 턱을 갈기고 사정없이 구타하기 시작했다. 누구 하나 말리는 자가 없었다. 두어 명은 아예 합세하여 함께 구타했다. 흙구덩이에 처박힌 바울은 죽은 듯이 꿈쩍하지 않고 매를 맞고 있었다. 이윽고 때리다 제풀에 지쳤는지 그자들은 침을 뱉으며 사라졌다. 얼마나 오래 흙구덩이

속에 처박혀 있었는지 몰랐다. 의식을 잃었던 그는 누군가 흔들고 있다는 걸 알고 눈을 떴다. 회당에 있던 신도 중 하나였는지 아니면 지나가던 사람 중 하나였는지 알 수 없었지만 남자 하나가 바울의 팔을 잡아 구덩이에서 꺼내주었다. 바울의 얼굴은 여기저기 터져서 피가 번져 있었고 길가에 옮겨지자 쓰러지지 않으려고 애를 쓰고 있었다.

맞은 데가 아픈지 얼굴을 쥐어짜고 있었다.

"고맙소."

그러자 그 삼십쯤 되어 보이는 사내는 바울의 겨드랑이에 손을 넣고 일으켜 세웠다.

"집이 어디지요? 내가 부축해 주리다."

"아, 아닙니다. 혼자 갈 수 있습니다."

사양했지만 그는 벌써 부축을 받고 걷고 있었다. 바울이 거주하고 있던 높은 석벽(石壁) 중앙에 파놓은 돌무덤 굴 안으로 들어온 그 사내는 깜짝 놀라는 얼굴이 되었다.

"여긴 공동 돌무덤입니다. 왜 이곳에 계십니까?"

"나한텐 천국입니다. 며칠 전 이 페트라에 들어와 어디가 어딘지 알 수가 없어서요."

"저희 집에 가 계시지요."

"아닙니다. 이곳이 좋습니다."

"제 이름은 후새이고, 이곳에서 향료장사를 하고 있는 상인입니다. 난 오늘 선생의 설교말씀을 듣고 내가 모르고 있던 새 세상이 있다는 걸 깨달았습니다. 감명을 받았습니다. 선생을 뵙고 예수 복음을 날마다 듣고 싶습니다."

"고맙소."

열다섯 명 신도중에 단 한 명의 성도를 얻게 되었던 것이다. 후새라는 청년은 바울의 예수에 관한 복음을 듣고 감동하여 세례받기를 자청했다. 바울은 그를 위해 세례를 베풀었다. 그런 다음 세례의 의미를 알려주었다.

"아브라함의 자손으로 태어난 유대인이라는 게 중요한 게 아니라 자신의 죄를 진심으로 회개하고 세례를 받아야 참 이스라엘 백성이 되는 것입니다. 성도들이 물세례를 받는 것은 그리스도 예수와 연합되어 주님과 함께 장사되었음을 뜻하고 거듭 새롭게 태어났다는 뜻이므로 두 번 다시 새로운 죄를 범해서는 아니된다는 걸 명심하시오."

후새는 시장에서 향신료를 팔고 있는 장사꾼이었다. 정직하고 부지런한 젊은이였다. 며칠이 지난 어느 날 후새는 바울에게 상의를 해왔다.

"시장 안에서 함께 장사하는 친구들이 몇 명 있는데 예수님 복음을 들려주었더니 선생님을 꼭 한번 뵙고 싶다고 했습니다. 어떡할까요? 선생님이 시장 저자로 나오시겠습니까?"

"아닐세. 안식일에 이곳으로 은밀히 데려오게."

"그러겠습니다."

그는 약속대로 안식일이 되자 세 명의 청년들을 데리고 동굴 무덤 안을 찾아 왔다. 모두 후새처럼 장사를 하고 있는 젊은이들이었는데, 하나는 유대인이었고 두 사람은 이방인인 아라비아인이었다. 바울은 세 사람의 제자들을 앉혀두고 새로운 예수 복음을 전했다. 세 사람은 바울의 설교를 듣고 모두 감복했다. 마침내 새로 온 두 사람에게도 세례를 주고 입교를 시켰다. 무덤교회가 생겨나게 되었던 것이다. 시내에 있는 유대인 회당 예배에는 참예할 수가 없었다. 비록 열 명 정도밖에 안 되는 유대인 교도들이 모이고 있었지만 그들은 이단자인 바울이 나타나기만 기다리고 있었기 때문이었다. 다시 한 번만 나타나면 가차 없이 잡아서 매를 치고 페트라에서 내쫓아 버리겠다고 다짐하고 있었던 것이다. 하지만 바울은 개의치 않고 동굴에 묻혀서 묵상 생활을 했다. 그렇게 6개월이 흘러갔다. 그에 따라 제자들의 숫자도 늘어나 열 명이 되었다. 열 명 가운데 할례 받은 유대인은 3명이었고 나머지 일곱은 모두 이방인들이었다. 그들은 안식일마다 이십여 미터나 되는 석벽 돌틈 계단을 올라와 돌무덤이 있는 동굴 안에서 예배를 드렸다.

그러던 어느 추운 날 아침이었다. 숨이 턱에 닿아 후새가 동굴 안으로 들어와 바울을 찾았다.

"선생님, 큰일 났습니다. 선생님!"

후새가 기도를 하고 있던 바울의 어깨를 흔들었다.

"시나고구 쪽에 있던 유대인 할례자들이 모두 모여 몽둥이를 휘두르며 이곳으로 몰려올 것 같습니다."

"뭐라구? 여길 어떻게 알았지?"

"그보다 목숨이 위태로우실 것 같아 뛰어왔습니다. 어서 피하십시오."

"알았다. 후새! 잠잠해 진 뒤에 돌아올 테니 내가 없더라도 안식일 성수(聖守)하고 예배 잘 드리고 있거라."

"약속드리겠습니다. 어서 피하십시오."

"그래, 그럼?"

바울은 처음 올 때처럼 겉옷 한 벌과 파피루스 종이 두루마리 필기도구 등이 든 보퉁이와 지팡이만 들고 옆 동굴로 통하는 출구로 빠져나갔다. 동굴 무덤의 구조는 지상에서 이삼십 미터 높이의 사암 석벽에 벌집마냥 동굴을 파고 시상(屍床)을 만들어 놓고 그 위에 마포로 싼 시신을 올려놓고 있었다. 동굴 속은 깊게 파들어 가 큰 곳은 수십 구의 시체를 둘 수 있게 되어 있었고 전체 동굴은 안에서 서로 통할 수 있게 출입구가 되어 있었다. 기거하고 있던 무덤 굴에서 오륙십 미터 지나가야만 공동묘지가 끝나고 그쪽 돌계단을 밟아 지상으로 내려올 수 있었다. 도망치던 바울이 다른 굴 입구에 숨어서 내다보자 몽둥이를 든 할례자들 십여 명은 이미 회당에서 나와 우물터를 지나고 중앙로를 걸어오고 있는 게 보였다. 다행히도 그들이 오고 있는 쪽에서 보이지 않는 석벽에 계단이 나있었다. 말이 계단이지 석벽에 흠집을 내서 파놓은 층계였다. 바울은 급하게 까마득하게 내려다보이는 지상을 향해 뒤돌아 서 매달린 자세로 한 계단 한 계단 뒷걸음으로 밟아 내려갔다. 바로 오른쪽에 엘 카즈네 제사 사원의 상층부가 보였다. 꼭대기 어딘가에 보석이 숨겨져 있다고 이곳 사람들은 믿고 있었다. 그래서 사원의 이름도 엘 카즈네(보물)라 부르는 것이다.

바울은 마침내 지상으로 내려와 급히 엘 카즈네 사원 광장을 벗어나 걸음을 빨리 했다. 노새를 불러 타고 갈만큼 시간적인 여유가 없었다. 그는 수십 미터가 넘는 깎아지른 바위들이 서 있는 비좁은 사잇길을 휘돌아 페트라를 벗어났다. 한동안의 시간이 지나서야 바위산의 도시에서 완전히 떠날 수 있었다. 잿빛 먼지만 가득히 바람에 날리는 황량한 사막이 계속되었다. 어느 쪽으로 가야할까 망설였다. 멀지 않은 곳에 공동우물터가 있었고 캐러밴들이 목마른 낙타들에게 물을 먹이고 있었다. 바울도 그곳에서 빈 가죽 주머니를 열어 물을 채우고 목도 축였다. 그런 다음 나이 지긋해 보이는 상인에게 물었다.

"죄송합니다만 난 페트라에서 나오는 길입니다. 방향을 모르겠습니다. 어디가 남인지 북인지요."

"날 바라보고 서있는 곳이 북쪽 방향이요."

"전 예루살렘 사람입니다. 사해를 끼고 남쪽 길로 돌아서 왔습니다. 이젠 북쪽 길로 가보고 싶습니다. 느보산으로 가는 아르논 계곡은 얼마나 먼가요?"

"아르논? 디본(Dhiban) 아르논을 말하시는 모양이군?"

"그렇습니다."

"당신은 히브리인이요?"

"예."

"그래서 아르논 계곡을 찾고 느보산을 찾는 거로구먼?"

"그렇습니다. 모세께서 눈을 감으신 산, 느보산도 그 부근에 있나요?"

"약간 떨어져 있긴 하지만 부근이라면 부근이지요. 그쪽으로 가려면 저기 보이는 큰길을 따라 계속 북쪽으로 가시오. 아마 삼사일 걸릴께요."

"고맙습니다."

바울은 감사 인사를 한 다음 직사광선을 피하기 위해 머리에 두꺼운 두포(頭布)를 감아 쓰고 결연하게 북으로 길을 잡아 걷기 시작했다. 그는 주위를 둘러보았다. 끝없이 펼쳐진 사막, 광야의 길이었다. 이스라엘 민족은 출애굽을 한 뒤에 모세의 인도로 약속의 땅 가나안을 향해 대이동을 했다. 직선거리로 40일이면 들어갈 수 있는 땅을 하나님은 40년 동안 광야생활로 연단을 시켰다. 하나님의 뜻을 거슬렀기 때문에 받은 벌이었다. 120세가 된 모세는 홍해를 건넌지 40년 만에 바로 이 길로 가나안 가는 마지막 여정을 삼았다. 바울은 그 때로부터 1천 3백년이 지난 지금 수십만 선조들이 목마름과 무더위와 배고픔에 시달리며 기진맥진 걸어갔을 형극(荊棘)의 길에 똑같은 고통을 겪으며 동참하고 있었다. 다행히 만하루 만에 시냇가에 이르러 쉬어가게 되었다. 그 냇물은 세렛이란 시내였다. 이곳부터는 에돔 땅을 벗어나 모압 땅으로 접어드는 경계지역이기도 했다. 길하렛셋이란 오아시스부터는 주변에 풀숲이 보이고 올리브 나무들도 언덕 여기저기에 자라고 있는 것이 보였다. 남쪽에서는 보지 못하던 녹지대였다. 지나가는 사람에게 물어보니 이 계곡이 아르논 계곡이라 했다. 모세를 따라 이 계곡에 이른 이스라엘 백성들의 행복감을 함께 느끼고 숨 쉬는 것 같았다.

계곡 안에는 아르논 강이 가로질러 구불거리며 흐르고 있었다. 이스라엘 백성들은 아르논강을 건너서 디본(現 Dhiban)을 점령했다. 이곳에서 사해 쪽으로 솟아 있는 느보산으로 넘어가 종착지인 가나안땅으로 들어갈 예정이었다. 디본은 제법 큰 지방 읍내였다. 그곳에 도착한 바울은 마침 다음날이 안식일이라서 예배를 드리려 유대인 회당을 찾아 갔다. 예배자는 모두 이십 여명이었다. 바울은 회당장을 만나 자신의 신앙을 간증할 시간을 달라 했다. 당장은 허락했다. 예배가 끝나고 바울은 신도들 앞에서 예수의 복음을 선포했다.

"우리 이스라엘 역사에는 두 분의 아담이 탄생한 기록을 가지고 있습니다. 첫째 아담은 하나님께서 흙으로 빚어 생령을 불어 넣어 에덴동산에 하와와 함께 살게 하신 최초의 아담입니다. 최초의 아담은 하와와 함께 선악과를 취함으로써 영원히 씻지 못할 죄를 저질렀습니다. 이것이 인간의 원죄(原罪)입니다. 하나님은 원죄를 씻어주시고 다시는 죄를 짓지 않게 하려 했지만 인간들은 언제나 잠시 회개할 뿐 파멸의 고비만 벗어나면 언제 그랬느냐며 또다시 죄를 지으며 살아 왔습니다. 하나님은 마지막으로 이스라엘 백성들에게 메시야를 보내주시고 인간들을 죄에서 구원해주시기로 하고 하나님을 대신해서 죄사함을 주시기 위해 성육신하신 하나님의 아들을 보내셨습니다. 이 아드님이 두 번째 아담이십니다. 이 분이 바로 골고다의 십자가에서 매달려 돌아가신 나사렛 예수이십니다. 이 분이 우리 모두 기다리고 있던 메시야이며 그리스도였습니다. 이 분이 바로 하나님의 아들이었습니다. 십자가에서 피 흘리며 돌아가신 하나님의 아들 예수 그리스도가 죽은 지 사흘 만에 부활하고 승천하여 하나님 우편에 앉아 계시다가 죽을죄를 지었던 나를 용서하고 구원해주시려고 다시 지상에 오시어 내 눈앞에 나타나셨습니다. 나는 그분의 모습과 육성까지 듣게 되는 기적을 체험했습니다. 예수 그리스도께서는 인간의 죄를 모두 다 감당하기 위해 십자가에서 돌아가셨습니다. 예수의 죽음은 모든 인간의 죄가 함께 죽었다는 뜻이며 죄가 없어져 깨끗해졌다는 뜻입니다. 죽은 자 가운데 다시 살아나셨습니다. 부활입니다. 예수께서 죽지 않고 부활했다는 것은 우리 인간들도 예수의 도움으로 모두 죽지 않고 부활하여 영생한다는 것을 보여주신 것입니다. 첫 번째 아담은 죄악의 상징이었으나 두 번째 오신 아담은 구원의 메시야 예수였습니다. 예수 그리스도를 믿으십시오. 예수의 부활을 믿으면 누구든 죄사함을 얻고 영생을 얻어 살 수 있습니다."

바울의 간증은 뜨겁게 성령에 휩싸인 채 감동적으로 퍼져나갔다. 바닥에 앉아 있던 신도들은 마치 석상들처럼 움직이지 않고 굳은 표정으로 듣고 있다가 시간이 흐르자 서서히 굳었던 얼굴이 펴졌다. 바로 그때 누군가 자리를 박차고 일어나 큰소리로 외쳤다.

"우리가 원하고 갈구하는 메시야는 목수아들 같은 그 나사렛의 사기꾼이 아니오. 무슨 잠꼬대 같은 소릴 지껄이고 있는 거야? 율법만 잘 지키며 모시면 우리 모두 구원을 받고 천국에 간다고 했소. 그건 어떻게 생각하오?"

"율법은 인간의 죄를 사할 수도 없고 다만 죄를 고발하는 것에 불과합니다. 율법을 행함으로 의를 얻는 게 아니라 예수를 믿어야 구원을 받을 수 있습니다."

"형제들! 저 자는 감히 하나님의 성전에서 하나님이 주신 계율을 모욕하고 있소. 저런 이단자는 잡아 족쳐야 합니다."

"옳소, 물고를 냅시다."

앉아 있던 신도들은 삽시간에 모두 일어나며 바울의 멱살을 거머쥐고 회당 밖으로 끌어냈다. 어디서 가져왔는지 몽둥이를 들고 와 후려패기 시작했다. 바울은 비명을 지르며 매를 맞다가 그냥 버티다가는 죽을지도 모른다는 생각에 절룩거리며 도망치기 시작했다. 성난 유대인들은 처음엔 쫓는 척 하다가 멀리 도망치자 손을 털었다. 바울은 상처 난 얼굴로 왼쪽 다리를 끌며 디본 성내를 벗어났다. 얼마를 걸어오다 보니 서쪽에 민둥산 하나가 보였다. 산 위에는 성이 있었다. 그리고 주변에는 무화과나무들이 서 있고 서너 채의 토담집이 있었다. 바울은 어제부터 먹지 못해 배고픔을 견딜 수 없었다. 그는 가운데 있던 나지막한 토담집에 들어가 나귀를 손질하고 있던 주인에게 사정했다.

"나그네인데 배가 몹시 고픕니다. 음식을 사먹을 곳도 없고 그래서 그러는데 돈은 드릴 테니 떡을 좀 나눠주실 수 없습니까?"

그러자 주인은 한동안 바울의 위아래를 훑어보다가 어디서 다쳤느냐고 물었다.

"날 오해한 사람들한테 매를 맞았습니다."

"얼굴이나 좀 씻으시오."

주인은 열 살쯤 돼 보이는 아들에게 물을 떠오라 시켰다. 뜻밖에 바울은 상처 난 얼굴을 씻고 그 집에서 간단한 식사를 하게 되었다.

"강도를 만난 것이오?"

"아, 아닙니다. 나는 예수 그리스도의 복음을 전하는 선교사입니다."

"예수?"

"아십니까?"

"들어서 알고 있지요. 예수는 자칭 유대인들을 구할 수 있는 구세주라 선전하고 다니다가 잡혀서 십자가에 매달려 죽은 사람 아니오?"

"이곳엔 그렇게 소문이 나있습니까?"

"그럴 수밖에 없지요. 여긴 아모리 땅입니다. 우리는 그 잘난 체 하는 유대인이 아니란 말이지요. 우린 아랍인이지요."

"잘난 체라니요?"

"우리는 천민이라며 함께 식사도 하지 않습니다. 쥐뿔도 아닌 것들이

콧대만 세우지요."

"난 유대인이지만 쥔장 어른 가족과 함께 식사를 하지 않습니까?"

"그거야 다급하니까 그러겠지요."

"아닙니다. 우린 모두 형제입니다. 구약성경에 보면 장차 이 땅에 메시야인 예수 그리스도가 오신다고 많은 선지들이 예언하고 있었습니다. 오셨던 예수님은 바로 그 분이셨습니다."

"내 뒤에 오는 사람이 진정한 메시야다라며 요단강 강물로 데려가 세수인지 세례인지 준 사람도 있지요?"

"많은 걸 아시네요? 세례자 요한을 어떻게 아시지요?"

바울이 깜짝 놀라 물었다. 바울이 세례자 요한의 이야기를 처음 들은 것은 집사 스데반을 문초할 때였다. 예수의 활동상황은 풍문으로 알고 있었지만 바리새 랍비였던 바울은 의식적으로 무시하고 흘렸었다. 세례자 요한도 스데반에게서 들은 것이 전부였다.

"요한을 만난 적이 있습니까?"

"만난 적은 없습니다. 오시다보면 사해 쪽으로 높은 언덕에 성채가 있는 걸 보셨지요?"

"봤지요."

"우리 집 뒤 쪽에 있는 마을은 무카베르(Mukawer)란 마을입니다. 그리고 사해 쪽으로 보이는 높은 언덕 성채는 마케루스(現 Mishnaqa)라 합니다. 요단강 남단(南端)에서 사해로 들어오는 시냇가에 벧 아라바(Beit Arava)라는 작은 마을이 있습니다. 유대광야에서 늑대 가죽 털옷을 입고 메뚜기나 잡아먹고 방랑하던 요한이란 사람이 그 시냇가에 나타나서 인간은 모두 회개하고 물로 세례를 받아야만 새로운 유대의 하나님 백성이 된다고 외쳤답니다. 예수도 그 사람한테 세례를 받았다던데 사람들이 당신이 온다 온다하던 구세주냐 하니 나는 아니다 내 뒤에 오는 사람이 바로 그다라고 했답디다. 사람들이 그 사람 주변에 구름처럼 몰리자 헤롯왕은 그러다가 민란이 일어나 자기가 내쫓기는 것이 아닌가 불안하여 요한을 붙잡아 마케루스 성채의 감옥에 가두어버렸답니다."

"헤롯왕의 궁전은 어디에 있었지요?"

"여리고성에 있었지요."

"얼마나 오래 갇혀 있었지요?"

"한 달쯤 갇혀 있다가 여리고성 원형 경기장에서 참수했습니다."

"그 분은 그 분 말씀대로 구세주인 예수 그리스도가 틀림없이 자기 뒤에 오신다며 길라잡이를 자청하신 선지자이십니다. 예수님을 믿으십시오. 예수를 알게 되면 하나님을 알게 되고 예수 때문에 우리들이 죄 사함을 받았고 하나님 자녀가 되어 아버지의 축복 속에 성령의 인도를 받아 천국 삶을 살게 됩니다."

바울은 진지하게 아랍인 가족들에게 예수 복음을 전했다.

"하지만 우리는 이방인인 아모리족속 아랍인입니다. 지금 말씀하시는 건 할례 받은 유대인이나 해당되는 구원의 말씀 아닌가요?"

"아닙니다. 예수께서는 유대인뿐 아니라 할례 받지 않은 사해지내(四海之內) 모든 이방인들도 하나님 앞에서는 차별이 있을 수 없다 하셨습니다. 지금 말씀드리는 예수복음은 인종과 민족을 초월하는 공평한 구원 영생의 복음입니다. 믿으십시오."

바울의 설득을 받자 집주인인 라자는 무릎을 꿇으며 예수를 영접하겠다 했다. 바울은 라자와 가족들에게 세례를 주고 그날 밤을 그의 집에서 묵었다. 바울이 떠나려하자 집주인 라자는 이삼일 더 푹 쉬고 떠나라고 잡았다. 바울은 마지못해 승낙했다. 그로부터 이틀이 지나자 밭에 일을 나갔던 라자는 낯선 농부 하나를 데리고 들어왔다.

"제 친구 하산입니다. 밭에서 일하면서 선생님이 말씀하신 예수님에 대해서 많은 얘기를 했는데 이 친구가 궁금한 게 많다며 따라왔지 뭡니까?"

"아, 그러세요? 잘 오셨습니다."

바울은 하산에게 그가 궁금해 하는 예수복음에 대해 설명해주고 세례까지 베풀었다. 하산은 자기 가족들도 세례주기를 원했다. 뜻밖에도 아랍인 마을에서 두 가정의 그리스도 성도 가족을 얻게 되어 바울은 몹시 기뻐했다. 그렇게 삼일이 지나자 바울은 길을 떠나겠다고 나섰다.

"어디루 가시렵니까?"

"마케루스 성채에 올라 세례자 요한을 만나 뵙고 느보산을 찾아 모세를 뵙고 오겠소. 다시 만납시다."

바울은 요한이 죽기 전에 갇혀 살았다는 마케루스 성채를 찾아 언덕을 올랐다. 성채는 망루를 쌓아 올린 군사요새였다. 별로 크거나 넓지 않았다. 로마병사 네 명이 지키고 있었다.

"누구시오?"

"난 히브리 사람이고 수도자입니다. 요새 안을 구경하고 갈수 없을까요?"

"이곳은 지하 감옥이 있는 군사 요새(要塞)라 외부인들에게 공개할 수 없습니다. 돌아가시오."

출입을 저지당했다. 바울은 근처 바위에 앉아 잠시 땀을 들이며 사방을 둘러보았다. 라자의 집이 있던 그 마을을 기준으로 하면 마케루스 요새는 칠백여 미터의 높이 밖에는 안되지만 서쪽으로는 가파른 골짜기가 사해 쪽으로 펼쳐져 있는데 일천백 미터가 넘는 높이에 요새가 자리하고 있었다. 사해는 해수면보다 사백 미터 밑에 위치하고 있었기 때문이었다. 이 요새를 맨 먼저 건설한 장본인은 이스라엘 왕인 알렉산데르 얀네우스였다. 사해 동쪽에 웅거하고 있던 나바테아 왕국을 견제하기 위해서였다.

로마군이 침략하자 전쟁에서 패한 얀네우스왕의 아들 아리스토부르스 2세가 마케루스 요새로 와 숨어 있다가 두 번의 로마군 공격을 받고 죽임을 당하고 나자 이 요새의 주인은 로마가 임명한 유대의 자치왕, 헤롯 안티파스 아그리빠의 조부에게 넘어가게 되었던 것이다. 여리고성에는 헤롯의 별궁이 있었는데 세례자 요한을 체포하자 그는 마케루스 요새에 투옥했다가 목을 쳐 죽였던 것이다. 바울은 잠시 무릎을 꿇고 세례자(洗禮者) 요한을 위해 기도를 드렸다. 그는 이사야서 40장 3절을 먼저 소리내 암송했다. 선지자 이사야는 메시야인 그리스도가 오는 것을 먼저 그 길을 인도하고 예비한 세례자 요한의 출현을 예고하고 있었던 것이다.

- 외치는 자의 소리여, 가로되 너희는 광야에서 여호와의 길을 예비하라. 사막에서 우리 하나님의 대로(大路)를 평탄케 하라. (사 40: 3)

때가 차매 예수가 그리스도로 오신다는 이사야의 예언을 성취시키려고 하나님은 길라잡이로 세례자 요한을 유대 땅에 보내셨던 것이다. 바울 자신이 랍비였지만 유대교에서는 세례가 없었다. 요한이 처음으로 베푼 것이다. 성도들이 받는 물세례는 십자가에서 죽은 예수 그리스도와 연합하여 주님과 함께 장사(葬事)되었다가 다시 참 이스라엘 백성으로 거듭남을 뜻하며 모든 죄를 회개하고 물로 깨끗이 씻어낸다는 의미가 있었다. 바울은 오랜 시간 기도를 하고 마케루스 요새를 내려왔다. 느보산으로 가고 싶었던 것이다. 마케루스 요새는 남쪽의 디본성과 북쪽의 마디바성 그 삼각지점에 자리 잡고 있었고 느보산은 마디바에서 서북쪽으로 12킬로미터 떨어진 곳에 있었다. 느보산은 마케루스 요새에서도 높이 솟은 봉우리가 잘보였다. 느보산은 세 개의 큰 봉우리로 이루어졌다. 제일 높은 봉우리는 니바(835m), 다음이 무카야트(790m), 세 번째 봉우리는 시야가(710m)이다. 고난의 민족 대이동을 한 무리를 이끌고 모세가 이르른 산봉우리는 느보산의 세 번째 봉우리인 시야가였다. 바울은 느보산 밑에 이르러 시야가봉을 향해 천천히 올라갔다.

하나님이 아담과 하와를 지으신지 1600년이 흐른 다음 인간들의 타락을 더 이상 두고 볼 수 없어 노아의 권속만 남기고 모두 물로 심판을 내렸다. 심판이 끝난 뒤 400년이 흐른 다음에야 하나님은 이스라엘의 조상인 아브라함을 갈대아 우르에서 불러냈다. 그런 다음 아브라함에게는 복의 근원이 되게 하셨고 그의 아들 이삭은 신앙의 조상이 되게 하시고 이삭의 아들 야곱은 이스라엘이란 거룩한 이름을 주었으며 요셉은 풍요의 상징이 되었다. 아브라함으로부터 모세에 이른 기간은 500년이었다. 그동안 이스라엘 백성들은 400년간이나 애굽에서 노예생활을 견뎌야 했다. 모세는 동족들을 이끌고 출애굽이란 엑소더스(영광의 탈출)를 감행했다. 그것이 지금부터 1500년 전 사건이었다. 동족들을 가나안으로 인도하며 수천리를, 그것도 물도 없고 먹을 것도 없는 광야를 헤매며 40년 만에 가나안의 목전인 느보산에 이르렀던 것이다.

그 감격은 얼마나 컸을까. 시야가 봉우리 정상에 오른 바울은 경탄의 신음을 올리며 벌어진 입을 닫지 못했다.

"주여! 신천지로소이다."

눈앞에 펼쳐진 풍경은 신천지의 모습 그 자체였던 것이다. 사해와 요단강 골짜기는 지중해 바다보다 400미터나 땅 밑에 자리하여 아주 특별한 지형을 가지고 있었다. 시야가봉은 710m라 하지만 사해 바닥에서 보면 1,110m나 되는 높은 산이었던 것이다. 활처럼 구불거리며 북쪽 갈릴리 호수에서 내려오는 요단강이 보이고 그 주변의 오아시스 마을과 올리브 나무들이 촘촘하게 서있는 초록빛 숲이 보였다.

서북쪽 요단강 너머 돌산들이 모여 있는 곳에는 동굴들이 남아 있고 쿰란 수도원이 있으리라. 에쎄네파인 그들은 세상을 등진 극단적인 경건주의자(敬虔主義者)들로 흰옷을 고집하며 메시야 오실 날만 기다리며 기도하고 집단생활을 하고 있을 것이다. 거기서 북쪽으로 보이는 어슴푸레한 성은 여호수아가 최초로 가나안땅을 점령하게 된 여리고성이었다. 이 산정에 이르러 사해(Dead sea)와 요단강이 흐르는 가나안 땅을 바라보고 어느 누구보다도 감격에 눈시울을 붉힌 사람은 지도자 모세였을 것이다. 감격 때문이었을까, 심장마비 증세가 왔든지 아니면 천수를 다할 만큼 나이가 들어서였는지 모르지만 그는 이 산정에 다다랐다가 가나안 땅을 보고 눈을 감았다. 죽음의 이유를 말하자면 첫째로 이제 목적지에 이르렀다는 그 감격에 충격을 받아서 심장에 부담이 갔을 수도 있고, 둘째로는 너무도 실망해서 그 충격에 심장마비 증세가 일어났을 수도 있다.

무더위와 굶주림과 갈증과 피로에 지친 이스라엘 백성들은 홍해를 가른 모세의 권능 앞에 모두 복종하고 따랐지만 어려워지면 모세를 원망하고 차라리 애굽으로 돌아가자고 소동을 피우고 우상을 숭배하며 하나님과 모세에게 반항했다. 그런가하면 모세는 여러 번 암살의 위기도 넘겼다. 모세를 죽여 버리면 다시 노예가 되어도 좋으니 애굽으로 돌아갈 수 있다고 생각했던 것이다. 온갖 수모, 온갖 고생 끝에 그것도 40년 만에 겨우 젖과 꿀이 흐르고 있다는 가나안 복지가 바라보이는 산꼭대기에 와서 내려다보게 된 것이다. 그 때의 실망감은 얼마나 컸을까. 가나안은 젖과 꿀이 흐르는 낙원이 아니고 황량하고 척박한, 어쩌면 버려진 땅이었던 것이다.

어찌되었건 모세는 이 느보산의 시야가 봉우리 산정에서 위대했던 생을 마감했다. 그의 죽음을 재촉한 것은 어쩌면 하나님의 명령 한마디가 치명적이었을 수도 있었다. 이제 어찌하면 좋겠습니까 하고 모세는 혼자 하나님께 물었다. 그러자 하나님은 가나안으로 진군하여 여리고성을 떨어뜨리고 온 땅을 정복하는 정복전에 나서야 한다 했다. 모세는 여전히 자신이 최고 지휘관이요 지도자가 되어야 한다고 생각했으나 하나님은 이제 기수(旗手)를 젊고 유능한 여호수아로 바꾸겠다 했다. 여호와께서 여호수아로 지도자를 바꾸려한 것은 민수기에 기록된 대로 이스라엘 백성들이 신광야 가데스의 므리바에서 분쟁하고 목이 탄다고 외칠 때에 모세는 여호와의 이름으로 바위를 쳐서 물을 내야함에도 교만하게도 자기 이름으로 쳐서 물을 낸 적이 있었다. 모세는 괘씸죄에 걸렸던 것이다.

바울은 느보산의 시야가 산 속에서 거대한 바위틈에 짐승들이 들어가 살만한 작은 동굴을 발견하고 그 속에 들어가 자리를 잡고 묵상과 40일 단식기도에 들어갔다. 페트라 동굴 속에서 그는 회심 이후의 새로운 복음 원리에 대한 체계적인 정리와 전도 계획를 위해 기도했지만 인위적인 정리는 하지 말라는 주의 말씀을 들었다. 오직 성령의 계시에 따라야 한다는 걸 깨달았다. 오로지 다시 한 번 성육신한 예수가 살아있는 그리스도로 오셨는데도 부인으로 일관하고 핍박을 계속했던 지난날의 과오로부터 모든 사사로운 죄에 이르기까지 하나하나 철저하게 뉘우치며 더러운 쓰레기통을 비워내듯 깨끗하게 버리고 닦아내기 시작했다.

"주님! 율법 아래 그 멍에를 쓰고 충실하던 세월은 모두 버려야할 쓰레기임을 잘 알고 있나이다. 주님께서는 이 바울을 사랑하는 제자로 삼으셨습니다. 제가 주님을 뵙고 말씀을 듣게 된 것은 사람들이 시켜서도 아니요 누군가를 통해서도 아니며 오직 예수 그리스도와 그분을 죽은 자 가운데 일으키신 하나님 아버지로 말미암아 사도가 되었으니 지금도 장차도 예수 그리스도는 저의 심장이며 머리이며 온갖 사물을 평가하는 기준이 되시는 분으로 모실 것입니다. 그리하여 이신칭의(以信稱義), 주님의 복음을 온 세상의 이방인을 비롯한 모든 인간들이 구원을 받을 수 있도록 신명을 다 바쳐 전하겠습니다. 권능을 주시옵소서."

40일간의 금식 기도를 마친 바울은 죽은 듯이 이틀 낮과 밤을 잠들었다가 깨어났다. 그는 가죽부대에 남은 물 몇 모금을 마시고 비틀거리며 이윽고 동굴 밖으로 나섰다. 햇빛이 눈부셔서 두 눈을 질끈 감고 한동안 입구 벽을 짚은 채 서 있었다. 온몸은 물먹은 해면(海綿)처럼 늘어지고 발을 들어 옮길 힘도 없었지만 머릿속은 유리알 바다처럼 맑고 투명해서 행복한 감사의 말이 저절로 나오고 있었다. 바울은 비틀거리며 걷다가 바위틈에 주저앉았다. 그런 다음 의식이 몽롱함을 느끼고 정신을 잃었다.

"이보시오! 정신 좀 차려보시오, 이봐요!"

누군가 바울의 몸을 흔들고 있었다. 눈을 뜬 바울은 흠칫 놀랐다. 기도처로 삼았던 동굴 안에 누워있었던 것이다. 몸을 흔든 사람은 두 사람이었다. 밖에 쓰러져 있던 것을 안으로 옮긴 모양이었다.

"의식이 돌아 왔군요. 쇠약해지신 데다가 깊은 병을 앓고 계신 것 같은데…."

"아, 아닙니다. 일으켜 주시겠습니까?"

바울은 부축을 받고 일어나 동굴 벽에 기대어 앉았다.

"병이 들어서가 아니라 실은 한 달 열흘 동안 금식기도를 드리고 끝이 나서 산을 내려가는 길이었습니다."

"금식기도요? 40일간이나? 대단하십니다. 봐하니 유대인 같으신데?"

"그렇습니다. 난 유대인이지만 예수 그리스도를 믿는 예수교인입니다."

그 말을 들은 두 사람은 적이 놀라는 표정을 지었다.

"나사렛 예수? 골고다 언덕에서 사기꾼으로 몰려 십자가에 매달려 죽은 예수? 그 예수당?"

"그렇습니다. 그 분은 사기꾼이 아닙니다. 그 분은 우리들의 죄를 다 사해주시고 구원해주시기 위해 이 세상에 오신 하나님의 아드님이십니다. 누구든지 그 분을 믿으면 멸망하지 않고 영생 복락을 얻어 천국에 살게 됩니다."

"골수 예수당이신 모양이군?"

검정 수염이 얼굴 절반을 덮고 있는 키 큰 사내와 건장한 청년은 모두 피부가 검정 갈색이었다. 키 큰 사내가 한심하다는 듯 바울을 바라보다가 한 마디 했다.

"예수가 십자가를 짊어지고 골고다 언덕을 올라갈 때 그 많은 군중과 함께 구경한 적 있소?"

"난 보지 못했는데요? 그건 왜 묻소?"

"예수, 예수하기에 예수를 잘 아시나해서 물어 본 것뿐입니다. 우린 그 현장에 있었거든요. 우리 아버지가 예수대신 십자가를 지어다 주었거든요."

"뭐요?"

바울이 놀라자 키가 좀 작고 눈이 큰 옆의 청년이 나무라듯 말했다.

"형두 참 쓸데없는 소릴 하구 그래?"

"뭐 없는 소리 했냐?"

골고다 언덕을 올라갈 때 무거운 십자가를 지고 더 이상 갈 수 없어지자 누군가를 불러 대신 지고 가게 했다는 말은 바울도 들어서 알고 있었다.

"그 분이 아버님이었단 말씀이오?"

"예. 우리 아버지 맞습니다. 우린 형젭니다. 원래 우리 고향은 구레네(아프리카 리비아지방)입니다. 아버지는 옷감 원단 장사를 하시는 분이신데 장사 차 예루살렘에 갔다가 마침 예수께서 재판을 받고 처형을 당하려 골고다 언덕으로 갈 때 너무 십자가가 무겁고 버거워 피를 흘리며 자꾸 쓰러지자 호송하던 로마병사들이 근처에 따라가며 구경하던 우리 아버지(시몬)를 지목하여 끌고 와서 대신 짊어지라 하여 짊어지고 갔습니다."

"두 분도 그 자리에 함께 있었나요?"

"아버지를 따라 예루살렘에 함께 갔기 때문에 그 때 그 광경을 본 겁니다."

"아버님은 지금 어디 계시지요?"

"수리아 안디옥(Siria Antiokia)에 살고 계십니다."

"그 십자가는 우리들의 죄를 상징하는 형구(刑具)였습니다. 아버님은 우리들 모두의 죄를 잠시 대신 지어주셨군요."

"피곤하실 텐데 말씀을 너무 많이 하시지 마십시오. 단식을 오래하셨으면 보식(補食)을 해서 건강을 찾아야 합니다."

그들은 자기들 배낭에서 마른 빵떡을 찾아내어 물에 담가 죽처럼 만들어 바울을 먹였다. 그들은 고맙게도 이틀 동안이나 바울을 돌봐주고 틈틈이 시야가산을 오르내리며 구경도 했다.

"난 고마우신 두 분 이름도 모르고 있습니다."

"난 구레네 시몬이란 분의 큰아들인 알렉산더이고 얘는 제 아우 루포라 합니다."

"그러십니까? 그런데 어떻게 여길 왔지요?"

"우리는 알렉산드리아에서 음식점 장사를 하고 있는데 경기가 안 좋아 정리하고 아버지가 사시는 수리아 안디옥으로 가는 길이었습니다. 가는 길에 마침 모세가 눈을 감았다는 느보산이 있다고 해서 구경하고 가려고 올라온 길이었습니다."

"그랬었군요. 정말 감사했습니다. 두 분 때문에 살아난 것 감사드립니다. 그럼 난 산을 내려가야겠습니다."

바울이 일어나자 그들도 이미 산구경은 다했으니 자기들도 떠나겠다 했다. 바울은 그들과 헤어져 무카베르 마을에 이르러 라자의 집으로 갔다. 바울은 3년 동안 셀라(Petra)를 중심으로 수도생활과 전도 활동을 벌였다. 수도생활은 무덤 석굴에 묻혀 기도에 매진했기 때문에 외부에 드러나지 않았지만 전도활동은 애로사항이 많았다. 페트라는 상주인구 보다 유동인구가 많은 창고(倉庫) 물류도시였다. 거의가 상인들인데다가 동서양 여러 나라에서 온 다인종들이 많아 그들을 상대로 복음을 전하기가 어려웠다. 게다가 페트라 유대인 회당의 유대인들은 나바테아 왕국의 치안당국에 바울을 고발한 상태라 잘못하면 체포되어 처벌을 받을 수도 있게 되어 있었다. 바울은 이상한 미신(迷信)을 퍼트려 혹세무민(惑世誣民)하는 자이니 위험인물이라는 게 고발 내용이었다. 그런 곳에서 후새를 비롯한 성도 네 명을 얻었다는 것은 진흙 속에서 진주를 건져 올린 결과나 마찬가지였다.

그리고 아르논 계곡의 무카베르 마을에서 아랍인인 라자가족을 입신(入神)케 했다는 것이 성과 중 하나였다. 라자는 가장 친한 친구 하산을 인도했고 하산가족도 모두 예수를 영접하여 사해의 동쪽인 나바테아 왕국 안에서는 두 가정이 성도가족이 되었다. 그 뿐이 아니었다. 전도에 어려움을 당한 것은 지역들이 모두 이방 땅이라는 점이었다. 페트라는 에돔 땅이며 느보산이 있는 아르논 계곡 쪽은 암몬 땅이어서 일반 백성들에게는 우선 히브리말이나 헬라 말이 잘 통하지 않았다. 언어의 벽이 전도에 걸림돌이 되었다. 바울이 페트라에서 도망하여 다메섹을 향하고 북쪽으로 간 것은 우기(雨期)가 시작되는 11월 초였다. 이스라엘과 요르단 땅의 기후는 연중 건기(乾期)와 우기로 나뉘었다. 건기는 4월부터 10월까지이며 건조하고 무더운 여름이다. 우기는 11월부터 이듬해 3월까지인데 우기라 해서 많은 비가 내리는 건 아니지만 비가 잦고 우기인 겨울은 바람이 많아 몹시 추웠다.

“어서오십시오. 선생님!”

바울이 무카베르 마을에 당도하여 라자의 집에 들어서자 식구들이 나서서 반가워했다.

"집주인은?"

"밭에 일하러 갔는데 하마 올 때가 지났습니다. 곧 오겠지요."

라자의 처가 잔주름이 가득한 얼굴로 웃어 보이며 그릇에 물을 떠왔다. 바울은 손과 얼굴을 씻었다. 그러자 라자의 열일곱 살 된 딸 나미가 바울의 발을 씻겨주었다.

"고맙구나. 씻었으면 하산 씨 댁에도 내가 왔다고 알려주련?"

"네. 선생님."

그날 저녁 라자의 집에는 하산의 가족까지 와서 예배를 드리게 되었다. 진지함 속에서 바울은 하나님 말씀을 두 가정에 전하고 축복했다. 그런 다음 성찬(聖餐) 떡을 떼었다. 예배가 끝나자 양가에서는 서로 바울을 모시려 했다.

"다메섹까지 가시려면 다리 힘을 기르셔야 합니다. 건강도 돌봐 두시구요. 저희 집에서 모실 테니 며칠이든 쉬어가십시오."

라자가족과 하산가족이 서로 모시겠다고 나섰다. 바울은 공평하게 한 집에서 하루씩, 이틀을 쉬고 길을 떠났다. 느보산을 옆에 끼고 메드바에서 헤스본이란 곳에 이르렀다. 이 길은 이집트의 알렉산드리아에서부터 람세스를 지나 홍해를 건너 시나이 반도 남쪽의 시내산을 돌아 사해를 서쪽으로 하고 에돔 땅을 지나 모압 땅을 지나고 암몬 땅을 거쳐 느보산과 라빠(암만)를 지나 북으로 나바테아의 다메섹에 이르고 있는 대로였다. 이 대로는 남북을 잇는 일명 '대왕로(大王路)'라 부르기도 했다. 남북을 잇는 큰길은 두 개가 있었다. 대왕로와 해변로였다. 대왕로는 왕의 행차가 다니던 대로라는 뜻이고 대왕로는 사해 동쪽, 그러니까 지금의 요르단 땅을 종단하는 길이었고, 해변로는 일반도로로 이집트에서 수르광야를 건너 지중해 해변을 끼고 가자지구, 요빠, 갈멜산을 끼고 갈릴리 호수를 지나 다메섹으로 가게 되어 있는 길이었다.

바울은 대왕로를 따라 북으로 북으로 가고 있었다. 보름 만에 바울은 다메섹 인근의 카우카브 마을 근처에 이르렀다. 여전히 나무 한그루 제대로 없는 반사막의 언덕길이 그대로 맞아주고 있었다. 바울은 대낮보다 환한 강렬한 빛에 휩싸여 놀란 나머지 말에서 떨어져 주님을 만났던 3년 전의 기적을 떠올리고 무릎을 꿇은 채 하나님께 기도를 드렸다. 예수 그리스도의 사도로 복음 전하는 일에 일생을 다 집중하고 바치겠다는 서원(誓願)의 기도였다. 이윽고 바울은 다메섹에 이르러 성의 동문을 통과했다. 시내의 동서를 가로지르는 길고 곧게 뻗은 길이 곧은길(直街)이었다. 그 길 끝나는 쪽에 유다의 집이 있었다는 것이 기억났다. 바울은 잠시 어디로 갈까 망설였다. 머지않은 곳에 아나니아가 당장으로 있는 유대인 회당이 있었다. 찾아갈 수 있을 것 같았지만 유다의 집으로 먼저 가기로 했다. 좋지 않은 기억 때문이었다. 집단구타를 벼르고 있던 할례자 유대인들을 피하여 회당 뒷문으로 도망쳐 예루살렘으로 가지 않았던가. 바울은 얼마 되지 않아 유다의 집으로 들어갔다.

"아니? 사울, 아니 바울이 아니시오?"

집주인 유다가 놀라며 바라보았다.

"그동안 안녕하십니까?"

"어서오시오. 반갑습니다"

유다는 바울의 짐을 받고 물그릇을 가져다가 손수 발을 씻겨주었다.

"고생 많으셨던 모양입니다? 처음 뵐 때보다 아주 수척해지셨습니다."

"건강합니다. 아나니아 회당장님은 무탈하신지요?"

"예, 최근에 예루살렘에 다녀오셨습니다. 방에 들어가 계십시오. 내가 나가서 그 분을 모셔 오겠습니다."

밖으로 나간 유다는 얼마가 지나자 아나니아 당장과 함께 돌아왔다.

"오, 바울, 오랜만이오."

아나니아는 바울을 보자 반갑게 포옹하며 볼을 비볐다.

"어디 계셨습니까?"

바울은 그동안 돌아다니며 명상을 하고 복음전도한 일들을 자세하게 말해주었다.

"대단히 힘든 사역을 하셨군요. 그리고 획기적인 전도여행을 하셨습니다. 에돔이나 암몬이나 모압 땅은 이방인들인 아랍족이 우상을 숭배하며 살고 있는, 영적으로 척박하고 무지한 곳이 아닙니까? 그런 곳에 다니며 복음을 전하다니 장하십니다. 선생은 두 가지 측면에서 획기적인 선교를 했습니다. 할례 받지 않은 이방인들에 대한 선교를 선생처럼 과감하게 행동에 옮긴 이들이 없고 더구나 그들 이방인들에게 세례를 주고 그들과 함께 자고 식사를 함께 했다는 건 누구도 한 적이 없습니다."

"너는 예루살렘을 떠나 이방인에게로 가라신 주님 말씀에 따른 것 뿐입니다."

"이방인 선교에 대한 소명을 받으셨군요."

"예루살렘은 요즘 어떤가요? 우리 기독교에 대한 탄압이 더 심해지진 않았습니까?"

"겉으로는 평온했습니다. 아시고 계시겠습니다만 우리 기독교는 두 파로 나뉘어 있습니다. 이른바 열두 사도들을 중심으로 한 예루살렘 모교회의 지도자들과 그들을 따르는 신도들. 또 한 파는 예루살렘 리버디노 헬라인 회당에 모여 예배를 보던 디아스포라 이방출신들인 개혁파 신도들. 모교회 사도들은 유대교의 율법과 관습, 전승과 할례를 지키며 예수를 믿던 유대인 출신의 신도들입니다. 이들은 성전에 나가 안식일 예배를 보거나 아니면 유대인 회당에 나가 랍비의 집전으로 행하는 전통 예배에 참석하고 있어서 처음부터 박해를 받지 않았습니다. 하지만 리버디노 회당의 헬라계 유대인 신도들은 경우가 달랐지요. 이들은 성전제사를 거부하고 유대인의 율법이나 할례는 이미 예수 그리스도가 대속하고 부활했으므로 지킬 필요 없다며 오직 예수복음을 믿어야 한다고 주장한 급진 개혁파였습니다."

"스데반 집사는 그 때문에 순교했습니다."

바울은 괴로운 듯 심각한 얼굴로 고개를 저으며 침통하게 말했다.

"순교사건 이후 모두 뿔뿔이 흩어지고 도망쳐서 지하에 숨었다는 건 압니다. 그걸 잡아내고자 다메섹까지 원정을 했으니까요. 예루살렘에는 헬라계 회당으로는 리버디노 회당 한 곳 뿐이었습니다."

"그 회당은 폐쇄되지 않았습니까?"

"폐쇄하진 않았습니다. 일부러 그냥 둔 것이지요. 박해하지 않았다는 걸 보여주려구요. 지금은 일곱 집사들도 다 떠나고 할례자인 유대교 신자들이 모여들어 회당을 차지했습니다."

"사도들께서도 어쩔 수 없는 입장이시겠군요."

"그렇지요. 선생께서는 장차 어떤 선교 계획을 가지고 계시지요?"

"그래서 상의 드리러 온 것입니다. 다메섹을 중심으로 전도활동을 해보고 싶습니다. 당장님의 회당에 나가 전도를 했으면 싶은데요."

"기도하고 방법을 강구해 봅시다. 바울이 돌아왔다는 걸 알면 할례자 신도들이 가만있을지 모르겠습니다. 그게 걱정이오만…. 일단은 유다댁에 머무르시지요."

"고맙습니다."

며칠 후 아나니아는 다시 바울을 만나러 왔다.

"우리 회당에 집사로 와주십시오."

"할례자들이 반발하지 않을까요?"

"그건 내가 알아서 다독거려보겠습니다."

안식일이 되자 회당에서는 예배준비를 했다. 바울은 일찍 나가서 아나니아와 함께 찾아드는 신도들을 기쁘게 맞아 들였다. 처음에는 3년 만에 나타난 바울을 알아보지 못했으나 많은 사람들이 모여들자 그를 알아보았는지 수군거림이 나타나고 불온한 기미가 일기 시작했다. 그걸 알아차린 당장 아나니아가 큰소리로 입을 열었다.

"3년 전에 여기 온 바 있던 바울이란 분입니다. 그땐 과격한 주장을 펴서 신도님들에게 본의 아닌 심려를 끼쳤다며 사과드리러 오셨습니다. 사과를 받아주셨으면 합니다. 저는 이 분에게 우리 회당의 살림을 맡는 집사 일을 부탁했습니다. 잠시 모셔보겠습니다."

아나니아가 바울을 일으켜 세웠다. 바울은 머뭇거리다 미안한 듯 입을 열었다.

"지난 일을 사과드리러 왔습니다. 성격이 불같아서 실수를 많이 합니다. 돌산의 동굴 속에 들어가 제 성격을 완전히 고쳐달라고 하나님께 3년 동안 기도했습니다. 마침 아나니아 당장님을 뵈었더니 신도님들께 사과하고 회당의 잡일을 맡아 처리하고 회당 문지기를 맡아 하라신 명을 받고 그리하기로 했습니다. 여러분이 용서하면 열심히 봉사하겠습니다."

신도들은 지난 일에 대하여 더 이상 문제 삼지 않았다. 무엇에 대한 사과인지 분명하지는 않았지만 신도들은 3년 전의 일을 자세하게 기억하지는 못했다. 아나니아의 회당 신도들은 거의 디아스포라 유대인들이었고 오십여 명 중에서 유대교도는 삼십여 명, 기독교 교도들은 이십여 명이 되어 은근히 바울을 이해하고 환영해주었다. 바울은 그들 기독교도들을 상대로 복음전도를 시작했다. 회당에서 집회는 하지 못하고 대신 유다의 집에서 은밀하게 모여 기도회를 열고 예배를 보았다. 아나니아는 회당 설교만 맡고 가정예배에서는 바울에게 설교를 맡겼다. 열정적인 새로운 복음 전파에 할례 받지 않은 이방 유대인들도 기존의 성도들에게 전도되어 찾아 들었다.

"율법을 잘 지키고 섬김으로 의롭게 되며 죄사함을 받고 마지막 심판날에 천국에 갈수 있다고 가르쳐왔지만 율법으로는 인간의 죄를 사할 수 없습니다. 아무리 율법을 잘 외우고 잘 시행하고 지켜도 율법자체가 인간의 죄를 사해줄 수 없는 것입니다.

다시 말하면 율법은 인간의 죄를 고발하는 것에 지나지 않고 영원히 메고 가야하는 멍에일 뿐이었습니다. 그 같은 멍에를 벗겨주고 모든 죄를 사해주며 우리를 의의 길로 인도하고 구원 영생을 얻게 해주기 위해 예수께서는 이 땅에 하나님의 아들로 오시어 십자가에서 죽으셨다가 부활하신 것입니다. 할례를 영광의 훈장으로 생각한다면 어리석은 사람입니다. 할례가 무엇입니까? 우리 유대인의 선조인 아브라함과 그 후손에게 준 선민(選民)의 상징이며 구원의 상징인 증거의 표시였습니다. 그러나 그건 단순히 육적(肉的) 구원만을 약속했을 뿐이며 예수 그리스도가 오심으로 영적구원을 받게 된 것입니다. 우리는 예수의 피로 영적(靈的) 할례를 받아야 하는 것입니다."

바울의 설교는 많은 이방인들과 디아스포라 유대인들에게 충격과 감사를 던져주었다. 소문이 꼬리를 이어 많은 새 신자가 늘어나 유다의 집이 비좁아 그리 높지 않은 성 북쪽에 있던 계곡 숲속에 모여 비밀스럽게 예배를 드리곤 했다. 그렇게 6 개월 쯤 지난 어느 날 저녁이었다. 그날도 숲 속에 앉아 오십여 명이 예배를 드리고 있는데 몽둥이를 든 할례자 유대인 십여 명이 나바테아 민병(民兵) 수십 명을 데리고 예배장소를 급습했다. 나바테아 왕국은 로마제국의 보호국이었다. 그래서 정규군은 둘 수 없고 민병을 두어 치안을 유지하고 있었다.

"바울이란 자를 잡아라! 그자는 민란을 주도한 자이다!"

놀란 성도들은 풍비박산되어 사방으로 도망치고 미처 피하지 못한 노

약자들은 붙잡혔다. 바울은 유다 등 대여섯 성도들을 따라 시내 시가지 골목으로 피했다.

"어떡하지요? 저들은 내가 표적인 듯 싶습니다. 나 때문에 성도들까지 고난을 당하게 하다니요."

"지금 그걸 따질 때가 아닌 듯 싶습니다. 밤이 깊어질 때까지 숨어 있다가 성 밖으로 탈출하셔야 될 것 같습니다."

바울은 모르고 있었지만 이미 페트라에서부터 그는 혹세무민(惑世誣民)하는 사교(邪敎) 선동자로 나바테아 왕국의 감시를 받아왔었다. 그가 다메섹에 나타난 뒤 할례자 유대인들이 바울은 위험인물이니 체포 추방해야 한다고 다시 고발해 오자 다메섹 나바테아 총독은 바울에 대한 체포령을 내렸던 것이다.

"동쪽 성문을 향해 나가시지요. 거기서 나가면 바로 예루살렘으로 갈 수 있습니다."

"그럽시다."

일행은 시가지의 좁은 골목을 이리 돌고 저리 돌며 다메섹 동문을 찾아 나갔다,

"안되겠습니다. 민병대 군인들이 통행하는 시민들을 철저하게 검문하고 있습니다. 평소엔 저러지 않는데 뭔가 비상이 걸린 것 같습니다."

"다른 성문도 저렇게 심하게 검문검색을 하고 있을까요?"

"그런다구 봐야지요."

"나 때문에 그런 모양입니다. 날 잡으려고 말이지요. 어떡하면 좋지요?"

"무사히 빠져나가실 방법을 찾아야 합니다. 동문 남쪽으로 조금만 가면 카산성문(Bab Kassane)이 있습니다. 그쪽 성벽이 좀 낮습니다. 일단 그쪽으로 가시지요."

유다는 바울과 일행을 데리고 성의 작은 성문 중 하나인 카싼문 근처로 갔다. 그런 다음 그는 돌로 쌓아 만든 이층으로 된 살림집 안으로 들어갔다.

"친구의 집입니다. 계단이 어둡습니다. 옥상으로 올라가시지요."

유다는 바울을 그 집 옥상에 올라가 기다리게 하고는 아래층으로 내려갔다. 잠시 후 유다는 아래층에서 밧줄로 엮어 만든 바구니를 안고 왔다.

"이게 뭐지요?"

"줄 바구니입니다. 아래층에서 이층으로 큰 짐을 옮기려면 층계를 이용하여 옮겨야하는데 그게 불편하니까 옥상 베란다에서 줄바구니를 아래층에 내려서 들어 올립니다."

" 그럼? 날더러?"

"다행히 이층 베란다와 성벽 복도는 키가 같고 서로 붙어 있어서 우리가 성벽 복도로 건너갈 수 있습니다. 친구가 올테니까 저와 제 친구 그리고 여기 계신 성도님들이 힘을 합쳐 줄 바구니를 매달아 내릴 터이니 선생께선 바구니 안에 들어가 있으면 됩니다. 땅에 닿으면 그냥 빠져나가십시오. 그걸 보고 바구니를 다시 들어올려 감추겠습니다."

유다의 친구라는 집주인이 어둠 속에 나타났다. 서두르는 바람에 인사도 제대로 나누지 못하고 성벽 위의 복도로 일행들이 건너가 몸을 구부리고 유다의 도움으로 바울은 줄바구니 속에 들어앉았다. 그물에 생포된 짐승이 쪼그리고 앉은 꼴이었다.

"아무도 없습니다. 자아, 지금 내리겠습니다."

유다와 다른 사내들은 바울이 들어간 줄 바구니를 들어 올려 성벽 밖으로 내놓았다. 유다가 소곤거렸다.

"조심해서 가세요. 하나님이 지켜주실 겁니다."

"주님의 가호를 빕니다. 여러분! 고맙습니다."

바울은 밧줄에 매달려 성벽 밖으로 내려졌다. 무사히 땅에 내려진 바울은 재빨리 줄 바구니에서 나와 밧줄을 흔들었다. 그게 신호이기라도 하듯 빈 줄 바구니가 디룽거리며 다시 성벽 위로 올라갔다. 바울은 뒤도 돌아보지 않고 야트막한 언덕을 뛰어 그곳을 벗어났다.

4
나는 만났노라. 살아 계신 내 주 예수

바울은 팔일 만에 예루살렘에 도착하게 되었다. 떠난 지 역시 3년만이었다. 그는 아내가 있는 집으로 가려다가 발길을 돌렸다. 예루살렘을 떠날 때 그는 분명히 아내에게 오직 주님을 위해 모든 것을 바쳤으니 안락한 사생활과 아내까지도 자신에게는 사치이므로 철저히 혼자가 되겠다고 선언했었다. 그 약속을 지키고 싶었던 것이다. 바울은 잠시 망설이다가 서쪽 길로 접어들었다. 요빠로 향하는 성문이 나있는 지역이었다. 그곳에서 시온산 가는 남쪽에 헬라계 유대인의 리버디노 회당이 있다는 것을 떠올리고 그쪽으로 지친 몸을 움직여갔다. 회당은 여전히 그대로였다. 안식일이 아니어서인지 신도들은 보이지 않았다. 바울은 회당 안으로 들어가 기도를 드렸다.

기도를 끝내고 인기척에 고개를 돌린 바울은 흠칫했다. 어떤 초라해 보이는 여인 하나가 회당 안 청소를 하고 있었던 것이다.

"저 말씀 좀 여쭙겠습니다. 난 다메섹에서 온 사람입니다. 사람을 찾고 있는데요 혹시 바나바(Barnabas)라는 이름 들어 보셨습니까?"

"이곳 회당 교사(敎師)이신 바나바 선생님을 찾으시나 봐요."

"교사? 예, 그렇습니다."

바울의 얼굴이 기쁨으로 펴졌다.

"어떡하면 만날 수 있을까요?"

"바쁘시지 않으면 회당에서 기도하고 계세요. 청소 끝내고 돌아가는 길에 바나바 선생 댁에 가서 전해드리고 갈게요."

"그래주시면 감사하겠습니다. 사울이란 사람이 찾아왔다고 전해주시오."

이윽고 그 여인은 청소를 끝내고 나갔다. 오래지 않아 9척 장신의 당당한 체구를 가진 사내 하나가 회당 안으로 들어왔다.

"날 찾는 사람이 계시다던데 노형이시오?"

목소리도 우렁찼다.

"바나바형!"

바울이 일어나자 그의 얼굴을 들여다 본 바나바는 깜짝 놀라며 뒤로 물러섰다. 순간적으로 경계하는 표정이 되었다.

"이게 누구신가. 사울 아닌가?"

"사울입니다. 그간 안녕하셨습니까?"

"그토록 당당하고 찬바람이 나던 산헤드린 공회원이요 당대 최고의 율법학자 가말리엘의 수제자이며 산헤드린 검찰부 검사인 랍비 사울이 어쩌다가 이렇게 초라해졌소?"

바나바는 말을 돌리지 않고 직설적으로 뱉어냈다. 바울이 스데반을 재판하면서 그에게 패역의 이단자로 단죄하며 추상같이 논고를 내릴 때도 바나바는 재판정 방청마당에 서 있었다. 투석형의 사형선고를 내릴 때도 바나바는 증오 가득했던 사울의 회색 눈을 잊지 못하고 있었다. 기독교는 율법이 아닌 사랑이 교리이니 신도들을 박해하지 말고 사랑으로 용서하고 체포하지 말아달라고 설득했지만 사울은 들은 척도 하지 않았다.

"초라해 보입니까?"

"자신의 모습을 거울에 비춰보시게. 노숙하는 거렁뱅이 꼴일세."

"용서해주시오. 지난 일은 모두 잘못했습니다. 내가 바나바 당신을 찾아 온 것은 당신이 스데반 집사의 시신을 가져다가 장사를 치러주었을 것 같아…."

"치러주었으면 당국에 고발하겠다?"

"그게 아니고 스데반 집사가 묻힌 무덤이라도 알려주면 찾아가 내 죄를 뉘우치며 용서를 빌고 싶었기 때문이오."

"죄를 뉘우치고 용서를 빈다? 허!"

충격을 받았는지 바나바의 얼굴이 굳어 졌다. 잠시 생각에 잠겨 있던 그는 무슨 생각이 들었는지 한마디 던졌다.

"따라오시게."

바나바는 회당을 나와 앞장섰다. 그는 말없이 예루살렘의 동쪽 시가지를 벗어나 기드론 골짜기에 접어들었다. 뒤따르던 바울이 가던 길을 멈추고 골짜기 여기저기를 둘러보았다.

"처형장을 찾고 있나본데 처형장은 감람나무들에 가려서 여기서는 안 보일 게야."

"그렇군요."

골짜기 위쪽 바위산으로 올라간 바나바는 걸음을 멈추었다. 조그만 공동 묘지였다. 잡풀 속에 묘지석이 누워 있었다.

STEBEN AD 3~AD 36

바울은 잠시 묵념을 하고 묘 앞에 무릎을 꿇었다. 바울은 참회의 기도를 하기 시작했다. 그는 입고 있던 옷을 쥐어뜯어가며 피를 토하듯 잘못을 빌었다. 그러면서 눈물을 쏟아가며 스데반 집사의 순교를 높이 찬양했다. 바나바는 그 뒤에 앉아 조용히 기도만 하고 있었다.

기도를 마친 바울은 한동안 넋이 나간 표정으로 하늘을 우러러보다가 길게 한숨을 토해냈다. 서쪽 하늘에는 붉은 놀이 물들어 있었다. 바나바가 입을 열었다.

"사울! 정말 놀랍게 변했군…. 당신같은 바리새 랍비가 어떻게 완전히 바뀔 수 있지?"

"난 내 앞에 나타나신 주님을 직접 뵈었습니다. 그건 꿈도 아니었고 환상도 아닌 현실 속에서 구주이신 예수 그리스도를 실제로 뵌 것입니다."

"실제로 예수님을 뵈었다?"

바나바가 반신반의 하며 물었다.

"그렇습니다. 죽음에서 부활하신 예수님은 게바를 비롯한 사도들만 직접 만난 게 아닙니다. 엠마오 가는 길에 뵌 게 아니라 나는 다메섹 교외의 카우카브 언덕길에서 뵈었습니다."

"정말?"

바울은 눈앞에 정오의 태양보다 강렬한 빛으로 나타나신 예수를 만났던 기적과 자신의 회심 사건을 바나바 앞에서 자세히 설명했다. 다 듣고 난 바나바는 감격하여 바울을 힘껏 포옹했다.

"하나님은 사울을 회심시켜 새 일꾼으로 삼으셨군. 축하하고 경하할 일일세. 이곳을 내려가 우리 집으로 가세. 내일은 예루살렘 모 교회를 찾아 게바(베드로)를 비롯한 예수님의 아우 야고보 사도와 다른 사도들을 만나보기루 하구."

바나바는 바울을 데리고 자기 집으로 갔다. 이튿날이 되자 그는 혼자서 모교회(母敎會) 사도들을 먼저 만나보고 올 테니 바울은 그 후에 만나는 게 좋겠다 했다.

"그냥 집에서 쉬고 계시게. 내가 먼저 사도들을 만나 그대 이야기를 해드리고 이해를 구하고 나서 직접 만나는 게 좋을 것 같아서 그러네."

"그렇게 하십시오."

바나바는 예루살렘 모교회에서도 사도들이 인정해 주는 일꾼이었다. 바나바의 고향은 구브로였고 그의 집안은 대대로 구리광산(銅鑛山)을 가지고 있던 부자였다. 바나바도 상속자인데다 많은 땅도 가지고 있었다. 그는 누나인 마가의 어머니, 마리아가 예수를 영접하고 지성껏 모시는 것을 보고 자기도 성도가 되었으며 많은 밭을 팔아 모교회에 헌금하고 직접 선교사로 나서 사도들의 신임과 칭찬을 받고 있었다.

드디어 오후가 되자 사도를 만나러 간 바나바가 집으로 돌아왔다.

"좀 쉬셨나?"

"예. 덕분에 오랜만에 아늑한 곳에서 심신을 풀었습니다. 고맙습니다. 그래 사도님들은 만나셨는지요?"

"두 분을 만났네. 게바와 예수님 아우이신 야고보 사도였지. 예수님 공생애 기간 동안에 야고보 사도는 예수님이 메시야임을 알지 못하고 복음을 믿지 않았었지. 예수께서 부활하신 것을 목격하고 오순절날 마가집 다락방에 성령이 임하는 걸 체험하고 비로소 그리스도로 영접하고 사도가 된 분이네. 그 후 야고보 사도는 예루살렘 교회를 대표하는 분이 되었지."

"그랬군요."

"사울, 그대가 다메섹에서 예수님을 직접 뵈었다는 사실과 회심 사실을 내가 들은 대로 그 분들에게 전했네. 처음엔 믿지 않았지만 하나님이 하시는 일은 누구도 모른다며 사울 형제를 한 번 뵙자고 하더군. 오늘 저녁에 식사를 하자하시니 함께 가세."

"고맙습니다."

모교회는 마가의 집 다락에 있었다. 모교회는 예수 부활 후 사도들의 사목(司牧)과 선교 등을 통하여 기독교 전반을 돌보는 일을 하고 있었다.

열두 제자(司徒)들이 다 모이지는 못하고 있었다. 예수 사후, 위험을 느낀 제자들은 뿔뿔이 도망쳐 숨었고 그래서 모교회에 나오는 제자는 야고보, 베드로, 요한, 안드레 정도였다. 저녁이 되어 바울은 바나바를 따라 사도들이 있는 곳으로 갔다.

"뭘 둘러보시나?"

어두워진 골목길에 앞장섰던 바나바가 물었다.

"모교회라는 마가의 다락방 회당은 가야바 대제사장의 집과는 아주 가까운 곳에 있었군요?"

"그럴 걸세."

바울은 새삼스럽게 죄의식을 느꼈다. 다메섹으로 가는 공문을 가지고 예수당을 잡으러 가라했을 때 그는 비느하스의 열심 운운하며 자원했던 어리석었던 기억이 새삼 떠올라 괴롭히고 있었던 것이다. 마가의 집 다락방에서는 게바(베드로)와 야고보가 나란히 앉아서 이들이 오기를 기다리고 있었다. 게바는 바나바보다는 키가 작았지만 더 완강하고 억센 체구를 가지고 있었다. 갈릴리 호수에서 어부로 살았기 때문인 듯 했다. 떡 벌어진 가슴에 얼굴은 회색수염으로 뒤덮여 있었다. 나이는 사십 후반으로 보였다. 그에 비해서 야고보는 보통의 키에 부드러워 보이는 몸을 하고 있었다. 힘든 일은 하지 않고 산 것처럼 여자 같은 손을 하고 있었고 나이는 이제 사십 초반쯤 되어 보였다.

"말씀드린 사울 형제입니다."

바나바가 바울을 소개했다.

"잘 오시었소. 환영합니다. 편안히 앉으십시오. 난 야고보이고 이 분은 베드로 사도님이십니다."

"처음 뵙습니다. 제 이름은 집에서 사울이라 하고 바울이라 부릅니다. 저는 길기리아 다소에서 디아스포라 헬라계 유대인 가정에서 태어났습니다.”

“아 그래서 히브리말로 사울이라 하는 이름을 헬라식 이름인 바울로 부르시는군요.”

“그렇습니다.”

“다메섹에서 환상 속에 나타나신 예수님을 뵈었다구요? 나도 기도 중이거나 비몽사몽간에 때로 선연하게 예수님을 뵐 때가 있습니다.”

베드로가 별로 큰 사건이 아니라는 투로 말문을 열었다.

“돌아가시고 부활하신 예수께서 제자들 눈앞에 실제로 나타나셨다고 들었습니다. 사실이겠지요?”

“물론이오. 한두 사람이 뵌 게 아니니까.”

“제 앞에도 실제로 오셨습니다. 몽환 중에, 환상 중에 나타나신 게 아니라 실제로 직접 나타내 보이신 것입니다.”

“거기가 어디라 했지요?”

“다메섹 교외인 카우카브 언덕이었습니다. 바나바 형제께서 어디까지 말씀드렸는지 모르겠습니다만 간단하게 말씀을 드리지요. 저는 다소에서 디아스포라 유대인으로 태어나 15세에 예루살렘으로 유학을 와서 랍비가 되기 위해 가말리엘 율법학교에 다녔습니다. 29세에 랍비 안수를 받고 이단으로 고발된 스데반 집사의 재판을 맡아 사형선고를 받도록 했습니다.”

바울은 자신이 얼마나 철두철미한 바리새 교육을 받은 랍비였으며 그 때문에 자신은 많은 유대인들처럼 그리스도인 예수께서 초림했는 데도 부인으로 일관했고 그의 구속사역(救贖使役)을 부인하고 스데반의 주장을 허무맹랑한 신성모독으로 판단하여 사형선고를 내리도록 했다는 것과 더 나아가서 각처에 흩어지고 있는 스데반같은 예수당을 체포 연행해 오기 위해 수색대를 이끌고 다메섹까지 가게 된 자초지종을 설명했다.

"카우카브에 당도했을 때 예수께서는 빛으로 오셨다고 했던가요?"

"그렇습니다. 대낮이었는데도 정오의 태양보다 더 강렬한 빛이 날 에워싸는 바람에 너무 놀라 타고 있던 말에서 굴러 떨어져 엎드렸습니다. 그때 허공에서 날 찾는 음성이 들려왔습니다. 사울아, 사울아. 너는 왜 날 핍박하느냐? 그 물음에 난 놀라서 물었습니다. 주여! 뉘시오니까? 그랬더니 그분이 말씀하셨습니다. 나는 네가 핍박하는 나사렛 예수다! 그 예수님은 바로 내 앞에 서 계셨습니다. 환상이나 꿈속에서 뵌게 아니라 실제 사건으로 뵌 것입니다. 내가 다시 물었습니다. 주님, 저는 이제 어찌해야 합니까? 그러자 일어나 다메섹으로 들어가라 그리하면 네가 할 일을 모두 일러줄 사람이 있으리라 하시고는 그 찬란한 빛 속에서 승천하시며 하나님 우편으로 올라가셨습니다. 그 순간 나는 그 강렬한 빛 때문에 장님이 되고 말았습니다. 나는 주님의 은혜로 예수님을 영접하고 아나니아 회당장으로부터 세례와 안수를 받으며 멀었던 눈을 뜨고 새롭게 개안하고 회심하여 주님의 제자가 되었습니다."

"놀라운 체험을 하셨군요. 회심 후 어떻게 달라지셨는지 들려주시겠습니까?"

야보고가 진지하게 물었다.

"주님의 거룩한 자는 예수 그리스도임을 알게 되었다는 것입니다. 부활하신 예수님을 직접 봄으로 해서 그 분의 부활은 그 분이 메시야임을 직접 증명한 것이었습니다. 그러므로 누구든지 부활의 주를 믿는 자는 주님이 부활한 것처럼 우리들도 부활하고 영생을 얻게 되는 것입니다. 그래서 살아서 믿는 자는 썩어 죽지 않고 영원히 산다. 그 말씀을 좀 더 자세히 얘기하자면 예수님은 대속(代贖)의 주님이십니다. 아무 죄도 없고 죽을 이유도 없었고 따라서 십자가형을 받을 필요도 없었던 분이었습니다. 그러나 우리의 죄를 감당하시고 십자가에서 죽었다가 부활하심으로 그를 믿는 자는 다 죽지 않고 살아날 수 있고 의롭다 함을 받는다는 것이 중요한 속죄의 원리이며 구원의 원리라는 걸 깨달았다는 겁니다. 아울러 레위기 17장 11절 말씀에 있듯이 '육체의 생명은 피에 있음이라. 내가 이 피를 너희에게 주어 단에 뿌려 너희의 생명을 위하여 속(贖)하게 했나니 생명이 피에 있으므로 피가 죄를 속(贖)하느니라' 여기서 대속의 피는 바로 십자가에서 흘리신 예수님의 피를 말함이니 지금까지 죄로 인해 하나님 앞에 나아올 수 없는 사람들이 나아올 수 있는 길을 열어주셨다는 그 예표를 이루게 하셨으니 성전제사도 필요 없고 할례도 필요 없으며 율법을 폐해야 마땅하다. 예수님의 십자가 보혈과 부활의 복음만 믿으면 영생복락을 누린다라고 보게 된 것입니다."

"대단하십니다. 그 정도면 선생의 회심을 진정으로 인정할 만하군요. 하지만 회심 이후부터가 문젭니다. 회심하기 전에는 예수님을 핍박하고 교회를 잔해하고 성도들을 탄압하였겠지만 회심 후부터는 당신이 박해하던 예수님 때문에 거꾸로 박해 당해야만 하게 됐기 때문입니다."

"알고 있습니다. 주님께서 다메섹에서 저를 특별히 사도로 불러 세워주신 은혜를 생각한다면 오히려 모든 고난은 하늘나라의 축복으로 이해하려 하니까요."

"지금 사도라 하셨습니까?"

듣고 있던 베드로가 이해할 수 없다는 듯한 표정으로 물었다.

"예."

"아무나 사도가 될 수 없고 사도라 부르지 않습니다. 사도란 공생애 기간 동안의 예수님 사역과 말씀과 기적과 사건들을 전부 목격하고 그 분을 따른 제자들만이 사도라 부를 자격이 있지 함께 하지 못한 자는 아무리 위대한 전도자라 할지라도 사도라 할 수 없습니다."

단정하듯 말하며 야고보를 건너다보았다. 그러자 바울은 조금은 언성을 높였다.

"예수님을 밤낮으로 따라 다녔다는 것만으로는 육적(肉的) 사도라 할 수 밖에 없습니다. 영적 사도가 되어야 진정한 사도입니다. 나는 전혀 사전 준비 없는 상태에서 실제로 오신 예수님을 뵈었습니다. 이건 하나님의 예정된 간섭으로 일어난 사건이었습니다. 나의 회심 그 핵심은 부활하신 예수 그리스도를 직접 보고 말씀을 들었다는 것입니다. 예수님이 곧 그리스도이시며 하나님의 아들이시고 주님이 되신 것을 보았다는 것입니다. 그 순간 나는 그 같은 기적사건을 세계만방에 증거하고 복음을 전하는 일은 나밖에 할 수 없다는 사명감을 느끼고 사도로 세워주신 주님을 위해 신명을 다 바치겠다고 스스로 맹세했습니다."

그러자 베드로는 못마땅한 듯 입을 다물었다. 잠시 뜸을 들였다가 야고보가 물었다.

"그런데 생소한 말을 쓰시고 있어 묻고자 합니다. 주님이란 말을 자꾸 쓰시는데 그건 어디서 쓰여진 말이지요?"

"회심 후 나는 그리스도 예수의 종(從)으로 살겠다고 맹세했습니다. 다시 말하면 내가 종이므로 내 주인(Kynios)은 예수 그리스도라는 겁니다. 종과 주인의 관계(dodlos-Kynios)로 상정해서 예수님은 나의 구주, 나의 주(主)님으로 섬기며 부르고 있는 것입니다."

바울은 바나바와 함께 베드로 야고보 사도와 저녁 식탁을 마주하고 많은 이야기를 나누었다. 돌아오는 길에 바나바가 바울에게 물었다.

"어떤가? 사도들과 견해차이가 좀 있는 듯 하던데?"

"생소해서 그럴 것입니다. 근본적인 예수 그리스도의 복음원리에는 서로 다른 점이 없지 않았습니까? 다만 부분적인 것들에서 견해 차이가 있긴 하지만 몇 차례 만나다보면 모두 해소되리라 봅니다. 아무튼 사도들에게 날 이해시켜주시고 소개해주셔서 감사합니다."

"별말씀을. 그 두 분 사도님들 뿐 아니라 다른 분들도 얘길 들으면 나오실 걸세. 당분간 예루살렘에 머물겠지?"

"정면돌파를 해야 한다는 생각입니다. 기독교를 박해하던 괴수 중에 괴수로 내가 알려진 곳은 예루살렘입니다. 나의 회심을 보여주고 복음을 전도하는데 앞장서 볼까 합니다."

"거기엔 수난의 댓가가 따를 것 같군? 아무튼 계속해서 내 집에 유숙하게나."

"아닙니다. 이곳에는 제 집도 있고 제 누이집도 있습니다. 누이집으로 갈까 생각중입니다."

"좋도록 하게. 내일 오후 모교회에 다시 나오구 말야. 다른 사도들과도 교제해 두는 게 좋은 듯 싶어서 그러네."

"그러겠습니다. 자, 그럼."

바울은 바나바와 헤어져 누이가 사는 집으로 향했다. 골목을 지날 때 맞은 편에서 오고 있던 두 청년과 마주쳤다. 그냥 지나치는데 젊은 청년이 급히 불러 세웠다.

"잠깐만요. 혹시…."

"너 미샬이 아니냐?"

"외삼촌, 웬일이세요?"

"그동안 잘 있었니?"

"예. 외삼촌! 모르세요?"

자기 곁에 서있는 삼십 여세 되어 보이는 청년을 가리켰다.

"아아니, 너어."

"안녕하셨어요? 저 안드로니고입니다."

"오랜만에 만나는구나. 반갑다. 부모님은 다 잘 계시지?"

"예. 덕택에 편안하십니다."

미샬은 외사촌 조카였고 안드로니고는 가까운 친척 아우였다. 조카가 손을 잡아끌었다.

"가시죠. 어머니가 반가워 하시겠어요."

바울은 그와 함께 누님 집으로 들어갔다. 찾아온 바울을 본 누님은 반갑게 맞았다.

"이게 몇 년 만이야? 그동안 어디 가서 있었는데 한 번도 연락이 없었어? 그보다 행색이 왜 이렇게 초라하니? 그렇게 멋지고 잘 나가던 바리새 신사가 왜 이렇게 되었어? 안되겠다. 어서 깨끗하게 몸을 씻고 나와라. 새 옷을 찾아 놓을 테니."

누님은 걱정이 되어 자기 남편이 가장 아끼던 새 옷들을 찾아 꺼내놓고 입기를 바랐다.

"누나. 저 보따리 속에 겉옷이 한 벌 있어. 그걸 입으면 돼요."

"하라는 대로 해. 어서 입고 저녁식사하자."

모처럼 바울은 안락하고 기분 좋은 가정의 분위기에 젖었다. 둘러앉은 식구들은 바울의 행색이 왜 그렇게 거지꼴인가 궁금해 하며 지난 이야기를 듣고 싶어 했다. 바울은 다메섹에서 부활한 예수님을 만나고 회심했던 회심사건과 그 이후 사막과 광야를 방랑하며 예수 그리스도의 이신칭의(以信稱義) 복음을 전도하고 명상과 사색의 시간을 보냈었던 일들을 털어놓았다. 바울의 말이 끝나자 누구도 입을 열지 못했다. 잠시 침묵이 흘렀다. 그 침묵을 깬 사람은 친척 아우인 안드로니고였다. 그는 자리에서 천천히 일어나 바울 앞으로 다가오더니 무릎을 꿇었다.

"형님은 예수님의 제자가 된 것 뿐만 아니라 예루살렘 열두 제자와 같은 사도가 되셨군요. 존경합니다."

"일어나라. 안드로니고. 네가 예수님을 영접한줄 몰랐구나."

"저두 예수님을 맞이했습니다."

조카인 미샬도 감격스런 표정으로 말했다.

"오랜만에 형님을 만난 순간 겁이 났었습니다. 형님께선 몇 년 전까지만 해도 예수당을 잔멸해야한다고 서슬이 퍼렇게 좌충우돌하지 않았습니까?"

"그랬을 법도 하구나. 너희들은 언제부터 개종했지?"

"3년 째 됐습니다. 형님도 잘 아시는 바나바 교사님을 만나 개종했습니다."

"으음. 자랑스럽구나."

"전 예수 그리스도 복음을 선교하는데 일생을 바치기로 서원했습니다. 괜찮으시다면 물리치지 마시고 저도 데리고 다니며 일을 시켜주십시오. 뭐든 주님의 일이라면 마다하지 않겠습니다."

등잔 밑이 어둡다했던가. 동역자는 바로 자신의 무릎 아래에 있었던 것이다. 바울은 아우 안드로니고에게 원한다면 어디든 동행하겠다고 약속했다. 바울은 이튿날 오후가 되자 다시 모교회를 찾아갔다. 마침 아래층 마당 잔디밭에 내놓은 의자에 미리 와 있었던 듯한 바나바가 차를 마시고 있다가 바울을 맞았다.

"일찍 오셨나보군요."

"일이 있어 난 여기 조카집에서 잤다네. 차를 한 잔 하실까?"

"그러지요. 헌데 사도님들은 나와 계십니까?"

바울이 이층 다락 쪽을 바라보며 묻자 바나바는 굳은 표정으로 고개를 끄덕였다.

"네 분이 와 있네. 베드로와 야고보 그리고 요한과 게바의 동생 안드레."

"그래요? 그럼 위로 그냥 올라가서 만나봅시다."

"오늘은 그냥 돌아가시는 게 좋을 듯 싶네."

"왜지요?"

"분위기가 안 좋아. 요한 사도와 안드레 사도가 베드로와 야고보에게 잔혹한 박해자 사울을 용서하고 받아들이자 했다고 불같이 화를 내며 다투었네. 아시고 계신지 모르겠네만 안드레 사도는 베드로 사도의 아우라네. 불의를 못 보는 불같은 성격이지. 세례자 요한이 요단강에 나타나 회개를 외치고 세례를 받으라 했을 때 어부였던 형제 중 안드레가 먼저 그물을 던지고 세례자 요한을 따랐다네. 사람들이 당신이 메시야니까 요한은 자기 뒤에 오는 사람이 메시야라 했을 때 안드레는 그 말을 믿고 자기 형인 베드로를 전도하여 형제가 함께 예수님을 따르기로 했다네. 그래선지 형이 아우한테 항상 지고 살지 뭔가?"

"바나바형. 그들을 만나면 내가 봉변을 당할까봐 그냥 돌아갔으면 한다고 하셨군요?"

"음."

"그게 마음에 걸린다면 염려하지 마십시오. 난 장애물을 피하지 않겠습니다. 당당하게 그분들을 만나보고 싶습니다. 자라처럼 목을 움츠리면 더 이상 갈 길을 가지 못합니다. 자, 가시지요."

바울은 담담하게 의자에서 일어나 바나바의 뒤를 따랐다. 어쩔 수 없었던지 바나바도 이층 층계를 올라갔다. 너른 탁자 가장자리에 네 사람이 앉아 얘기를 나누고 있다가 두 사람을 맞았다.

"게바와 야고보 사도께선 아시고 계시지만 이분은 사울이란 분입니다."

바나바가 바울을 소개했다.

"처음 뵙습니다. 사울입니다."

그러자 안드레가 화난 소리로 명령하듯 말했다.

"앉지 마시오. 성스러운 의자를 더럽히지 말란 뜻이오. 당신은 우리 형제인 스데반 집사를 죽인 살인자 아니오? 그뿐이 아니지. 당신은 나는 새도 떨어뜨릴만한 실권을 쥐고 그리스도교도들을 잡아 족쳤소."

"안드레! 흥분하지 말게. 좀 고정해."

베드로가 말렸다.

"그건 흥분이 아니라 사실을 사실대로 말하는 것뿐입니다. 안드레 사도의 질책에 틀림이 있습니까?"

요한이 안드레의 편을 들며 경멸하듯 물었다. 바울은 의자에 앉지도 못하고 선채 고개를 저었다.

"부인하진 않겠습니다. 이미 베드로 야고보 사도 두 분께는 말씀을 드렸지만 바리새 중에서도 바리새 랍비였고 산헤드린의 검찰부에 있던 저로써는 가난한 목수의 아들로 온 예수가 장차 오실, 아니 이미 오신 메시야라 믿을 수가 없었습니다. 왜냐하면 메시야라 주장하던 예수는 십자가에서 죽었기 때문입니다. 그것도 범죄자로 죽었다! 십자가에 달린 것은 범죄자란 뜻이다. 하나님의 저주를 받은 자이다. 따라서 예수는 가짜 메시야(Pseudo-messiah)다. 이는 하나님이 그를 산채로 십자가에 매달아 죽게 한 사실이 그것을 증명한다. 그런데도 한술 더 떠서 죽은 뒤에 부활했다? 나는 도저히 이해할 수도 없고 용납할 수도 없다. 그래서 나는 수색대를 이끌고 예수당을 수색 체포키 위하여 다메섹으로 갔던 것입니다. 다메섹 카우카브 언덕길에서 갑자기, 뜻밖에, 전혀 예정에도 없이 게다가 마음의 준비도 없이 나는 정오의 태양보다 더 밝은 빛에 휩싸여 말에서 떨어져 엎드렸고 그 때 내 앞에 나타나신 예수님을 뵙게 되었고 나에게 하시는 말씀을 듣게 되었습니다. 사울아, 사울아, 너는 왜 나를 박해하느냐? 하시기에 주여 뉘시오니까하고 묻자 나는 네가 핍박하는 나사렛 예수라 말씀하셨습니다. 그 강한 밝은 빛 때문에 나는 장님이 되었다가 하나님의 사람 아나니아를 만나 주님의 이름으로 안수를 받아 눈을 보게 되었고 세례를 받았습니다. 뒷날 아나니아가 나에게 전해 준 말이 있습니다. 기도 중에 하나님의 음성이 계셔서 유다의 집에 가면 사울이란 자가 있으니 안수를 하여 눈을 고쳐주고 세례를 주라 하셨답니다. 아나니아는 안드레 사도와 똑같이 사울은 살인자요 박해자인데 왜 그를 구하라 하시느냐며 항의를 했답니다. 그랬더니 주님은 <그 사람은 내 이름을 이방인과 임금들과 이스라엘 자손들 앞에 전하기 위하여 택한 나의 그릇이라 그가 내 이름을 위하여 해를 얼마나 받아야할 것을 내가 그에게 보이리라> 하시어 그는 순종하고 나에게 왔다고 했습니다. 주님께서 날 회심케 하신 이유는 주님의 이름을 온 세상에 전하게 하기 위한 그릇으로 택정하셨기 때문이라는 것이었습니다. 게다가 주님께서는 이제부턴 나를 박해하던 그대로 거꾸로 네가 십자가를 지고 박해를 받을 차례이니 각오해야 할 것이란 말씀도 잊지 않으셨습니다. 이것이 나의 회심 사건 전부입니다."

바울은 솔직하고 진지하게 자신의 모든 것을 털어 놓았다. 회심 내용에 거짓이 없다는 것을 느꼈는지 요한과 안드레는 아무런 말이 없었다. 잠시 침묵이 잠겼다. 침묵을 깬 사람은 사도 요한이었다.

"사울형제! 오해를 지울 수 있게 해주어 고맙소. 하나님은 공평하신 분이오. 지금까지는 네가 날 박해했었지만 지금부터는 네가 내 이름 때문에 어쩌면 평생 박해를 받아야 할테니 그걸 각오하란 말씀은 가슴 깊이 새겨야 할 것입니다."

"여러분도 나의 과오를 용서하신다는 뜻으로 받겠습니다. 고맙습니다."

"식사 하십시다."

사도 야고보가 밝은 얼굴로 말하며 둘러보았다.

"오늘은 사울 형제를 얻은 뜻 깊은 날이니 맛좋은 포도주가 없어서는 안 되겠습니다. 내가 아래층에 내려가 준비를 해 놓겠습니다."

바나바가 기분 좋은 듯 활기찬 걸음으로 내려갔다.

며칠 후 바울은 친척 아우인 안드로니고와 함께 안식일 예배를 드리기 위해 리버디노 회당으로 나갔다. 예루살렘 안에서 디아스포라 헬라계 이방인들이 예배를 위해 모이는 유대인 회당은 리버디노 회당 한 곳뿐이었다. 나머지 모든 회당은 할례자 유대교인들이 모이는 시나고구였다.

"숫자가 많구나?"

모여드는 성도들을 본 바울이 놀랍다는 표정으로 안드로니고를 바라보았다.

"많을 때는 2천여 명이 넘었었습니다. 스데반 집사가 활동하던 시기가 가장 부흥했던 때이지요. 하지만 스데반 집사가 순교 당하고 교회 탄압이 시작되자 많은 성도들이 흩어졌습니다. 지금은 5백여 명이 나오고 있습니다."

"여성 성도들도 많은 것 같은데?"

"할례자 유대교 신자들은 여성들이 남자와 똑같이 예배당에 들어온다고 놀랍니다. 전통적인 유대교에서는 여자들은 남자들이 보이지 않는 뒷문을 이용하여 출입을 할 수 있었지요? 하지만 예수님 사후 그리스도교가 리버디노 회당에 자리 잡게 되었을 때 회당 이름처럼 <자유>란 말이 입에서 입으로 전해졌습니다. 율법에서 자유케 하라. 할례에서 자유케 하라. 성전 제사에서 자유케 하라. 남녀 신앙도 자유케하라. 그래서 여성들도 왔는데요. 그 여성 대부분은 홀로 사는 과부들이었습니다. 생계를 유지할 수 없어 도움을 받기 위해 나온 것입니다. 모교회는 과부들을 위해 매일 빵떡을 배급해 주기 시작했습니다."

"바나바는 교사라 했지? 그 직분은 뭐지?"

"성경이나 교리들을 가르치는 직책이지요. 유대교 회당이나 성전과는 다릅니다. 유대교 성전에는 제사장이 있고 랍비와 장로들이 있지만 리버디노 회당에는 목회자 한 분과 예언자 한 분 그리고 장로들은 없고 교사와 집사들이 섬기고 있습니다. 예배를 시작하기 전에 예언자는 기도실에 들어가 그날 목회자께서 선포할 하나님의 말씀을 받습니다. 그 말씀을 가지고 설교를 하는 거지요."

바울은 고개를 끄덕였다. 그 같은 예배의 세레머니는 이미 다메섹에서부터 알고 있었다. 드디어 예배가 시작되었다. 하나님 말씀이 선포되고 목회자의 설교가 끝났다. 바나바가 일어나 입을 열었다.

"오늘은 아주 소중한 하나님의 사람 한 분을 소개해 드리겠습니다. 사울이라 불리던 바울 형제입니다. 바울 형제를 여러분 앞에 소개합니다. 바울 형제는 성령을 받아 새사람으로 거듭났습니다. 그 모든 것을 함께 들어보기로 하겠습니다."

그 옆에 앉아 있던 바울을 일으켜 세웠다. 일어난 바울의 얼굴에 빛이 일고 있었다.

"안녕하십니까? 나는 백번 죽어 마땅한 죄인이었습니다. 나는 바리새의 랍비였으며 산헤드린 검찰부 검사보였던 사울입니다."

바울은 그리스도교도들을 얼마나 증오하고 핍박했는지 스데반 집사를 죽이는데 앞장서고 제사장의 공문을 가지고 다메섹까지 가서 교도들을 잡아오려고 수색대를 끌고 갔다가 카우카브 언덕길에서 주님을 만나 회심하게 된 자초지종을 설명하며 새사람이 되었다는 사실을 간증했다.

그러자 성도 중에서 오십 여세 되어 보이는 남자가 벌떡 일어서서 외쳤다.

"당신의 거짓말을 우리더러 믿으라는 거요? 하나님이 두렵지도 않소? 당신은 지금 이 회당까지 들어와 기독교도들을 체포하려는 게 아니오?"

"아닙니다. 저의 간증을 믿어주십시오."

당황한 바울이 간절하게 말했다.

"믿을 수 없소. 여러분, 저자는 우리 예배처에 들어 와서 함정을 만들고 그리스도인들을 한꺼번에 색출하여 일망타진하려고 들어온 것입니다. 속으면 안됩니다."

그러자 그 말이 옳다며 여기저기에서 들고 일어났다. 당장 소동이 벌어져 잡혀가지 않으려고 서로 밀며 회당 밖으로 도망치는 사람들이 생겨났다. 공포 분위기가 되었던 것이다.

"진정하십시오. 하나님 앞에서 회개하고 회심한 것은 사실입니다. 자아, 진정하세요."

바나바가 발돋움 하면서 진정시키려 애썼지만 소용없었다. 정통 유대교 신자들이 들고 일어난 게 아니라 바울이 믿고 있던 그리스도교도들이 반발하고 나선 것이다.

"살인자를 살려두어서는 안됩니다. 저 자는 스데반 집사를 죽인 자입니다. 끌어내어 처단합시다."

강경한 젊은이들이 떼 지어 바울을 잡으려고 달려들었다. 건장한 체구의 바나바가 그들을 막아내지 않았으면 당장 잡혀서 끌려 나갔을 상황이었다.

"뒷문으로 나가시오."

바나바가 재빨리 소곤거리며 흥분한 젊은이들을 가로막았다. 바울은 그 틈을 이용하여 뒷문을 찾아 나가 골목으로 도망쳤다. 그 사건은 박해의 시작이었다. 그 다음 안식일에는 할례자 유대교당에 나가 예수의 복음을 증거하다가 배신자, 배교자가 왔다며 바울을 죽여야 한다고 일어나는 바람에 거기서도 바울은 간신히 안드로니고의 보호를 받아 도망쳐 나왔다. 바울은 누이 집에 숨은 채 바깥나들이를 못했다. 바울은 하나님 앞에 기도를 올렸다. 금식한 채 이틀 동안을 간절히 기도했다. 온몸 구석구석이 부서지고 쪼개지는 듯한 고통에 그는 몸부림쳤다. 얼마가 지나자 전신이 허공으로 떠오르는 듯한 느낌을 받으며 무아지경에 빠졌다. 다시 한 번 강렬한 빛이 쏟아져 바로 그 안에 나타나신 주님을 보았다.

"어서 속히 예루살렘을 떠나거라. 나를 증거하는 네 말을 받아들이지 않을 것이다. 나는 너를 멀리 이방인에게로 보낼 터이니 어서 가거라."(행 22:18-21)

"그리 하겠습니다."

그로부터 며칠이 지난 후 바나바가 찾아 왔다. 예루살렘에서는 바울의 목숨까지 위태하게 생겼으니 먼 곳으로 피했으면 좋겠다 했다.

"유대의 성전과 각 공회당에까지 이미 배교한 사울이 돌아왔으니 잡아내어 고발하고 처벌을 받게 해야 한다고 서로 공론을 끝냈다네. 반대로 그리스도교도들은 사울이 자기들을 체포하고 발본색원(拔本塞源)하기 위해 회심하였다 위장하고 잠입했으니 용서하면 안된다며 행동대를 만들었구 말이야. 소나기는 피하는 게 상책이야. 찾지 못할 곳으로 피하고 사정이 좋아지면 돌아오시게나."

"알려주어 고맙습니다. 기도 중에 주님을 뵈었는데 같은 말씀을 해주었습니다. 나는 너를 이방인 전도자로 택정하였다. 예루살렘을 하루 속히 떠나 멀리 이방인들에게 보내니 그들을 전도하는데 신명을 다하라."

"이방인들도 성령을 받을 수 있다는 것을 게바는 이방인 고넬료 가족을 전도하고 체험하지 않았나? 주님의 명에 따르게나. 어디로 갈 예정인가? 아라비아 셀라(페트라)? 아니면 다메섹?"

"거기도 모두 날 잡으려고 지명수배 하고 있는 지방입니다. 고향집이 있는 다소로 갈까합니다. 그쪽에서 전도사역을 하렵니다."

"잘 생각하시었네."

바울은 마침내 고향 다소로 피신키로 하고 예루살렘을 빠져나가기로 했다. 바나바는 십여 명의 성도들이 가이사랴 항구까지 배웅을 하겠다 했으나 바울이 거절했다.

"여러 사람이 움직이면 위험합니다. 내 조카는 아직 어리고 아우인 안드로니고를 데리고 둘이서만 떠날까 합니다."

예루살렘 성문은 새벽에 열고 밤에는 닫았다. 바울은 새벽을 틈타 농부처럼 변복하고 농기구를 어깨에 둘러맨 채 아우인 안드로니고와 함께 서문을 향해 나갔다. 이미 성문이 열려 있었고 바울처럼 농기구를 둘러맨 농부들과 수레를 끌고 나가는 농부들로 붐비고 있었다. 성 교외 밭에 나가 농사를 짓는 사람들이었다. 그 속에 섞여 나오자 성문을 지키는 군사들은 검문조차 하지 않았다. 바울은 가이사랴항구로 가서 길리기아 다소로 가는 배를 타기로 했다. 가이사랴는 예루살렘 북서쪽 사마리아 땅을 지난 지중해 해안에 있는 큰 항구도시였다. 헤롯왕이 옛 항구를 새롭게 건설하여 로마 황제 아우구스투스에게 바쳤다. 그래서 도시이름이 가이사랴(황제)인 것이다. 가이사랴에는 로마총독부가 있어 총독이 집무하는 곳이고 로마군의 전체 3군단(軍團) 중 제1군단 사령부가 있는 곳이기도 했다.

바울과 안드로니고는 벧엘, 세겜을 지나 사마리아를 가로질러 3일 만에 무사히 가이사랴에 도착했다. 가이사랴에서는 서쪽으로 구브로(키프로스)로 가는 뱃길이 있었고 터키 남부지방인 아딸랴 항구로 가는 뱃길과 구브로를 남으로 돌아 그레데섬을 경유하여 시칠리아, 보디올, 로마로 가는 뱃길이 있었다. 북쪽 뱃길은 수리아 안디옥을 지나 바울의 고향 길기리아 다소로 닿아 있었다.

바울과 안드로니고는 화물선을 얻어 타고 다소로 향했다.

"언제쯤 도착할 수 있을까요?"

"내일 아침이면 도착할 수 있을 거야."

"몇년 만에 돌아가시는 고향이지요?"

“결혼하고 랍비 안수를 받은 뒤에 갔었으니까 그 때가 스물네 살 때가 아닌가 싶다. 그 때 가고 이제 처음 가니까 아마 십년 만에 가는 것 같다.”

“부모님이 무척 반가워 하시겠네요.”

화물선은 이윽고 다소의 외항(外港)에 정박했다. 다소 시내는 외항으로 흘러드는 치드누스강을 거슬러 8킬로미터 쯤 올라간 곳에 자리 잡고 있었다. 바울은 안드로니고와 함께 아름다운 강을 따라 걷기로 했다. 험난한 광야이거나 반사막 혹은 어쩌다 울창한 숲이 있는 산이 고작인 이스라엘이나 그 주변의 풍경과는 아주 달랐다. 다소의 교외는 녹색의 숲과 그리고 다투어 피어난 들꽃들이 강변길에 펼쳐지고 멀리 만년설을 머리에 이고 하늘 끝까지 닿아 있는 타우르스 산맥 줄기가 한 폭의 배경 그림처럼 아름다웠다.

“어려서 이곳에 자주 오셨나요?”

안드로니고가 물었다.

“낚시질하러 친구들 하구 자주 나왔지.”

“고기가 많았나요?”

“아냐. 물이 차가워서 몇 가지 종류만 살고 있지. 시가가 보이는구나. 저기 보이는 개선문만 들어가면 오른쪽으로 우리 동네가 나오지. 어서 가자.”

바울의 집은 격식을 갖춘 제법 넓고 큰집이었다. 붉은색 기와지붕에 흰색의 돌로 지은 이층집인데 정원이 넓고 집 뒤에는 천막을 짜고 만드는 공방(工房)이 있었다. 마침 현관에서 나오던 늙은 하녀가 들어오는 바울을 알아보고 다시 집안으로 급히 들어가며 아드님이 왔다고 외쳤다. 청색 옷을 입은 노부인 하나가 서둘러 나왔다.

“어머니, 저 왔습니다. 건강하셔서 기쁘네요.”

“아들이 왔구나. 보고 싶었단다.”

어머니는 아들을 포옹하고 볼을 비비고 키스를 했다. 바울은 어머니와 함께 공방으로 가 일하고 있는 아버지를 만났다. 바울의 아버지는 틀 위에 앉아 염소털 가죽으로 천막용 원단을 만들고 있다가 아들을 맞았다. 그는 자리에서 일어나 아들을 포옹했다. 원래 과묵한 편이어서 말이 없었다.

"왜 그렇게 말랐느냐? 어디 아픈 게 아니냐?"

"건강합니다. 못 뵌 사이 아버님이 늙으셨습니다."

그날 저녁 모처럼 아들이 돌아온 식탁은 행복한 분위기가 감돌았다. 어머니는 왜 아내와 함께 오지 않았느냐고 궁금해 했다. 바울은 자신의 회심사건과 아내와의 별거에 대해 솔직하게 털어 놓았다. 부모님은 놀라서 입을 다물지 못했다. 특히 바울의 아버지는 놀란 표정이 점점 굳어지더니 분노의 얼굴로 이지러졌다.

"가말리엘 교법사님 밑으로 널 공부 보낸 내 뜻을 이해하지 못했던 것이냐? 나는 비록 해외에 있는 이방계 유대인으로 태어나 살아가며 널 낳아 길렀지만 난 진정한 유대인으로 배우고 살아왔다는 것을 언제나 자랑으로 삼았다. 우리 가문은 그 유명한 베냐민지파요 우리 베냐민파에서만 유일하게 최초로 임금이 탄생했고 그 분이 바로 사울왕이셨다."

바울의 아버지는 그토록 촉망받던 아들이 어쩌다가 예수당이 됐는지 알 수 없다며 지금이라도 예수당에서 나와 바리새 랍비의 권위와 자리를 찾으라고 야단을 쳤다.

"이 자리에서 애비의 명에 따르지 못한다면 장차 너는 우리 집안에서 축출 당하고 장자권(長子權) 마저 박탈될 것이다. 게다가 예수당에 미쳐 집안과 집안에서 맺어준 반려자인 아내까지 아무런 허물도 없는데 버렸으니 그 또한 용서할 수 없다."

아버지의 분노를 복음으로 진정시켜 보려고 애를 썼지만 그건 기름에 물 붓기였다. 오히려 낙망하여 자기 방에 들어간 바울에게 어머니가 다가와 아들을 위로했다.

"너에 대한 기대가 그만큼 커서 아버지는 저러시는 거다. 시간이 지나면 널 용서하고 널 이해하게 될 테니 너무 상심하지 말아라."

"어머니. 죄송해요. 난 아버님 한 분도 전도하지 못했습니다. 그러구도 이방인 전도를 하겠다고 나섰으니 제 자신이 부끄럽습니다."

"어떻게 첫 술에 배부를 수 있느냐. 한 번에 안 되었다면 될 때까지 기다리고 설복해야지."

"그럼 어머니는…."

"그래 나는 네 어미 아니냐? 난 네가 실제로 만나 뵈었다는 예수님을 나도 뵙고 싶어졌다. 나도 뵙고 말씀 듣게 해다오."

"그러세요. 어머니."

바울은 반가워 어머니를 껴안았다. 어머니가 예수를 영접했다는 것은 완고한 아버지가 마음 문을 여는 것도 시간문제일 것이라며 안드로니고가 위로했다.

"물론이다. 기다리면 주님 앞으로 오실 것이다. 기대하자. 그리고 일단 내일부터는 다소시내와 다소주변을 돌아다니며 복음 전도를 시작하려 한다. 힘들고 어려운 일일 테니 넌 예루살렘으로 돌아가거라."

"서운하신 말씀 하시지 마세요. 형님 처음 뵈었을 때 형님가시는 곳은 어디든 좋으니 절 데려가 주시라 했고 형님은 허락하시지 않았습니까? 저두 따르겠습니다."

"고맙다. 더 힘이 나는구나."

이튿날은 안식일인 샤밧이었다. 바울은 다소 시외로 안드로니고를 데리고 복음전도를 위해 나갔다. 유대인들이 모여 사는 마을을 찾았다. 그런 곳에는 어디에나 유대인 회당이 있고 안식일에는 예배를 보았다.

"저쪽에 회당이 있는데요? 그곳으로 가시지요."

안드로니고가 앞장섰다. 두 사람은 회당 안으로 들어갔다. 예배 참석자는 전부 유대인들이었다. 유대인 회당 안의 예배는 벽 쪽에 붙여 만든 긴 의자나 모두 바닥에 앉은 채 진행되었고 설교자도 약간 높은 단 위에 앉아 말씀을 전했다. 예배가 끝나면 누구든 자유롭게 발언할 수도 있고 신앙적인 설교도 할 수 있었다. 예배 말미에 바울이 약간 목청을 높여 말을 이었다.

"안녕하십니까? 저는 예루살렘에서 온 수도자 바울이라 합니다. 잠시 여러분에게 생명의 복음 말씀을 전해드릴까 하는데 괜찮겠습니까?"

그러자 이상한 사람이 왔다는 듯 모두 호기심을 가지고 바라보았다.

"우리 유대백성들은 오래 전부터 다윗과 모세보다 더 강력하고 위대한 능력을 가진 영웅이 종말에 메시야인 그리스도로 오신다고 믿고 있었습니다. 그러나 그건 잘못된 믿음이었습니다. 이 땅에 오실 메시야는 육적(肉的)인 제왕이나 지도자가 아니고 영적인 지도자로, 선지자 이사야의 말씀대로 고난 받는 종으로 오신다 했습니다. 따라서 메시야는 장차 오실 이가 아니고 이미 오셔서 죄 없이 골고다의 십자가에서 피 흘려 죽으신 고난 받은 종입니다. 그분이 누구냐구요? 나사렛 출신 예수님이십니다. 보이지 않는 영(靈)이시며 사랑의 본체이신 하나님 아버지의 사랑을 구약(舊約)에서는 말씀(율법)으로만 나타내셨지만 때가 차매 하나님이 그 아들을 보내셔서 사람들이 눈으로 보고 깨닫고 믿도록 만드셨던 것입니다. 그분이야말로 성육신하고 이 땅에 오신 하나님 아들이시며 다시 말하면 그분이 예수 그리스도이시며 하나님의 본체인 것입니다. 그러면 왜 그분을 고난 받는 종으로 보내셨을까요? 우리의 모든 죄를 사하여 주시고 죄로 인해 하나님 앞에 나아올 수 없는 우리들이 나올 수 있는 길을 열어주시고 하나님이 사랑하는 자녀 되게 하시어 자녀로써의 특권과 모든 축복을 누리게 하시기 위함입니다. 그러면 그 특권과 축복은 무엇일까요?"

"잠깐!"

회당장이 얼굴이 벌겋게 상기되어 벌떡 자리에서 일어섰다.

"당신은 지금 저주 받은 하나님의 죄인 나사렛 예수를 하나님의 아들이라 했는가?"

"그렇습니다."

그러자 회당장이 앉아 있는 바울 옆으로 성큼 다가와 덜미를 잡아 일으켰다.

"한번만 더 우리 회당 근처에 와서 미친 자의 헛소리를 지껄이면 매를 쳐서 죽여 버릴 것이다. 어서 나가라!"

회당장이 화가 나서 떠들자 잠자코 있던 신도들이 우하니 일어서 합세하여 바울과 안드로니고를 회당 밖으로 끌어내 짐짝 던지듯 팽개쳐버렸다. 바울은 쓰러진 곳에서 일어나 옷자락과 신발의 먼지를 털고 뒤돌아서서 떠나갔다. 그러나 이 핍박은 시작에 불과했다. 파세나라는 작은 도시에 가서 두 사람은 전도를 위해 유대인 회당을 찾았다. 이곳은 제법 유대인들이 많이 살고 있는 듯 했다. 안식일이 되어 바울은 안드로니고를 데리고 회당을 찾아갔다. 교인들이 많아서 백여 명이 넘어 보였다. 두 사람은 한 쪽 구석으로 가서 돌바닥 위에 앉았다.

"못보던 사람들인데 어디서 왔소?"

누군가 두 사람을 들여다보며 물었다.

"우린 예루살렘에서 온 수행자들입니다."

"수행자? 당장님! 바시리 마을에서 쫓겨난 바로 그자들입니다."

당장의 의사를 물었다. 그러자 당장이 쫓아와 보더니 즉시 명했다.

"이 자들을 끌어내라! 조상을 모욕하고 율법을 짓밟은 자이니 용서하면 안 된다고 했다."

수십 명이 몰려나와 바울과 안드로니고의 두 팔을 뒤로 돌려 묶은 채 공터로 끌고 갔다.

"가시채로 쳐라!"

두 사람을 돌기둥에 매달더니 여러 가닥의 가죽 줄 끝에 못이 박힌 채찍을 들고 와 등짝을 후려치기 시작했다.

"아아악!"

당장 등어리 살점이 떨어져 나가며 피투성이가 되었다.

"너희들은 길리기아 어느 지방을 가더라도 회당 근처에 얼씬거리지도 못하게 되어 있다. 모든 회당에 이미 통고가 돌았기 때문이다."

마침내 두 사람은 피투성이가 된 채 길가에 쓰레기처럼 던져졌다. 얼마가 지나서 몸을 흔드는 바람에 바울은 정신을 차렸다. 안드로니고였다.

"정신 차리십시오. 아아, 등짝이 온통 피투성이군요."

바울은 겨우 일어나 앉았으나 쑤시는 고통 때문에 입을 다물지 못했다. 가시채 채찍으로 맞았기 때문에 안드로니고 역시 옷이 다 찢기고 등짝이 온통 벌겋게, 마치 포를 떠놓은 것처럼 흉측하게 되어 있었다. 집근처로 돌아온 두 사람은 집안 공방 뒤에 붙어 있던 창고에 들어가 상처가 아물 때까지 숨어 지내게 되었다. 매를 맞을 때 살점과 함께 찢어져 핏물에 엉켜 붙은 옷 조각을 떼어낼 때마다 비명을 삼키고 있는데 누군가 창고 안으로 뭔가를 찾으러 들어왔다.

"거기 누구냐?"

도둑이 들었다가 숨은 줄 알고 노인은 긴 몽둥이를 찾아들고 다가왔다.

"벤! 나, 납니다."

가죽조각 더미에 쭈그리고 앉은 바울이 급히 손을 흔들었다.

"아아니, 도련님 아니세요?"

"쉿! 조용히 하세요."

그 벤이라는 노인은 바울이 어린아이 때부터 바울의 집 공방에서 일을 해온 충직한 일꾼이었다. 바울은 매를 맞게 된 자초지종을 설명하고 도와 달라 했다.

"상처가 아물 때까진 숨어 지내야겠어요. 부모님은 물론 다른 사람들이 절대 모르게 해주시고 식사문제나 해결해 주세요."

"도대체 그토록 유식하시고 명성이 있는 도련님이 뭐가 아쉬워서 그것도 사서 유대인 회당에 가 매를 맞고 오신단 말씀이요? 정말 난 알다가도 모르겠습니다."

바울의 상처난 등을 보고 노인은 눈물을 흘리며 고개를 흔들었다.

"구세주이신 예수 그리스도를 위해 그분의 복음을 전하려다 이렇게 된 거랍니다."

벤 노인도 길기리아 출신의 이방 유대인이었다. 바울은 고통을 참아가며 그에게 간절한 말로 복음을 전했다.

"유대 땅에서 둘째가라면 서러워할 수재이신 우리 도련님이 예수님을 믿게 되었다면 어련히 알아서 믿으셨겠나 싶습니다. 난 그저 도련님 말씀대로 예수님을 모시겠습니다."

바울은 어머니와 공방의 벤 노인을 전도하고 힘을 얻어 다시 길리기아 각처를 돌아다니며 전도를 계속했다. 그로부터 14년 동안이나 전도사역을 하고 돌아다니며 바울은 5개의 가정교회를 개척하는데 성공했다. 바시리 마을에서는 농장 농부인 이반의 가족이 예수를 영접하고 인근의 세 가족까지 전도하여 가정교회를 세웠고 파세리 마을에서는 전직 세리(稅吏)였던 케말이란 사람이 동네에 있던 두 집 친구가족을 인도하여 자기 집에 가정교회를 세웠다.

다소에도 생겨나게 되었다. 바울의 집 후원 근처에 있던 허름한 창고가 예배처였다. 벤 노인이 이십여 명이 넘는 일꾼들을 바울의 부친이 모르게 전도하여 모임이 이루어졌던 것이다. 이렇게 되기까지 바울이 겪은 고난과 수난과 고통은 말로 형언할 수 없을 지경이었다. 다소에서 선교 활동하던 14년의 수난을 그는 고린도후서 11장 23절에서 이렇게 밝히고 있음을 볼 수 있다.

- 너희가 그리스도의 일꾼이냐 정신없는 말을 하거니와 나도 더욱 그러하도다. 내가 수고를 더욱 넘치도록 하고 옥에 갇히기도 더 많이 하고 매도 수없이 맞고 여러 번 죽을 뻔 하였으니 유대인들에게 사십에 하나 감한 매를 다섯 번 맞았으며 세 번 태장으로 맞고 한 번 돌로 맞고 세 번 파선하는데 일주야를 깊음에서 지냈으며 여러 번 여행에 강의 위험과 강도의 위험과 동족의 위험과 이방인의 위험과 광야의 위험과 바다의 위험과 거짓 형제 중의 위험을 당하고 또 수고하며 애쓰고 여러 번 자지 못하고 주리며 목마르고 여러 번 굶고 춥고 헐벗었노라 (고후 11:23-27)

그의 생애 중 30여 년 동안 전도사역을 하면서 위에 말한 핍박과 고난의 횟수 과반을 당한 곳은 바로 자기 고향인 길리기아 지방에서 14년간 전도활동 때 받은 것들이었다.

5
수리아 안디옥(Siria Antiokia) 교회와 시인의사(詩人醫師) 누가(Luke)

바울은 자기 집 기도실에서 기도를 하고 나왔다. 그때 벤 노인이 찾아왔다.

"멀리서 찾아오신 손님이 계신데요?"

"손님이라니?"

"안디옥에서 오신 분인데 잘 아시는 분이랍니다."

"지금 어디 계시지요?"

"후원 마당에 계십니다."

"알았습니다. 나가겠다구 전하세요."

바울은 세수를 한 뒤에 손님을 만나러 후원으로 나갔다. 아담한 후원에는 울창한 종려나무들이 늘어서 있어 시원한 그늘을 드리우고 있었다. 키가 크고 당당한 체구를 가진 사내 하나가 서성이고 있다가 반갑다는 듯이 밖으로 나오는 바울에게 다가왔다.

"내가 잘 찾아왔군요. 바울!"

"아아, 바나바형! 뜻밖입니다. 어떻게 여기까지?"

"옛날 바울이 고향집 얘기를 한 것이 생각나서 찾았는데 그렇게 어렵진 않았네. 다소 성내에서 천막 제조업을 하고 있는 집은 수없이 많았지만 규모가 큰 집은 몇 집 안되더군. 큰집만 찾아 다니다보니 여기까지 온 거라네."

"자, 안집으로 들어갑시다."

바울은 안집으로 바나바를 안내했다. 자리를 마주하자 바울은 궁금하다는 듯 물었다.

"이게 몇 년 만이지요?"

"예루살렘에서 헤어졌으니까 십년도 더 넘었군."

"그렇군요. 내가 남쪽 아라비아까지 내려갔다가 고향인 다소로 돌아와 계속 복음전도를 다닌 것이 올해로 14년째니까 오래 못 뵈었습니다."

"그러고보니 고생이 이만저만 아닌 듯 싶구먼. 예전의 건강했던 사울의 모습이 없어져 안타깝구먼."

"육신의 고생이야 각오한 거니까요. 헌데 무슨 일로 절 찾았습니까?"

"바울. 주님께서 찾고 계시네. 나와 함께 가세나."

"요즘 어디서 무얼 하십니까? 예루살렘에 그저 계십니까?"

"새 예루살렘에서 주님을 모시고 있어. 새 땅에 있는 새 예루살렘이지. 안디옥을 아시나?"

"수리아 안디옥? 알지요. 내 고향 다소에서는 가까운 곳이지요. 지금 새 예루살렘이라 했는데 그곳이 안디옥이란 말씀인가요?"

바나바는 고개를 끄덕이며 미소를 지었다.

"그렇다네. 나는 지금 안디옥에 거주하고 지금 그곳에서 오는 길이야."

"언제 그곳으로 가셨지요? 무슨 일로?"

"오른테스 강가에 예배당이 하나 생겼다네. 성내에는 유대인회당이 수백 군데나 있지만 오른테스(Orontes) 예배당은 우리 기독교도들이 모여 세운 유일한 예수 그리스도 복음교회일세."

안디옥(Antioch. 現在名은 Antakya)은 수리아(시리아)의 수도이며 로마제국에서도 3대 도시 속에 들어가는 큰 도시였고 도시가 아름다워 '동방의 여왕'이라 불렸다. 안디옥 대학이 있었고 예술가들이 몰려 있는 예술의 도시이며 동방에 헬레니즘을 전파하는 시발점이기도 했다. 면화와 밀의 주생산지로 농업과 무역으로 부유함을 자랑했다. 그리고 로마 제국의 직속 총독부가 있어 이스라엘 북부지방을 통치하고 있었다. 누가복음과 사도행전의 저자이며 의사이며 문학가이며 화가였던 누가(Luke)가 바로 수리아 안디옥 출신이고 그곳 대학에서 의학을 전공했다. 안디옥은 터키 동남부 지중해 연안에 위치하며 비교적 신앙에 대한 자유가 허용된 편이어서 핍박을 피하여 이주해 온 종교 피난민들이 많이 살고 있었다. 스데반 순교 후 기독교도들의 탄압이 가시화되자 여기저기 흩어진 신도들도 다메섹을 비롯하여 안디옥에 까지 들어와 살며 신앙생활을 하게 되었다.

"수리아 안디옥은 전체 인구가 50만이고 그 중 이방 유대인을 포함한 유대인은 약 3만 명이 거주하고 있는 대도시라네. 유대인 숫자로 보아도 로마제국 내에서도 예루살렘 다음으로 많은 곳이지. 세 번째는 이집트 알렉산드리아이구. 안디옥의 오른테스 예배당이 생기게 된 것은 3년 전이었어. 물론 전통 유대교 회당인 시나고구는 오래 전부터 있었고 시내 곳곳에 수백 개가 있네. 오른테스 예배당이 들어선 그 건물은 원래 목화 저장 창고였는데 안디옥에 거주하게 된 우리 성도 형제들이 목화밭에서 일하는 사람들이 많아져 안식일에는 창고에 모여 예배를 드리게 되어 그게 시발점이 되어 공동체 예배당이 생기게 된 거야. 처음엔 20여명이 모여 예배를 드렸는데 1년 지나 2년째가 되자 소문이 나서 2천여 명의 성도들이 모여들어 큰 교회가 된 것일세."

"성령께서 역사하셨군요. 형제들은 할례자가 많습니까 아니면 이방계 헬라인들이 많습니까?"

"이방인들이 다수인 이방인 예배당이지. 성도들도 모두 각국 각처에서 모여들었네. 이스라엘, 나바테아, 구브로, 알렉산드리아, 베니게(페니키아), 심지어는 구레네(아프리카 리비아)에서까지 모였으니까.”

“놀랍군요. 역시 주님께서는 할례받지 않은 이방인들에게도 성령을 보내셔서 은혜를 주신다는 게 증명되었군요.”

“바루 그거야.”

“바나바 형은 어쩌다 그곳에 합류하셨지요?”

“3년 전이었지. 스데반 순교 후 당국의 박해가 심해져서 난 다메섹으로 피신했었는데 그곳에서 전도활동을 하다가 보다 안전하고 살기 좋다는 안디옥 이야기를 듣고 안디옥으로 오게 되었네. 처음엔 생계유지를 위해 농산물 장사를 했지. 그래서 목화농장 형제들을 알게 되었고. 일이 끝나면 창고 안에서 몇몇 성도들이 예배를 보곤 하더군.”

“예배당이 생기기 이전부터 노동자들 중에는 성도들이 있었군요?”

“그랬지. 그래서 내가 앞장을 서 예배당을 만들자 했어요. 처음 창설 멤버는 국제적이었다네.”

“국제적이라면?”

“네 사람의 교사가 공동체를 마련하고 양육하기 시작한 거야. 헌데 네 사람 모두 피부 색깔이 다르고 출신지가 다른 이방인 형제들이었다는 걸세. 아프리카의 구레네(리비아) 사람 루기오와 니게르 시므온 그리고 므나엔 그리고 나 바나바였으니까.”

“므나엔은 누구지요? 팔레스틴 출신인가요?”

“독특한 출신성분을 가진 형제였지. 그는 갈릴리 베뢰아 지방을 다스렸던 분봉왕 헤롯(Herod Antipus B. C4-A. D39)의 막내아들 왕자 젖동생이었다네.”

“젖동생이 뭐지요?”

“어머니가 왕자의 유모였던 게지. 그래서 젖동생이라 하는데 왕자의 유일한 친구이며 왕자와 같이 자고 먹고 자라난 동생인 셈이지. 왕자가 잘못을 저지르면 왕자를 때릴 수 없으므로 왕자 대신 회초리도 맞는 걸 젖동생(syntrophos)이라 한다네."

"백인 흑인 황인 등등 다채로워 국제적이라 했군요."

"음. 그래서 우리교회는 유대인뿐만 아니라 유대교에 입교했던 헬라인 그리고 경건한 이방인, 유대교와 관계없는 이방인들까지 모여들어 할례 없이 율법에서 해방된 예수의 복음을 듣고 교인이 되었다네."

"그럼 형이 감독(목사)으로 계시는 거요?"

"감독은 따로 모셨어. 헤레스라 하시는 분인데 알렉산드리아에서 목회를 하시던 분이지. 믿음이 깊은 분이고. 니게르 시므온이 모셔왔다네."

"예루살렘 모교회에서 간섭을 하게 되면 어려운 일들이 많이 생길 것 같은데요?"

"무슨 말이지?"

"예루살렘 모교회 사도님들은 안디옥 교회의 성도들은 자기들의 노선(路線)을 따라야한다 할 것 아닙니까? 그 노선이 뭐지요? 유대교의 우월성을 인정하고 할례를 받아야만 구원을 얻을 수 있다는 입장을 가지고 있습니다. 이것은 종교분쟁을 막고 기독교는 마치 유대교의 또 다른 지파인 것처럼 만들어 할례자들이나 통치자들의 핍박에서 벗어나자는 안이한 보수주의 아닙니까? 내가 사도들을 만나 의견대립을 했던 것도 그 문제는 신앙의 자유와 예수복음의 진리를 침해 왜곡하는 중대 문제라고 지적하지 않았습니까?"

바울의 강경한 말에 바나바는 동의한다는 듯 고개를 주억거렸다.

"나 혼자는 해결할 수 없을 것 같아 바로 그래서 바울 아우를 찾으러 다닌 거야."

"예루살렘은 예루살렘, 안디옥교회는 안디옥! 안디옥은 독립해서 독자적인 길을 가야합니다."

"바울! 그래서 아우가 필요한 거야. 나와 함께 안디옥으로 가세. 바울과 내가 바로 잡아 나가면 되네. 지금 주님이 아우를 찾으시고 계시네."

"그렇게 합시다."

바울은 선뜻 동의했다. 아라비아를 방랑하고 고향 다소에 올 때는 긴 명상과 기도 끝에 자신의 신학적 이론을 정립한 상태였고 그걸 바탕으로 먼저 고향주변을 돌아다니며 전도활동을 벌이기로 했다. 그가 찾은 곳은 주로 디아스포라의 유대인 회당이었고 그가 만난 대부분의 사람들은 할례자인 유대인이었다. 바울은 그들을 개종시키기 위해 가는 곳마다 열심히, 진지하게 예수의 복음을 전했지만 돌아오는 것은 돌멩이였고 몰매였다. 죽음 앞에 내몰리며 겪어야 했던 고난과 고통은 24가지였다. 그 중 감옥에 갇혔던 것이 6차례였고 매질도 수없이 당했고 3번의 태장과 사십에서 하나 감한 채찍을 5번이나 맞았고 돌에 맞아 죽을 뻔 한 것이 5번이었다. 이 중 절반 이상의 횟수가 14년 동안 아라비아 페트라에서 돌아온 뒤 고향 다소 주변을 다니며 전도활동을 하다가 당한 고난이었다. 하지만 바나바 앞에서는 내색을 할 수 없었다. 그러던 중 바나바가 수리아 안디옥 교회로 함께 가자고 했을 때 지난날의 전도활동의 문제점이 뭐였는지 생각하게 했다.

(그토록 가혹한 핍박을 받았던 데에는 내게 그만한 잘못이 있어서였을 것이다. 그건 전도방식이 잘못되어서 아니었을까? 바나바의 청을 들어주기로 하자. 안디옥에 가서 다시 한 번 하나님께 간절히 물어보자.)

마침내 바울은 바나바를 따라가기로 하고 안드로니고를 불렀다.

"저두 두 분을 따라 안디옥으로 가게 해 주십시오."

"안된다. 너는 다소에 남아야 한다. 어떻게 세운 교회들이냐? 계속 돌아다니며 관리를 해야 한다. 만약 신앙적인 문제점이 생기면 즉시 안디옥으로 소식을 전해라. 그러면 내가 돌아올 테니. 그리고 형제들 잘 돌보고 양육을 잘해야 한다. 부탁한다."

"예. 알겠습니다."

마침내 바울은 바나바와 함께 수리아 안디옥을 향해 떠났다. 그들 일행이 안디옥에 도착한 것은 다소를 떠난 지 3일만이었다. 바울은 이틀 동안 쉰 다음 안식일이 되자 바나바와 함께 오른테스 강가에 있던 안디옥 교회로 예배를 드리기 위해 나갔다. 강변은 비옥한 평야지대였고 목화밭이 아름답게 펼쳐져 있었다.

"저기 오른쪽 강변에 있는 오렌지색 지붕이 덮인 창고가 보이지? 저곳이 교회로 쓰고 있는 건물이라네."

"제법 크군요."

"성도가 이천여 명이 넘으니까 큰 셈이지. 먼저 교회 옆에 들를 데가 있네. 함께 가세. 아마 연락은 드렸으니 감독께서 기다리고 계실 거야."

바나바는 교회 옆에 살고 있는 안디옥 교회 감독 목사집에 들어갔다. 육십여 세 되어 보이는 초로의 노목사가 바나바 일행을 맞았다.

"어서오십시오. 기다리고 있었습니다. 선생에 대한 말씀은 바나바 교사님을 통하여 많이 들어서 잘 알고 있습니다. 다메섹 회심의 내용과 직접 현현하신 주님을 만나 뵙고 말씀도 나누었다는 것도 알고 있습니다."

그러자 바나바는 자기가 모든 걸 얘기해서 바울에 대해 자세히 알고 있는 거라 했다.

"역시 들으셨는지 모르지만 저희 안디옥 교회는 오순절 마가의 다락방에 내리신 그 신비한 성령의 불꽃을 받게 되어 감동 감화된 성도들의 이야기들이 퍼져나가며 예비신도들이 구름처럼 모여들게 되어 부흥을 하게 되었습니다. 늘어나는 성도들을 양육하고 지도해야할 참 지도자들이 너무도 부족합니다. 바울 선생이야말로 훌륭한 목자로 성도들을 이끌어

갈만한 능력과 영성을 갖춘 분이라 봅니다. 바나바 선생과 함께 교사직을 맡아주십시오."

감독 목사인 헬레스의 간곡한 청이었다. 수리아 안디옥은 지정학상 독특한 요충지에 있었다. 북으로는 터키 카파도키아 지방을 가로질러 흑해에 이르고 서쪽으로는 에베소. 드로아 등 터키 서부지방으로 연결되어 에게해만 건너면 유럽 땅인 마게도냐. 그리스 로마로 향하게 되어 있었다. 뿐만 아니라 안디옥의 동쪽은 이라크의 북부지방을 향하여 동양으로 가는 실크로드가 연결되고 남쪽으로는 다메섹을 경유하여 갈릴리지방을 지나 이스라엘 전역으로 길이 나있었다.

교통의 중심지여서 각처의 물산 집산지가 되고 사람들도 모여들었다. 안디옥교회가 부흥하기 시작한 것은 그런 배경도 무시할 수 없었다. 기독교는 마가의 다락방에 성령이 임재하심으로써 새로운 전기를 맞게 되었다. 예수 그리스도의 십자가 대속과 부활사건이 증명된 데다가 성령은 선민인 할례자 유대인들 뿐 아니라 이민족 이방인들에게도 똑같이 그들의 머리위에 내리고 체험을 하게 해준다는 게 증거 되었던 것이다.

그 때문에 이방인들이 교회를 찾아오게 되어 안디옥교회가 단시일 안에 부흥성장하게 된 것이다. 바울은 바나바의 소개로 다메섹 회심에 대한 간증을 했다. 새로 태어난 예수 그리스도의 사도라며 모든 신도들이 열렬히 환영해주었다. 바울은 감사의 눈물을 흘렸다. 다메섹 회심 이후 14년 동안 거친 광야를 헤매며 복음을 전했지만 가는 곳마다 비난과 질책과 폭언과 폭력이 기다리고 있을 뿐이었다. 안디옥의 교우들처럼 진심으로 환영해주는 곳은 처음 방문했던 것이다.

"바울선생은 앞으로 바나바 교사님과 함께 우리 공동체에서 교사직을 맡으실 것입니다. 그리고 우리 교회를 위하여 많은 일을 하시리라 믿습니다."

유대교회와 이방인들이 모이는 초대 기독교회는 다른 점이 많았다. 유대교회에는 당장(堂長)을 겸하는 제사장이 있고 그 밑에는 장로들이 있었다. 장로들 밑에 기타 교역자가 있었다. 제사장과 장로 위주의 성전교회였다. 하지만 초대 기독교회는 조금 달랐다. 감독이라 불리는 목사가 교회를 대표하고 목사와 동등하거나 때로는 목사보다 신분이 높은 예언자가 함께 사역을 하고 있었고 그 밑에는 장로와 교사(教師)와 집사들이 있었다. 예언자는 초대 교회에 있던 직책이며 예배에 중요한 일을 담당하고 있었다. 예배를 시작하려면 먼저 예언자가 홀로 기도실에 들어가 오늘 예배의 말씀을 내려 줍시사 하며 하나님 앞에 기도를 한다. 그는 기도 중에 하나님의 말씀을 신탁(神託)으로 받는다. 그러면 말씀의 제목과 내용을 감독목사에게 알려주게 된다. 목사는 예언자의 예언에 의거하여 하나님의 말씀을 대언(代言)하게 된다. 예언자는 특별한 예지력(叡智力)을 갖추고 예언의 은사를 받은 선지자들이었다. 예언자들 중에는 남자도 있었지만 여자들도 있었다. 유대교가 여성을 철저히 무시하고 성 차별했다면 초대 기독교에서는 남녀평등을 실천에 옮겼다. 그래서 여성 선지자가 교회에서 시무하고 있었던 것이다.

가장 유명했던 여성 예언 선지자는 예수를 그림자처럼 따라다니며 수행했던 막달라 마리아로 알려져 있다. 그 후에는 예루살렘 리버디노 이방인 교회 집사였던 빌립의 딸들이었다. 빌립집사의 네 딸은 모두 예언의 탁월한 능력을 보여준 선지자들이었다. 오순절 성령의 역사가 있은 이후 빌립은 딸들과 함께 사마리아로 가서 선교활동을 벌였고 에티오피아의 여왕 내시(內侍)였던 간다게에게 전도하여 이방인을 최초로 전도하기도 했다.

안디옥교회에서 처음 예배를 보고 간증을 마친 바울의 두 손을 잡고 다시 만나 기쁘다며 즐거워하는 두 남자가 있었다.

"바울선생! 저희들을 모르시겠습니까?"

검은 구리빛깔의 건장한 남자들이었다.

"오, 루포 형제와 알렉산더 형제 아니시오? 어찌 모를 리가 있습니까?"

"정말 반갑습니다. 여기서 이렇게 다시 뵙게 될 줄 몰랐습니다."

"나두 마찬가집니다."

루포 형제는 북아프리카 지중해 연안에 있던 구레네(리비아) 출신들이었다. 특히 루포와 알렉산더는 십자가형 사형선고를 받고 골고다 언덕을 올라가던 예수의 십자가를 대신 짊어지고 간 구레네 시몬의 아들이기도 했다. 루포 형제는 요단강 동쪽의 느보산으로 가던 도중 맨 처음 만나 알게 된 사이였다. 그 때 그들은 이집트 알렉산드리아에서 음식점을 하다가 불경기 때문에 가게를 접고 아버지가 사는 안디옥으로 가는 길이라 했었다.

"그때 바로 이곳에 왔군요?"

"예. 앞으로 계속 이곳에 계실 것 같던데 숙식은 어디서 하실 건지요?"

"바나바 교사님이 자기 집에 같이 있자 했습니다."

"집이 비좁을 걸요? 아주 작은 집인데 최근에는 예루살렘에 계시던 부인까지 옮겨와 사시게 된 것 같던데요? 차라리 저희 집에 계시는 게 편안하실 겁니다. 우린 나이 드신 부모님하구 함께 삽니다."

"부인하구 애들이 있겠지요?"

"난 아직 장가를 안 갔고 우리 형은 형수와 사별했고 애가 없습니다. 지금은 혼자지요."

"고맙습니다. 바나바 교사와 상의를 해보겠습니다."

예배가 끝나자 루포는 바나바에게 두 사람을 자기 집에 초대하여 저녁식사를 함께 했으면 좋겠다고 초청을 했다.

"미안합니다. 난 목사님과 약속이 있습니다. 오늘은 바울 교사님만 모시고 가십시오."

바울은 루포 형제를 따라 이윽고 루포의 집으로 가게 되었다. 루포의 집은 안디옥 북쪽 완만한 계곡 끝에 있는 마을에 있었다. 하얀 흙집에 갈색 지붕을 한 농가였다. 울안에서 일을 하고 있던 나이든 부인이 나왔다. 검은 구리빛 피부를 가진 그 부인은 선한 눈을 가지고 있었고 인자한 미소를 하고 있어 인상적이었다.

"어머니!"

루포가 부르며 다가섰다.

"오, 우리아들, 손님이 한 분 있구나?"

"바울선생, 우리 어머니십니다."

"안녕하십니까? 다소에서 온 바울입니다."

"어서 와요. 환영합니다."

"안디옥 교회에 교사님으로 오셨어요. 계실 곳이 마땅치 않아 보여 우리 집에 계셨으면 한다구 했어요. 괜찮겠죠?"

"그럼, 마음에 들지 모르겠지만 그래도 좋지."

"아버지는 아직 안 오신 모양이지요?"

"알레포에서 오신다했으니 저녁이나 되어야 돌아오실 거 같다."

"아버지두 좋다 하시겠죠?"

"그럼. 저녁을 준비할 테니 안으로 들어가거라."

루포의 어머니는 부엌으로 들어갔다.

"어머니가 천사처럼 인자하시군요."

"말씀하신대로입니다. 천사시지요."

루포의 형제인 알렉산더가 말하며 웃었다. 얼마 후 마당 쪽에 나귀의 방울소리와 인기척이 들렸다.

"아버지가 오신 모양입니다. 잠시 기다려주십시오."

루포는 밖으로 나갔다. 얼마가 지나자 칠십 여세 되어 보이는 백발의 검은 구릿빛 얼굴의 노인과 함께 루포가 들어 왔다. 그 노인은 노인이라 할 수 없을 만큼 큰 키에 당당한 체구를 하고 있었다. 노인은 머리에 쓰고 있던 청색 줄무늬 두건을 벗어들며 바울을 바라보았다.

"네가 말한 손님이냐?"

"예, 아버지. 이번에 우리 교회에 새로 오신 교사님이십니다."

"처음 뵙습니다. 바울입니다."

"난 시몬이라 합니다. 아, 자리에 앉읍시다."

전부터 친하게 지내 온 이웃처럼 스스럼없어서 벽난로의 온기처럼 따뜻함이 방안에 잠겼다.

"주님이 형장으로 가실 때 주님대신 무거운 십자가를 져 주셨다는 말씀을 들었습니다."

바울의 말에 시몬은 반백의 수염을 쓰다듬으며 두 눈을 지그시 감았다. 그때의 기억을 떠올리는 듯 했다. 그러더니 그는 걸상에서 내려와 무릎을 꿇고 두 손을 마주잡고 잠시 기도를 했다.

"식사 준비됐어요."

그 때 부엌 쪽에서 루포의 어머니 목소리가 들려왔다. 기도를 마친 시몬이 일어나더니 모두 식당으로 나가자 했다.

"차린 게 없어서 어떡하지?"

루포의 어머니가 스프를 떠서 돌리며 미안한 표정을 지었다.

"갑자기 찾아 온 제가 미안하지요."

"우리 아들 나이와 비슷하니 하대(下待)해두 될까 모르겠네?"

시몬이 물었다.

"그럼요. 그게 편할듯합니다."

"다소가 고향이라 했던가?"

"예."

"다소는 영감두 자주 왕래하는 대처 아니우?"

"음, 그렇지. 알렉산드리아 못지않을 만큼 큰 도시야."

루포의 아버지 시몬은 직물 원단 행상(行商)을 하고 있다 했다. 즐거운 식사가 끝나자 루포 형제는 그의 어머니 대신 부엌에 들어가 설거지를 했다. 얼마 후 식구들은 비좁기는 했지만 아늑한 거실에 모여 앉게 되었다. 궁금하다는 듯 바울은 그날 예수 대신 십자가를 짊어지고 간 얘기들을 듣고 싶어 했다.

"그게 말이야…."

시몬은 두 팔을 머리 위로 쳐들어 올리고 눈을 감았다. 뭔가 잡으려는 사람처럼 두 손을 허우적거렸다. 오래된 고목의 껍질 같은 그의 손등이 떨리고 있었다. 이윽고 감았던 눈을 떴다.

"그건 분명 하나님이 처음부터 예정하셨던 일 같았어. 나를 쓰시려구 말야. 여보, 귀한 손님이 왔으니 그 옷 좀 꺼내오시구려."

"네."

루포의 어머니가 안방 쪽으로 가더니 잠시 후 흰색 옷이 담긴 바구니를 들고 왔다. 시몬은 바구니 속에서 낡아 보이는 옷을 꺼내들었다.

"여길 보시게. 이건 내가 입고 있던 옷이야. 이 자국들이 보이지?"

바울에게 보여주었다. 바울은 그 옷가지를 펼치고 자국들을 살폈다.

"핏자국 같은데요? 아버님 피인가요?"

시몬은 머리를 흔들었다.

"내 피가 아니라 예수님 피라네."

"예? 주님의 피?"

바울은 소스라치게 놀라 반문했다.

"주님은 이미 피투성이였어. 빌라도의 재판정에서 나오실 때 할례자 유대인들은 네가 유대인왕이라니 면류관을 써야한다며 가시 면류관을 씌우고 붉은 토까 가운을 입히고 갈대를 손에 쥐어주고 마음껏 비아냥거렸지. 그리고는 채찍으로 사정없이 여기저기에서 내리쳐 당장 피투성이가 되셨네. 나중에야 알았지만 그자들은 대부분이 대제사장과 서기관들의 지시를 받고 처음부터 마치 예수를 죽이지 않으면 예루살렘에 유대인 폭동이 일어날 것처럼 날뛰던 자들이었지. 그들은 붉은 옷을 벗겨내고 원래 옷인 튜닉(유대인 속옷)으로 갈아입힌 다음 무거운 십자가를 어깨에 메도록 하고 골고다 언덕으로 가라고 채찍질을 해댔지."

"빌라도 법정에서 재판 받을 때부터 계셨나요?"

"아니야. 난 옷을 벗기고 조롱하기 위해 붉은 가운을 갈아입힐 때부터 주님을 뵈었네. 난 그분이 예수님인줄 몰랐지."

"처음부터 그분을 모르셨단 말씀인가요?"

"나는 행상일세. 나귀등에 직물원단을 싣고 오늘은 다소로 내일은 배를 타고 구브로로, 알렉산드리아로 돌아다니다보니 언뜻 들리는 소문만 들었지 자세힌 몰랐어. 로마제국에 반기를 들고 갈릴리지방에서 예수가 나왔는데 사람들이 많이 따르고 있다. 그 분은 앉은뱅이도 일으켜 세우고 문둥병자도 낫게 해주는 신통력이 있다고 한다, 그 정도 얘기였지. 내가 그날 예루살렘에 가게 된 것도 빌라도 총독 관저 부근에 있던 직물상회에 배달품이 있어서였지. 지나다가 강도들하구 예수하구 재판이 있었는데 그 재판이 막 끝났다는 말을 듣게 되어 많은 군중들 사이에 서서 구경을 하게 되었네. 군중들이 욕설을 퍼부으며 골고다로 향하는 예수님 뒤를 따랐지. 나도 그분 주위에 서서 따라가게 되었네. 너무도 처참해 보였어. 마르고 야윈 체격이었고 맨발에 찢어진 갈색 튜닉을 입고 있었는데 얼굴과 상체는 이미 피투성이였고 피가 흐르고 있었지. 나무 십자가의 무게는 자그마치 80므나(Minah. 40kg)가 넘었지."

시몬은 눈가를 적시는 눈물을 손가락으로 닦아내며 머리를 흔들었다.

"피투성이가 된, 마르고 야윈 그분은 이미 기진맥진하여 로마병사들이 십자가를 끌어다가 어깨에 메게 하자 몇 걸음 걷지 못하고 비틀거리다가 쓰러졌어. 그러자 로마병사들의 채찍이 어지럽게 날아들어 때리며 어서 메고 일어나라고 외쳤지. 간신히 십자가를 다시 어깨에 걸고 앞으로 발걸음을 떼었지만 몇 걸음 못가 또 쓰러졌지. 저러면 안 되는 데, 저러면 안 되는데…. 안타깝고 불길한 생각이 들어 난 마음속으로 조바심을 쳤지. 저러면 형장에 가기도 전에 매 맞아 죽을 것 같다. 그래서는 안 되겠다는 마음이 들었는데 나는 나도 모르게 그분 곁으로 다가갔어. 그냥 바라만 보고 있을 수는 없었지. 물론 내가 그 순간 무슨 도움을 줄 수 있겠는가. 그때였지. 뒤쪽에서 군마를 타고 오던 대장이 소리쳤어. 그자가 짊어지지 못하면 다른 놈에게 짊어지게 해서라도 형장까지 가야할 거 아니냐고 외치더군. 히브리말이 아니라 로마 말이었어. 난 아프리카 이방출신인데다가 알렉산드리아에서 오래 있었고 행상을 하러 돌아다녀 헬라 말과 로마 말은 조금 알아들을 수 있었지. 그 순간 쓰러진 그분 곁으로 다가섰네. 그러자 병사 하나가 뛰어오더니 내 팔을 잡으며 대신 십자가를 지라고 명령했네. 나는 기꺼이, 마치 기다리고 있었던 것처럼 그 무거운 십자가를 짊어지고 발을 옮겼네. 그분은 어떤 부인네가 다가와 마실 물을 주자 목을 축이고 있었는데 그만 일어나라고 또 채찍으로 때리더군. 고통스런 얼굴로 그분은 날 바라보았어. 짧은 순간이었지. 난 그분의 그때 본 눈빛을 잊을 길이 없네. 그런 육체적 고통을 당하면서도 전혀 흔들림이 없는 잔잔한 호수 같은 눈이었어. 얼굴은 이지러져 있었지만 말야. 나만의 느낌이었는지 모르지만 대신 나서준 내게 고맙다는 듯한 눈빛도 섞여 있었던 것 같아. 골고다 언덕은 열세개의 긴 낡은 돌 층계로 만들어져 있었지. 난 거기까지 가서 십자가를 내려놓았는데 차마 오래 있진 못했어. 십자가에 대고 양손바닥과 발에 못질하여 박기 위해 상해버린 독주를 마시게 했지. 신포도주였어. 못을 밖을 때 고통을 덜어주기 위해 마취를 시키기 위해서였다. 마시지 않겠다고 도리질을 하셨지. 나는 더 이상 보지 못하고 골고다를 뒤로 했네. 상점 있는 데까지 와서 보니 내 옷 어깨부분에 여기저기 온통 핏물이 배어 있었어. 예수님이 피투성이 된 몸으로 십자가를 메었을 때 나무에 묻었던 피들이 내 옷에 물들여졌던 거야."

바울은 이제는 말라붙은 시몬의 헌옷가지에 묻어 있던 예수의 핏자국에 얼굴을 묻고 잠시 냄새를 맡았다. 한 번도 만난 적이 없는 분이었다. 시몬이 십자가를 지고 갔을 때 예수의 나이는 34세였다. 그 당시 바울의 나이는 26세였다. 여덟 살이 연장이었다. 바울이 예수를 만나지 못한 것은 서로 다른 환경에 있었기 때문이었다. 예수는 공생애를 시작하면서 제자들을 얻고 활동한 주된 지역은 북부 갈릴리 호수 주변이었고 그곳을 벗어나 포교한 곳도 사마리아 지방을 필두로 한 예루살렘 정도였다. 예루살렘도 예수는 죽음을 맞이할 때까지 11세 때 유월절에 부모를 따라 처음 와보고 그 후 합해도 서너 번 정도밖에 왕래를 하지 않았다. 반면에 바울은 예루살렘 안에서, 그것도 바리새인들만 교유하며 자기들끼리 살고 있었기 때문에 결코 만날 수 없었다. 다만 예수에 대한 부정적인 소문만 들었을 뿐이었다.

"존경스럽습니다. 예수 그리스도의 죽음에 동참하시고 그 분의 고난을 나눠 짊어지신 건 영광이 아닐 수 없습니다."

"그 때는 나도 그게 평생의 영광이라는 사실을 깨닫지 못했었어. 훗날 난 사해 남서쪽지방인 네게브 사막을 건너게 되었을 때 사막 한복판에서 예수님을 만난 사실이 있었다. 그 뒤부터 세례를 받고 신도가 되어 모시게 되었지."

"네게브라면?"

“애굽에서 유대 땅 예루살렘 쪽으로 오려면 지나야하는 사막이지. 알렉산드리아에서 예루살렘 상점에 제품을 배달해주려고 나귀등에 싣고 네게브 사막을 건너게 되었었지. 너무도 졸려서 나귀등에 탄 채 졸다가 잠이 들었지. 잠에서 깨어보니 길이 안 보이는 거야. 길이 없어진 거지. 모래폭풍이 불면 길이 없어지기도 하지만 바람도 없는 상태라 길이 없어진 건 이해할 수 없는 일이지. 잠시 후에야 내가 나귀등에서 잠이 들었었다는 걸 기억하고 흠칫 했단다. 잠을 자는 동안 나귀 혼자 길을 갔는데 가다가 제멋대로 가는 바람에 길을 잃었던 거야. 난감해지더라. 사막에서 길을 잃으면 죽음뿐이야.”

“어떻게 길을 찾았지요?”

“아마 이틀 동안 사막을 헤매다녔을 거야. 가지고 있던 물병에 물도 다 떨어져가고 쏟아지는 태양빛은 불구덩이에 넣고 구워내듯이 뜨거웠지. 기진맥진해서 마침내 난 나귀 등에서 모래밭에 떨어져 처박히게 되었지. 잠시 후 그 때 갑자기 눈앞이 대낮처럼 밝아오더니 누군가 내 앞으로 다가오는 것이었다. 골고다 언덕 밑에서 만났던 예수님이었어. 웃고 계셨는데 그때 뵈었을 때 마주쳤던 잔잔하고 온후했던 눈빛이었어. 난 살려달라고 빌었지. 그러자 그분이 말했다. 용기를 내지 않으면 죽는다. 일어나 걸어라. 조금만 더 가면 시원한 생수가 널 기다리는 곳이 나온다. 그 말씀만 주시고 순식간에 사라지셨어. 죽을힘을 다 내어 일어나 용기를 냈지. 그런 다음 비틀거리며 걸었어. 놀랍게도 없어졌던 길이 눈앞에 다시 나타났어. 얼마가지 않아 생수가 솟아나는 작고 아담한 오아시스를 만나게 되었고 난 살아날 수 있었다.”

시몬은 아직도 예수의 환영에서 벗어날 수 없는지 두 눈을 감고 두 팔을 허공에 허우적거렸다. 잠시 후 그의 아들 루포가 전에 바울에게서 들었던 얘기를 들려주었다.

“바울 형제님도 다메섹에서 눈앞에 나타나신 예수 그리스도를 만났답니다.”

그러자 시몬은 바울의 손을 잡았다.

“그랬었구먼. 주님이 뭐라시던가? 어떻게 만났지?”

바울은 자신의 다메섹 회심 사건을 자세히 들려주었다. 방안에 있던 사람들은 모두 감동하여 몸도 움직이지 않았다. 시몬이 꿈꾸듯 말했다.

“살아계신 예수, 주님을 직접 만나셨구먼.”

“이건 전부터 하나님이 택정하신 일이예요. 부활하신 주님이 엠마오로 가는 제자들 앞에 실제로 나타나셨답니다. 함께 이야기를 나누며 걸어갔는데도 제자들은 깨닫지 못했대요. 함께 식사를 나누고 새롭게 눈이 밝아져 제자들은 그제야 그분이 예수님이었다는 걸 알았대요.”

루포의 어머니가 소곤거리듯 말했다.

“바울은 직접 주님의 음성을 듣고 주님의 모습을 보았다 하지 않소? 그건 예수님과 함께 그분의 가르침을 직접 받으며 그분이 돌아가실 때까지 함께 했던 제자들과 똑같은 자격을 주신 것으로 봐야겠구먼. 베드로와 견줄 수 있는 참된 제자.”

“과찬의 말씀입니다.”

“자기 고향집으로 알고 편하게 지내며 교회 일을 하게.”

루포의 부모는 진심으로 환영해 주었다. 바나바는 바울이 루포의 집에서 지내게 된 것을 기뻐해주었다. 이튿날부터 바울은 교회에 나가 바나바와 함께 신도들의 양육에 힘을 기울이게 되었다. 안디옥의 오른테스교회는 바울이 교사로 옴으로 해서 더욱 활기를 띄게 되기 시작했다. 그동안 바울은 다메섹이나 예루살렘, 아라비아 페트라 그리고 고향인 다소 주변의 유대인 회당에서 전도를 하려했지만 할례자 유대인들에게 뭇매를 맞거나 집단구타를 당하거나 심지어는 투옥까지 당한 것이 한두 번이 아닐

만큼 박해의 연속이었다. 하지만 안디옥 교회의 신도 중 할례자 유대인들은 3분의 1 정도였고 3분의 2는 디아스포라의 유대인이거나 여러 민족출신의 이방인들이었다. 그래서인지 바울의 설교에 거부감을 보이는 자보다 뜨겁게 환영하는 신도들이 더 많았다. 그것만으로도 바울은 전도활동을 나선지 처음으로 뿌듯한 행복감과 성취감을 갖게 되었다.

어느 날 바나바는 자기 집으로 바울을 초대했다.

"바울 교사님도 부인이 계신 걸로 아는데 지금 어디 계시지요?"

저녁 식탁을 차리며 바나바의 아내가 바울에게 물었다.

"지금 예루살렘에서 지내고 있을 겁니다. 서로의 일에 참견하지 않기로 약속을 했지요. 특별한 일이 아니면 절 찾지 않을 겁니다."

"외로우시겠어요."

"주님이 곁에 계신데요. 제 처도 주님 속에 살고 있으니 외롭지 않을 겁니다."

바나바가 재빨리 화제를 바꾸었다.

"루포의 집에서 지내는 게 불편하면 좁은 방이긴 하지만 안채 뒤에 마침 방이 하나 있으니 옮기시게."

"아닙니다. 아주 좋은 가족을 만났습니다. 루포는 형제 같고 그 어머니는 우리 어머니처럼 잘해줘서 나도 어머니로 모시기루 했습니다."

"다행이군. 바울! 어떤가? 이곳 안디옥교회에 온지도 두어 달 되어 가는데 소감이랄까 그런 걸 듣고 싶은데?"

"솔직히 얘기해서 전 그동안 다메섹 사건이후 지금까지 십여 년 동안 전도활동을 벌였지만 언제나 역경과 고난만 기다리고 있었습니다. 매를 맞고 투옥되고 욕설을 당하고 그랬지요. 헌데 이곳에 와선 매일 매일이 기쁘기만 하고 행복하기만 했습니다. 신도들은 나의 가르침에 모두 감동감화되어 예수 그리스도의 충실한 자녀가 되어가는 걸 보니 얼마나 감사한지 모릅니다. 이건 오로지 바나바 형의 덕분으로 생각하고 있습니다."

"주님 덕택이지. 다른 건 느끼지 못했나?"

"다른 것이라면? 역시 할례자 유대인 형제들을 말씀하시는 거군요. 이곳 신도 천여 명 중에 3백여 명은 할례자들이고 나머지 7백여 명은 헬라계 이방 유대형제들과 그 외 다국적을 가진 외국인들이지요. 전 저의 회심사건을 듣고 할례자들이 다른 지방에서처럼 들고 일어나리라 보았습니다. 그게 걱정이었는데 다행히도 별다른 공격적 태도는 보이지 않았습니다. 수적으로 밀려서 그런지 모르지만요."

"그런 것도 있겠지만 다른 지역의 유대교 회당과는 달리 이곳 안디옥 교회는 처음 개척이 될 때부터 우리 기독교도들이 주동이 되어 세웠기 때문에 그 흐름을 거스르지 못한 것일 걸세."

"하지만 문득 불안감을 주는 것도 있습니다."

"그게 무엇이지?"

"할례자 전통 유대교 형제들은 예배방식에 대하여 불만을 표시하더군요. 예를 들면 유대교 회당이나 성전 예배당에 가보면 설교자도 근엄하게 앉아서 하고 신도들도 모두 엄숙히 앉아서 예배를 보는데 왜 이 교회에서는 설교자가 강단에 시종 서서 온갖 제스처를 써가며 열정적으로 말을 하며 앉아 있는 신도들도 흥분하여 일어섰다 앉았다를 반복하며 무질서하게 예배를 보느냐 유대교 전통방식대로 예배를 보자는 것이 그들의 주장이었습니다. 그런데 가만 보니 그건 표면적인 요구이고 내면적으로는 예루살렘의 모교회처럼 전통 유대교의 경전과 할례규율을 따르며 예수 그리스도의 복음을 가르치는 게 옳지 않느냐는 것이었습니다."

"역시 날카롭게 간파했군. 지금 말이지만 열흘 전에 예루살렘에서 온 바사바라는 교사와 인사를 나누었지? 그 바사바 교사는 예루살렘 모교회에서 우리교회에 파송한 사람일세. 안디옥 교회가 자유롭게 기독교 복음과 성령으로 급속히 부흥하고 성장하여 큰 교회가 되자 예루살렘 모교회에서는 불안함을 느끼기 시작한 거야. 당국의 탄압을 피하기 위해 만부득 모교회는 전통 유대교의 교리와 예배를 그대로 따르면서 기독교를 믿는다는 궁색한 입장을 취하고 있었지만 안디옥 교회는 마치 리버디노 회당처럼 내놓고 당당하게 기독교를 선포하며 자유로이 전도해가고 있었던 걸세. 게다가 그런 사실을 이곳에서 예루살렘 모교회에 가서 밀보(密報)하는 자들이 있어 더욱 불안했겠지. 그래서 바사바 교사를 파송한 거야. 궤도에서 이탈하지 않도록 잡아달라고 주문했겠지."

"하지만 바사바 교사는 전혀 내색을 하지 않고 있던데요?"

"원래 신중한 분일세. 그리고 예루살렘 모교회 쪽에서는 아주 존경받는 인물이구 가룟 유다가 예수님을 팔아 제자의 자격을 박탈당했으니 새로 한 명의 제자를 뽑아서 열두 제자를 채워야 한다며 선출 투표를 했을 때도 맛디아와 겨뤄 마지막 결선에서 아깝게 탈락하여 12제자 안에 못 들어 갔던 인물일세. 언젠가는 모교회의 입장이나 의견을 전하겠지."

바울은 안디옥에 와서 모교회에서 왔다는 유명인사 바사바를 만나 인사를 했다는 것보다 디도(Titus)라는 성실하고 유능한 성도를 제자로 맞게 되었다는 것이 값진 믿음의 열매로 생각했다. 디도는 헬라계 디아스포라 유대인이었지만 할례를 받지 않은 이방인이었다. 그러면서도 성령을 받은 성도로 신명을 다하여 예수를 믿고 오른테스교회를 섬기고 있었다. 어느 날 바나바는 바울에게 교회 창립 3주년이 되었으니 기념 전도회를 크게 열어보자 했다. 바나바는 모교회에서 온 바사바가 지켜보는 가운데 안디옥교회의 폭발적인 힘과 주의 주장을 널리 전파해서 안디옥교회의 독립적 지위를 과시해 보고 싶다는 다른 뜻이 있어 바울에게 권한 것이었다.

"좋습니다. 해봅시다."

“기간은 낮, 밤 5일. 주 강사는 바울 사도님일세. 마음껏 율법에서 해방된 예수 그리스도의 복음을 전파하고 교회문이 활짝 열려 있다! 모든 형제자매들은 할례기 필요 없으며 율법과 각종 우상을 버리고 다 모여 예수를 믿으라고 선포하시게.”

“알겠습니다.”

드디어 전도회가 열리게 되었다. 첫날은 천여 명 기존의 성도들이 모여 전도예배를 드렸지만 둘째 날부터는 교회 안에는 앉고 설 수 있는 틈이 없어 교회 밖 추수 끝난 사방의 목화밭에까지 거의 2천여 명의 인파가 몰려들어 인산인해를 이루었다.

주 강사는 바울로 그리스도 성도들을 핍박하던 바리새 랍비가 다메섹에서 예수 그리스도를 만나 회심하게 된 사건의 진상과 새로운 예수복음의 진수와 핵심이 무엇이며 어디에 있는지 열강하여 모든 이들을 감동으로 몰아넣었다. 게다가 매 맞으며 십자가를 지고 가던 예수의 십자가를 대신 짊어지고 골고다 언덕을 올라갔던 구레네 시몬의 온몸이 떨리게 하는 간증이 계속될 때는 청중의 흐느낌이 통곡으로 변하기도 했다. 낮과 밤 쉬지 않고 바울의 설교는 계속되었다. 1천5백여 명이 운집한 교회 안에서는 바울의 설교가, 역시 5백여 명의 신도들이 모여 앉은 교회 건물 밖 너른 밭에서는 바나바가 설교를 하고 있었다. 바울의 설교소리가 교회 밖에까지는 멀리 들리지 않기 때문이었다. 나중에는 모교회 교사인 바사바까지 나서 전도 예배를 인도했다.

성령이 소나기처럼 모든 청중의 머리 위에 내리자 신비와 환상이 돌개바람을 치고 군중은 저마다 방언을 터뜨리며 몸부림치다 쓰러지고 넘어졌다. 하지만 부상자는 단 한사람도 나오지 않았다. 5일이 지난 마지막 날 밤. 새벽까지 목이 쉬어 피까지 쏟으며 설교와 기도를 계속하던 바울은 빈사상태가 되어 의식을 잃고 쓰러졌다.

놀란 디도는 황급히 바울을 부축하고 기도실로 옮겼다. 냉수를 가져다가 얼굴에 뿌려도 보고 몸을 주무르며 안마를 해보아도 바울은 정신을 차리지 못했다. 헤레스목사가 디도에게 급히 부탁했다.

"디도형제! 어서 가서 의사를 불러 오시오. 그게 빠르겠습니다."

"예. 다녀오겠습니다."

디도가 달려나가더니 말을 타고 시가지 안으로 들어갔다. 얼마 후 디도는 의사와 함께 돌아왔다. 의사도 말을 타고 있었다.

"환자는 어디 있지요?"

"교회 안 개인 기도실에 계십니다."

"굉장히 시끄럽군요. 환자한테는 안좋을텐데?"

의사는 디도를 따라 기도실로 들어갔다. 그는 급히 진찰을 했다. 그러더니 뭔가 물약을 꺼내 입을 벌리게 하고 흘려 넣었다. 잠시 후 바울은 막았던 숨을 길게 내쉬며 입맛을 다셨다.

"환자에게 물을 가져다주시오."

의사가 명했다. 목 말랐던 듯 물을 마시고 난 바울이 그제야 정신을 차리고 진땀을 흘리며 의사를 바라보았다.

"선생님 살려주셔서 고맙습니다."

"왜 이렇게 쇠진해졌지요? 마치 빨래를 짜듯 물 한방울까지 체력과 기운을 다 짜내셨습니다. 뭘했는데 이렇게 빈사상태가 됐느냐 말입니다."

이해가 안 간다는 듯 의사가 둘러앉은 디도와 헤레스 목사를 둘러보며 원망하는 투로 물었다.

"계속해서 쉬지 않으시고 5일 동안 낮과 밤에 설교와 기도를 하셨습니다."

디도가 설명했다.

"과로를 자초하셨군요."

"우리 선생님 혹시 지병(持病)이 있어 기진하신 거 아닌가요?"

그러자 의사가 바울에게 물었다.

"전부터 혹시 안 좋은 증상 같은 것 없었나요? 특히 몸과 마음을 혹사시키고 나면 갑자기 오한이 들고 정신이 혼미해진다든가 그런 증상 말입니다."

"심신의 고통이 극에 이르렀을 때나 기쁨이 극에 이르렀을 때 갑자기 온몸에 경련이 일어나 잠시 의식을 잃을 때가 더러 있었습니다."

"고통의 극점(極點)에, 아니면 기쁨의 극점에 나타난다? 가끔 그러십니까?"

"일 년에 한두 번?"

"조심하십시오. 그리고 지속적인 치료를 받아야 합니다. 그런 증상이 빈발하게 될 수도 있으니까요."

"난치병인가요?"

"좀더 지켜봐야겠습니다만 일종의 정신질환 증세가 아닌가 의심이 가기도 합니다. 하지만 체구도 작으시고 키도 작으신 편인데 의외로 팔다리가 강철 같습니다. 강한 신체를 가지셨으니 심신을 너무 혹사만 시키지 않으면 염려하지 않아도 될듯 싶습니다."

"고맙습니다."

그 때 기도실문이 열리며 누군가 급히 들어섰다.

"바울! 어떻게 된 거요? 무리하지 말라니까?"

바나바였다.

"의사선생이 봐주어서 무사해 졌습니다."

"큰일 날 뻔 하지 않았나? 누가선생이 왔구료? 봐주어 고맙습니다."

"반갑소."

"두 분 인사 나누시지요. 누워 계신 환자분은 전에 내가 말씀드렸던 사울, 아니 바울 사도입니다."

"뭐요? 그 다메섹 회심 사건의 주인공? 바나바형에게서 말씀 많이 들었습니다. 존경하던 분을 이렇게 만났군요. 나는 의사인 누가라 합니다."

그러자 바나바가 부연 설명을 했다.

"누가(Luke) 선생은 이곳 안디옥 출신이고 헬라계의 유대인 가정에서 태어나셨답니다. 무할례자이시구요. 안디옥 대학에서 의학을 전공한 의사입니다."

"아, 그러세요?"

"뿐만 아니라 다방면으로 재능이 뛰어나신 분이지요. 시인(詩人)이시기도 하고 유명한 문장가랍니다. 시와 산문을 잘 써서 <비바 오른테스>라는 클럽잡지(雜誌)에 정기적으로 글을 올려 유명한 문인이 되었지요. 게다가 그림도 잘 그리시는 화가이기도 합니다."

"바나바형! 여러 가지 잘 한다는 사람 치고 한 가지도 제대로 못하는 법입니다. 그만 헐뜯으시고 귀한 바울 선생은 어떻게 모신 건지 들어 봅시다."

"내가 직접 다소에 가서 모셔왔습니다. 우리 교회에서 나와 함께 동역하기로 했습니다. 그러는 누가선생은 언제 안디옥에 돌아오신 겁니까?"

"어머님이 위독하시다 해서 급히 온 것이 사흘 전입니다. 다행히 어머님 노환은 나아져서 내일 쯤 알레포로 떠날까 하고 있었습니다."

누가는 이곳 안디옥에서 동남쪽 내륙 도시인 알레포라는 곳에 살고 있었다. 그는 그곳에서 의학도들을 지도하며 작은 예배당에 나가 신앙생활을 하고 있었다.

"오늘 저녁이 전도예배의 마지막입니다. 예배 마치면 우리 집에서 만나 회포나 풉시다. 누가! 당신 만난 것도 2년만인 듯 하니까요."

"그럽시다."

그날 저녁 교회의 모든 행사가 다 끝나고 바나바의 집에는 바울과 바나바 그리고 누가와 바사바, 디도 등이 모여 앉아 기도를 하고 늦은 저녁식사를 했다.

"나는 내일 예루살렘으로 돌아갈까 합니다."

기도를 인도한 바사바가 잔을 놓으며 말했다.

"불편함이 없으시면 오래 머물러 성도들 양육을 하시고 저희들에게도 가르침을 주고 그러셨으면 합니다만."

"내가 무슨 능력이 있다고 분에 넘친 말씀을 하십니까? 가봐야지요."

"저희들 목회가 모교회와 좀 다른 면이 있어 눈에 거슬리는 부분이 있더라도 양해해 주십시오. 사도님들에게 말씀 잘 해주십시오."

바나바가 정중하게 부탁했다.

"알겠습니다. 염려하지 마십시오."

"예루살렘은 우리 기독교의 성지이며 본향(本鄕)이며 예수 그리스도의 심장이기도 합니다. 그 심장을 지키고 계신 분들을 따라야지요."

바울의 말에 바사바가 고개를 끄덕였다. 동감이란 의미였다.

"나도 근본적으로 여기 계신 분들의 자유로운 새신앙관에 동조합니다. 율법과 할례의 속박에서 벗어나야 기독교가 만민지교(萬民之教)가 될 수 있다는 걸 믿습니다. 그러지 않고는 유대교의 변종(變種) 지파로 갈릴리 인근의 지방 종교로 끝날지도 모른다는 걸 알고 있습니다."

"바사바 선생도 스데반 집사처럼 상당히 급진적인 사상을 가지고 계시는군요."

"맞습니다. 부인하지 않겠습니다. 다만 횃불처럼 부흥하는 이 안디옥 교회의 앞날을 위해서는 그 급진적인 사상은 접어서 숨겨놓으라 충고하고 싶은 겁니다."

"알겠습니다. 고맙습니다."

바사바의 시원스런 말에 좌중은 당장 백년지기가 된 것처럼 화기애애해 졌다.

"누가선생! 한 잔 더하시오."

"바나바, 날 취하게는 하지 마시오. 살아서 천당에 간 사람은 에녹 맞지요?"

"물론이오."

"노아는 살아서 왜 천당을 못간 줄 아시오?"

"글쎄요."

"언제나 포도주에 취해 있었기 때문이오. 그러니 날 취하게 하지 말라 그런 말이오."

"하하하, 욕심이 과하십니다. 죽어서도 못갈 천국을 살아서 갈 생각하고 있었다니. 헛꿈일랑 접으시고 알레포에서 일 접으시고 안디옥으로 돌아오시오. 바울선생 만나서 안디옥교회는 천군만마를 얻은 것처럼 됐소만 누가선생까지 와주면 금상첨화가 될 것 같소. 교회 설립 초창기에는 누가선생도 도움을 많이 주었지 않소? 약속하시오. 오겠다구."

바나바가 밀어부쳤다. 누가도 결국에는 안디옥 고향집으로 돌아오겠다고 약속했다. 누가의 동참은 안디옥교회의 새로운 부흥 동력(動力)으로 작용했다. 점점 교세가 커져 성도의 숫자가 3천여 명으로 불어나니 예배당이 비좁게 되었다. 시내 한가운데로 옮겨 신축하자는 말이 나왔으나 바울과 바나바는 반대했다.

신도들의 출신들을 생각하면 도시복판에는 어울리지 않았다. 예배당은 목화밭이 펼쳐진 밭가에 있는 것이 제격이었다. 사회적인 약자는 어린이, 노인 그리고 혼자 사는 과부들이다. 당시의 초대교회에는 끼니를 걱정할 만한 과부들이 많았다. 과부가 많았던 것은 크고 작은 전쟁이 끊임없이 이어져 전장에 나간 남편들이 전사를 한데다가 일부다처(一夫多妻)제도 때문에 남편 한 명이 죽으면 여러 명의 처가 남아서 생긴 과부들이었던 것이다. 그 다음에는 노동자와 농민, 자영업자, 상인들, 어쩌다 재력이 있는 신분이 높은 자, 혹은 관리들, 자유롭게 풀려나 속량(贖良)된 노예들이 모여들었다. 구성원들이 그런데 도시복판이 뭐냐, 이사하지 말고 목화밭 예배당을 배 이상 키워 건축하자고 결론이 났다.

3만이 채 안 되는 유대인들 중에 헬라인을 포함한 유대인 3천여 명이 오른테스교회에 출석하게 되니 시내 거주 유대인 열 명 중 한명은 교우들이었다. 이 때 얻게 된 그리스도인들의 별칭이 <크리스천(Christian)>이었다. 예수 믿는 사람을 낮춰 부른 말이었다. 유대교인들은 그리스도 교도들을 <나사렛당>이라 불러왔다. 예수가 나사렛 사람이라 그를 따르는 자들이란 뜻으로 붙여준 별칭이었다. 그런데 안디옥 사람들은 <나사렛당>이라 하지 않고 <크리스천>이라 부르기 시작했던 것이다. 그건 그리스도(Christ)란 말에 어미(語尾)인 파르티잔(Partisans, 어느 사람의 종들, 어느 사람을 따르는 소속 패거리들)이 합쳐진 <크리스트파르티잔>의 합성어였다. 오른테스교회를 다니는 그리스도 패거리라는 뜻이 <크리스천>이란 별칭이었다.

파르티잔은 군대나 어느 조직의 부하들을 말하는 단어였기 때문에 저속한 말 같았지만 자꾸 불러주니 어차피 성도들은 하나님의 종들이니까 친근감이 가서 성도들 스스로도 크리스천이라 했다. 그리하여 안디옥 오른테스교회는 여러 학자들이 말하고 있는 것처럼 향후 모든 이방교회의 모범적인 모(母)교회가 되어 기독교사상 영원한 이름을 남기게 되었다고 했다. 후세의 학자들은 AD70년 경 안디옥의 헬라계 그리스도교 유대인이 예수의 말씀 70여 편을 모아 <예수어록(語錄)>을 편찬했고 AD90년경에는 <예수어록>을 참고삼아 <마태복음서>가 씌어졌으며 그로부터 십여 년 뒤에는 <요한복음서> 등이 안디옥에서 씌어졌다고 믿는

다.((Bornkamm: Paul. p48) 그리고 그후 안디옥 교회는 이그나티우스와 크리소스톰(John Chysostom)같은 위대한 기독교 지도자를 배출하기도 했다. AD115년 안디옥에 대지진이 발생하자 평소 크리스챤을 미워하고 있던 트라얀교황은 지진의 책임을 그리스도교도에게 씌워 주살했다. 이그나티우스는 당시 안디옥 오른테스교회 감독이었는데 체포되어 로마로 압송된 후 콜로세움 경기장에 던져져 굶주린 사자의 밥이 되게 하였다. 요한 크리소스톰 역시 안디옥교회가 배출한 목회자 가운데 교회사상 가장 위대한 설교자로 '황금의 입'이라 불린 신앙의 인물이었다.

안디옥의 오른테스교회는 계속해서 비약적인 성장을 이룩했다. 그 성장을 주도한 사람은 바나바와 바울이었으며 조금 늦게 참여한 누가가 큰 힘을 보탰으며 개척 멤버였던 루기오 시므온 그리고 무나엔 디도 루포와 그의 부친 구레네 시몬 등도 열심히 헌신한 덕이었다.

어느 날 바울은 모처럼 루포의 집에서 휴식을 취하며 정원 한쪽에 가꾸고 있는 꽃밭에서 일을 하고 있는데 바나바가 웬 젊은 청년 하나를 데리고 나타났다.

"무슨 꽃을 가꾸고 계신가?"

"어서오시오. 바나바. 웬일로 오셨습니까? 아참, 냄새가 역겹고 고약하지요?"

"무슨 거름인데 그렇게 역하지?"

"루포 아버님이 만들어 놓은 거름입니다. 작년에 받아 둔 소변을 밀봉해서 삭힌 거지요. 온 동네 사람들이 코를 막을 정도로 지독합니다. 하지만 이 거름 이상 좋은 비료는 없습니다. 이런! 손님두 모시고 오셨는데 미안합니다. 안으로 들어갑시다."

바울은 바나바 일행을 거실로 안내하고 밖으로 나가 손발과 얼굴을 씻고 들어 왔다.

"미안합니다. 바나바."

"바울! 인사 시킬 형제가 있어 데리고 왔네. 바울 선생이시다. 인사올려라."

바나바가 함께 온 청년에게 말했다.

"안녕하십니까? 전 예루살렘에서 온 마가 요한(Mark Johan)이라 합니다. 선생님에 대해서는 익히 들어 존경하고 있었습니다. 만나게 되어 영광입니다."

"난 바울이오. 준수하시군요. 미남에다가 키두 크구."

바울이 칭찬하자 바나바는 만족한듯 웃으며 말했다.

"사실은 내 조카일세."

"조카요? 친조카?"

바울이 놀라 되물었다.

"외조카. 내가 이 아이의 외삼촌이야. 마가 요한의 어머니는 내 누님 마리아이구. 마가 아버지는 부자였는데 불행히도 일찍 작고하여 내 누이 혼자 마가를 길러왔다네."

"그러면 예수께서 열두 제자와 마지막 성만찬을 하셨다던 마가의 다락방이 바로 이 조카네 집이었단 말이오?"

"그렇다네. 내 누이 마리아는 아주 독실한 크리스천이었지. 그리고 예수를 존경하여 따라다니기도 하며 여러 번 설교도 들었다네. 그렇지? 마가?"

바나바가 조카에게 물었다.

"예."

"너도 어머니와 함께 가 본적 있느냐?"

"베다니 들녘에서 예수님이 떡 5개와 물고기 2마리를 가지고 5천명이 넘는 사람들을 골고루 배부르게 먹이시던 날 그곳에 어머니와 함께 있었습니다. 그 때부터 어머니는 더 열렬한 신도가 되었지요. 베드로 사도께서 오시어 예수님이 잡히시면 마지막일지 모르니 제자들과 성찬식을 했으면 하는데 집을 빌려줄 수 있느냐고 물으셨지요. 주변에서는 반대했습니다. 잘못하여 당국에 알려지기라도 하면 큰 피해를 당할 거란 것이었습니다. 하지만 어머니는 조금도 흔들림 없이 만찬상을 차리셨습니다."

"훌륭한 어머님이셨군요. 그러니까 예수께서 제자들과 만찬하시는 걸 보셨군."

"어머님께서 예수님 시중을 들으라 하셔서 잔심부름 정도 했습니다."

그러자 바나바가 물었다.

"만찬 분위기는 어땠었지? 이미 가롯 유다가 매수되어 자신을 팔았다는 걸 아시고 또 제자들에게도 날 팔 자가 이 자리에 있노라고 밝히신 뒤였는데?"

"공교롭게도 그 때 전 아래층에 물을 가지러 갔기 때문에 듣지 못했습니다만 성찬장에 다시 올라갔을 때는 평상시처럼 평온하고 따스했습니다. 사도들은 그게 주님과의 마지막 성찬이라는 사실을 실감하지 못하고 있는듯한 분위기였어요."

"그래? 넌 예수께서 잡히셨다는 걸 언제 알게 되었느냐?"

"잡히시던 날 밤에 알게 되었습니다. 잠을 자려구 자리에 누워있었지요. 설핏 잠이 들었는데 밖이 소란스러운 거예요. 예수께서 잡히시어 가야바 대제사장 집으로 끌려가고 있다는 것이었습니다. 너무 급해서 자던 대로 홑이불을 몸에 두르고 달려 나갔지요. 정말로 예수님이 로마병사들에게 끌려가시는 걸 보았습니다. 너무도 놀라서 두 팔을 들어 올렸는데 그 순간 몸에 두르고 있던 홋 이불이 벗겨져 발 아래로 흘러서 떨어졌습니다. 그제야 창피하게도 난 알몸이었다는 것을 알았습니다. 나는 다시 홑이불을 뒤집어쓴 채 달아나듯 뛰었습니다."

바나바가 웃었다.

"벗고 자는 게 습관이냐?"

"자유스럽고 좋잖아요. 물론 나이든 지금은 아닙니다. 그땐 제 나이 열여덟 살 때였거든요."

"예루살렘 모교회에서 아직도 넌 게바(베드로) 사도의 통역(通譯)일을 도와주고 있느냐?"

"일이 있을 때만 도와드리고 있습니다."

그러자 바울이 흠칫하며 바나바에게 물었다.

"통역이라니요?"

"바울! 낯설게 들리는 모양이지? 사도의 통역이란 말이? 말 그대로일세. 성만찬을 했고 부활하신 예수님이 승천하신 후 성령이 임했던 곳도 마가네 집 다락방이었네. 그 때 이후부터 통칭해서 예루살렘 모교회라 칭하는 교회는 마가 요한의 집이 된 것이야. 우리도 전에 나와 함께 게바와 주님의 동생인 야고보 사도를 만나기 위해 가지 않았나?"

"그랬었지요."

"사도들은 할 일이 많아졌네. 전도를 하러 다녀야하고 집회에 나가 설교도 해야 하며 성도의 집 심방도 가야하지. 그리되니 유대인만 상대하는 게 아니고 디아스포라 헬라계나 베니게 이방인들도 만나야 하지. 게바가 아는 언어는 고향 말인 히브리말 밖에 모른다네. 더 정확하게 말하면 히브리말의 변종인 아람어를 말하는 거지. 헬라인들이 있는 곳에 가면 헬라어(그리스어)를 하고 로마 사람들을 만나면 로마어를 해야지? 마가는 고등교육을 받은 친구라 히브리어는 물론 아람어에 헬라어를 유창하게 구사하고 로마어(라틴어)도 웬만큼 할 줄 안다네. 그래서 게바의 통역으로 따라다니며 서찰이나 회의록 등을 대필해주기도 했지."

"오, 마가가 그렇게 유능한 분인 줄 몰랐소."

"마가와 쌍벽을 이룰만한 인재는 모교회에 또 한사람이 있지. 실라(Silua. Siluanus), 로마식으로 부르면 실루아노라고 하는 선교사인데 모교회 사도들이 인정해주는 인물이지. 할례를 받지 않은 이방인계 유대인이라네. 학식과 영성을 두루 갖춘 선교사로 그 역시 4개 국어에 능통하다더군."

"마가와 실루아노 두 분이 예루살렘 모교회를 맡고 있다고 봐야겠군요."

"그런 셈이지."

바울과 마가의 첫 만남은 그렇게 이루어졌다. 바울은 마가가 바나바의 집에 머물며 교회를 돌봐주는 동안 많은 대화를 나누었다. 바울은 마가에게 강력하게 권했다.

"당신은 예루살렘에 있을 인재가 아닙니다. 안디옥 교회가 필요한 사람일세. 여기서 교사를 맡아 우리와 함께 예수 그리스도의 뜻을 이루어보는 게 어떻겠나?"

바나바 역시 바울과 같은 생각으로 잡았다.

"그게 좋겠다. 인본적인 입장에서 보면 이곳 안디옥 오른테스 교회야말로 진취적이며 신선한 석학이 다 모여 있는 곳이다. 바울선생은 힐렐학파의 거두인 가말리엘 수제자였고 가장 촉망받던 랍비였다."

"바나바, 그만두십시오. 이미 다 쓰레기통에 버린 나의 부끄러운 과거를 왜 들추십니까?"

"말이 그렇다 그거야. 그리고 누가가 있다. 의사이며 시인인 누가선생, 아직 만나 본적 없지?"

"예."

"그 외에도 기라성 같은 지도급 인재들이 다 모였다. 너도 이곳에 와 많은 것을 배웠으면 한다."

"생각해 보겠습니다."

6
사도 바울과 바나바의 제1차 아시아 전도여행

그러던 어느 날 교회내의 예언자들이 금식을 하며 기도하다가 성령의 계시를 받게 되었다. 예언자들과 감독 목사가 바나바와 바울을 부르고 계시 내용을 밝혔다.

"하나님께서 두 분은 이제 이 교회를 떠나시어 이방선교를 하도록 따로 세우라 하십니다. 성령께서 지시하시는 일입니다. 우리 모두 다시 한 번 금식하고 기도로 안수하여 두 분을 떠나보내기로 하겠습니다."

- 주를 섬겨 금식할 때에 성령이 가라사대 내가 불러 시키는 일을 위하여 바나바와 바울을 따로 세우라 하시니 이에 금식하며 기도하고 두 사람에게 안수하여 보내니라. (행13:2-3)

안수기도를 받고 난 바나바와 바울은 곧 안디옥을 떠나기로 했다.

"선교 계획은 있어야 하지 않나? 여행 준비도 해야 하고 어느 지역부터 전도여행을 해야 할 것인지."

바나바가 바울에게 물었다.

"계획은 하나님이 세워주십니다. 우리는 성령께서 명하시는 대로만 가면 됩니다."

"그야 그렇지만 먼 곳을 돌아다니려면 입을 옷이나 휴대해야할 일용품이나 그런 것들을 미리 점검해서 준비하자는 걸세."

"옷은 한 벌, 입고 있는 것이면 족합니다. 밤에는 추우니 겉옷은 필요하지요. 다른 건 필요 없고 두루마리 성경 한권, 집필기구 등을 겉옷과 함께 보퉁이에 싸고 지팡이 하나만 있으면 됩니다. 신발도 신고 가는 샌들 한 켤레면 족하지요. 그런 행색이 바로 내가 십 수년 동안 예루살렘으로부터 남쪽으로 사해를 돌아 다시 예루살렘에 돌아 왔다가 내 고향 다소로 갔고, 그리고 길리기아 각처를 돌아다니며 전도를 한 행색이었습니다. 하지만 조금도 불편하지 않았습니다."

"알았네. 선지 엘리야도 굶어죽게 놔두지는 않았지. 하나님은 까마귀를 시켜 양식을 물어다 먹여 살렸으니까. 어디로 맨 먼저 가야할지 기도를 해보세."

역시 성령의 인도대로 1차 전도지는 구브로(Cyprus)섬으로 정해졌다. 구브로는 바나바의 고향이었다.

"저두 두 분을 수종(隨從)하고 가도 될까요?"

바나바의 조카인 마가가 물었다.

"우리야 환영이지. 마가 선교사도 외가(外家)가 있는 곳이 아닌가?"

바울이 마가의 손을 잡았다.

"고맙습니다. 그럼 떠나시지요."

"떠나기 전에 뵙고 가야할 분이 있네. 내가 거처하고 있는 집에 들렀다 가세."

바울은 바나바와 마가를 데리고 루포의 집에 들렀다.

"어머니! 잠시 어머님 곁을 떠나야할 일이 생겼습니다. 빨리 마치고 돌아올께요."

루포의 어머니를 안고 바울은 볼을 비볐다. 바울은 친어머니 이상으로 모셨고 루포 어머니도 사랑을 다 쏟아주는 친어머니 같은 사이였다. 바울 일행이 다녀갈 줄 알았던지 루포의 집에는 아버지 구레네 시몬과 루기오, 므나엔 디도, 그리고 시므온 등이 모여 있었다.

"우리 다함께 기도드리고 떡을 뗀 후 무사여행과 이방선교의 많은 열매 맺고 돌아오기를 빌어줍시다."

루포의 제의에 바나바의 인도로 간단한 예배를 드리고 떡을 떼었다. 모든 식구들은 바울 일행이 집 밖에서 멀어져 보이지 않을 때까지 손을 흔들며 배웅했다.

바울 일행은 오른테스강을 따라 남쪽 실루기아(Seleucia) 항구 쪽으로 걷기 시작했다. 실루기아는 안디옥시의 외항(外港)이었고 32킬로미터 쯤 떨어진 곳에 있었다. 일행은 실루기아에 도착해서 구브로 동쪽 항구도시인 살라미(Salamis)로 가는 배에 몸을 실었다. 구브로는 섬 이름에서 알 수 있듯이 구리(Copper)가 많이 생산되는 섬이라 해서 붙여진 이름이었다. 로마제국 내에서는 가장 먼저 우수한 동광(銅鑛)이 섬 내에 여러 곳에서 발견되었다. 섬은 또한 기후가 온화하고 토양이 좋아 비옥했다. 지중해에서는 세 번째로 큰 섬이었다.

"구브로에서 가장 큰 성읍이라면 지금 우리가 상륙한 섬 동쪽 끝에 있는 살라미와 남쪽 중동부에 있는 깃딤(Citium), 그리고 서쪽 끝에 있는 바포(Paphos) 세 성일세."

바나바가 설명하자 바울이 물었다.

"깃딤은 정말 오래된 성읍 아니오? 창세기(10:4)와 이사야(23:1)서에도 나오는 지명인 것 같습니다."

"그렇지. 창세기에 나오는 깃딤이 바로 지금 얘기하는 성읍이니까. 구브로섬은 원래 지중해의 해상왕국이었던 베니게(페니키아)인들이 개척한 땅이고 그들이 발전시킨 성읍이 바로 깃딤이었으니 유구한 역사가 있다고 보아야지."

"수도는 살라미인가요?"

"옛날엔 살라미였지만 로마 제국의 지배를 받으면서부터는 서쪽 바포로 수도를 옮겼다네."

"바나바 사도의 고향집은 어느 곳에 있지요?"

"깃딤에서 내륙으로 좀 들어간 쪽에 메사오리아 평원이 있는데 그 곳에 있네. 우리 부모님은 돌아가셔서 지금은 고향에 숙부 한 분만 살고 있지. 우리 선친께서는 살라미온이라는 곳에 있는 구리광산을 가지고 계셨고 구리 채굴로 재산을 상당히 많이 모우신 분이었네."

"예수님 사후 사도들이 재정적인 곤경에 처하여 전도활동도 제대로 못하자 바나바형이 뜻한 바 있어 고향으로 돌아와 밭을 팔아 하나님께 바쳤다고 예루살렘에 갔을 때 게바한테 들었는데 그 밭은 고향집 쪽에 있었나요?"

바나바가 그 말을 듣고 난처해하자 마가가 대신 말해주었다.

"메사오리아에 있던 아주 비옥한 밭이었대요. 굉장히 넓은 밭이었다고 어머니가 그러시든데…."

"그만둬라. 마가. 그리고 바울! 살라미는 내 집안 사촌이 살고 있네. 그 집으로 가서 유합시다. 그런 다음 안식일에는 유대인 회당을 찾아 전도를 하면 되지 않겠나?"

"좋습니다."

바울일행은 바나바의 사촌 게스터의 집을 찾아갔다. 그는 제법 큰 생선가게를 하고 있는 주인이었다.

"바나바 형님이 조카와 함께 더구나 귀한 손님까지 모시고 오다니 정말 반갑습니다."

게스터는 기독교도였다.

"살라미에도 유대인들이 많이 사는가요?"

"유대인이 천여 명 삽니다. 유대교회당은 열군데 정도 되구요. 살라미보다 깃딤에는 유대인들이 3천여 명이 거주하고 있는데 수도인 바포엔 숫자가 더 많지요. 만여 명 된답니다. 유대교 회당도 많고 기독교 교회도 하나 있는데 성도는 오십여 명이 된다고 들었습니다."

"기독교도들은 스데반 집사 순교이후 박해를 피해 들어 온 사람들이 많겠군요. 그 사람들이 세운 교회인 모양이지요?"

"물론 그분들이 들어와 활성화되었지만 사실은 그전부터 예수님 복음은 전해져 있었습니다. 죽은 지 나흘 만에 무덤에서 살려낸 예수님의 친구였던 나자로가 살아난 뒤 예수 사후 구브로에 들어와 바포 지역에서 전도를 하다가 죽었답니다."

"전도활동에 나선 나자로를 만났나요?"

"만나지는 못하고 소문만 들었습니다. 바포에는 나자로 무덤이 있단 말도 들었습니다만…."

첫 번째 안식일을 맞아 바울 일행은 가까운 유대교 회당으로 나가 예배를 보았다. 유대인 회당의 예배에서는 유대인라면 누구든지 좌상으로 나가 설교나 강론을 할 수 있게 되어 있었다. 예배를 마치자 바나바가 일어나 전할 말씀이 있다했다. 그러자 나가려던 오십여 명의 사람들이 웅성였다.

"전할 말씀이 있으니 모두 앉으셨으면 합니다."

바나바는 키가 크고 체구도 당당한데다가 잘생긴 얼굴에 목소리도 우렁차서 좌중을 휘어잡는 힘이 있었다. 모두 다시 앉았다. 앞에 나가 앉은 바나바가 입을 열었다.

"안녕하십니까? 내 이름은 바나바이고 이 자리에 함께 온 형제들은 바울과 마가요한입니다. 우리는 수리아의 안디옥 오른테스 교회에서 온 선교사들입니다. 나와 마가 요한은 이곳 구브로가 고향입니다. 몇 대에 걸쳐 이 섬에서 살아온 가문의 아들입니다. 고향이기에 일부러 찾아 온 건 아닙니다. 하나님께 기도를 하고 있는데 성령께서 지시하기를 전도를 하려거든 구브로로 가라 하시어 성령이 인도하시는대로 오다보니 살라미까지 온 것입니다. 여러분! 성령이란 말 처음 들으셨지요? 들어보신 분은 손을 들어보십시오."

바나바가 회중을 둘러보았다. 누구도 들어본 적 있다고 손을 드는 자가 없었다. 그저 조용하기만 했다.

"그 성령에 대해 전해드리려고 왔습니다. 성령이 무엇인가? 궁금하지 않으십니까? 아무 죄도 없이 예수께서는 십자가 위에서 돌아가셨습니다. 우리 인간들이 지은 모든 죄를 대신 지고 하나님께 용서를 구하고 우리 인간들을 구원해주시려고 십자가를 지신 겁니다. 예수께서는 죽은 지 사흘 만에 부활하시고 그리고 승천하시어 하나님 보좌의 우편에 앉으셨습니다. 죽은 인간이 부활하여 다시 살아 하늘로 올라갔습니다. 가능한 일입니까? 인간은 가능하지 않습니다. 그분은 여호와 하나님의 아들(聖子)이었기에 가능했습니다. 그분은 우리 죄를 사하고 구원하여 영생을 얻게 하시려고 인간의 육신을 빌어 이 땅에 오셨던 것입니다. 예수께서 하늘로 승천하시면서 그를 믿는 모든 자들에게 한데 모여 기다리라 그러면 성령을 보내시리라 했습니다. 성령은 보혜사(保惠師)였습니다. 하늘에는 여호와 성부만 계신 것이 아니오 성육신하신 성자가 계시며 성령이 계시어 그 삼위는 일체인 것입니다. 우리를 구원하시는 것은 모세의 율법이 아니라 인간으로 이 땅에 오신 성자 예수님입니다. 할례자만을 구원하기 위해 오신 게 아닙니다. 그분은 무할례자인 모든 이방인들도 할례자와 똑같이 구원하시려고 오셨습니다. 그분이 바로 성령이시며 그분의 육신이 안

계신 지금 육신을 대신 하시는 게 성령입니다. 예수님을 믿으시오. 성령을 받고 세례를 받으면 구원 영생을 얻습니다."

바나바의 설교는 거칠게 없었다. 신도들은 모두 50여명이었는데 할례자 유대인은 3십여명이었고 나머지가 헬라인 그리고 베니게인과 아프리카인 등으로 무할례자였지만 유대교 신자들이었다. 바나바의 설교가 끝나자 유대인들은 회당장을 비롯하여 모두 화를 내며 자리를 차고 일어섰다.

"저자들의 교주인 예수는 십자가형을 받아 죽었소. 살인범이나 가장 극악무도한 죄수를 처형할 때 십자가형을 받게 하는 것이오. 그런 예수가 여호와의 아들이었다구? 더 이상 귀를 더럽히지 말고 내쫓읍시다."

젊은 유대인이 소리쳤다. 분위기가 험악해졌다. 그러자 헬라인 하나가 일어났다.

"새로운 복음을 듣고 싶은 사람들도 있습니다. 저분과 함께 토론을 해 봅시다."

주위를 둘러보며 묻자 회당장이 두 팔을 들었다.

"이곳은 성스런 성전이오. 할례자만 남고 모두 나가시오."

회당장의 엄숙한 명령에 기가 죽은 이방인들은 회당 밖으로 나갔다. 길거리에 나온 군중은 흩어지지 않았다. 그들은 바울 일행을 둘러쌌다.

"예수님의 말씀 더 들읍시다."

누군가 재촉했다. 별수 없이 이번에는 바울이 조금 높은 돌계단 위에 올라서서 설교를 시작했다. 바울의 설교가 청중을 사로잡으려할 때쯤이었다. 로마병사 십여 명이 채찍을 들고 나타났다. 그들은 채찍을 휘둘러 군중들을 내쫓고 남아 있던 바울 일행 세 사람을 체포했다.

"왜 이러시오? 우리의 잘못이 어디 있다고 체포하는 거요?"

바울이 로마어로 항의하자 그들은 흠칫했다. 아람어가 아니라 지배자들의 말인 로마어를 말하는 사람은 많지 않았기 때문이었다.

"신고가 들어 왔소, 당신들이 군중을 선동하고 있다고! 군영으로 갑시다."

이윽고 세 사람은 군영 유치장에 갇히게 되었다. 바울은 영문(營門) 대장을 만나게 해 달라 청했다. 대장의 승낙으로 만나게 되었다. 바울은 역시 유창한 로마어로 따지듯 말했다.

"치안유지에 반하는 집회를 하려고 온 사람들이 아닙니다. 우리는 기독교 선교사들입니다. 그래서 유대교 회당에서 예배를 드렸고 신앙문제로 의견이 대립되었을 뿐입니다."

"당신들은 질이 안 좋은 사교(邪敎)라던데? 유대교와는 상관없는?"

"전통 유대교를 개혁하자는 사람들입니다. 그게 어찌 사교입니까? 대장님, 로마제국 당국은 유대인들의 예배당과 예배는 간섭치 않기로 하여 지금에 이르렀습니다. 집안 일로 서로 큰 소리 낸 것에 불과합니다. 선처해 주시오."

"좋소. 나가게 해드리지요. 하지만 한 가지 약속은 하시오. 나가면 살라미를 즉시 떠나시오. 알겠소?"

"예, 그러지요."

하지만 당장 떠나지는 않았다. 그 다음 안식일에 다른 회당으로 나가 복음을 전해야 했던 것이다. 해변가에 있는 다른 회당에 나가게 되었다. 바울 일행이 유대교회당을 찾아 들어가자 미리 와있던 유대인 청년 칠팔명이 몽둥이를 들고 막아섰다.

"왜 이러시오?"

바나바가 항의했다. 그러자 청년 하나가 다른 청년을 보고 물었다.

"지난번 주일날 히포 회당에 와서 미친 소리를 지껄이며 성전을 모독했던 놈들이 맞지?"

"맞아 그놈들이야."

"그래, 올 줄 알았다. 네놈들이 순순히 이곳을 떠날 리가 없지. 여기서 내쫓기면 다른 회당에 가겠다구? 천만에 말씀이다. 네놈들이 나타날 걸로 예상하고 모두 몽둥이 들고 기다리고 있다는 걸 명심해. 자아, 각오해라. 갈겨라!"

청년들은 몽둥이를 휘두르며 세 사람 앞으로 달려들었다. 바울이 앞으로 나섰다.

"잠깐, 폭력은 쓰지 맙시다. 우리가 돌아가면 되지 않소? 바나바형! 그냥 갑시다."

세 사람이 돌아섰다. 그러자 살기등등했던 그들은 몽둥이를 내리고 침을 뱉었다.

"구브로에서 떠나지 않으면 너희들은 살아서 못나갈 것이다. 에잇, 퉤!"

악다구니 소리를 등 뒤로 들으며 세 사람은 옷과 발의 먼지를 털고 그 자리를 떠났다. 발의 먼지를 터는 행위는 결연한 다짐을 할 때 하는 유대인들의 습관 중 하나였다.

"처음부터 높은 벽에 부딪치는군요. 어떡할까요?"

바나바가 바울에게 물었다.

"난 지난 14년 동안 전도지를 돌며 오늘과 같은 핍박과 수모를 당했습니다. 사십에서 한 대 감한 태장을 세 번 맞았고 세 번이나 감옥에 갇혔으며 돌로 얻어맞아 정신을 잃은 것도 여러 번이었습니다. 그 같은 고난은 안디옥에 오기 전 거의 내 고향 다소 인근을 돌며 선교활동을 하다가 당한 것들입니다. 기도하고 성령께서 가라는 데로 갔고 가서 최선을 다하다가 수난을 당했습니다. 기도해봅시다. 성령께서 계시하시겠지요. 불 속에 들어가라든지 떠나라든지 그대로 따릅시다."

그러자 마가는 겁이 나서 얼굴이 하얗게 질렸다.

"저자들의 말 들으시지 않았습니까? 살라미 성안 곳곳의 유대인 회당은 사발통문이 돌아서 안식일마다 우리가 나타날 것을 대비하여 몽둥이 들고 지킨다구요. 그걸 알면서도 밀고 들어가시겠다구요?"

"두려워말게. 그게 불속이라도 성령이 가시는 대로 따라가면 되네."

해변으로 나온 세 사람은 바닷가 절벽 사이에 난 동굴을 발견하고 그 안에 들어가 기도를 드리기로 했다. 꼬박 하루를 금식하고 기도를 하고 난 세 사람은 기도의 응답 내용을 나누었다. 세 사람 모두 똑같은 답이었다.

"깃딤으로 떠나라시는군요. 지체 말고 출발하십시다."

구브로섬 선교는 동서를 가로 지르며 발 닿는 대로 하기로 했었다. 미국본토 모양의 키프로스섬은 동서로 224km, 약 560리였고 남북으로는 96km, 약 240리쯤 되는 땅이었다. 살라미는 동쪽 끝에 있고 수도인 바포는 서쪽 끝에 있었다. 바포를 최종 목적지로 삼고 가자면 북쪽 해안을 따라 가는 길을 잡아 가던가 아니면 남쪽 해안 길을 잡아 가는 두 길이 있다. 깃딤은 남쪽 해안 길을 따라 살라미에서 약 백여 리 떨어진 곳에 있는 항구였다. 깃딤에서 바포로 가려면 바나바의 고향인 메사오리아(Mesaoria) 평원을 지나 서쪽 끝인 솔리(Soli)를 통하여 다다를 수 있었다. 깃딤을 향해 길을 떠났다. 교외로 빠져나가 한동안 길을 가고 있는데 누군가 뒤에서 숨차하며 뛰다시피 따라오고 있었다.

"바울 선생님! 잠깐 멈추시지요."

일행이 뒤돌아보고 잠시 멈춰 섰다. 오십 여세 되어 보이는 유대인이 다가오고 있었다.

"제 이름은 나손이라 하고 할례자 유대인입니다."

유대교 신자라는 것이었다.

"두 분의 설교 말씀을 듣고 장님이 눈을 떠 새 세상을 보는 것처럼 밝아지고 은혜를 입었습니다. 그 떨리는 은혜가 말씀하신 성령이겠지요?

두 분을 모시고 싶습니다. 받아주십시오.”

“바울! 세례를 주시오.”

바나바가 권했다. 바울은 손을 저었으나 바나바의 권에 못 이겨 나손에게 세례를 베풀었다.

“감사합니다.”

“집이 어디시오?”

“저는 향료장수입니다. 집은 두 군데가 있습니다. 살라미와 예루살렘이지요. 살라미에서는 동방에서 오는 향료를 사 모았다가 예루살렘 쪽으로 가서 파는 것입니다. 세 분이 가시는 곳은 저도 따르고 싶고 적당한 때에 예루살렘으로 돌아가겠습니다.”

“그러시오. 나손.”

바울과 바나바는 흔쾌히 승낙했다. 바울일행 속에는 나손이 동행하게 되었다. 그들이 깃딤에 도착한 것은 살라미를 떠난 지 이틀만이었다.

“여긴 유대인들이 많이 살고 있는 곳입니다. 회당도 많구요. 여인숙(旅人宿)은 제가 찾아 보겠습니다.”

나손이 나섰다. 숙식할 수 있는 모든 경비를 그가 부담한다고 자원했다.

“고맙습니다. 안식일엔 숙소에서 가까운 유대인회당으로 나가 전도를 합시다.”

일행은 숙소를 잡아 놓고 깃딤 성안 곳곳을 돌아다녀 보았다. 가까운 회당에 들려서 깃딤 성안에는 몇 개의 유대인 회당이 있는지 알아보았다.

“그건 왜 물으시지요?”

회당장이 이상하다는 듯 바울과 바나바를 번갈아 바라보며 물었다.

“저희들은 이방계 유대인들입니다. 수리아 안디옥에서 왔지요. 안식일은 지켜야 겠어서 미리 물어보는 겁니다.”

“그래요? 이곳 깃딤에는 3천여 명 유대인 형제들이 살고 있습니다. 회당은 모두 삼십여 군데 있지요."

"고맙습니다."

두 사람은 숙소로 돌아왔다. 그런 다음 안식일이 되기를 기다려 예배를 드리기 위해 나섰다.

"나와 마가요한 두 사람은 가까운 곳에 있는 회당으로 갈 터이니 바나바 선교사와 나손 두 사람은 다른 회당을 찾아 전도하는 게 어떻겠소?"

바울이 제안했다. 모두 좋다하여 두 팀으로 나누어 회당으로 갔다. 바울은 회당장에게 미리 예배가 끝나면 신앙에 대한 간증 말씀을 전하고 싶다 하여 승낙을 받았다. 이윽고 예배가 끝나자 회당장이 광고했다.

"수리아 안디옥에서 오신 형제인데 잠시 신앙 간증 말씀을 하고 싶다 해서 그리하라 했습니다. 해산하시지 말고 자리를 정돈해주시기 바랍니다."

백여 명 되는 신도들이 다시 자리에 앉았다. 긴장한 마가의 손을 잡아주고 난 바울은 천천히 일어나서 회중에게 인사했다.

"내 이름은 바울이며 수리아 안디옥회당에서 온 선교사입니다. 잠시 여러분과 여호와 하나님과 예수 복음에 관하여 말씀드리고 토론을 했으면 합니다."

바울의 말이 이어지자 조용하게 좌중은 경청했다.

"나는 길리기아 다소에서 태어난 디아스포라 유대인입니다. 태어난 지 8일 만에 할례를 받았으며 어려서부터 회당에 다니며 랍비로부터 토라를 배우고 유전과 구전인 미쉬나와 할라카를 암송하고 탈무드를 떼며 예루살렘으로 유학을 가서 경건한 바리새 랍비로 교육을 받았습니다. 하나님이 약속하신 축복을 받으려면 할례를 받아야 하며 율법을 배우고 지키고 행하면 종말에 모세나 여호수아보다 월등한 능력과 권세를 가진 멜기세덱 같은 구원자가 와 우리를 구원한다고 굳게 믿었습니다. 율법은 곧 구원이란 말씀을 믿어 의심한 적이 없습니다. 종말에 구원을 받기 위해서는 하나님이 계신 성전이 있어야하며 하나님께 기원하고 또 우리들의 죄를 사하여 주시라고 정결한 제사의식을 행해야만 한다고 믿었습니다. 제사는 곧 속죄의식(贖罪儀式)이었기 때문이었습니다. 그런데 예수당이 나타나서 정통 유대교를 뿌리 채 흔들어 놓았습니다. 선지자 이사야가 이사야서에서 밝힌 바대로 메시야는 모세 같은 지도자로 오시지 않고 '고난 받는 종'으로 오신다 했습니다. 그건 우리의 죄를 대속하여 온갖 수난을 당하고 십자가에서 죽는 자를 말하는데 그게 바로 하나님이 보낸 예수라고 했습니다. 예수는 죽은 지 사흘 만에 부활하고 승천하여 하나님 보좌 우편에 앉았다고 미혹했습니다. 예수가 대신 희생양으로 죽어주었으니 성전 제사는 더 이상 필요 없으며 예수를 믿으면 그 믿음으로 구원을 받아 영생을 얻을 수 있기 때문에 율법이 우리를 구원한다는 믿음은 이제 버리고 율법의 약속을 지키기 위한 표징으로 지켰던 할례 또한 할 필요 없어졌다 했습니다. 산헤드린의 검찰부 랍비였던 저는 대제사장의 명을 받고 숨어 있는 예수당을 색출 체포하는데 앞장섰습니다. 도저히 그 예수당의 범죄를 용서할 수 없었던 것입니다. 다메섹으로 추격해 갔을 때였습니다. 카우카브 언덕길에 이르렀을 때 갑자기 정오의 태양빛보다 밝은 광채가 나를 에워싸며 내 이름을 부르는 소리가 들렸습니다. 나는 너무도 놀라 말에서 떨어져 흙바닥에 처박힌 채 누구시냐고 물었습니다. 그러자 그분이 말씀 했습니다. 나는 네가 핍박하는 나사렛 예수다. 그 순간 나는 눈이 보이지 않고 멀어버렸습니다. 내 앞에 살아계신 예수님이 나타나신 겁니다. 꿈속에서도 아니었고 환상 속에서 보여주신 것도 아니었습니다. 실제로 현현하신 것이었습니다. 앞으로 할 일을 말씀해주시고 그분은 하늘로 올라가셨습니다. 내가 가장 분노한 것은 예수가 메시야라는 것이었고 그를 믿으면 구원을 얻는다는 것이었습니다. 율법을 믿어야 구원을 얻는데도 말입니다. 더구나 믿을 수 없었던 것은 그 예수가 하나님의 아들이었기에 부활 승천했다는 주장이었습니다. 그런데 난 다메섹에서 살아계신 예수님과 만남으로 해서 그분이 하나님의 아들이며 누구든지 그를 믿으면 죄사함을 받아 함께 부활하며 영생을 얻게 된다는 사실을 깨닫게 된 것입니다. 여러분! 하나님께 충성했던 아브라함의 믿음을 인정하십니까? 아브라함에게 준 하나님의 축복이나 그의 아들 이삭에게 내려주신 축복이나 야곱에게 내려준 축복이나 요셉에게 내려주신 축복은 '율법'을 잘 지켰기 때문에 내려주신 것이 아닙니다."

바울의 설교가 더 강해지자 신도들은 흥분하기 시작했다.

"무슨 배교의 말을 함부로 지껄이는가? 아브라함이 율법을 안 지켰다니? 그런 망발을 해도 되는가? 여기는 성전이다. 성전에서 감히 궤변을 늘어놓다니."

회당장이 큰소리로 나무랐다. 바울은 물러서지 않았다.

"여러분, 아브라함이 율법을 지키지 않았다는 건 당연한 역사적 사실입니다. 율법이 언제부터 생겼지요? 출애굽을 한 뒤 모세에게서 생겨난 것입니다. 율법은 모세시대에 만들어진 것입니다. 아브라함은 언제 때 사람입니까? 모세보다도 500년 전 분입니다. 하나님께서 아담을 창조하신 후 물로 심판을 내리신 노아의 시대까지 1600년이 걸렸으며 노아로부터 아브라함까지는 400년의 세월이 흘렀습니다. 아브라함에서 모세 때까지는 또 500년이 지나갔으니 아담으로부터 아브라함까지는 2000년, 모세까지는 2500년이 되었던 겁니다. 모세에서 예수님이 돌아가신 현재까지는 1500년이 흘러갔습니다. 따라서 예수께서 피 흘려 죽으신 후 예수께서 모든 죄를 대신 지고 사함을 받았고 부활 영생했으니 율법의 효용성이 사라졌고 희생제사를 드리는 성전이 필요 없게 된 것입니다. 율법보다 사랑으로 역사하는 믿음만이 나와 여러분을 살리는 의로운 길입니다. 예수 가운데 그 길이 있습니다."

할례자 신도들이 격앙해서 모두 일어났다. 회당장의 지시에 따라 몇몇 장년의 신도들이 달려들어 바울과 마가를 잡아 밖으로 끌어냈다. 그들은 두 사람에게 결박을 지웠다. 두 팔을 앞으로 돌려 손목을 묶은 것이었다.

"왜 이러십니까?"

"율법을 모독하고 성전을 모욕한 자들이니 용서할 수 없다. 우리가 회의를 끝낼 때까지 이 두 놈을 돌기둥에 묶어두게."

유대인들은 회당 안으로 다시 들어가더니 잠시 구수회의를 했다. 두 사람을 어떻게 처리할 것인가 논의하는 듯 했다. 이윽고 회의가 끝나자 그들이 밖으로 나와 바울과 마가를 끌고 회당 뒤쪽 공터로 갔다.

"바울이라 하는 자부터 매를 쳐 벌을 내리기로 한다. 매 칠 준비하라."

회당장이 외치자 청년들이 바울을 마당 복판에 있는 돌기둥 앞으로 끌고 가서 손목을 기둥에 묶었다.

"네놈은 예수당에 미쳐서 율법을 모독하고 성전을 모욕했으며 할례도 무시했다. 이는 용서할 수 없는 범죄행위이다. 그 죄로 치자면 네 놈도 십자가에 매달아 죽여야 마땅하지만 우선 매를 쳐서 정죄하기로 했다. 40에서 하나 감한 39대의 매를 칠 것이다. 자아, 준비하라!"

웃통을 벗겨내고 허리 높이의 돌기둥에 몸을 굽히게 하고 채찍을 날리기 시작했다. 원래는 40대를 맞아야 하는데 한 대를 빼는 이유는 40을 넘기면 매 맞는 자가 죽을 확률이 크고 불구자가 될지도 모르기 때문에 그걸 방지하기 위해 한 대를 덜 치는 것이었다. 당장 등짝의 살점이 튀면서 피투성이가 되며 바울의 참혹한 비명소리가 터져 나오자 그걸 바라본 마가는 온몸을 사시나무처럼 떨다가 너무도 겁이 났던지 의식을 잃고 쓰러져버렸다. 그래서였는지 마가는 매를 맞지 않았다. 바울만 다섯 번 이상 정신을 잃었다가 찬물 벼락을 맞고 깨어나 39대의 매를 다 맞고 돌기둥 위에 널브러졌다. 다시 의식을 잃었던 것이다. 얼마가 지났을까 누군가 다가와 묶인 손목을 풀어주고 부축하는 바람에 눈을 떴다. 마가였다. 주변을 둘러보니 할례자들은 한 명도 보이지 않고 모두 돌아가고 없었다. 바울과 마가 두 사람만 남아 있었다.

"걸으실 수 있겠어요?"

"어떡하든 숙소로 돌아가야지. 아아."

걸음을 옮길 때마다 상처 때문에 고통스런 신음소리를 올렸다. 그 때 누군가 재빨리 다가와 바울의 오른쪽 팔을 잡으며 부축했다. 얼굴이 적갈색 구리빛깔인 것으로 보아 아프리카 이방인이었다.

"머지않은 곳에 저의 집이 있습니다. 치료를 하시고 가더라도 가십시오."

"고맙습니다."

바울과 마가는 카답이란 이방인의 집에 겨우 들어갈 수 있었다.

"엎드리십시오. 매 맞은 상처에 잘 듣는 약초가 있습니다. 그걸 붙이면 사오일 후 상처가 꾸들꾸들 아물 겁니다. 약초는 제가 구해오겠습니다."

카답은 마가에게 바울을 맡겨 놓고 밖으로 나갔다. 매질을 당하여 벌집처럼 왼 등짝에 상처가 나서 조금만 몸을 움직여도 아픔 때문에 바울은 비명을 질렀다.

"마가!"

"예."

"내 보퉁이 속을 뒤지면 작은 상자 하나가 있을 걸세. 그 상자 속에 하얀 가루약이 있을 거야. 그걸 꺼내 오구 머리맡에 가져다 놓은 포도주로 먼저 상처를 씻어내 주게. 그런 다음 가루약을 등의 상처에 뿌려주게."

"그러겠습니다."

마가는 포도주 병을 들어 바울의 등 상처에 부어주었다. 다른 병균이 들어가지 않도록 소독을 한 것이다. 그런 다음 하얀 가루를 상처에 뿌려주었다. 그 가루는 다랑어의 뼈를 갈아 분말로 만든 약이었다. 찰과상에 뿌리면 당장 핏물이 응고되고 딱정이가 생길만큼 효과가 좋았다.

"이런 경우를 예상하시고 상비약을 가지고 다니셨나요?"

"지난 15년 동안 이번으로 세 번째 매질을 당한 걸세."

그 말에 마가는 심각한 얼굴로 머리를 절레절레 흔들었다.

"이방 전도는 죽음을 각오하는 가시밭길이군요."

"그만한 각오 없이는 나설 수 없지. 마가, 우리 숙소가 어디에 있는지 알 수 있겠지? 가서 내가 여기에 있다는 걸 바나바 선교사께 알려주게. 그쪽은 무사한지 궁금하니까 바로 와서 전해주게."

"알겠습니다. 다녀오지요."

마가가 밖으로 나갔다. 얼마 후 바나바가 마가와 나손을 데리고 뛰어들 듯 들어왔다. 바울의 등 상처를 본 바나바는 한숨을 내쉬며 바울 옆에 주저앉았다.

"이렇게 초죽음을 당한지는 몰랐네. 세상에 이렇게 매질을 하다니. 죽지 않은 것만도 다행이야."

"내고향 길리기아 주변에서 전도하다가 두 번 매질을 당했는데 이곳에 와서 또 한 번 당했습니다. 하지만 난 거기에 굴할 만큼 약하지는 않으니 안심하시오. 무엇보다 바나바형이 무사하니 다행입니다."

"설교를 마치고 나오려할 때 몽둥이를 든 유대인들이 두들겨 패면서 내쫓았습니다. 붙잡혔으면 바나바 선생도 바울 선생처럼 당했을 겁니다요."

아직도 두려운지 바나바를 따라갔던 나손이 몸서리를 쳤다.

"이제 어떡하지요?"

마가가 외삼촌을 바라보며 물었다.

"글쎄다."

"이삼일 지나면 상처가 좀 우선해질 겁니다. 바울선생을 모시고 우리

고향집으로 가시지요? 여기 깃딤에서는 멀지 않으니까요. 거기 가서 상처가 완전히 나으면 다시 전도활동에 나서면 되지 않겠습니까?"

"그게 좋겠군. 바울, 그렇게 하세. 내 고향집으로 가서 치료부터 합시다."

바울도 그러마 했다. 잠시 후 약초를 구하러 밖에 나갔던 집주인 카답이 돌아왔다.

"좀 늦었습니다. 이 약초를 잘 찧어서 상처에 붙여두면 금방 나을 수 있답니다."

"고맙습니다. 인사하시지요. 나의 동역자이신 바나바 사도님이십니다."

"함께 오신 분이군요. 제 이름은 카답이고 아프리카 카르타고가 고향입니다. 이곳 깃딤에서는 목수 일을 하며 살고 있습니다. 전 할례를 받지 않은 이방인 유대교 신자입니다. 바울선생의 설교에 감복했습니다. 이제부터는 예수님만 믿고 따르겠습니다. 절 그리스도교 신자로 받아주십시오."

"훌륭한 결심하셨습니다. 여기 있는 나손 형제도 살라미에서 카답 형제처럼 감화를 받아 예수님을 영접했습니다. 세례 의식을 행하겠습니다."

카답은 바나바에 의해 세례를 받았다.

"우린 이제 바나바 선생의 고향집에 가서 치료를 하고 바포로 전도여행을 떠납니다. 나손형제는 살라미로 돌아가십시오. 가서 열심히 전도를 하고 집에서 예배를 드리십시오. 그리고 카답 형제는 이곳 깃딤에서 전도를 하시고 역시 집에서 예배를 드리십시오. 예수님을 영접하는 형제자매들이 많아지기를 빕니다. 나중에 다시 찾아올 겁니다. 우리들이 직접 오지 못하더라도 편지도 보내고 사람도 보낼 테니 밀접한 관계를 유지해주십시오."

떠나기 전 바울은 두 사람에게 그렇게 당부했다. 이윽고 바울과 바나바 그리고 마가 등 세 사람은 바나바의 고향인 메사오리아를 향해 떠나기로 했다. 백리 길이었다. 집주인 카답이 뛰어왔다.

"선생님들 마침 잘됐습니다. 내가 잘 아는 친구가 바포에 장사를 다니는데 천의 원료인 아마(亞麻)장수입니다. 흰 소가 끄는 수레에 싣고 갑니다. 수레의 짐 위에 타고 가시면 됩니다. 조금 있으면 이쪽으로 수레를 끌고 올 겁니다."

"우리 때문에 길을 돌아가는 건 아닐까?"

"메사오리아는 별로 돌지 않습니다. 전혀 개의치 마시고 바울선생님만 태우시고 다른 분들은 함께 걸어가십시오."

"고맙소. 카답."

수레가 왔다. 아마단이 산더미처럼 쌓여 있었다. 그 위에 자리를 마련하고 바울을 태웠다. 그런 다음 떠났다. 일행은 밤을 도와 메사오리아에 도착하고 수레를 떠나보냈다. 바나바의 말대로 그의 고향집에는 숙부 한 사람이 농사를 지으며 살고 있었다. 바울은 이곳에서 열흘 정도 쉬게 되었다. 상처도 아물어서 자유롭게 몸을 움직일 수 있을 정도가 되었다.

"바포로 떠납시다."

바울의 채근에 세 사람은 다시 길을 떠났다.

삼일 만에 구브로섬의 서쪽 끝에 있는 구브로 수도인 바포(Paphos)에 도착하여 베니게인들이 많이 살고 있던 구역에 숙소를 잡아들었다. 구브로는 원래 페르시아가 정복했던 섬이었으나 애굽이 차지하여 오랫동안 지배를 하다가 로마제국에 복속되었다. 로마는 기원전 27년 로마제국의 독립된 도(島 legarus pro praetore)로 승격시키고 황제 대신 로마 원로원에 속하게 하였다. 총독이 다스렸으며 지금 총독은 서기오 바울(Sergius paulus)이었다. 서기오 바울은 로마인이었다. 바포 주민은 헬라인들이 제일 많았고 다음이 베니게인 그리고 유대인들 순이었다. 바포는 지중해 해상의 해운(海運) 요지로 상업이 발달한 부자섬이었다. 일찍이 우상숭배도 극성을 부려 이곳 사람들은 미의 여신 비너스(아프로티테)는 바포 앞바다에 있던 조개 속에서 탄생했다고 믿고 있었다. 그 전설은 전 세계에 퍼져나가 유명한 설화가 되었다. 부유하게 살아서였는지 주민들은 쾌락을 좋아하여 '바포사람(Paphian)' 혹은 '바포출신'이라 하면 부도덕한 남녀의 대명사가 되기도 했다.

시내 곳곳에 유대인회당이 있었다.

"바울, 안식일에 회당에 나가 전도하는 것도 좋은데 여기서는 방식을 좀 바꿔봅시다."

바나바의 말이었다.

"어떻게 하잔 말이오?"

"유대인 회당 보다는 공개된 광장에 나가 전도를 해 보는 걸세. 할례자 유대인 보다 무할례자 이방인들을 전도시켜 보자는 거지."

"좋습니다. 그 전도 방법도 한 번 시험해 봄직 합니다. 나가봅시다."

로마제국의 시가지 특색이라면 어딜 가나 4종류의 건축물이 있다는 것이었다. 첫째는 원형극장 둘째는 경기장 셋째는 공중목욕탕 넷째는 분수대가 있는 광장(Piazza)이다. 시민들은 광장에 모여 정치를 논하고 예술을 논하고 인생을 논한다. 그리스에서 받은 영향이었지만 로마는 광장문화가 발달되어 있었다. 바포 시내에도 두 개의 큰 광장이 있었고 아름다운 비너스 아프로디테 신전과 아폴로신전이 위용을 자랑하고 있었다. 세 사람은 그중 하나인 이스다롯 광장으로 나갔다. 광장 분수대 옆 돌계단 앞에서는 헬라인 하나가 연설을 하고 있었고 이삼십 명의 시민들이 자유롭게 층계에 앉아 그의 연설을 듣고 있었다. 바울과 바나바 그리고 마가 요한도 시민들 옆자리에 자연스럽게 앉아 귀를 기울이게 되었다. 연설자는 다름 아닌 헬라(그리스)의 음유시인(吟遊詩人)이었다. 그는 그레데(크레타)왕국의 공주 아리아도네가 타국에서 온 이타카왕자를 사랑하는 극시(劇詩)의 한 부분을 낭송하고 있었는데 청중들은 기침소리 하나 없이 한창 클라이맥스를 향해 오르고 있는 두 남녀의 사랑이 이루어지기만 고대하며 침을 넘기고 있었다.

"공주의 아버지인 크노소스왕은 악독하고 잔인하기로 소문이 난 왕이었으며 그는 에게해에서 가장 악명 높은 감옥을 크레타섬에 건축하여 죄수들을 가두어놓고 있었습니다. 일명 크노소스 지하궁전이라 불렀습니다. 그 감옥은 개미굴처럼 지하에 수십 개의 굴로 만들어져 있어 지리를 모르면 죽었다 깨어나도 감옥 밖으로 탈출하지 못하게 되어 있었습니다. 자기의 명을 어기고 공주가 왕자를 사랑하자 크노소스왕은 왕자를 감옥에 영원히 유폐시키고 공주와 떨어뜨리기 위해 왕자를 잡아 가두기로 했습니다. 그걸 안 공주는 부왕 몰래 밤중에 지하감옥에 가기 위해 대기 중인 왕자를 만났습니다. 한번 들어가면 나올 수가 없다며 왕자는 마지막 사랑의 이별노래를 부릅니다. 그러자 공주는 가지고 있던 실꾸리 실패에서 한 가닥 실을 빼내 왕자의 옷깃에 핀으로 꽂아주었습니다. 왕자는 드디어 미로 같은 지하굴 속으로 들어갑니다. 공주는 울면서, 그러나 가지고 있던 실패에서 실을 풀어줍니다. 나중 왕자가 아무리 깊은 미로에 들어가도 그 실 가닥만 잡고 거꾸로 되짚어 나오면 무사히 탈출할 수 있도록 말입니다."

"와아!"

군중들이 탄성을 발하며 박수를 쳤다.

"왕자는 그 후 그 실 가닥을 잡고 되짚어 나와 공주와 만나게 되었고 두 사람은 크노소스왕 몰래 해변으로 나가 배를 타고 이타카의 고국으로 탈출하여 아름다운 사랑을 맺고 평생 함께 했답니다. 그로부터 사람들은 아리아도네의 실은 생명을 살리는 생명줄이며 사랑을 맺어주는 사랑의 실이라 부르게 되었다 합니다."

그 시인의 음유 극시가 끝났다. 박수소리가 그치지 않았다. 박수소리가 잦아들기를 기다렸다가 바울이 일어서서 돌단 위로 올라갔다. 연단이었다.

“여러분! 아리아도네 공주가 가졌던 실패와 실은 누가 주신 것이라 생각하십니까?”

돌연한 그의 물음에 일순 주변이 조용해 졌다. 유창한 헬라말로 묻고 있었다.

“무슨 뚱딴지같은 소리요?”

연설을 마친 음유시인이 물었다.

“그 생명줄 되는 실을 이타카의 왕자 옷섶에 남몰래 꽂아준 것은 아리아도네 공주지만 그렇게 하도록 만든 이는 따로 있다는 것입니다. 그분은 절대자입니다. 신이시죠. 어떤 신일까요? 여호와이십니다. 여호와께서는 사랑의 신입니다. 여호와께서는 사랑으로 만유를 다 창조하시고 지배하시는 분입니다.”

“여호와는 유대인들의 신 아니오?”

누군가 군중 사이에서 외쳤다.

“그렇습니다. 유대인들은 여호와는 오직 자기들만의 유일신이라 말해 왔습니다만 사실은 여호와는 지상에 사는 모든 인간과 족속의 우두머리 신이십니다. 죄 많은 인간들이 어떡하면 죄사함을 받고 천국에 갈수 있습니까? 하고 모세가 시내산에 들어가 여호와 하나님을 뵙고 물었을 때 여호와께서는 꼭 지켜야만 한다는 십계명을 내려주시고 모세오경이란 율법을 주셨습니다. 하지만 율법을 잘 외우고 잘 시행한다 해도 율법 자체가 인간의 죄를 사해줄 수는 없으며 율법은 다만 인간들의 죄를 고발하는 것에 불과하다는 것을 모르고 있었습니다. 그것이 안타까워 하나님은 인간으로 성육신시켜 예수 그리스도를 이 땅에 보내셨습니다. 대속(代贖)의 구주로 보내신 것입니다. 예수님께서는 말씀하셨습니다. 나는 율법을 폐하러 온 게 아니라 새로운 계명을 너희에게 주러 왔다. 그 계명은 사랑이다! 나는 길이요 진리이니 나를 믿는 자는 죽지 않고 구원을 받아 영생을 얻으리라 했습니다만 유대인들은 믿지 않고 신과 율법을 모독한다며 아무 죄도 없는 그를 십자가에 매달아 죽였습니다. 여러분! 위대했던 위인들이나 제왕들, 예를 들어 세계적인 제국을 건설했던 알렉산더 대왕이나 다윗이나 모세조차 죽으면 그냥 썩어서 땅에 묻히고 말았습니다. 죽으면 그만입니다. 하지만 예수님은 그게 아니었습니다. 우리 인간들의 모든 죄를 대신 짊어지고 우리들의 죄를 사해주기 위해 피 흘리고 죽었습니다. 하지만 죽은 자 가운데서 다시 살아나셨습니다. 이게 부활입니다. 부활하신 예수님은 하나님 우편으로 승천하셨습니다. 부활하신 예수님을 믿으시면 우리도 죽어서도 다시 살아날 수 있고 천국에 가서 영생을 얻으며 영원히 살 수 있는 것입니다. 예수님을 믿으십시오. 그 길만이 험난한 이 세상을 이기고 살 수 있는 구원의 도(道)입니다."

바울의 연설이 끝나자 모든 청중들은 감동을 받은 듯 일순 조용했다. 광장에는 어느 결엔지 오백여명의 청중들이 모여 연설을 듣고 있었다.

"어디가면 예수를 믿을 수 있지요?"

"좀 더 그 예수도를 자세히 가르쳐 줄 수는 없소?"

"여기 계시는 나의 동역자 형제님들이 더 상세히 알려드릴 것입니다."

바울은 옆에 있던 바나바와 마가 요한을 가리켰다. 이윽고 세 사람은 각자 흩어져서 설교를 이어갔다. 광장에는 각각 세 무리의 청중들이 귀를 세우며 듣게 되었다. 대성공이었다. 숙소로 돌아온 세 사람은 만족해서 기쁨의 기도를 올렸다.

"바나바 형의 예상이 적중했습니다. 광장연설은 적절했습니다. 만약 다른 때처럼 유대인 회당인 시나고구를 찾아가 설교를 했더라면 얼마나 핍박이 심했겠습니까?"

"그러게 말이오."

"청중 중에는 유대인들이 없는 것 같았고 거의가 헬라인들이거나 구레네 사람 등 다양했습니다. 역시 전도는 이방인들에게 하는 게 좋겠어요. 이방인들은 율법에 대한 선입견이 없기 때문에 깨끗한 해면(海綿)같았습니다. 순수하니까 모든 걸 다 빨아들이지요."

마가의 말에 바울과 바나바는 동감을 표하며 고개를 끄덕였다.

"내일은 다른 광장에 가서 전도집회를 해봅시다."

바울이 밝은 표정으로 그렇게 말했다. 오후가 되자 구브로의 총독 관저에서는 해도 지기 전에 질펀한 주연이 벌어져 있었다. 총독인 서기오 바울은 로마인이었으며 장군출신이었다. 그는 부인인 클라우디아를 옆에 앉히고 술을 마시고 있었다.

"엘루마(마술사)는 어디 있느냐?"

총독이 둘러보며 물었다.

"데려오겠나이다."

근신이 급히 자리를 떠 나가더니 얼마 되지 않아 요란하게 차려입은 마술사 엘루마 바예수를 데리고 왔다. 금빛으로 치장한 오색찬란한 옷을 입고 있었고 지팡이를 들고 있었다.

"신 엘루마 현신했나이다."

"요즘에는 사는 게 시들하고 짜증이 나서 견딜 수가 없다. 왜 사는지 목표가 없다."

총독은 슬픈 소리로 말했다. 그는 신년초 로마 원로원으로 영전을 희망하고 있었다. 삼년 전부터의 소망이었다. 그 뜻이 이루어질 것 같았고 금년 인사에는 틀림없이 영전하는 것으로 알고 있었는데 그 꿈이 무산되고 말았다.

"내년에는 틀림없이 소원을 이루시게 된다는 신탁을 받았다 하지 않습니까? 제가 비너스신전에서 기도하여 받은 신탁입니다."

"작년에도 너는 그런 예언을 했지만 허사였다. 네 목을 치려다 참았다."

"작년 예언이 성취되지 못한 것은 총독각하께서 소관이 원한대로 해주시지 않아 신이 노한 때문입니다."

"이번에는 네가 원한대로 황소 스무 마리를 비너스 제단에 바치고 2백명의 여신관(女神官)들로 하여금 백일동안 치성(致誠)기도를 드린다면 비너스여신은 내 소원을 들어준다 그 말이냐?"

"그렇습니다. 오늘이라도 명만 내려주십시오."

"이삼일 더 생각해 보고 네 의견에 따르기로 하겠다."

총독은 엘루마인 바예수에게 그렇게 말하고 조금 떨어진 쪽에 서성이고 있던 신하를 불렀다. 그는 거의 매일 바포 성내를 돌아다니거나 성 밖으로 돌면서 민정(民情)을 살펴 보고하는 관원이었다.

"부르노! 보고할 말 있느냐?"

"예, 신기하고 신비한 도를 포교하는 무리들을 보았습니다."

"신비한 도? 그게 뭐냐?"

"여호와라는 유일신을 믿는 자들이었습니다."

"그건 신비한 게 아니라 고루하고 배타적이며 저희 민족 밖에는 모르는 유대인의 유대교를 말하고 있는 것입니다."

엘루마가 한마디로 평가절하 해버렸다.

"유대교?"

"근본은 유대교에서 출발했으나 예수라는 하나님의 아들이 나타나 예수교라 불리는 신교(新敎)를 세웠는데 국내외에서 크게 환영을 받고 있다 합니다."

그러자 엘루마가 질투 가득한 목소리로 관원의 말을 막았다.

"총독각하! 그건 백성들을 현혹하여 등을 치는 이단 사교이니 더 이상 듣지 마소서."

엘루마는 고개를 흔들며 총독 앞을 막아섰다. 총독은 비키라며 관원에게 물었다.

"환영 받는 이유가 무언가?"

"예수를 믿으면 죽어도 죽지 않고 예수처럼 부활 승천하여 영생 복락(福樂)을 누린다 했습니다. 백성들의 환영을 받는 이유는 그 때문이라 보여졌습니다."

"죽어서도 사후에 다시 살아나고 영원히 산다? 그거 참 흥미 있는 도로구나. 그 도를 전도하는 자들을 관저로 데려오라. 내가 직접 만나고 싶다."

"내일 다시 아스다롯 광장에 나오면 데려오겠습니다."

그러자 마술사 바예수는 두 팔을 흔들며 총독의 뜻을 막았다.

"총독각하! 예수는 단지 저처럼 마술을 부리는 술사에 불과합니다. 제 이름이 뭡니까? 바예수입니다. 바예수의 뜻은 예수의 아들이란 말입니다. 저희집안 아버지가 예수입니다. 그러니까 예수는 바로 마술사에 불과하다는 겁니다. 믿지 마십시오."

엘루마 바예수가 소리쳤지만 총독은 전혀 개의치 않고 자리에서 일어나 내정으로 들어가 버렸다. 그 이튿날 역시 바울은 아스다롯 광장에서 설교를 하기로 했고 바나바는 아폴로 광장에서 마가와 함께 전도집회를 하기로 했다. 이번에는 육칠백여 명이 모여들었다. 어제보다 훨씬 많은 군중이 모였던 것이다. 바울이 연단에 오르려 하자 누군가 그 앞을 막아섰다.

"죄송합니다."

"누구시지요?"

"나는 총독부 민정관입니다. 당신이 선전하는 도에 관심이 많으니 연설 마치면 총독부로 모셔오란 서기오 바울 총독각하의 명이십니다."

“총독이라 했습니까? 고맙습니다. 그러겠습니다.”

바울은 연설을 마치고 관원과 함께 아폴로 광장으로 바나바와 마가를 찾아가서 총독의 초청 사실을 알리고 함께 들어가자 했다. 오후가 되어 바울일행은 총독부 옆에 있는 총독관저로 들어갔다. 바울일행이 들어왔다는 전갈이 들어가자 서기오 바울 총독내외가 나왔다.

“불러주셔서 감사합니다. 총독각하!”

바울 일행이 허리를 굽혔다.

“그대들은 어디서 왔으며 이름은 뭔가?”

“제 이름은 바울이며 제 옆은 동역자인 바나바와 마가 요한 선교사입니다. 저희들은 수리아 안디옥에서 왔습니다.”

“하나님의 아들이라는 예수만 믿고 의지하면 죽어서도 영원히 죽지 않고 다시 살아나 천당에 가서 온갖 근심 없이 영생불사한다고 너희 도를 퍼트리고 돌아다닌다든데 사실이냐?”

“그렇습니다. 예수께서는 십자가에 매달려 피 흘리며 우리들의 죄를 사함받기 위해 돌아가셨습니다. 그 순간부터 우리는 죄에서 구함 받았으며 죽음으로 부터도 해방되었습니다. 예수를 믿고 구원을 받은 자여만 천당에 갈 수 있습니다.”

바울이 예수교의 교리에 대하여 좀 더 깊이 있게 강론하려하자 갑자기 대리석 바닥에서 불길이 치솟았다. 바울 일행은 놀라서 뒷걸음질을 쳤다. 그때 요란하게 차려 입은 마술사 엘루마가 나타나 지팡이를 바닥에 내리치며 소리쳤다.

“총독각하! 각하를 위해 이 세상에서 가장 아름다운 미녀, 비너스 여신이 조개를 타고 현신할 것입니다. 야잇!”

마술사가 외쳤다. 그러자 불빛을 가르며 갑자기 커다란 진주조개가 나타났다. 그러더니 조개가 좌우로 열리며 비너스가 조개 속에서 솟아올랐다. 홀 안에 있던 근신들과 시종들이 모두 탄성을 올렸다. 실오라기 하나 걸치지 않은 나신이었다. 비너스는 치부를 가린 채 총독에게 윙크를 보냈다. 다시 한 번 홀 안의 모든 사람들이 환호성을 올렸다.

그 때 바울의 성령 충만한 호통소리가 천둥소리처럼 홀안을 울렸다.

"모든 거짓과 악행이 가득한 자요 마귀의 자식이요 모든 의의 원수여 주의 바른길을 굽게 하기를 그치지 아니하겠느냐. 보라! 주의 손이 네 위에 있으니 네가 소경이 되어 얼마동안 해를 보지 못하리라." (행13:10-11)

바울의 호통소리가 터지자 폭죽처럼 터져 오르던 불꽃들이 순식간에 사그라지고 조개 속 알몸 비너스의 모습이 온데간데없이 없어졌다. 마술사 바 예수 엘루마는 극심한 두통이 오는듯 비틀거리며 온몸을 떨었다.

"아아, 가 각하! 이 자들을 내쫓아야 합니다. 이놈들이야말로 마귀의 자식입니다. 아아!"

엘루마는 중언부언하며 지팡이를 놓친 채 두 팔을 허공에 뻗고 허우적거리며 맴돌았다.

"아아, 앞이 안 보인다. 내 눈! 내 눈이 멀었다!"

그가 부르짖었다. 그의 주변으로 괴기스런 안개가 둘러쌌다.

"네 사기 치는 마술로 사람을 현혹하고 구세주이신 예수님을 모독한 죄를 인정하느냐?"

"살려주십시오. 눈을 뜨게 해주시오. 잘못했습니다. 진정으로 회개합니다."

엘루마는 무릎을 꿇고 빌었다.

"그렇다면 네 처소에 돌아가 근신하라. 근신하고 있으면 네 주님이신 예수께서 자신의 이름으로 네 눈을 다시 보게 해주실 것이다."

엘루마는 앞이 보이지 않은 상태로 수하의 보조자 손을 잡고 겨우 빠져나갔다. 그 모든 기사를 본 총독 서기오 바울은 놀라움과 두려움을 풀지 못했다.

"가까이 오라. 도대체 엘루마의 눈을 멀게 한 건 그대의 신통력 때문이었나? 궁금하다."

"나의 신통력이 아닙니다. 이는 살아있는 내 주 예수님의 권능이 성령의 힘을 받아 나타내신 기사입니다. 예수를 믿으십시오. 그를 믿으면 능치 못할 일이 없습니다. 세례를 받고 하나님의 자녀가 되면 각하께선 새로운 인생을 살게 되십니다."

총독은 바울의 설교에 당장 깊이 빠져들었다. 바울은 3일 동안이나 총독관저에 초대되어 총독과 그 가족들에게 복음을 전하고 세례를 베풀었다. 구브로의 전도활동은 바울이 비록 4십에 한 대 감한 매를 맞고 사경을 헤매긴 했으나 총독 서기오 바울이 예수를 영접함으로 해서 큰 성과를 이룩하게 되었다. 바포에는 여러 군데 유대인 회당이 있었고 그 가운데는 가정에서 예배를 보는 유대인 출신 기독교도들도 2십여 명이 있었다. 바울과 바나바는 그들을 찾아 예배를 드리고 총독에게도 소개를 하여 편의를 봐주도록 했다. 기독교도들은 활기를 찾게 되었다. 그중에서도 열심을 보인 신도는 총독부 민정관인 부르노였다. 바울 일행을 만나 세례받아 입교했지만 헌신적이었다. 바울은 그를 바포교회의 책임 연락자로 정해주고 관리를 맡겼다.

"원래부터 여기에 와 있던 교인들이 있으니 그분들을 기간으로 하여 조직을 키워나가고 안식일이 아니더라도 자주 만나서 교리공부도 해가며 서로 도와가며 살아가도록 뒷바라지를 잘해주시오."

부탁을 한 뒤에 바울 일행은 바포를 떠나게 되었다. 당초 예정한 전도행로는 구브로를 거쳐 바포에서 배를 타고 터키 남부인 밤빌리아 버가로 향하기로 돼있었다. 바울일행은 밤빌리아 케스트루스강(Cestrus. 現 Aksu River) 중류지점에 있던 스타디아(Stadia)로 가는 작은 상선을 타게 되었다. 스타디아에서 1킬로미터 쯤 동쪽으로 떨어진 쪽에 버가(Perga)가 있었다. 버가로 가기로 처음부터 작정했던 것이다. 케스트루스강은 북쪽에서 남쪽으로 지중해로 흘러드는 강인데 그 강의 서쪽 해안에는 아딸리아(Attalia. 現 Antalya) 항구도시가 있고 그 위쪽으로 버가가 있었다. 바울 일행은 구브로 바포항을 떠난 지 사흘 만에 스타디아에 도착했고 배에서 내리자 버가를 향해 걸었다. 버가는 밤빌리아 평원 위에 건설된 도시로 밤빌리아의 수도였고 서쪽에 위치한 길리기아의 다소에서 서쪽 끝에 있는 에베소로 이어지는 중요한 해안도로의 요충지이기도 해서 인구도 많고 상업이 발달한 해안 도시였다.

"일단 이곳 버가에서 전도활동을 펼쳐봅시다."

바나바가 말하자 바울이 고개를 주억거렸다.

"이곳은 바포처럼 큰 광장이 없으니 안식일에 유대인 회당을 찾아가 복음을 전합시다."

"그러기루 하세. 헌데 마가야!"

말이 없는 조카를 부르며 바나바가 건너다보았다.

"왜 그렇게 피곤에 지친 표정이냐? 어디가 아픈 게 아니냐?"

"음식이 맞지 않아 그런 모양입니다. 소화도 되지 않고 기운이 떨어지고 그래요."

"음식이 맞지 않는다는 건 나도 레위집안 후손이니 이해를 한다."

바나바와 마가 요한은 레위족 집안출신이었다. 레위는 야곱의 셋째아들이었고 애굽에서 노예생활을 하고 있던 유대백성을 출애굽시킨 지도자 모세와 형 아론, 누이 미리암 등 3남매가 레위족 출신이었고 예수시대에는 요단강에 나타난 세례자 요한도 레위집안 출신이었다. 가나안 12지파가 영토를 분배할 때 레위족도 48 성읍을 받기는 했지만 정식으로 영토를 분할 받지는 못했다. 제사(祭祀)업무와 제단운영, 재정서무 등을 맡고 제사장, 성가대, 성막수위(聖幕守衛)등 특별한 일을 했다. 처음에는 12지파가 거둬주는 헌금으로 생활했으나 나중에는 축재를 하여 레위지파들 중에는 부자들이 많았다. 그들은 제사 업무를 맡았기 때문에 경전에서 금하고 있는 음식은 먹지 않았다. 불결하다는 이유였다. 마가 요한이 바울과 바나바를 수종하며 가장 고통을 당하고 있는 것이 음식문제였다. 지금은 옛날처럼 세세한 부분까지 금하는 음식물은 없긴 했지만 불편한 것이 아직도 많았다. 그 때문에 그는 제대로 먹지 못해 고생을 하고 있었던 것이다.

"참고 견뎌 보아라. 나도 이렇게 극복하고 건강하지 않니?"

바나바가 위로했다. 바울과 바나바는 이곳 버가를 전도 거점으로 삼아 볼까하여 근처의 여러 곳을 돌아다녀 보았지만 어렵다는 결론을 얻었다.

"바나바, 이곳은 안 되겠소. 저지대인데다가 습기가 많은 곳이라 병이 잘 날 수 있습니다."

"알아보니 그래서 그런지 여긴 언제나 안개가 끼고 습한 날이 많아 말라리아가 그치질 않는답니다."

"말라리아는 한 번 걸리면 목숨도 앗아갈 만큼 무서운 병 아닌가요? 게다가 오랫동안 아프구요? 전염병이지요?"

겁먹은 표정으로 마가가 물었다.

"허약해지면 걸리기 쉬운 병이니까 조심해야해. 그보다 바울!"

"말씀해보시오."

"버가나 아딸리아 해안의 밤빌리아 지방 보다는 내륙으로 들어가는 게 어떨까?"

"내륙이라면?"

"비시디아나 갈라디아 지역을 말하는 거지."

"나도 그렇게 생각했습니다. 구브로에서 오는 뱃속에서 하나님께 기도로 물은 적 있지요. 버가에 오래 머물지 말고 그곳으로 가라 하시었습니다."

그러자 마가가 놀란 얼굴을 하며 물었다.

"저 북쪽 내륙에 있는 비시디아 지방이라구요? 여기서 가자면 평균 해발 2천 미터가 넘는 타우르스 산맥이 동쪽에서 서쪽으로 길게 가로 누워 있습니다. 높아서 공기도 희박하고 나는 새도 없다는데 그런 험산을 넘어 가자는 건 아니겠지요?"

"타우르스를 넘지 못하면 이방인 전도는 이 작은 지역에서 끝나고 마네. 우린 넓은 땅으로 가야만 하네. 난 아라비아에서 돌아온 후 내 고향 길리기아 다소 부근에서 복음을 전하게 되었지. 다소의 북쪽도 타우르스 고산준봉이 철벽처럼 막고 있는 곳이었네. 나는 그 준봉의 산맥을 세 번이나 걸어서 넘어 카파도키아 지방을 방문하며 전도를 한 적이 있지. 산협(山峽)에 난 구불거리는 산길을 따라 산맥을 넘으려면 닷새는 족히 걸리지. 위험도 많아요."

"위험이라면 얼어 죽거나 벼랑에서 떨어지거나 그런 걸 말하는 건가?"

"물론이요. 가면서 피막(避幕)이란 나그네들의 숙박처도 있지만 피막과 피막 사이의 거리계산을 잘못하면 일찍 날이 저물어 밤길을 걸어야 하고 걷다보면 갑자기 떨어지는 기온 때문에 졸다가 동사(凍死)하는 것도 예사입니다. 그보다도 무서운 것은 갑자기 만나게 되는 사람입니다."

"사람이 무섭다니?"

"산적(山賊) 강도떼지요. 산적을 만나면 나그네는 거지가 됩니다."

"바울 참 대단하시오. 그런 산길을 한 차례도 아니고 세 차례나 넘어 다니며 복음전도를 하다니?"

"주님이 시키신 일인데 대단하기는요."

"그럼 이곳 버가의 북쪽에 있는 저 높은 산맥 골짜기도 다소 쪽이나 마찬가지 아닌가?"

"그럴 것입니다."

"떠나기 전에 준비를 철저히 해야겠군."

높은 산맥을 넘어가려면 여러 가지 준비가 필요했다. 안식일에는 버가의 유대인 회당을 찾아가 바울 일행은 새로운 복음을 선포했다. 이곳의 전통적 유대교 신자들은 타지의 신자들보다는 덜 배타적이었다. 그 대신 새로운 예수복음을 들으면서도 신도들의 반응은 덥지도 차지도 않고 미지근하다는 것이 특징이었다.

그러던 어느 날이었다. 버가에 온지도 이십여 일이 지난 안식일 아침이었다. 예배를 가기 위해 바나바와 조카 마가가 서두르고 식탁에 앉았는데 바울이 자리에서 일어나지 않고 있었다. 웬일인가하고 바나바가 누워있는 바울의 담요를 쳐들었다. 바울은 진땀을 흘리면서 온몸을 사시나무처럼 떨고 있었다.

"바울! 정신 차려요. 바울!"

이마를 만져 본 바나바는 깜짝 놀랐다. 고열이 나고 있었다. 그런데도 바울은 온몸을 떨며 담요를 끌어당겼다.

"추워요. 추워요."

춥다는 것이었다. 바나바는 집주인을 만나 의원이 어디 있느냐고 물었다. 위치를 알아내자 그는 즉시 서둘러 뛰어가 의사를 데려왔다. 의사가 와서 간단한 진찰을 하더니 환자는 말라리아에 걸린 것이라 했다.

"말라리아 증세입니다. 일종의 열병이지요. 의식을 잃을 만큼 고열이 지속되는데 추위를 느끼고 경련을 일으키는 게 특색입니다. 먹는 대로 토하고 설사가 계속됩니다."

"고칠 약이 없나요?"

"특별히 잘 듣는 약은 아직 없습니다. 있다면 아주 입에 쓴 약초 달인물이 효과가 있습니다."

의사는 바나바를 데리고 가서 말린 약초 몇 가지를 주고 함께 푹 달여서 먹이라 했다.

"이건 마로르란 쓴 내나는 약초이고 이건 익모초(益母草), 그리고 이건 우슬초(牛膝草)입니다. 한꺼번에 달여서 먹이시오. 굉장히 쓸 것입니다. 열이 떨어질 겁니다. 열이 떨어져야 삽니다. 열 떨어지면 다 나은 것 같아지는데 그럴 때 조심해야 합니다. 다시 처음처럼 고열에 시달리며 고통스러워합니다. 그렇게 세 번을 지독하게 앓고 나야 다 낫습니다."

의사가 돌아갔다. 바나바는 바울의 병을 고치기 위해 의사의 지시대로 약초를 다려 먹이며 최선을 다했다. 그래서였는지 닷새 만에 열이 내리고 스프를 먹게 되었다.

"바나바, 말라리아는 전염병입니다. 전염되면 어쩌시려고 간병에 열심이십니까? 다 나을 동안 격리를 시키시고 약물만 넣어주세요."

"염려마시고 하루속히 쾌차해야 해. 마가와 내가 간절히 기도하고 있으니 곧 일어날 거야. 구브로에서 매질 당했던 후유증이 컸던 것 같네. 상처가 다 낫지도 않았는데 과로를 계속한데다가 의사의 말대로라면 영양실조가 되어 그 병에 걸린 거라는군. 앓고 일어나면 이곳에서 한동안 요양을 하고 충분히 휴식을 취한 다음 타우르스 산맥을 넘어갑시다."

"곧 나을 겁니다. 낫는 대로 떠납시다. 내륙지방은 건조하고 기후가 좋아 병 걸릴 일은 없습니다."

"의사의 말을 명심해야해. 말라리아는 다 낫고 나서도 잠복기가 있어 다시 과로하여 허약해지면 도지는 병이니 각별히 조심하라 했네."

의외로 버가에서는 병을 얻는 바람에 전도 활동에 큰 차질을 빚게 되었다. 보름 이상을 누워살아야 했고 다행히 병이 나았지만 허약해져서 몸을 추스르는데 거의 한 달이 걸렸던 것이다. 마침내 버가에 온지 한 달 열흘 만에 바울일행은 비시디아 지방의 전도를 위해 타우르스 산맥 돌파에 나서게 되었다.

"마음이 놓이지 않네. 바울, 한 주일만 더 요양한 뒤 떠나는 게 어떤가?"

"정말 끄떡없습니다. 다 나았습니다. 더 이상 허송세월할 수 없습니다. 짐꾸리는 대로 떠납시다."

짐이라고 해봤자 별 것도 없었다. 추위를 견디기 위해 담요 한 장을 더 준비했고 눈비에 대비하여 양가죽으로 된 우비를 샀다. 세 사람 모두 각자의 짐을 챙겼다.

"자, 다 됐으면 떠납시다."

바울이 앞장섰다. 세 사람은 숙소 앞 큰길에 나왔다. 시선을 돌리니 머리에 만년설을 이고 하늘과 맞닿은 거대한 벽이 눈앞을 막고 있었다. 북쪽 길 끝에 있는 타우르스 연봉이었다.

7
견디지 못해 떠난 마가 (Mark John)

일행은 험준한 산골짜기를 향해 발을 옮겼다. 그런데 뒤에 있던 마가가 움직이지 않고 그냥 서 있었다. 뭔가 이상했던지 바나바가 뒤돌아보았다.

"왜? 따라오지 않지? 서둘러라."

마가 요한은 머뭇거리며 발끝만 내려다보고 있었다.

"왜 그래?"

바울도 채근했다. 그러자 힘없이 어깨를 늘어뜨리고 마가가 다가왔다.

"전…. 집으로 돌아가겠습니다."

"뭐야? 집이라니?"

바울과 바나바가 동시에 놀라서 물었다.

"예루살렘 집으로 돌아가겠습니다. 용서해주십시오."

바울과 바나바는 잠시 어처구니없는 표정으로 마주 보았다. 잠시 후에야 바나바가 입을 열었다.

"갑자기 왜 돌아간다는 거냐? 그 이유를 들어보아도 되겠느냐?"

"생각해보니 예루살렘 모교회에 제가 처리해야할 일이 남아 있었습니다. 제가 아니면 하지 못할 업무입니다. 그동안 그걸 잊고 있었습니다. 함께 동행하지 못해 죄송합니다."

더 이상 잡을 수 없었다. 바나바는 자기체면 때문에 불쾌해하며 만류했지만 마가는 고집을 꺾지 않았다. 마침내 마가 요한은 항구 도시인 아딸리아로 내려가서 가이사랴로 가는 배에 올라 예루살렘으로 돌아갔다.

"바울, 미안하오. 약속한대로 끝까지 우릴 수종해야 하는데 도중에 돌아가버렸으니."

"처리해야할 일이 있다 하지 않습니까? 잊고 떠납시다."

이윽고 두 사람은 말없이 길을 떠났다. 드높은 타우르스 협곡을 향하고 온종일 걸으면서도 두 사람 사이에는 침묵이 흐르고 있었다. 마가 요한에 대한 말은 꺼내지도 않았다. 바나바의 입장을 위해 침묵한 것이지만 바울은 불편한 심기를 꾹꾹 눌러 참고 있었다.

(젊은 친구가 그렇게 약해서야 뭘 하겠는가?)

그는 걸으면서 마가가 왜 갑자기 집으로 돌아간다고 했을까 그 까닭을 되새겨보았다. 마가는 부자 집 도련님이었다. 그리고 그는 다른 디아스포라 유대인과는 다르게 고등교육을 받은 엘리트였다. 마가는 이집트의 알렉산드리아 대학에서 그리스 철학과 문학을 배웠다. 국제적인 감각이 있었고 외국어 실력이 탄탄하여 예루살렘 모교회 사도들의 촉망과 총애를 받았다.

그렇게 보면 바울과 바나바의 수종을 포기한 이유는 예루살렘에서 처리해야할 일이 남아 있어 돌아가야 한다고 했지만 그건 다만 표면적인 이유에 불과해 보였다. 포기 이유 중 첫째는 <고난>과 <고생>을 참을 수 없다는 것이었다. 구브로에서 그는 실제로 바울의 등짝이 찢겨지고 핏물이 튀는 채찍질 현장을 보자 기절을 하고 말았었다. 뿐만 아니라 유대인 회당에 가서 전도만 하면 몽둥이찜질을 당하고 쫓겨나는 게 보통이었다. 견딜 수 없는 고난이었으리라. 둘째로는 그가 스스로 얘기한 바처럼 음식이 입에 맞지 않는다는 것이었다. 레위인이 지키고 가려 먹어야하는 음식이 많았는데 여행 중에는 그 규율을 지키기 어려웠다. 세 번째는 이제부터 가야하는 전도의 길은 구브로의 고난은 그 시작에 불과할 것 같다는 생각을 했던 것이다. 더구나 바울이 타우르스 산맥을 남나들며 배고픔과 추위와 산적 강도들에게 당한 이야기를 들은 것이 아마도 수종포기의 결정적인 동기였던 것 같았다.

어쨌든 마가는 예루살렘으로 떠나가 버렸다.

버가를 떠난 지 하루 만에 고산지대로 들어섰다. 주변은 메마른 땅이었고 키 작은 덤불숲들만 군데군데 있을 뿐 길은 돌길이었다. 버가 쪽에서 내륙인 비시디아 지방으로 들어가는 길은 오직 한길이었다. 처음에는 북방의 알렉산더대왕이 남동진(南東進)하기 위해 군사도로로 만든 길이었다. 군사를 이끌고 타우르스를 넘기 위해 만든 산길이었다. 그 후에는 장사꾼들이 다니는 대상(隊商)길이 되었다. 고산준봉의 허리를 감고 도는 오지의 그 길은 전체 길이가 20킬로미터, 약 오십 리 길이었다. 평균고도가 1000미터였으며 2000미터에 육박하는 고개도 다섯 개가 넘었다. 길바닥은 평탄한 곳이 한군데도 없고 거의 돌길 바윗길이었다. 여행자를 위한 여인숙 피막과 음식점은 5킬로미터에 한 군데씩 있었다. 고도 때문에 산 아래 지역과 산허리 쪽의 기온차가 커서 아래가 초여름이라 해도 산허리 부근은 겨울날씨였고 밤이 되면 눈보라가 휘몰아치는 게 예사였다.

"바울! 갑자기 길이 없어졌으니 이게 웬일이지요?"

앞서 걷던 바나바가 멈춰서며 황당한 표정을 지어보였다.

"산사태가 나서 바위들이 굴러 내려와 막는 바람에 길이 없어졌군요."

"바위들을 치우고 길을 보수하면 될텐데…."

"그거 할 사람들도 없구 관청도 없을 겁니다. 봐하니 산사태는 어제 오늘에 일어난 게 아니고 적어도 내가 보기에는 이삼년 전에 난 것 같은데요?"

"길이 없는데 어떻게 하지?"

"어디론가 돌아가는 임시 길이 있을 겁니다. 아, 저쪽 비탈에 작은 길 흔적이 있습니다. 그게 돌아가는 길인 모양입니다. 가봅시다."

"허허, 바울! 잘못하면 길을 잃고 이 첩첩산중에서 얼어 죽는 거 아닌가?"

"주님께서 우릴 그리되도록 버려두겠소? 가봅시다."

지나다니는 사람도 없어 길을 물어볼 수도 없었다. 그저 어림짐작으로 돌틈 길을 구불거리며 오르고 있었다. 숨이 차서 뒤를 내려다보니 천길 낭떠러지였다. 얼마를 걸었을까. 쉬지 않고 몇 시간을 오르자 서쪽으로 기운 햇빛의 색이 옅어지며 산그늘이 덮어오기 시작했다.

"바울, 이거 큰일이네. 도대체 제대로 된 길을 찾을 수는 없는데 날이 저물고 있지 않나? 게다가 여인숙은 어디쯤 있는지 알 수도 없구 말이야."

"그렇다고 여기서 되돌아갈 수도 없지 않소? 그냥 올라가봅시다. 끝이 나오겠지요."

마침내 꽉 들어찬 드높은 산봉우리 사이에는 금방 어둠이 끼기 시작했다. 산속의 어둠은 전염속도가 빠르다. 앞뒤에 걸어가는 두 사람만 각각 식별할 수 있을 정도가 되어버렸다. 갑자기 공포감이 엄습해 왔다.

"더 이상 갈 수 없겠습니다. 이 근처에서 불을 피우고 밤을 지냅시다. 그리고 날이 밝으면 떠나기로 하지요. 마른 나뭇가지를 모아보지요."

바울이 메고 있던 배낭을 벗으며 말했다. 바나바는 한숨을 내쉬었다.

"전혀 예상치 못한 난관이군."

"그러게 말이오. 길이 끊어져 있을 줄 어떻게 알았겠소? 추워지는데 큰일입니다. 어서 불을 피워봅시다."

두 사람은 근처바위틈에서 마른 나뭇가지와 덤불더미들을 모아왔다. 그런 다음 솟아 있는 바위 두 개를 의지하고 그 밑에 불을 피웠다. 불길

덕분에 훈훈해졌다.

"기도를 드립시다. 그리고 잠을 청해봅시다."

두 사람은 꿇어앉은 채 기도를 시작했다. 금방 무아지경에 빠져들게 되었다. 이 곤경에서 구해주고 이제 해야 할 일을 알려달라 기도했다. 두 사람의 기도가 끝난 것은 한숨 길게 자고난 시간만큼 길었다. 먼저 기도를 끝낸 사람은 바나바였다.

"아니?"

불길은 꺼져 붉은 숯덩이만 남아 있는데 앉은자리 뒤편에 놓았던 자기 배낭이 온데간데없이 사라졌던 것이다. 바나바는 혹시 다른 곳에 놔둔 게 아닌가 해서 근처를 다 찾아보았으나 안보이자 당황해서 바울을 흔들었다.

"왜 그러시오? 바나바."

"배낭은 어디 두었지?"

"내 뒤에 있지요."

"없어!"

"뭐라구요?"

두 사람은 놀라 근처를 샅샅이 뒤졌지만 어두워서 찾을 수가 없었다.

"손을 탄 모양이야."

"손이라니요? 손이라면 바나바형과 내 손 밖엔 없는데 어떤 손을 탔단 말이요?"

"우리가 기도할 때 누군가 숨어든 다른 손이 집어간 모양이야."

"도둑맞았을 거다? 몇 시간동안 걸어왔는데도 서로 만난 나그네는 단 한 사람도 없었고 인적도 없었지 않소?"

"그러니 사탄도 곡할 노릇 아니냐구? 벼룩에 간을 빼먹지."

"깜깜해서 못 찾는지 모르니 그냥 눈 좀 붙여둡시다. 날 밝으면 찾을 수 있겠지."

추위에 떨면서 앉은 채 자는 둥 마는 둥 하며 밤을 새웠다. 동이 터오며 맞은쪽 산허리가 분홍빛으로 물들었다.

"산들은 시간마다 그 모습과 색깔이 달라지는군. 아름답구먼."

"잘 주무셨소? 잘 잤을 리가 없군요. 배낭부터 찾아봅시다."

두 사람은 배낭을 찾기 위해 주변을 다 뒤졌다. 없었다.

"정말로 도둑을 맞았군요. 그럼 도둑들은 우리가 산을 오르는 걸 산꼭대기 어디에선가 내내 지켜보았단 말 아니오? 그런 다음 기도할 때 다가들어 빼갔구먼?"

"바나바형, 강도를 안 만나고 도둑을 만난 걸 다행으로 생각합시다."

"강도를 만났어도 털릴게 있어야지? 음? 저건 뭐지?"

좀 떨어진 바위틈새에 뭔가 처박힌 물건이 있었다.

"성경두루마리 같은데요?"

바나바가 가서 주워왔다. 두루마리로 된 성경책이었다. 배낭 속을 뒤져서 귀중품이 안 나오자 여기저기 휴대품을 버린 것이었다. 두 사람은 마침내 근처 덤불숲에 쓰레기처럼 버린 배낭과 속에 들었던 물건들을 모두 주워 다시 챙겼다.

"다행히 없어진 건 하나도 없군? 아우님은 어떠신가?"

"워낙 아무 것도 없었지만 없어진 게 하나도 없소."

두 사람은 한동안 쓴웃음을 지으며 허허거리다가 하나님 감사합니다를 연발한 후 다시 길을 나섰다. 마침내 한 시간 후쯤 비시디아지방으로 넘어가는 본길을 찾았다. 두 사람이 비시디아지방에 들어선 것은 그로부터 이주일 만이었다.

"아, 정말 아름다운 호수가 있을 줄 몰랐군요."

비시디아 안디옥에 도착한 두 사람은 갑자기 눈앞에 나타난 에메랄드

빛 넓은 호수를 보자 탄성을 발했다.

"해발 천 미터의 고원지대에도 저렇게 넓고 아름다운 호수가 있군요."

호숫가에 나가서 두 사람은 얼굴을 깨끗이 씻고 샌들을 벗고 상처투성이 발을 씻었다. 거의 보름 이상 돌산을 오르내리며 당한 설키고 찢긴 상처에다가 군데군데 물이 잡혀 터지기도 하고 피가 흐르다가 다시 아물기도 하며 만신창이가 되어 있었다.

"바나바, 다행히 산적들이 고약(膏藥)통은 안 버리고 갔습니다. 약을 바르고 일단 헝겊으로 칭칭 처매어둡시다."

상처를 싸매고 눈을 들어 바라보니 제법 높고 수려한 산 하나가 솟아 있고 그 산을 끼고 강물이 흐르고 있었으며 넓은 초원에 비시디아 안디옥 시가가 들어 서 있었다. 그 산은 술탄 닥(Sultan Dagh)산이었고 강은 안티우스강(Antius)이었다. 안디옥(Antiocheia)이란 도시 이름은 터키일대를 다스리던 시리아의 셀류쿠스 니카도르왕이 기원전 3세기 초에 알렉산더 대왕의 부장(副將)이었던 자기 아버지 이름인 안티오쿠스의 이름을 기념하기 위해 점령지에 세운 16개 안디옥 도시를 건설한 다음부터 붙여진 이름이었다. 예를 들면 유대땅 지중해 해안에 있는 항구도시인 가이사랴 안디옥, 수리아 지방에 있는 수리아 안디옥 이곳 비시디아 지방에 있는 비시디아 안디옥 등이었다. 이 도시는 로마 황제인 아우구스투스가 기원전 6년에 로마식으로 도시를 재건하였다. 새로운 도로를 건설하고 로마제국의 퇴역군인들을 정착시켜 정치적 군사적 특권을 주어 아시아와 유럽을 잇는 중심 군사도시로 육성하였다.

주민들은 토착민인 갈라디아인 루가오니아인 부르기아인 등과 로마인 헬라인들이 주종을 이루고 유대인들도 다수 살고 있었다. 시내에 들어온 두 사람은 우선 여인숙을 찾아들었다. 로마제국은 고속도로를 비롯하여 지방도로를 정비하며 여행자를 위한 숙박 편의시설도 만들어 놓아 편리

한 편이었다.

"시나고구가 어디에 있는지 찾아봅시다."

유대인 회당은 두 군데 있었다. 이윽고 안식일이 되어 두 사람은 회당 예배에 참석했다. 회당의 규모는 제법 커서 예배에 참석한 신도들은 2백여 명이었다. 유대인들이 절반 정도였고 나머지 신도들은 헬라인을 비롯한 이방인들이었다. 바울과 바나바는 회당장을 찾아 인사를 했다.

"우리는 수리아 안디옥교회에서 온 선교사들입니다. 예배를 드리려고 찾아왔습니다."

"잘 오셨습니다. 앉으시지요."

이윽고 회장당의 집전으로 유대교 예배가 시작되었다. 예배순서는 먼저 회당장이 두루마리로 된 경전(모세오경) 중에서 낭독을 하고 이어서 예언서 중에서 낭독을 하는 순서였다. 성경은 파피루스나 양피지 등에 필사한 것이고 두루마리 축으로 되어 있는데 성경책은 회당에 한권 정도가 있을 뿐이었다. 신도들은 성경책이 없으니 들어서 알아야 하고 함께 낭독을 해야 외우는 것이 통례였다. 말씀은 '들음'에서 난다는 것은 바로 그 때문이었다. 오경 중에 회당장이 읽는 것은 신명기였다. 따로 설교가 있는 게 아니고 신명기 전체 34장 중에서 16장 <이스라엘의 절기>까지를 읽었는데 회당장이 한절 읽으면 회중이 따라 낭송하는 식이었다. 율법서 낭독이 끝나자 다음은 예언서인 예레미아서 1장에서 29장을 읽고 마쳤다. 그러면서 회당장은 오늘 낭독한 신명기와 예레미아서를 가지고 토론하는 것으로 예배를 마쳤다. 예배가 끝날 때쯤 회당장은 자기를 보좌하고 있던 소년을 바울 쪽에 보내 전할 말이 있으면 해도 좋다 했다. 바울은 고개를 끄덕이고 바나바와 함께 앞으로 나갔다. 그런 다음 인사를 했다.

"안녕하십니까? 수리아 안디옥에서 온 선교사 바울입니다. 옆에 계신 분도 동역자이신 바나바 선교사이십니다."

바나바도 인사했다. 그가 말을 이었다.

"제가 먼저 선지서인 이사야서 7장 14절을 낭독하겠으니 여러분도 따라하십시오. <그러므로 주께서 친히 징조를 너희에게 주실 것이라 보라 처녀가 잉태하여 아들을 낳을 것이요 그의 이름을 임마누엘이라 하리라> 이어서 이사야서 53장 4절에서 12절까지의 말씀을 낭독하겠습니다. <그는 실로 우리의 질고를 지고 우리의 슬픔을 당하였거늘 우리는 생각하기를 그는 징벌을 받아 하나님께 맞으며 고난을 당한다 하였노라. 그가 찔림은 우리의 허물 때문이요 그가 상함은 우리의 죄악 때문이라 그가 징계를 받았으므로 우리는 평화를 누리고 그가 채찍에 맞음으로 우리는 나음을 받았도다. 우리는 다 양 같아서 그릇 행하여 각기 제 길로 갔거늘 여호와께서는 우리 모두의 죄악을 그에게 담당 시키셨도다. 그러므로 내가 그에게 존귀한 자와 함께 몫을 받게 하며 강한 자와 함께 탈취한 것을 나누게 하리니 이는 그가 자기 영혼을 버려 사망에 이르게 하며 범죄자 중 하나로 헤아림을 받았음이라 그러나 그가 많은 사람의 죄를 담당하여 범죄자를 위하여 기도하셨느니라>."

바나바의 성경봉독이 끝나자 바울은 찬송을 부르자 했다. 찬송가가 회당 안에 울려 퍼졌다.

- 보라! 하나님은 나의 구원이시라. 내가 믿어 두려움이 없으리니
주 여호와는 나의 힘이시며 나의 노래시며 나의 구원이심이라
그러니 너희가 기쁨으로 구원의 우물들에서 물을 길으리로다
그날에 너희가 또 말하기를 여호와께 감사하라 여호와를 찬양하라
여호와는 극히 아름다운 일을 하셨으니 이를 온땅에 알게 하라
이스라엘 거룩한 이를 위해 시온의 주민아 소리 높여 부르라

찬송을 마치자 바울은 천천히 회중을 둘러보며 강론을 시작했다.

"이스라엘 사람들과 여호와 하나님을 경외하는 모든 사람들은 잘 들으시기 바랍니다. 주님께서 택정하신 사도로써 나는 여러분에게 생명의 복음을 전하기 위해 왔습니다. 하나님께서 천지를 창조하실 때 그 여섯째 날에 우리 인간인 아담과 하와를 창조하시고 기뻐하셨습니다. 뱀의 유혹에 넘어가 선악과만 따먹지 않았다면 인간은 영생을 누리며 낙원인 에덴동산에서 살았을 것입니다. 하지만 그때 지은 원죄 때문에 에덴동산에서 쫓겨나 고난 속의 인생을 살게 되었습니다. 하지만 은혜의 하나님은 그런 인간들이 진정으로 죄를 뉘우치고 하나님을 모시고 산다면 다시 낙원세상에 살게 해주시려고 기회를 주셨지만 인간들은 회개를 하는 듯 하다가 다시 타락하여 하나님의 심판을 여러 번 받았습니다. 소돔과 고모라를 비롯하여 홍수로 심판하시기도 하며 경고를 내리기도 했지요. 그래도 정신차리지 못하니까 애굽으로 온 백성들이 포로로 끌려가는 데도 내버려두셨습니다. 우리 선조들은 그로부터 40년도 아니고 400년 동안이나 노예생활을 해야 했습니다."

바울은 잠시 물 한 모금을 마시고 뜸을 들인 뒤에 설교를 이어갔다.

"여호와 하나님을 공경하며 경외하는 신자들이여. 하나님은 때가 이름에 나그네 된 우리 조상들을 구해주시기 위해 그 백성을 높이어 홍해를 가르고 애굽땅에서 인도하여 내셨습니다. 약속하신 가나안 땅으로 데려가려하였으나 우상을 숭배하고 고난을 참지 못해, 차라리 종이 될지언정 애굽으로 돌아가자는 둥 못된 소행을 일삼기로 하나님께서는 광야에서 40년 동안 연단을 시키신 연후에야 가나안 일곱 족속을 멸하고 그 땅을 기업으로 나누어주셨습니다. 그 후에 선지자 사무엘 대까지 사사들로 하여금 다스리게 했으나 오만해진 백성들이 하나님 뜻을 거스르고 왕을 달라 하여 사울왕을 세웠습니다. 하지만 사울은 하나님께 합당한 왕이 아니었습니다. 다윗이 왕이 되었습니다. 하나님은 비로소 다윗이야말로 합당한 왕이며 그의 씨에서 이스라엘을 위한 구주를 세우시니 그가 곧 하나님의 아들인 나사렛 예수라 하셨습니다. 이사야 선지자를 비롯하여 모든 선지자들도 그같이 예언하고 있는데 그 예언은 예수께서 이 세상에 오심으로 다 이루어졌습니다. 이 땅에 우리들의 죄를 사해주고 구원해줄 메시야, 그리스도가 오신다고 마지막으로 예언한 분은 세례자 요한입니다. 천국이 가까웠나니 회개하라 외치며 세례를 베푼 선지자였습니다. 사람들이 물었지요. 당신이 메시야이며 그리스도냐? 요한은 손을 저었습니다. 내가 아니라 내 뒤에 오시는 분이 그분이며 나는 그분의 신발 끈도 들 수 없이 보잘 것 없는 자라 했습니다.

이 분이 나사렛 예수입니다. 동정녀 마리아의 몸에 성령으로 성육신하여 탄생하신 예수님은 하나님의 아들이었고 하나님이 약속하신대로 모든 인간의 죄를 사해주고 구원해주기 위해 보낸 그리스도였습니다. 그걸 모르고 시기하여 인간의 법으로 정죄하고 십자가에 못 박아 처형했던 것입니다. 여러분! 예수님이 하나님의 아들이었다는 것을 믿지 못하시겠습니까? 믿어야 합니다. 죽은 지 사흘 만에 그분은 살아나셨습니다. 하나님이 살리신 것입니다. 그리하여 40일 동안 제자들과 다른 사람들과 함께 지내시다가 부활 승천하셨습니다. 하늘로 올리워 가시던 날 500여 명의 제자들과 친지들이 전송했습니다. 당시의 목격자들이 지금도 살아 있습니다. 하나님이 예수님을 부활 승천케 하신 것은 이제 하신 약속을 다 이루었다는 징표이며 그래서 시편 2편에 기록하신대로 <너는 내 아들이라 오늘 너를 낳았다> 하신 것입니다. 모세나 다윗왕 모두 위대했던 우리들의 지도자였지만 그들은 죽은 뒤에는 다시 살아나지 못했고 부활 승천하여 하나님 곁으로 올리워 가지 못했습니다. 모든 사람들이 그렇듯이 머리에 흙을 뒤집어쓰고 땅에 묻혀 썩어서 한 줌 흙으로 돌아갔습니다. 인간이기 때문이었습니다.

여러분! 예수님이 죽음으로 우리는 죄사함을 받고 부활영생을 얻게 되었습니다. 모세의 율법으로는 의롭다함을 얻지 못합니다. 예수님을 믿어야 의롭다함을 얻을 수 있습니다. 예수님은 율법을 완성하여 우리들의 영원한 대속주(代贖主)가 되신 분입니다. 율법은 우리의 죄를 다만 깨닫게 해주는 학당의 선생일 뿐입니다. 하나님의 구원은 인간의 지식이나 행위로가 아니라 예수님을 통한 전적인 하나님의 은혜로만 가능합니다. 그래서 예수님을 그리스도로 믿어야 한다는 것입니다. 예수님을 믿으십시오. 그리고 한 가지 간곡한 청이 있습니다. 저희들이 여기까지 온 중요한 이유가 또 있습니다. 지금 예루살렘을 비롯한 온 유대 땅에는 극심한 가뭄이 계속되어 굶어죽는 이들이 속출하고 있습니다. 이 가뭄과 흉년은 언제 끝날지 알 수 없습니다. 예루살렘 형제자매 동포들을 구호합시다. 의연금을 내주신다면 그 고통 받는 동포들에게 저희들이 전하겠습니다. 도와주십시오."

바울의 마지막 설교를 끊은 사람은 회당장이었다.

"예배를 축복기도로 마치겠습니다."

바울 쪽은 바라보지도 않고 그는 서둘러 예배를 마치는 기도를 했다. 기도를 마치고 회당장은 산회하기를 바랐으나 청중들은 자리에서 꼼짝하지 않았다. 바울의 설교에 모두 감동되어 스며든 성령에 취해 있었던 것이다. 회당장을 따라 회당 밖으로 나간 신도는 50여 명이었고 나머지 1백여 명은 그대로 앉아있었다. 그 때 누군가 자리에서 일어나며 큰소리로 말했다.

"아직 한 분의 설교는 듣지 못했습니다. 곁에 계신 선교사의 설교를 듣도록 합시다."

"좋습니다. 그럽시다."

그 자리에 남은 청중들은 바나바의 설교도 듣고 싶어 했다. 그러자 회당장이 다시 들어와 막았다.

"오늘은 그냥 돌아가주시오."

"저 분들의 새복음 얘기를 더 듣고 싶습니다. 듣게 해주시오."

그런데도 회당장은 고개를 흔들었다.

"다음 주 안식일에 듣도록 합시다."

회당장은 신도들을 모두 해산시켰다. 바울과 바나바도 다음 주를 약속하고 떠나야 했다.

"바울! 여기 와서 이렇게 성공할 줄은 몰랐소."

바나바가 만족스러운듯 바울의 어깨를 쳤다.

"성령께서 역사하신 겁니다. 이곳이야말로 전도에 가장 적당한 옥토밭이 아닌가 싶습니다. 말씀을 뿌리는 대로 씨앗이 되어 심겨지니 말이오."

"열심히 전도해 봅시다."

숙소에 돌아온 두 사람은 휴식을 취했다. 같은 시각 회당장의 집에는 십여 명의 할례자 신자들이 모여 있었다. 갑작스런 사태에 어떻게 대처해야 하느냐 하는 것을 상의하자고 회당장이 보수적인 신자들을 불러 모았던 것이다.

"그 두 사람은 이단자 사기꾼입니다. 율법이 우리를 구원해 줄 수 있고 반드시 메시야는 종말에 강림해서 대심판을 내리게 된다는 지금까지의 교리를 정면에서 부정하고 하찮은 목수의 아들인 나사렛 예수가 메시야라니 말이 되는 소립니까? 특단의 조처를 해야 합니다. 그 두 사람을 잡아 매를 치고 추방해 버리는게 어떻겠습니까?"

"40대의 매를 치자? 그럼 죽을텐데?"

"유대인의 종교문제는 집안문제이니 죽이든 살리든 상관치 않겠다는 게 로마의 법 아닌가요?"

몇몇은 강경하게 나왔다. 회당장은 고민스런듯 이마에 손을 고이고 잠시 생각에 잠겼다가 입을 열었다.

"문제는 그 자들의 설교에 미혹(迷惑) 당한 신자들이다. 150명의 신도 중에 절반만 그자들에게 넘어갔다면 지금 말대로 처벌할 수도 있지만 절반이 아니라 내 보기에는 150에서 100명은 한순간에 넘어간 것 같다."

"대부분이 비할례자들 아닙니까? 헬라인들 비시디아인들…."

"그 중에는 유대형제도 다수 섞여있다고 봐야한다. 걱정은 다른 신도들도 물들어서 그쪽으로 넘어가면 끝장이라는 생각이다."

"그럼 그놈들의 주장이 허무맹랑한 사술이라고 변박(辨駁)을 하여 그들에게 넘어가는 신도들을 막으면 되지 않습니까?"

"맞서서 그자들이 두 손을 들고 줄행랑을 치게 만들 논객이 우리에겐 없으니 한심하지."

"회당장인 랍비께서 나서시면 안될까요?"

"이단자들과 회당장인 어른이 나서서 맞서면 체신이 서는 일인가?"

누군가 손을 내저었다.

"정 안되면 나라도 나서서 사탄들을 물리쳐야겠지. 다음 주 안식일에 설교를 하라했으니 한번만 더 지켜보기루 하자."

그러면서 회당장은 두 사람을 불렀다.

"자네는 로마군 순찰청(巡察廳)에 가서 신고를 하고 위험한 이단들이 성안에 침투했으니 다음 안식일엔 회당으로 와 예배에 임석하여 감시해 달라 하게."

"알겠습니다. 다녀오겠습니다."

"그리고 자네는 내가 편지를 써줄테니 비너스클럽 클라우디아 회장께 전해주게."

"답신은 받아와야 할까요?"

"물론이다."

두 사람의 유대청년은 회당장이 시키는 대로 한 사람은 순찰청으로, 또 한 사람은 비너스클럽이란 곳으로 갔다. 비너스클럽은 여성들의 사교모임이었다. 비시디아 안디옥은 아우구스투스 황제 때 전략적인 도시로 다시 재건하고 퇴역 장군이나 군인들의 여생을 위한 휴양도시로 만들었다 따라서 사치스러웠고 개방적인 풍조가 있었다. 비너스클럽은 장군들이나 장교들의 부인들이 모여서 만든 사교클럽이었다. 그녀들은 황제인 아우구스투스신을 모시거나 아폴로신을 모시며 귀족부인 행세를 하고 있었다. 자기들이 있음으로 해서 비시디아 안디옥이 제국의 문화도시로 명성을 얻고 있다는 자부심을 가지고 있었다. 회당장이 그곳으로 사람을 보낸 것은 바로 그녀들의 그 허영심을 이용해보자는 뜻이 숨겨져 있었다.

이윽고 그 다음 주 안식일이 되었다. 로마인들만 빼고 온 성민이 다 나온 것처럼 유대인 회당 앞은 인산인해를 이루고 있었다. 바울과 바나바도 놀랄 지경이었다. 그동안 성안에 있던 성민들에게 바울이 전한 새로운 복음내용이 전해지자 모든 사람들이 관심을 가지게 되어 두 번째 설교를 들어보겠다고 모여든 것이었다. 회당은 이층 건물이었는데 아래층이 메인 홀이었고 이층은 베란다처럼 ㄷ자형으로 연결이 되어 있었다. 좌석은 홀 주변을 붙박이 걸상으로 만들어 벽을 따라 둘러져 있었고 이층 역시 벽을 따라 긴 걸상이 만들어져 있었다. 일찍 온 사람들이나 연로한 사람들은 걸상에 앉지만 다른 사람들은 맨바닥에 방석을 깔고 둘러 앉아 예배를 보았다. 비시디아 안디옥 회당은 성전이 꽉 찰 정도로 신도들이 들어찼는데 회당이 작아서 250여 명 그 이상은 들어올 수가 없었다. 로마병사 5명이 미리부터 와 있다가 두 사람은 바울과 바나바의 팔을 잡고 회당 안으로 들어갔고 나머지 세 사람은 밀려드는 사람들을 정리하느라 바빴다. 회당 안으로 들어가지 못한 사람들은 아쉬워하며 회당 밖에 그냥 모여 있었다.

"즉시 돌아가라. 회당 안에 들어가지 못한 밖에 있는 신도들은 속히 각자 집으로 돌아가라. 불응하면 체포한다!"

순찰청에서 나온 대장(隊長)인 듯한 자가 큰소리로 외치며 사람들을 떠밀었다. 체포한다는 말에 사람들은 안타까운 듯 발길을 돌렸다. 삼삼오오 가는데 누군가 머지않은 곳, 잡화물건을 파는 가게 앞에서 집으로 돌아가는 사람들을 불러 세우고 있었다.

"잠시 제 이야기를 듣고 가십시오."

사람들을 불러 모으는 사람은 헬라인 일상복을 입은 여인이었다. 얼핏 보아도 사십 초반쯤 되어보였다. 아담한 몸매에 예쁘장한 얼굴이었다.

"뭐요?"

사람들이 모여들며 여인에게 물었다.

"나는 지금 회당에서 새 복음을 전하고 있는 두 분 선교사님의 제자인 테크라라 합니다. 회당에서 설교를 하니까 할례자들과 로마관원들의 핍박이 심한 것입니다. 다음 주 안식일부터는 악세히르쪽 안티우스 강변에서 두 분의 새로운 예수복음을 듣게 될 것입니다. 많이 참석해주세요."

테크라는 계속해서 지나가는 사람들을 향해 집회가 있다는 광고를 했다. 한편 회당 안은 예배가 시작되기 전부터 긴장감이 감돌고 있었다. 꽉 들어찬 신도들 중에는 할례자 유대인 신도들이 50여 명인데 반해 비할례자 이방인 교도들이 100여 명, 그리고 호기심으로 찾아온 비교도들도 많았다. 그렇게 감동적이라는 예수복음이 무엇인지 들어보겠다는 사람들이 소문을 듣고 찾아온 것이다. 긴장감을 준 것은 회중의 숫자가 많은 것만이 아니었다. 회당장 자리 좌우에는 다섯 명씩 잘 차려 입고 한껏 멋을 부린 10명의 귀부인이 앉아 있다는 것 때문이었다. 회당 예배를 보는데 로마인 귀부인, 그것도 비교도들이 앉아 있다는 것이 이해가 가지 않았던 것이다. 그 귀부인들은 회당장이 초청한 비너스클럽의 회원들이었다. 이윽고 예배 시작 전, 회당장이 자리에서 일어섰다.

"여호와 하나님에 대한 기도로 예배를 시작하겠습니다. 그 전에 여러분에게 양해를 구해야 할 사정이 있습니다. 여러분들도 의외라 생각하고 계셨겠지만 회당예배에 신자가 아닌 귀부인들이 참석했기 때문입니다. 로마제국은 종교의 자유를 허용하고 있습니다. 그러니 이 분들이 참예한 것은 큰 결례가 되지는 않는다고 봅니다. 이 분들은 우리 비시디아 안디옥을 사랑하는 비너스클럽의 회원들이십니다. 잠깐 회장을 맡고 계신 클라우디아 회장님의 인사를 듣도록 하겠습니다."

회당장은 하얀 원피스 위에 보라색 숄을 받쳐 입고 갈색머리를 구름처럼 틀어 올린 여인을 지목했다. 그 여자는 우아한 동작으로 걸상에서 일어나며 잠시 성전 안을 둘러보고 나서 한껏 품위 있는 말투로 입을 열었다. 로마어였다.

"우리는 비시디아 안디옥을 사랑하며 로마제국 내에서도 가장 품위 있고 교양 있으며 세련된 문화를 가진 도시로 만들기 위해 만들어진 문화봉사단체입니다. 우리 도시야말로 헬라문화와 로마문화, 그리고 유대문화가 교차하고 합해져서 전통적인 비시디아, 갈라디아 문화를 탄생시킨 수준 높은 도시입니다. 야훼신을 신봉하는 유대교는 천년의 세월동안 유대백성들에게 뿌리내린 신성한 신앙입니다. 그런데 요즘 갑자기 어디에서 왔는지도 모르는 이단자들이 유대교의 신성과 전통을 무너뜨리는 언동을 일삼고 있다는 소식이 들려왔습니다. 친애하는 신자 여러분! 유대교의 경전이나 교리가 잘못된 것이라면 어떻게 천년도 넘게 유대 온 백성에게 살아 있는 신앙이 됐겠습니까? 이단들의 헛소리나 신성을 모독하는 따위의 유언비어를 믿지 마십시오. 비시디아 안디옥의 시민들은 품위를 지켜야 합니다. 앞으로 이단들의 헛소리에 춤을 추는 자들이 있다면 가차 없이 이곳에서 추방할 것입니다."

한껏 두 선교사의 예수복음 설교에 기대를 하고 있던 회중들은 찬물을 뒤집어 쓴 것처럼 싸늘하게 식어버렸다. 회당장이 원한 것은 바로 지금 같은 효과였다. 양수겸장(兩手兼掌)이었다. 이쯤 눌러놓으면 바울이나 바나바의 설교가 자유롭거나 당당해질 수 없을 것이기 때문이었다. 예배가 시작되고 끝나갈 때 쯤 회당장이 바울과 바나바를 불렀다.

"지난 주일에 약속을 했으니 전할 말이 있으면 지금 하시오. 두 분이 다 할 수는 없고 한 분의 말씀만 듣기로 하겠습니다. 될 수 있는 한 간단하게 하십시오. 예배 후 바로 직분자들 회의가 있기 때문이오. 어느 분이 하시겠습니까? 지난번엔 바울 선교사가 했으니 오늘은 바나바 선교사께서 하시지요."

"그러겠습니다."

바울이 양보하자 바나바가 고개를 끄덕였다. 모든 시선이 그에게로 집중되었다. 로마 관원과 로마 귀부인들까지 앉아 응시하고 있으니 바짝 위축이 될 수밖에 없었다. 그러나 천천히 자리에서 일어선 바나바는 조금도 긴장하는 빛이 없이 평온하고 행복한 얼굴로 입을 열었다. 전번 안식일에 바울은 이스라엘 역사를 더듬고 구세주 예수의 탄생은 모든 선지자들의 예언을 다 이루었던 것이라 갈파하고 예수가 누구인가 증거했다면, 바나바는 예수의 십자가 희생 사역이 무엇이며 죽었다가 살아난 부활의 의미는 무엇인가, 새로운 예수복음의 요체는 바로 예수의 십자가 구속사역과 부활이라며 우렁찬 목소리로 설파해 나갔다. 얼마나 지났을까. 이제 바나바의 설교가 본격화하려 할 때 회당장 좌우에 앉아 있던 비너스 회원들이 자리에서 일어났다. 귀부인들이 일어나자 청중들은 순간 동요되었다. 집중하고 있던 집중력이 분산되었던 것이다. 귀부인들은 치맛바람을 일으키며 회당 밖으로 나갔다. 임석했던 로마병사들이 따라 나갔다. 잠시 후 회당장이 다시 들어왔다. 앉기 전에 바나바의 설교를 막았다.

"귀부인들의 한결같은 말씀은 여기 있는 두 분 선교사는 위험인물이라는 것이었습니다. 주민들의 건전한 신앙을 모함하고 평온한 우리들의 일상생활의 혼란을 부채질하는 자들이라는 것이었습니다. 따라서 이들을 성 밖 멀리 추방하는 게 상책이니 그리하는 게 좋겠다 했습니다. 역시 나도 동감입니다. 즉시 나가주시오."

장내가 갑자기 혼란스러워졌다.

"설교는 끝까지 들어보고나서 추방 여부를 정합시다."

누군가 그렇게 제의했다. 많은 사람들이 그 말에 동조했다. 그러자 유대인 청년들이 일어났다.

"저들은 이단자이며 선량하고 순수한 형제들을 농락하고 있는 사기꾼들입니다. 추방해야 마땅합니다."

회당장이 서둘러 기도로 예배를 마쳤다. 장내가 어수선해졌으나 로마군 대장의 한마디에 조용해졌다.

"예배 마쳤으면 즉시 해산하라!"

어쩔 수 없는 듯 군중들은 불만 가득한 표정으로 회당 밖으로 나갔다.

"잠깐! 두 사람은 우리와 동행한다."

로마군 대장이 바울과 바나바를 지목하며 연행하겠다 했다. 바울과 바나바는 로마군 순찰청으로 끌려갔다. 유치장에 가두었다. 아무런 문초도 하지 않고 유치장 안에 앉혀두었다가 이튿날 아침이 되자 대장 앞에 불러냈다.

"어제 당신 연설 잘 들었소. 듣고 보니 기왕의 유대교를 완전히 뜯어 고쳐야한다고 주장하는 것 같더구먼. 사실이오?"

대장이 바나바에게 물었다.

"그렇습니다."

"집안싸움이었군. 집안싸움에 감 놔라 배 놔라 할 필요 없어 잡아 온 거요. 유대인들에게 넘겨주면 폭력사태가 일어나겠지. 그래서 우리가 잡아 온 거요. 풀어줄 테니 즉시 이곳에서 멀리 떠나시오. 그들의 눈에 띠지 않도록 말이오. 약속할 수 있소?"

"예. 배려 고맙습니다."

두 사람은 순찰청에서 나왔다. 어렵게 숙소를 찾아갈 수 있었다. 휴대품을 맡겨두었던 것이다.

"바로 떠납시다."

바울이 짐을 챙기며 말했다. 그 때 집주인이 방문을 열고 얼굴을 디밀었다.

"무슨 일이지요?"

"밖에 손님 두 분이 찾아 왔는데요?"

"우릴 찾는다구요? 대체 누굴까?"

바울과 바나바는 긴장하면서 서로의 얼굴을 마주보다가 밖으로 나갔다. 여자 하나와 남자 하나가 길섶에 서 있었다. 밖으로 나오는 두 사람을 보자 반가운 듯 다가왔다.

"무사하셨군요. 끌려가서 고생하시지는 않았나요?"

"다행히 별일은 없었습니다."

"하나님, 감사합니다. 선생님. 저는 상인인 빗토리오입니다. 두 번째 주일예배 후에 세례를 해주시겠다하여 열다섯 명이 모두 나왔는데 회당장의 횡포로 그만 수포로 돌아갔습니다."

"다른 분들은 지금 어디에 있지요?"

"흩어져 갔습니다만 나중에 만나실 수 있을 겁니다."

"우리가 석방된 걸 어떻게 아셨지요?"

"제가 아침 일찍 순찰청에 갔었습니다. 기다리자니 석방되어 나오시더군요. 그래서 선생님들 뒤를 따라온 겁니다."

빗토리오의 말이었다. 그는 곧 옆에 있던 여인을 소개했다.

"바울선생의 설교말씀을 듣고 너무 큰 은혜를 받았다 합니다. 그래서 함께 오게 된 것입니다."

여인은 아담한 체구에 나이는 사십 여세 되어 보이고 선량하고 아름다운 회색 눈을 하고 있었다.

"저는 두 분을 회당에서 뵈었지만 두 분은 절 모르시겠지요. 저는 이고니온 출신이고 테크라라 합니다. 바울선생님 설교에 마치 장님이 눈을 뜬 것처럼 새로운 세상이 펼쳐져 있음을 보았습니다. 경이롭고 감격스러웠습니다. 제자로 받아주세요."

바울은 감격스러워했다. 빗토리오와 테크라의 말을 들어보니 비시디아 안디옥의 전도활동이 사실은 알찬 열매로 열리게 되었다는 것을 알았다.

"테크라 자매님은 특히 이전 안식일에 회당이 좁아서 들어오지 못한 수많은 사람들이 집으로 돌아갈 때 다음 주일부터는 안티우스 강변에서 예수님 말씀을 전할 테니 그곳으로 모두 모여 달라고 계속 광고를 했습니다."

"안티우스강이 어디지요?"

"성내에서는 4킬로미터 쯤 떨어진 강가입니다. 누구도 방해를 하거나 시비하지 않을 겁니다."

"허, 안전한 곳이겠군?"

바나바도 기뻐했다.

"바울, 잘되었네. 새 교회를 세울 수도 있겠어. 이러지 말고 방안으로 들어갑시다."

방안으로 들어오자 바울은 빗토리오와 테크라 두 사람에게 세례를 베풀었다. 한동안 두 사람은 바울과 바나바에게서 새 복음 말씀을 진지하게 더 들은 후 돌아가겠다 했다.

“이왕 만났으니 저녁 떡을 떼고 헤어집시다.”

바울이 잡았다. 그런 다음 궁금했던지 바울이 테크라에게 물었다.

“이고니온 출신이라 했지요? 헬라인입니까?”

“아니에요. 저는 부르기아인이랍니다. 이고니온 원주민이지요.”

“그럼 유대교를 신봉했던가요?”

“그런 셈이지만. 전 수행자입니다.”

“수행자라면? 어디서 무엇에 대하여 수행을 하나요?”

“수행처가 여러 곳 있지요. 원래는 유대땅 사해 서북쪽에 있던 쿰란 공동체에서 3년쯤 수행을 했습니다. 그러다가 슐탄 닥 공동체에서도 3년쯤 수행을 했었지요.”

“에쎄네 공동체를 말씀하는 거군요?”

“에쎄네를 아시는군요?”

테크라는 무척 반가워했다.

“조금 압니다.”

유대교에는 3대 종파가 있었다. 바리새파. 사두개파. 에쎄네파였다. 그 중에서 사두개(Saducee)파는 성전제사를 맡은 제사장들을 말함이었다. 이들은 자칭 솔로몬의 제사장 사독의 후예라 했지만 하스몬왕조의 타락한 제사장들로써 세속주의자, 쾌락주의자 그리고 권력지향주의자들이었고 부활을 믿지 않았다. 그러면서도 산헤드린의 지도자 행세를 하고 있었다. 에쎄네파는 로마의 종교탄압에서 벗어나 타락한 세상을 등진 채 경건하게 성경으로 돌아가 수행을 하며 같은 뜻을 가진 수행자들이 피난을 가서 함께 공동 생활하던 사람들을 말하고 있었다. 그들은 바리새파와는 다른 교리해석을 하고 있었다. 모든 시간과 역사는 미리 계획된 하나님의 <비밀>에 속해 있고 마지막 심판 때는 하나님의 비밀이므로 아무도 알 수 없다. 하나님을 따르지 않는 자들은 어둠의 자식들이다. 하나님과 계약된 에쎄네 백성들은 에덴의 빛보다도 일곱 배나 밝은 하나님 영광의 빛 속에서 산다며 흰옷을 입고 메시야 오실 날만 기다리며 처음에는 사해 부근의 쿰란을 근거지로 모여 있어 에세네파로 불리게 되었다.

"선생님이 어떻게 아시지요?"

흠칫하며 테크라가 물었다.

"혹시 이갈이란 분 아시는지?"

"이갈 현인을 어떻게 아시지요? 그분이야말로 에쎄네인들 중에서 가장 존경받는 현인이시지요. 뿐만 아니라 학식이 가장 높고 고매한 인품을 가진 분이라고 말합니다. 그분을 아시다니 놀랍군요. 그분은 내가 쿰란에 있을 때 계셨는데 지금은 안 계신다고 들었어요."

"다메섹에 계실 겁니다."

"어머 그래요?"

놀란 얼굴을 한 사람은 테크라 뿐 아니라 바나바도 마찬가지였다.

"바울! 대체 무슨 소리요? 에쎄네파에 대한 이야기는 지금껏 한 번도 비친 적이 없지 않나? 의외로군."

"죄송합니다. 말씀드릴 계기가 없어 지나치고 있었던 겁니다. 내가 다메섹 회심 후 아라비아 페트라로 가서 3년 쯤 기도하고 예루살렘을 거쳐 전도를 위해 다메섹으로 갔던 건 알고 계시지 않습니까?"

"물론이지."

"다메섹에서 시나고구에 나가며 안식일을 기해 전도활동을 했는데 박해가 심하여 개종자인 새 신자들을 데리고 인근의 산골짜기를 찾아 야외예배를 드리곤 했지요. 그 산, 험준한 돌산 속에 쿰란에서 피난 온 에쎄네인들이 공동체를 이루며 수행을 하고 있었지요. 이갈 현인은 그 때 만난 분입니다. 열 차례 정도 만난 것 같은 데 만날 때마다 깊이 있는 대화를 나누었고 그분이 집필하고 있던 책에 대해서도 많은 이야기를 나누었는데 상통하는 점이 참 많은 분이었습니다. 다메섹에서 도망쳐 고향 다소로 돌아가는 바람에 헤어진 후 그 뒤로는 한 번도 뵌 적이 없습니다."

훗날 학자들이 바울 신학 속에는 헬레니스틱 신비주의 성향을 보이고 에쎄네파의 영향도 여러 곳에서 나타난다고 지적하는데 바울이 에쎄네파 수행자들과 교유를 한 것은 다메섹에서였던 것이다.

"테크라, 그럼 요즘은 어디서 수행하고 있지요?"

"숲탄 닥 산 속에서 한두 달, 나머지는 이고니온에 있는 개인 수행처에서 지내고 있어요."

"그렇군요. 다음 안식일에는 안티우스 강가로 나갑시다. 기대되는군요."

바울은 비시디아 안디옥 교회가 갈라디아지방의 중심지이므로 확실하고 든든한 개척교회를 세워둘만한 곳인데 어떠냐고 바나바에게 상의했다.

"좋은 생각일세. 동족 할례자들이 들고 일어나지 않았다면 이곳은 제2의 수리아 안디옥교회가 될 수 있을 만큼 전도의 불길이 당겨져 활활 타오를 수 있는 곳이었어, 열심을 내보자구."

이윽고 다음 안식일이 되어 안티우스강가로 나갔다. 테크라의 말대로 바울과 바나바의 설교를 듣기 위해 모여든 사람들이 강가 잔디밭을 덮고 있었다. 100여 명이 넘어보였다. 바울과 바나바는 군중들의 뜨거운 환영을 받으며 예수는 누구이며 예수 그리스도는 왜 구세주이며 말세에 오신다던 구세주는 왜 시대의 중간에 오신 것인가 등 여러 문제들을 가지고 설교를 했다. 그리고 가뭄과 흉년의 고통으로 죽어가는 이스라엘 동포들을 위해 구제 의연금을 내달라고 호소했다. 그런 다음 바울은 군중들에게 안티우스강에서 세례를 베풀겠다고 선언했다.

"예수님을 믿고 영접하는 모든 성도들은 세례를 받아야 합니다. 세례는 우리들이 지은 모든 죄를 깨끗이 씻어낸다는 정결례의 의미도 있지만 제일 중요한 것은 물에 잠김으로 예수 그리스도와 십자가 위에서 함께 죽고 다시 사는 부활에 동참하게 되어 영생을 얻게 되는 것입니다. 이는 주안에서 하나가 되고 한 형제가 됨으로써 예수님과 함께 살고 예수님과 함께 죽어야한다는 뜻이 들어 있습니다. 절반으로 나누겠습니다. 절반은 절 따르십시오. 나머지 반은 바나바 선교사님을 따르십시오. 함께 세례를 행하겠습니다."

두 사람은 모여든 성도들에게 안티우스 강물 속으로 들어가 세례를 베풀었다. 세례를 받은 성도들 중 할례자 유대인은 10여 명이었고 나머지 20여 명은 디아스포라 유대인들이었고 대다수 성도들은 헬라인 혹은 현지인들인 부르기아인, 루가오니아인, 갈라디아인 등 이방인들이었다. 저녁때가 되어서야 집회가 끝났다. 다음 안식일에도 같은 장소에서 예배를 보겠다고 광고했다. 바울 일행은 성내에 있던 숙소로 돌아왔다. 빗토리오와 테크라도 동행했다.

"테크라 자매! 고맙습니다. 성도들이 모일 수 있었던 것은 자매님 덕분 아니었습니까?"

"천만에요. 주님이 하신 일이지요."

"바울! 여기서 한두 달 정도는 더 머물며 선교 사업을 하는 게 좋을 듯한데 어떻게 생각하시오?"

바나바가 제의했다.

"나도 그랬으면 합니다."

"그러자면 숙소를 옮기시는 게 좋겠습니다. 저희 집에 유하시는 게 어떻겠습니까?"

빗토리오가 권했다.

"성안에 유숙한다는 것은 좀 위험하지 않을까요? 자꾸 눈에 띄게 되면 할례자들이 가만있지 않을 것 같은데요?"

테크라가 걱정스러운 듯 말했다.

“자매님 말씀도 일리가 있습니다. 숙소는 안티우스 강가 인근으로 옮겼으면 합니다.”

“제가 알아보겠습니다.”

빗토리오가 말했다. 당장 그는 숙소를 알아보겠다며 나갔다. 빗토리오는 이튿날 강 근처 농가에 방 하나를 구했다며 찾아왔다. 포도주를 만드는 작은 창고에 딸린 작은 흙방이었다. 두 사람은 만족해했다. 그 숙소로 당장 옮겼다. 빗토리오는 10여 명의 이방인 새 신자들을 데리고 왔다.

“저희들은 서로 잘 아는 친구들입니다. 농사짓는 친구들도 있고 성안에서 작은 가게를 꾸리며 장사하는 친구들도 있습니다. 안식일이 아니더라도 언제나 시간을 내어 선생님들에게 복음을 전해 받고 공부를 하고 싶다하여 데리고 왔습니다.”

“정말 잘 오시었소. 앞으로 여러분들이 참 일꾼이 되어 이제 이곳에 세워지는 교회를 이끌어 가시는 게 좋겠습니다. 하나님의 뜻으로 생각합시다.”

바울과 바나바는 찾아온 열사람을 그날부터 그리스도인으로 양육하고 교회조직의 기간으로 삼았다. 바울과 바나바가 비시디아 안디옥의 교회에 머문 기간은 70여 일이었다. 두 달쯤 있으면서 견실한 개척교회 하나를 탄생시켰다. 성도는 모두 20명이었다. 두 사람이 이곳을 따나고 나서도 예배를 인도할 줄 아는 대표가 필요했다.

“빗토리오 형제에게 맡기시게. 테크라 자매가 옆에서 도와주면 훌륭하게 해낼 것 같으니까.”

바나바의 말이었다. 그러나 테크라는 숱탄 닥 수행처로 떠나야 한다 했다.

“꼭 해야 할 일이 남아 있어 가봐야 합니다. 이고니온에서 다시 뵙기루

해요."

그녀는 그렇게 말하며 먼저 슐탄 닥 산으로 떠나버렸다. 이윽고 바울과 바나바도 떠나야한다는 생각을 하게 되었다.

"이번 안식일 강가 예배만 인도하고 이고니온으로 떠납시다."

안식일이 되자 역시 100여 명의 신도들이 안티우스 강가로 모여들었다. 빗토리오는 앞에서 찬양을 인도하며 예배를 준비하고 있었다.

너의 안에 이 마음을 품으라. 그리스도 예수의 믿음이니
그는 근본 하나님의 본체시지만 하나님과 동등함을 주장치 않으시고
오히려 자기를 비어 종의 형상으로 사람들과 같이 되고

사람의 모양으로 나타나시어 스스로 낮추시고 죽기까지 복종하셨으니
십자가에 죽으심이라. 그러므로 하나님은 그를 지극히 높이셨네.

모든 이름 위에 뛰어난 이름을 주사 하늘에 있는 자,
땅 아래 있는 자 모두 예수의 이름에 무릎 꿇게 하여 예수 그리스도를.
주님이라 시인하여 하나님 아버지께 영광을 돌리게 하셨느니라.

(빌립보서 2:5-11)

빗토리오가 이끄는 대로 성도들은 큰 소리로 찬송가를 따라 불렀다. 바울과 바나바는 설교준비에 열중하고 있었다. 바로 그 때 크게 울려 퍼지던 찬송가 소리가 갑자기 음률이 흐트러지며 작아졌다. 누군가 바울 앞으로 뛰어왔다.

"저길 보십시오. 성내의 시나고구 할례자들인 것 같습니다. 몽둥이를 들고 이쪽으로 쫓아오고 있습니다. 피하십시오."

그가 가리키는 대로 바라보니 강가 언덕 밑에 20여 명의 청년들이 몽둥이를 든 채 뛰어오고 있는 것이 보였다.

"어서 피하십시오."

예배를 위해 모여 있던 성도들도 겁이 나는지 자리에서 일어나 피하려는 듯한 모습을 보였다. 이윽고 그들이 다가왔다.

"왜들 이러시오?"

바울이 앞으로 나서며 물었다.

"몰라서 묻는 건 아니겠지? 분명 두달 전에 당신들은 더 이상 사기 치지 않고 이곳에서 완전히 떠나겠다고 약속을 했을 텐데 아직도 여기서 뭉기적거리며 선량한 성민들을 마귀와 한패가 되어 정신을 홀리고 있어?"

"이곳은 비시디아 안디옥 성내가 아니잖소?"

바나바가 한마디 하자 폭력배를 끌고 온 우두머리가 바나바를 향해 몽둥이를 휘둘렀다. 바나바가 피하는 바람에 무사했다. 그러자 다시 치려고 몽둥이를 들어 올렸다. 그런 다음 바나바의 정수리를 향하여 내리쳤다. 그러나 몽둥이와 함께 옆으로 쓰러진 자는 바로 그였다. 바나바는 키가 클 뿐 아니라 체구가 완강하고 힘이 장사였다. 바나바가 외쳤다.

"몽둥이를 휘두르는 자는 몽둥이맛을 볼 것입니다. 하나님의 새로운 말씀을 동족들인 할례자들에게 먼저 전하여 구원을 받고 영생을 얻게 하려했으나 제 복을 저 스스로 털고 교만에 차 받아들이지 않으니 우린 그렇잖아도 당신들이 있는 이곳을 떠나 이방인들에게로 가려던 참이었소. 일찍이 주님께서는 <내가 너를 이방의 빛을 삼아 너로 하여금 땅 끝까지 구원케 하리라>고 약속하셨습니다. 예수교는 유대인 할례자들을 위해 있는 종교가 아니라 사해지내의 모든 이방인들까지도 똑같이 구원 영생을 주는 만민교(萬民教) 올시다. 자, 우린 떠납시다. 형제 여러분! 다시 만날 때까지 하나님의 말씀을 깊이 깊이 사모하고 기다리시오."

바나바는 바울과 함께 강변을 떠났다. 몽둥이를 들고 쫓아 온 청년들은 바나바의 괴력을 보고 기가 질려서 멍청하게 서 있을 뿐이었다. 두 사람은 일단 농가의 숙소로 돌아왔다. 밤이 되자 10명의 열성 성도들과 함께 빗토리오가 숙소로 찾아왔다.

바울은 그들과 함께 예배를 드렸다. 그런 다음 가지고 다니던 필사본 두루마리 성경을 꺼내놓았다.

"이 성경은 토라입니다. 파피루스에 옮겨 적은 것입니다. 예수께서는 율법을 폐하러 온 것이 아니라 율법을 완성하러 오셨다 했습니다. 무엇으로 완성하신다 했느냐? 사랑이었습니다. 사랑이란 새 계명으로 율법을 완성하신다 했습니다. 율법 자체가 잘못된 것이 아닙니다. 율법만이 우리를 죄에서 구원해준다는 선조들의 주장이 잘못 되었다는 것입니다. 예배 때마다 성경을 읽고 명상하고 토론하십시오. 그리고 틈나는 대로 파피루스나 양피지를 구하여 필사본을 한두 개는 만들어 놓아야 합니다. 그래야 다른 개척지 공동체에도 나누어 줄 수 있기 때문입니다. 언제가 될지 돌아오는 날은 확실히 약속드릴 수는 없지만 꼭 돌아올 것입니다. 다시 올 때는 이 성경을 도로 회수해 갈 것입니다."

그러면서 바울은 비시디아 안디옥의 개척교회의 선교와 운영의 책임은 빗토리오에게 맡기기로 하였다.

그런 다음 이튿날 아침 바울과 바나바는 이고니온을 향해 길을 떠났다. 두 사람이 길을 나서자 십여 명의 제자들이 뒤따라 나왔다.

"나오지 마십시오."

"큰길까지만 배웅해 드리겠습니다."

큰길이란 고속도로인 비아 세바스테를 말함이었다. 이고니온(Iconiun. 현재의 콘야)은 비시디아 안디옥에서 남서쪽으로 뻗어 있는 고속도로를 따라 루스드라와 더베의 방향으로 약 150킬로미터 떨어진 고원지대에 위치한 성읍이었다. 이고니온은 넓은 강을 끼고 있어 토지가 비옥하고 곡식이 잘 되었으며 특히 과일 살구 자두 등이 많이 나고 맛좋기로 유명했다. 그리고 이고니온은 고속도로변에 위치하고 있어 통상이 활발하여 상업이 흥했다. 바울 일행은 큰 도로에 나오자 길가에서 제자들과 헤어지게 되었다. 바울과 바나바는 일일이 제자들을 안수하고 석별을 아쉬워했다.

"신의 가호가 있기만 빕니다. 돌아갈 때는 다시 여러분을 만나고 갈 것입니다. 그때까지 예루살렘 모교회 구제헌금을 모아주십시오. 많은 액수가 아니라도 좋습니다. 단 얼마가 되더라도 도와야 합니다."

"형제들, 승리하시오, 다시 만날 때까지 안녕히 계십시오."

두 사람은 고속도로 위로 올라서서 이고니온을 찾아 떠났다. 도로 정면 면 쪽에는 흰 눈을 머리에 얹은 설산이 마치 쳐놓은 병풍처럼 가로 막고 있는 것이 보였다.

"저기 보이는 저 산이 숇탄 닥인 모양인데요?"

바울이 손으로 가리키며 묻자 바나바는 잠시 그쪽을 응시하다가 고개를 끄덕였다.

"그런 거 같네. 하늘과 맞붙어 있는 것 같군. 과연 높고 험준한 산이로군?"

"빗토리오 형제의 말대로라면 저 높은 숇탄 닥을 넘어가야 이고니온이 나온다고 하잖았나요?"

"그랬었지. 고속도로는 산 밑을 우회하여 돌아가기 때문에 멀다 했네. 낮은 산허리 쪽 산길로 넘어가면 지름길이 된다 했지. 이고니온에 도착하는 시간도 절반 이상 단축이 된다 했네."

이윽고 두 사람은 석양 무렵에야 숇탄 닥 산 밑에 이르렀다. 이곳은 갈림길이었다. 고속도로 쪽으로 가는 길과 산허리 길로 가는 길이 나누어지는 삼거리였다. 그곳에는 말들이 쉬어가는 주마장(駐馬場)이 있고 가게가 딸린 숙소도 있었다. 오후에 도착하는 나그네들은 이곳 숙소에서 자고 새벽녘에 슕탄 닥을 넘어가게 되어 있었다.

"바울, 우리도 여기서 자고 일찍 떠나기루 합시다."

"그러지요."

"테크라 자매가 수행하고 있다는 곳이 저 산속에 있다하지 않았소?"

"그랬었지요."

"여기까지 왔으니 사람들에게 물어보아 그녀를 찾을 수 있으면 만나고 갑시다."

"좋은 생각이네요."

숙소를 잡고 두 사람은 가게로 나왔다. 따끈한 우유 두 잔을 시켰다. 가게주인은 오십쯤 된 여자였다.

"말씀 좀 물어보겠습니다. 혹시 저 산속에서 기도수행을 하며 공동생활하는 사람들 아시나요?"

"아, 흰옷만 입고 산 속에 사는 사람들 말인 모양이네요?"

"잘 아시는군요. 그분들이 사는 곳을 찾아가려면 어느 쪽으로 가야하나요?"

"그 사람들은 산양 염소 같지요."

"그건 무슨 말이요?"

"깎아지른 바위틈에서 사니까요. 옳지 여기서는 창문 밖으로 보이겠군? 저쪽 왼쪽으로 보이는 설산 봉우리가 슕탄 봉이랍니다. 바위산이지요. 항상 흰 눈에 덮여있어 바위들이 안보일 뿐이에요. 그 밑에 가면 동굴들이 나있는데 그 흰옷 입은 사람들은 그 동굴 속에서 모여 산답디다."

"어떻게 올라가야지요?"

"안내자 없인 못 올라갑니다요. 안내자가 있더라도 죽기 살기로 작정하지 않으면 아예 오를 생각도 안하는 게 좋을 거예요."

주인 여자는 고개를 설래설래 흔들었다.

"테크라 자매가 그런 곳에서 지낸다구? 놀랍군."

"포기합시다. 이고니온에 가면 거기서 나중에 만날 수도 있을 테니까."

설산을 오른다는 건 그만두기로 했다. 숙소에서 하룻밤을 자고 새벽 동틀 무렵 길을 나섰다. 슐탄 닥 산의 허리 길을 돌아 하루 온종일을 걷고 또 걸었다. 이고니온은 부르기아와 루가오니아지방의 교차로에 있었다. 갑자기 산자락이 사라지자 아름답고 넓은 강이 나타났다.

"저게 무슨 강일까?"

"이고니온강일 겁니다. 이제 거의 다 온듯 합니다."

드디어 비시디아 안디옥을 떠난 지 일주일 만에 이고니온에 도착하게 되었다.

"역시 아름다운 도시로군요. 과일나무들이 집주변을 둘러 서 있고 저 너른 밭은 아마밭인 모양인대요?"

"고원지대라서 하늘이 파랗고 공기가 맑습니다. 숙소부터 찾아봅시다."

두 사람은 성내에 들어가면서 숙소를 구했다. 그런데 주인여자와는 말이 통하지 않았다. 현지민인데 그녀는 부르기아 어밖에 몰랐다. 난감해서 손짓발짓을 하고 있는데 주인 남자가 외출에서 돌아왔다.

"아이구 죄송합니다."

주인남자는 헬라어를 알고 있었다. 바울과 바나바는 언제나처럼 처음 방문한 도시에 대해 사전 지식을 얻기 위해 이것저것 자세히 물었다.

"역시 갈라디아 지방에서는 비시디아 안디옥보다 이곳 이고니온이 규모는 작지만 중심도시로군요? 고원지대의 비옥한 평야지가 펼쳐지고 멀리 고산준봉들이 들러싸 분지를 이루고 있습니다. 이곳은 목화밭이 많군요."

"중심가라는 십자로로 나가봅시다. 유대인들의 시나고구가 어디 있는지도 찾아볼 겸."

두 사람은 중심거리를 찾아 나가보았다. 전형적인 헬라풍의 작은 도시였다. 주민들도 부르기아인들이 주로 많고 헬라인들과 로마인들 그리고 유대인들이 섞여 살고 있었다. 숙소주인의 말로 이곳에 거주하는 유대인은 500여 명 쯤 될 것이라 했다. 지나가는 헬라인에게 시나고구의 위치를 묻자 그는 친절하게 알려주었다. 실레(Sile)라는 지역에 있었다.

바울과 바나바는 안식일이 되기를 기다려 예배를 드리기 위해 회당을 찾아 갔다. 거기 모인 신도는 약 200여 명이었다. 얼핏 보아도 할례자보다는 이방인들이 많아보였다. 드디어 예배가 시작되었다. 찬송가를 부르고 나자 회당장은 <레위기>를 10장에서 20장까지 봉독했는데 그가 한 줄 한 줄 읽을 때마다 신도들이 따라 봉독했다. 성경봉독이 끝나자 회당장이 광고를 했다.

"여러분들도 아시고 있는 것처럼 다음 주일은 우리 이스라엘의 7대 명절 절기의 하나인 <대속죄절(代贖罪節)>입니다. 대속죄절이야말로 이스라엘 백성들이 가장 중요하게 생각하는 절기이지요. 이날은 1년 동안 알게 모르게 지어 온 우리 모두의 죄를 사해주기 위해 예루살렘 대성전에서 대제사장님과 제사장들이 희생제사 드리며 하나님께 죄사함을 비는 날입니다. 이 날은 이스라엘 각처에서 순례자들이 모두 예루살렘으로 모여드는 날이기도 합니다. 우리도 신자 모두 갈 수는 없어 두 주일 전에 열두 명의 대표를 뽑아 보냈다는 걸 잘 알고 있을 것입니다. 대속죄일에 예루살렘에 가지는 못해도 모두 경건한 마음으로, 회개하며 그날을 맞이합시다."

회당장의 광고가 끝나고 예배를 마치게 되었다. 그 때 바울이 손을 들고 일어섰다.

“회당장님! 저희들은 수리아 안디옥에서 온 선교사들입니다. 잠시 인사 말씀 드릴 수 있는 영광을 주시면 안되겠습니까?”

“수리아 안디옥이라구요? 멀리서 오셨군? 좋습니다. 인사해도 좋습니다.”

회당장의 허락이 떨어지자 바울이 좌중을 둘러보며 말을 이었다.

“고맙습니다. 저는 선교사 바울이며 제 옆은 바나바 선교사입니다. 인사를 하게 해주시고 새로운 하나님 말씀을 전할 수 있는 기회를 주셔서 고맙습니다. 회당장님의 말씀대로 다음 주일은 대속죄절입니다. 그날은 모든 백성들이 금식을 하고 죄사함을 하나님께 비는 날입니다. 해마다 대속죄절이 되면 1년 동안 쌓인 나의 죄를 사함받기 위해 성전의 희생제사에 참예해야 하는 것입니다. 모든 백성들은 희생제물인 양이나 염소를 들고 성전을 찾습니다. 이날의 주인공은 두 마리의 염소와 대제사장입니다. 두 마리 염소는 희생되는 대표적인 제물이며 대제사장은 희생제사를 주관하고 모든 백성들을 대신하여 성전의 지성소로 들어가 하나님을 뵙는 날이기 때문입니다. 성전은 휘장을 쳐서 두 방으로 나뉘어져 있습니다. 번제단이 있는 입구의 첫째 방이 성소입니다. 제사는 그곳에서 지내게 됩니다. 오른편에 진설병상(陳設併床)이 놓여 있고 왼편에는 일곱 금 촛대가 놓여 있습니다. 뒤에는 휘장이 쳐져 있지요. 휘장 너머 방이 하나님이 계신 지성소입니다. 거기엔 언약궤(言約櫃)인 법궤가 있습니다. 법궤 속에는 3가지 성물이 들어 있지요. 출애굽하여 광야를 헤맬 때 이스라엘 백성들을 하나님께서 먹이신 만나 항아리가 들어 있고 그 옆에는 싹이 돋았던 아론의 지팡이가 들어 있으며 그 옆에는 시내산에서 모세가 하나님으로부터 받은 십계명의 돌비 두 개가 들어 있습니다. 하나님은 그곳에 언제나 임재하시고 계신다고 여겨왔습니다.

그 지성소에 들어갈 수 있는 유일한 인물은 대제사장입니다. 그것도 1

년에 단 한번 들어갈 수 있지요. 언제일까요? 데속죄절 때 희생제사를 마치고 제사 지낸 염소의 피 단지를 들고 들어가 피를 뿌리며 백성들의 죄를 사해달라 비는 겁니다. 대속죄절이 오면 대제사장은 성전 앞에 움막을 짓고 제사에 대한 예행연습을 철저하게 합니다. 바늘만한 실수도 용납이 되지 않기 때문이지요. 속죄절 당일이 되면 제사장들은 가장 깨끗하고 무흠한 염소 두 마리를 성전으로 데리고 옵니다. 대제사장은 두 마리 염소에게 안수를 하고 제비뽑기를 합니다.

두 마리 중 한 마리는 제단에서 희생제사의 제물로 바쳐지고 또 한 마리는 아사셀 염소로 불리며 황량한 죽음의 땅 광야로 쫓겨 가야 하는 것입니다. 제사에 사용되는 염소는 목에 붉은 리본을 매주고 쫓겨 나는 염소는 뿔에 붉은 리본을 매줍니다. 제단에서 희생제사가 치러지고 제물이 된 염소의 피를 받습니다. 그 피 단지를 들고 대제사장은 성소로 들어가 휘장을 걷고 하나님이 계시는 지성소로 들어가 희생염소의 피를 뿌리며 만백성의 죄를 사해 달라 비는 것입니다. 살아있는 또 한 마리 아사셀 염소는 어찌될까요? 사실은 제단에서 죽은 염소보다 살아있는 아사셀 염소가 더 중요한 소임을 갖게 됩니다. 만백성들이 한 해 동안 저지른 수많은 죄들을 아사셀 염소의 등에 지우는 것입니다. 이윽고 죄짐을 진 아사셀 염소는 담당 제사장의 손에 이끌려 성전의 동문으로 나가 죽음의 땅인 유대광야로 나가는 것입니다. 나무 한그루 풀 한 포기 물 한 모금 없는 광야로 이삼일 동안 끌려 나가 그 염소는 버려지는 것입니다. 염소를 버리는 게 아니라 <죄짐>을 버리는 거지요. 그로써 만백성들의 죄는 깨끗해진다는 것이고 그렇게 모두 믿고 있다는 것입니다. 그런데 문제가 생겼습니다. 제사장이 끌고 나가 광야 복판에 버리고 온 염소가 어느 날 보니까 성전 주변으로 다시 돌아와 헤매 다니더라는 것입니다. 멀리 멀리 내다버린 죄짐이 다시 돌아왔던 것입니다. 얼마나 놀랐겠습니까? 제사장들과 서기관들이 긴급히 회의를 했습니다. 결론은 살려놓고 돌아오기 때문에 염소가 다시 돌아온다는 것이었습니다.

죽여야만 모든 죄가 도말(塗抹)되는 것입니다. 그래서 다음부터는 제사장이 아사셀 염소를 끌고 유대광야로 나가면 몬타르 산까지 데리고 가서 산 정상에 이르러 산 밑으로 까마득한 낭떠러지가 있으니 거기서 염소를 밀어뜨려 죽은 것을 보고나서 돌아와야 한다고 법을 고쳤습니다. 인간들의 모든 죄짐을 염소 한 마리가 등에 지고 광야에 나가 죽는다고 과연 그 죄들이 깨끗이 없어질까요? 불가능 하지요? 희망에 불과할 뿐입니다. 그러기를 바라는 거지요. 수천 년 동안 만백성들의 죄는 도말된 것이 아니라 유보되어 쌓인 것뿐입니다. 보다 못하신 하나님은 독생자인 아드님을 보내어 아사셀 염소가 지고 가던 죄짐을 대신 지게하고 피 흘려 죽게 하여 만백성의 죄를 깨끗이 없애주고 씻어주셨습니다.

그 하나님의 아드님이 누구인지 아십니까? 온 유대백성들을 위해 죄짐을 지고 광야에 끌려나가 희생당한 아사셀 염소를 대신한 하나님의 아들이 있습니다. 천국이 가까워졌으니 모두 회개하고 세례를 받으라며 세례자 요한은 요단강에서 외쳤습니다. 모든 이들은 그가 하나님이 보내신 독생자이며 그리스도이며 메시야인줄 알고 당신이 그냐고 물었습니다. 하지만 그는 부인했습니다. 나는 다만 이사야 선지자께서 일찍이 예언한대로 주의 길을 곧게 하는 길라잡이고 광야에서 외치는 그저 <소리>일 뿐이고 그리스도는 내 뒤에 오시는 분이며 그분은 나처럼 광야의 외치는 소리를 내는 분이 아니라 하나님의 <말씀>을 선포하는 메시야이며 나는 그분의 신발 끈도 들어줄 수 없는 보잘 것 없는 자라 했습니다. 이튿날 자기에게 세례를 받기 위해 와서 선 분을 보자 그는 외쳤습니다. 보라! 세상 죄짐을 지고 가는 하나님의 어린양이로다!

하나님이 독생자를 이 세상에 보내셨습니다. 그런데 모두 몰랐고 알았어도 아니라고 부인했습니다. 바리새인들과 서기관들은 아무런 죄도 없고 처단 받아야할 이유도 없는 그분을 고발해서 십자가에 매달아 피 흘리며 죽게 했습니다. 그들은 왜 그분을 몰랐을까요? 이 분은 보잘 것 없는 목수의 약혼녀 마리아의 몸을 빌려 성육신하여 이 세상에 오셨기 때문에 믿지 못한 것입니다. 하지만 그분은 인간의 모든 세상 죄를 사함 받게 해주시고 죽으셨습니다.

그분이 누구인지 나와 함께 외쳐 불러보십시오. 그분은 나사렛 예수입니다. 메시야이며 그리스도인 예수님이십니다. 죽은 지 사흘 만에 하나님은 예수님을 살려내셨습니다. 다시 사신 것입니다. 그리고 40일 동안 제자들과 생활했습니다. 40일 만에 그분이 감람산에서 부활 승천하여 하늘에 오를 때는 500여 명의 제자들이 지키며 전송했고 그 때 그 사건을 목격한 목격자의 절반이 생존해 있으니 거짓이라 할 수 없습니다.

모세도 다윗왕도 솔로몬왕도 죽어서는 썩어서 한줌 흙으로 돌아갔습니다. 다시 살아서 하나님 우편으로 올리워진 예수님이야말로 하나님의 독생자 아니고 무엇입니까? 여러분! 믿으십시오. 그분이 십자가 위에서 눈을 감으실 때는 온 세상이 어두워졌으며 바위들이 터지고 성소의 휘장이 쩌억 갈라졌습니다. 성소의 휘장이 갈라졌다는 건 무슨 뜻일까요? 찢어진 그 휘장은 지성소 휘장입니다. 지성소는 대제사장만이 1년에 한 차례 대속죄일에 한하여 들어갈 수 있는 지엄한 곳이었습니다. 그 성소의 휘장이 갈라졌다는 것은 여러분이나 나처럼 보잘 것 없는 서민들도 대제사장을 통하지 않아도 언제든 하나님을 뵈올 수 있다는 뜻입니다.

이제부터는 대속죄절에 희생제사도 필요 없습니다. 십자가 위에서 예수님이 우리를 위해 죽으셨을 때 우리 죄는 사함을 받았고 그분이 죽으심으로 우리도 함께 죽었으며 그분이 살아나시고 부활할 때 우리도 함께 부활하여 의롭게 되었으니 더 이상 죄를 짓지 않고 살면서 기다리고 있으면 주님이 재림하여 의로운 하나님의 빛의 자녀들은 함께 하늘로 들려 올라 갈 것입니다. 그걸 믿으셔야 합니다."

바울의 열정적인 긴 설교는 그제야 끝이 났다.

"마라난타! 마라난타!(주여 오소서)"

신도들은 감동 감격하여 눈물을 흘리며 모두 일어나 마라난타를 외치고 있었다. 감동의 도가니였다.

"흥분하지 마시오. 여기는 신성한 성전입니다. 소란스럽게 하는 것은 성전과 경건한 예배를 모독하는 것입니다. 앉으시오!"

회당장이 놀라 부르짖으며 물결치는 군중의 흥분을 가라앉히려 기를 썼으나 소용없었다. 이어서 바나바가 용감하게 말씀을 이어서 전했다. 소란스럽던 군중들은 바나바의 설교기 시작되자 다시 냉정을 찾아 조용하게 경청했다. 이윽고 예배도 끝나고 두 사람의 설교도 끝이 났는데도 대다수의 신도들이 자리를 뜨지 않았다.

"두 분 선교사는 다음에 다시 모실 테니 오늘은 모두 돌아가주시기 바랍니다."

회당장의 말을 듣고 나서야 신도들은 흩어져 갔다. 바울과 바나바도 회당장에게 인사를 하고 떠나려 하자 회당장이 잠시 보고가라 했다. 당장방으로 들어간 그는 두 사람에게 무릎을 꿇게 했다.

"왜 이러십니까?"

회당장은 개의치 않고 바울과 바나바의 머리를 양손으로 누르며 큰소리로 기도하기 시작했다.

"하나님 아버지 용서하여 주시옵소서. 이들이 더 이상 성전을 모독하고 율법을 부정하며 이단의 교리로 신도들을 미혹하는 일이 없게 하여 주옵소서. 회개하고 반성하게 해주옵소서. 하나님 아버지. 간절히 비옵니다."

바울과 바나바가 고개를 들자 회당장은 기도를 멈추었다. 회당 안은 아무도 없었다. 신도들을 퇴장시키는 것이 보였다. 그리고 두 사람의 주변에는 젊은 신도 칠팔 명이 둘러싸 있었다. 회당장이 따지듯 물었다.

"너희들을 누가 여기까지 보낸 것이냐? 대체 어디서 누가 왜 보낸 것인지 말해보아라."

"하나님이 보내서 왔습니다."

바울이 대답했다.

"감히 거룩하신 하나님의 이름을 팔다니? 벌이 두렵지도 않으냐?"

"두렵지 않습니다."

"누가 너희들을, 어떤 자격으로 보냈느냐?"

"우린 하나님이 세워주신 사도이며 새로운 예수복음을 전하라신 명령을 받아 여기까지 온 것입니다."

"더 이상 궤변을 늘어놓으면 너희들은 붙잡혀 태장을 받을 것이다. 매맞아 죽고 싶지 않으면 당장 이고니온을 떠나라. 어쩔텐가? 둘 중 하나를 택하라. 당장 떠나가든지 아니면 태장을 맞든지."

회당장이 윽박질렀다. 두 사람 모두 반응이 없자 회당장의 턱짓에 청년들이 몰려들어 두 사람을 회당 밖으로 끌고 나갔다.

"회당장님, 태장을 칠까요?"

청년 중 하나가 물었다. 그러자 회당장이 한 번 더 물었다.

"마지막으로 묻겠다. 어느 쪽이냐? 태장을 택하겠느냐?"

"이걸 놓으시오."

갑자기 바나바가 우렁찬 목소리로 외쳤다. 그들은 찔끔하며 잡고 있던 손을 놓았다. 바나바와 바울은 땅바닥에 무릎을 꿇고 앉으며 큰소리로 기도했다.

"사랑과 은혜 충만하신 하나님이시여. 저희들을 굽어 살펴주시옵소서.

예수께서는 우리들의 모든 죄를 사해주시고 부활영생을 주시기 위해 이 땅에 오셨는데도 그걸 깨닫지 못하고 핍박을 하고 있으니 안타까울 뿐입니다. 보물을 손에 쥐어주어도 모르는 자들 앞에서 새로운 구원의 말씀을 전한들 무슨 소용이겠습니까? 하나님, 이들을 용서해주시고 회개하게 하여주시옵소서. 예수그리스도의 이름으로 기도드립니다."

바나바는 기도를 마치자 바울의 팔을 들어 올리며 떠나자 했다. 청년들이 잡기 전에 벌써 두 사람은 잰걸음을 걸으며 회당 앞길을 벗어나고 있었다.

8
돌에 맞아 죽은 바울과 믿음의 아들 디모데

이윽고 두 사람은 숙소에 이르렀다. 숙소에 들어가려는 데 누군가 뒤에서 불렀다.

"선생님."

"아니 테크라 자매? 어떻게 알고 왔지요?"

테크라였다. 두 사람은 반가워했다.

"오늘 예배에 저도 참석해 있었어요. 끝나서 따라온 거랍니다. 비시디아 안디옥에서 말씀드렸잖아요? 이고니온은 제 고향이고 제 거처가 있는 곳이라구요. 잠시 숱탄 닥에 가지만 나중 이고니온에서 다시 만나게 될 거라구 했잖아요."

"아무튼 반갑소."

"떠날 채비하세요."

"어디루요?"

"제가 거처하는 처소로 모시고 싶습니다. 이고니온 성 밖에 있는 곳이니 안전하게 전도활동을 하실 수 있을 거예요."

"고맙소."

두 사람은 테크라의 뒤를 따라 이고니온 성내를 벗어났다. 테크라가 사는 곳은 바위산들이 겹쳐져 있는 높은 언덕 위에 있는 동굴마을이었다.

"동굴이 많지요? 인위적으로 뚫은 굴은 하나도 없습니다. 원래부터 수천 년 내려오며 풍화작용에 의해 생겨난 굴들이랍니다. 살기엔 단점보다 장점이 많습니다. 여름엔 시원하고 겨울엔 푸근하고 따뜻합니다. 원래 제가 태어난 곳은 이곳이 아니라 이고니온 성내였습니다. 입구가 낮은 것 같지만 그렇지도 않아요. 머리를 숙이지 않으셔도 됩니다."

동굴 안으로 들어가자 방마다 아주 넓은 공간으로 되어 있었다. 동굴 생활하는 주민들이 100여 가구, 400여 명이 모여 살고 있다 했다.

"이곳은 안전한 곳이에요. 오래 오래 계시며 전도활동을 하셔도 됩니다. 비시디아 안디옥이나 이고니온 모두 이스라엘 쪽에서는 멀리 떨어진 이방 아니겠어요? 그러니 어딜 가나 유대인보다 이방인의 숫자가 많습니다. 할례를 받았거나 받지 않은 디아스포라 유대인들을 개종시키는 건 아주 힘든 일이지만 헬라인이거나 원주민들은 그렇지 않습니다. 예수님의 새 복음을 듣자마자 그들은 기다리고 있었던 것처럼 감동하고 감화되어 예수의 제자 되기를 원하지 않습니까?"

"우리 역시 그 때문에 감격하고 용기백배하고 있었어요."

"비시디아 안디옥은 아마도 빗토리오 형제께서 선생님이 세우신 교회를 잘 이끌어갈 거예요."

"이곳 이고니온에도 개척교회를 세우게 되면 테크라 자매께서 맡아주어야 할 겁니다. 자매님 밖에는 없으니까요."

바나바의 말이었다. 그러자 테크라가 손을 흔들었다.

"성령충만하고 믿음 깊은 그런 존경받는 남자가 맡아주어야지 저 같은 여자가 맡아서야 되겠습니까? 저는 자격이 없습니다."

"무슨 말씀이오? 교회에서 예언자는 설교하는 목회감독과 동등합니다. 그리스도 교회의 예언자는 거의 모두 여자 분입니다. 테크라 자매님은 어떤 일을 맡아도 훌륭히 해낼 하나님의 일꾼이란 생각입니다."

바나바의 말이었다.

"아직 이고니온에는 신자들이나 예배처도 마련되지 않았는데 바나바 형은 너무 앞서 가시는 거 아닌가요?"

"그건 그렇군."

그러자 테크라가 나섰다.

"제가 나서면 이고니온에서도 당장 10여 명의 새 신자들을 모을 수 있습니다. 여긴 내 고향이기 때문이지요. 예배처는 이 동굴 안으로 정하시면 될 겁니다."

테크라의 도움은 두 사람에게 천군만마의 힘이 되어주었다. 그녀는 이미 바울이 오기 전부터 조직을 했던 것처럼 11명의 새 신자들을 동굴로 불러들여 예배를 보게 하고 세례를 받게 했다. 그들은 이고니온 시나고구에서 바울의 설교를 듣고 감명을 받아온 사람들이었다. 바울과 바나바는 한 달 동안 동굴 속에서 전도 집회를 하여 역시 가장 견실한 신자 22명을 제자 삼게 되었다. 그리하여 이고니온 개척교회가 생겨나게 되었다.

그중 모든 이들의 존경을 받는 인물이 있었다. 리기아라는 목화농장을 하는 농부였다. 리기아에게 신생교회를 이끌어가게 하고 테크라의 도움을 받게 했다. 그런데 문제는 이고니온 성내에 있는 유대인 회당에서 발생했다. 정통 유대교를 지켜야한다는 보수적인 할례자파와 바울과 바나바로부터 예수를 영접한 그리스도교 신자들 간에 갈등이 커지다가 급기야는 충돌하는 사건이 발생했던 것이다. 동굴교회는 리기아가 대표자가 되면서 자기의 목화농장 집으로 예배처를 옮기게 되었는데 마침 그 농장은 이고니온 성내에 있었다. 그 농장에서 바울과 바나바는 3일간의 예정으로 전도집회를 열기로 했다. 첫날부터 200여 명의 성민들이 모여들어 성황을 이루었다. 그 집회에서 감화된 성민들이 세례를 받고 그리스도교인이 되었다. 그 소식이 전해지자 이튿날은 더 많은 사람들이 모여 들었다. 이윽고 예배를 시작할 때쯤 되자 100여 명의 할례자 유대인들이 손에 몽둥이와 돌멩이를 쥔 채 집회장소에 들이닥쳤다. 몽둥이를 휘두르자 모여 있던 사람들이 얻어맞고 흩어져 도망치기 시작했다.

"바울과 바나바라는 사기꾼 놈들을 잡아야 한다. 농장에서 벗어나지 못했다. 구석구석 수색하여 잡아내라. 돌로 쳐죽이자!"

그들은 더더욱 날뛰며 바울과 바나바를 찾았다. 그러나 그때쯤 바울과 바나바는 집주인 리기아가 안전한 곳에 숨겨주어 무사하게 되었다. 두 사람을 찾아 응징하겠다고 날뛰던 자들이 찾아내지 못하고 돌아갔다. 바울일행은 그들이 돌아간 뒤 숨은 곳에서 나와 테크라의 동굴마을로 피신했다.

"저들이 박해를 하면 할수록 예수 그리스도교를 믿는 성도들의 신앙은 더욱 굳건해질 것입니다. 이고니온 개척 교회의 근거지는 리기아님의 집하고 이곳 동굴교회, 두 군데로 삼았으면 합니다."

테크라의 말이었다.

"그게 좋겠소. 바울! 이곳은 리기아 형제와 테크라 자매께 맡기고 우린 내일이라도 루스드라로 떠나자구. 충분한 기간 동안 머물러 목표는 이루었으니 말이야."

"그럽시다. 내일 아침에 떠날까요?"

바울과 바나바는 이튿날 아침에 루스드라로 떠나기로 했다. 그날 밤 바울은 혼자서 아주 좁은 동굴 기도방에 들어가 금식한 채 오랫동안 기도를 드렸다. 기도를 마치고 일어나려던 바울은 흠칫 했다. 자기 바로 뒤에 누군가 두 팔을 바닥에 대고 엎드려 기도를 하고 있었던 것이다. 테크라였다. 바울이 방을 나설 때쯤 그녀도 기도를 마치고 밖으로 나왔다.

"절 따라오시지요."

테크라가 앞장서서 구불거리는 동굴 복도를 걸어갔다. 복도 안은 뚫린 천정을 통하여 달빛이 부분적으로 밝게 비쳐들고 있었다. 테크라는 아늑해 보이는 거실로 인도했다.

"여기 의자에 앉으시지요. 이 창문을 통하여 낮에는 이고니온 강물과 타민산 밑 아름다운 평야가 한눈에 보인답니다."

"아 그래요? 밤에 봐서 유감이군? 하지만 달빛을 받은 밤풍경도 정말 아름다운데요?"

바울은 감탄하면서 둥글게 뚫린 창을 통하여 보이는 바깥 풍경을 바라보았다.

"은빛으로 반짝이는 긴 띠처럼 보이는 것이 달빛을 받은 이고니온 강물이에요. 그리고 검푸른 평야에 흰빛으로 반사되는 건 드넓은 목화밭이구요. 잠시만 기다려주세요."

테크라는 옆방으로 갔다가 잠시 후에 포도주병을 들고 들어왔다.

"이 포도주는 이고니온 포도로 만든 거랍니다. 아주 좋다고 소문이 난 포도주예요. 한두 잔 하시면 피로가 모두 가실 거예요."

테크라는 술잔에 포도주를 따랐다.

"드시지요."

바울은 기꺼이 잔을 들었다. 마시기 전에 테크라가 말을 이었다.

"선생님께서 세례를 베푸시는 것도 아주 인상적이었지만 예배 후에 성도들이 떡을 떼고 잔을 나누는 성례전(聖禮奠)의 의식이 감동적이었어요. 떡은 찢긴 예수님의 몸을 기념하고 붉은 포도주는 그분이 우리의 죄를 사해주기 위해 흘리신 십자가의 피이니 그걸 기념해야한다 했을 때 전 감동했습니다."

"주님의 은혜를 잊으면 안 되지요."

기분 좋게 한두 잔을 마셨다. 모처럼 집에 돌아온 것 같은 편안함과 잔잔한 행복감이 젖어들어 바울은 깊게 패들어간 두 눈을 지그시 감았다.

"이런 말씀 묻는 게 실례 같지만 선생님은 결혼하셨겠지요?"

"했었지요."

바울은 꿈꾸듯 말을 받았다.

"했었다는 건 과거란 말인가요?"

테크라는 직선적인 여자였다. 눈치를 보거나 망설임이 없었다.

"그래요. 과거지요. 테크라는 남편이 있겠지요?"

"전 독신녀랍니다. 한 번도 결혼하지 않았거든요. 한 잔만 더 드시지요?"

"아닙니다. 지금이 좋습니다. 오랜만에 기분 좋게 잠들 수 있을 것 같습니다. 자, 그럼."

바울이 일어났다. 자연스럽게 테크라가 부축하듯 바울의 팔을 잡았다.

"겉으로 보기에는 허약하신 체구로 보였는데 의외에도 팔이나 허리가 튼튼하시네요?"

"팔다리가 튼튼합니다. 그런 건강이 없었으면 수천 리를 걷고 그 혹독한 매질도 견뎌내지 못했을 게요."

침실로 인도한 테크라는 침상에 새 모포를 깔고 잠자리를 만들어주며 마치 부인처럼 세심하게 시중을 들어주고 나갔다. 이성으로써의 여인 체취는 아내와 헤어진 뒤 처음이어서 잠시 머리가 혼란스러웠다. 바울은 기도를 하며 평정심을 되찾았다.

이튿날은 안식일이었다. 바울과 바나바는 테크라와 함께 디아스포라 유대인 회당을 찾아갔다. 회당에 들어가 앉아 예배가 끝나기를 기다렸다. 그런 다음 회당장이 새로 나온 신도가 있는 듯 하니 간단하게 인사하는 시간을 갖겠다 했다. 바울이 일어나서 앞으로 나갔다. 그런 다음 일행을 소개하고 자신들은 새로운 예수복음을 전하기 위해 온 사도임을 밝혔다.

“저희들이 먼 이곳 까지 오게 된 것은 두 가지 중요한 이유가 있어서였습니다. 첫 째는 지금 이스라엘 동포들이 3년 동안이나 기근과 흉년이 겹쳐 굶어 죽어 가고 있다는 슬픈 소식을 말씀드리고 그분들을 구호하기 위해서 다소나마 구제헌금을 내주십사 하는 뜻을 전하기 위해서입니다. 모아주시면 저희들이 전해드리겠습니다. 그리고 더 중요한 소식이 있습니다. 그 기쁜 소식을 전해드리려 달려 온 것입니다. 그 소식이란 새로운 <예수복음>입니다. 여러분! 기억하십니까? 이 땅에 자신이 죄인처럼 십자가에 못 박혀 우리 인간들의 모든 죄를 사해주시려고 피 흘리며 돌아가신 분이 있었습니다. 나사렛 예수님이십니다.”

바울은 예수가 누구이며 왜 이 세상에 오셨으며 왜 아무런 죄도 없이 십자가에서 피흘리고 죽임을 당하고 다시 살아나 부활하여 천상에 올라가게 되었는지 십자가 구속사(救贖史)와 참 진리인 예수도(道)를 왜 믿어야 하는지를 설파해 나갔다. 신도들은 차츰 은혜를 받아 성령 충만해지기 시작했다.

“예수께서는 말씀하셨습니다. 육적(肉的) 할례시대는 끝났으니 새로운 복음으로 영적(靈的) 할례를 받아야 한다구요. 회개하고 내가 전파하는 예수님을 진심으로 믿으십시오. 그리하면 못 이룰 것이 없습니다. 성령을 받으면 죽은 자도 살아납니다. 거기 앞에 앉아 있는 형제! 예배 전에 보니 다른 사람 등에 엎여와 앉았던데 어떠시오? 어디가 불편해서 그러지요?”

“전 날 때부터 다리를 쓰지 못하는 앉은뱅이였습니다. 예수님은 제 다리도 고쳐주실 수 있나요?”

바울은 그 청년을 노려보았다. 그의 두 눈은 형형한 광채가 뻗치고 있었고 바울을 바라보는 청년은 떨고 있었다. 바울이 부드럽게 물었다.

“진심으로 믿으시오?”

“예.”

바울이 부르짖었다.

"예수의 이름으로 이르노니 두 발로 일어서라. 일어서라!"

청년이 움찔거리다가 두 손을 바닥에 짚고 일어나려고 다리를 움직였다.

"일어섰다! 와! 일어났다. 앉은뱅이가 일어났다"

회당 안은 놀라움과 찬탄의 신음과 함성으로 시끄러워졌다. 그 청년은 일어섰을 뿐 아니라 신도들의 요구대로 한 발 두 발 걸어보였다.

"하나님! 예수님! 감사합니다."

청년은 기뻐서 어쩔 줄 모르며 회당 밖으로 뛰어 나갔다. 그 소문은 날개를 단 듯 삽시간에 온 성내에 퍼져나갔다. 회당을 나온 바울 일행이 숙소로 가기 위하여 성내 중심가를 걸어 나올 때였다.

"쓰스와 허메 두 신이 사람 형상을 하고 우리 가운데 내려오셔서 앉은뱅이를 일으켜 세우셨다."

루스드라 성민들이 남녀노소 쏟아져 나와 바울 일행의 앞뒤를 에워싸고 함께 걸으면서 그들은 루가오니아 말로 일제히 외쳐댔다.

"이분이 쓰스(제우스)신이시며 이분이 허메(헤르메스)신이시다!"

우람한 체구에 잘 생긴 호남형의 바나바를 제우스로, 설교를 담당하고 기적을 보여준 바울은 제우스신의 대변자인 웅변의 신 헤르메스라 했던 것이다. 이들이 성내를 벗어나 큰길가에 있는 제우스 신전 앞에 이르렀을 때였다. 신전 앞에는 신전의 제사장이 울긋불긋 화려하게 치장한 황소 한 마리를 데리고 화환을 들고 서있다가 바울과 바나바의 목에 걸어주며 무릎을 꿇었다. 그런 다음 우러러보며 외쳤다.

"하늘에서 내려오신 쓰스신과 허메신이시어. 저희들의 제사를 받아주시옵소서."

제사장이 일어나며 바울과 바나바를 신전 안으로 모시려 했다.

"황소를 잡아 제사드림으로써 모든 신들의 왕이신 쓰스와 허메를 찬양하겠나이다. 어서 제단의 보좌에 오르시옵소서."

군중들의 숫자는 점점 불어나 어서 황소를 잡아 제사를 모시라고 아우성을 쳤다. 난감해진 것은 바울과 바나바였다. 그때 바울이 군중 쪽으로 돌아섰다. 그런 다음 입고 있던 옷을 찢어 내렸다. 바나바 역시 옷을 찢었다. 바울이 외쳤다.

"여러분! 진정들 하시오. 우리는 당신들이 알고 있는 신이 아닙니다. 당신들이 알고 있는 제우스와 헤르메스신이 아니란 말입니다. 우린 여러분과 똑같은 보통의 인간입니다. 평범한 보통 인간입니다. 다르다면 우린 구세주이신 예수 그리스도의 새 복음을, 구원의 복음을 전하려고 온 사도들이라는 것 정도입니다. 그러면 어떻게 앉은뱅이를 일으켜 걷게 할 수 있었느냐 물으시겠지요. 성령을 받으면, 그리고 병자가 진실로 예수님의 능력을 믿는다면 예수의 이름으로 권능을 발휘하여 고칠 수 있습니다. 미신과 우상을 숭배하는 여러분들을 깨우쳐주려고 온 사람들입니다. 우상과 미신을 버리십시오. 여호와 하나님과 예수님을 믿으십시오. 그래야 여러분은 구원을 받고 영생을 얻을 수 있습니다."

바울과 바나바는 필사적으로 찢은 옷을 내보이며 설득했다.

"여러분! 예수 그리스도의 복음을 믿고 따라보십시오. 불가능이 없습니다. 복음을 전할 때 다시 와주십시오."

제우스 신전의 제사장과 제관들을 겨우 설득하여 황소 잡는 제사를 막을 수 있었다. 이 같은 소문은 루스드라 성안에 퍼져나가서 다음 안식일에는 1천여 명이 회당 주변에 모여서 바울의 설교를 듣고 감동하며 예수의 제자로 살겠다는 다짐이 이어졌다. 바울과 바나바, 테크라는 거리를 걸을 수 없을 지경으로 알아보는 사람이 많아지고 이들이 가는 곳을 따라다닐 정도였다. 그쯤 되자 할례자 유대인들이 가만두지 않았다. 마침 비시디아 안디옥과 이고니온에서 온 할례자 유대인 100여명이 몽치를 들고 루스드라에 나타났다. 바울을 잡아 죽이겠다는 것이었다. 바울이 루스드라에 온지 4주째 된 안식일이었다. 바울 토벌대가 이고니온에서 여기까지 왔다는 사실을 맨 먼저 안 사람은 테크라였다. 거리에 나갔다가 돌아온 그녀는 바울과 바나바에게 피신을 권했다.

"안식일에 회당에 나타나기만을 기다리고 있답니다. 제가 거처하는 동굴교회로 피신하셨다가 사태가 진정되면 다시 나오시는 게 좋겠습니다."

그 말을 들은 바울은 두 눈을 감고 앉은 채 말이 없었다. 바나바가 테크라의 말을 따르자했다.

"소나기는 피하고 보는 게 상책이라 했네. 일단 피합시다."

"칼든 자는 칼로 망하는 법입니다. 그냥 둬도 망합니다. 그들이 회개하고 예수를 영접하도록 하려면 물러서서는 안 됩니다. 맞서 외쳐야 합니다. 담대하게 용기를 가지고 나갑시다. 그쪽 사정이 어떤지 모르니까 내가 먼저 가보겠소. 두 분은 좀 천천히 오십시오."

바울은 조금도 두려워하거나 위축됨이 없이 먼저 회당으로 나갔다. 하는 수 없이 바나바와 테크라는 그의 말을 따르기로 했다.

"바울이 왔다."

기다리던 신도들이 일제히 환영했다. 바울이 회당 안으로 들어가려할 때였다. 회당 뒤쪽에 숨어 있던 할례자 원정 체포대 100여 명이 몰려나오며 바울을 에워싸고 납치하듯 개처럼 끌고 나갔다.

"이 자는 성스러운 율법을 부정하고 성전을 유린했으며 할례도 필요없다며 우리 유대교와 여호와 하나님을 모욕했다. 이런 자를 그냥 두어서는 안된다. 율법에 의해 투석형(投石刑)을 받아 마땅하다는 법에 따라 돌로 쳐 죽이기로 했다. 누구든 이자의 망언에 유혹되어 동조하는 자가 있다면 그 놈들도 돌에 맞아 죽임을 당하게 될 것이다."

바울을 끌고 가며 체포대의 대장이 외쳐대자 겁이 난 신도들이 하나 둘 뿔뿔이 흩어져 도망치듯 해버렸다. 체포대는 바울을 끌고 성내에서 북쪽에 있는 채석장으로 갔다. 이윽고 채석장 석벽에 바울을 세운 그들은 대장의 지시에 따라 손에 돌을 하나씩 들었다.

"하나님의 이름으로 저 배도(背道)의 반역자를 투석형에 처한다. 자, 돌로 쳐라!"

대장이 먼저 돌을 던지자 그에 따라 수십 명이 일제히 돌을 던졌다.

"하나님, 저들을 용서하시옵소서. 하나님, 이 몸을 받아주시옵소서!"

바울이 비오 듯 쏟아지는 돌들을 맞고 무릎을 꿇으며 하늘을 우러러 기도했다. 그런 다음 당장 피투성이가 되어 쓰러져버렸다.

"죽었는지 확인해."

대장이 명하자 대원 하나가 다가와 바울의 목에 손등을 대보고 고개를 주억거렸다.

"죽은 것 같습니다."

"시체를 처리하고 간다. 성 밖으로 내다버려라."

체포대 할례자들은 피범벅이 된 바울의 시신을 들고 성 밖으로 나가 쓰레기처럼 버리고 떠나가 버렸다. 거기까지 따라와서 처형장면을 본 사람들은 칠팔 명에 불과했다. 그나마 성밖에 시신을 버렸을 때 따라나온 사람은 네 사람이었다. 바나바와 테크라 그리고 스물 너댓살쯤 되어 보이는 청년과 사십대 후반으로 보이는 그의 어머니, 그렇게 네 사람이었다.

"바울, 바울!"

바나바가 피투성이 몸을 흔들며 간절하게 불렀다.

"……."

그러나 숨이 끊어진 듯 미동도 하지 않았다. 테크라가 참고 있던 울음을 터뜨렸다. 그 때 어디선가 물을 떠 온 부인네가 두르고 있던 수건을 벗어 물에 적셔 바울의 얼굴에 흐르는 핏물을 깨끗하게 닦아내주기 시작했다.

"저희 집으로 모셨으면 하는데요?"

얼굴을 닦고 난 부인네가 바나바를 바라보며 말했다.

"집으로요?"

"네. 저희 집은 이곳에서 그리 멀지 않은 곳에 있습니다. 불행하게도 돌아가셨다면 저희 집에 모셨다가 장례를 치르시면 되지 않겠어요?"

"고맙습니다. 자매님. 그럼 그렇게 하도록 해보지요."

바나바가 바울을 업었다. 의식이 없어서 업힌 바울의 상체가 고정되지 않았다.

"제가 뒤에서 잡아드리고 갈 테니까 그냥 가시지요."

아들인 듯한 젊은 청년이 뒤따라가며 바울의 상체를 붙잡았다. 얼마 후 아담한 청회색 벽돌집에 이르렀다. 부인네의 집이라 했다. 바울은 침상에 뉘어졌다. 바나바와 테크라는 침상 밑에 꿇어앉아 바울을 살려달라고 간절히 기도를 시작했다. 아들과 어머니는 바울의 온몸 상처의 피를 닦아주고 여러 군데의 상처를 흰 수건으로 모두 묶어 지혈을 시켰다.

그로부터 하룻밤이 지났는데도 바울의 의식은 돌아오지 않았다.

"하루가 지나도록 숨을 쉬지 못하는 것으로 보면 운명한 것으로 보아야겠습니다."

바나바가 슬픈 목소리로 끝맺음을 하듯 말했다. 밤새도록 울고 있던 테크라도 바나바의 판단에 동의하는 것처럼 잠자코 있었다.

"근처에 장의사가 있겠지요?"

부인네에게 묻자 그녀가 고개를 끄덕였다.

"동네에 있습니다. 장례를 치르시게요?"

"예. 더 기다리는 것도 무의미하구 그래서…."

"그런데요 선생님,"

그때 잠자코 있던 아들이 바나바를 바라보며 고개를 갸웃거렸다.

"이미 돌아가신지 만 하루가 지났으니 시신이 어름처럼 차가와지고 굳어져 가야 하는데 이분은 그렇지가 않아요."

"무슨 말이지요?"

"만져 보세요. 온기가 있지요. 그리고 팔다리가 굳지 않았다구요."

바나바와 테크라가 놀라서 바울의 시신을 만져보았다.

"그렇다 하니까 그런 것 같군요."

바나바가 반신반의 하자 테크라가 모자에게 물었다.

"그럼 어떡하면 된다고 생각하세요? 장례 예배를 늦추잔 말인가요? 혹시 살아날지도 모르니까?"

"예. 하루만 더 기다려 보시는 게 좋을 것 같아요."

부인네의 판단에 따르기로 했다. 부인네와 아들은 헌신적으로 죽은 바울을 간호했다. 바나바와 테크라는 이틀간이나 잠을 못자 피로에 지쳐 쓰러져 잠에 떨어졌지만 모자는 잠시도 틈을 주지 않고 바울 곁에서 지켜보고 있었다. 이틀째 된 날 늦은 밤이었다. 몰려오는 잠을 참으려고 애를 쓰던 부인네도 바울 침상 곁에서 잠이 들어버렸다. 대신 아들이 옆에서 지키고 있다가 바울의 오른손 손가락이 움직이는 것을 보고 깜짝 놀라 눈을 크게 떴다. 그때 길게 내쉬는 숨소리가 들려왔다. 바울이 내쉬는 숨소리였다. 바울이 눈을 떴다.

"아아, 살아나셨군요. 하나님, 감사합니다. 감사합니다."

아들의 외치는 소리에 그의 어머니도 흠칫하며 잠에서 깨었다.

"정말로 살아나셨구나. 하나님 감사합니다."

그녀가 바울의 손을 잡으며 눈물을 흘렸다.

"누구…시죠?"

바울이 물었다.

"저는 이집 주인인 유니게(Eunice)라 한답니다. 그리고 이 아이는 제 아들인 디모데 (Timothy)랍니다."

유니게란 부인네는 바울이 왜 자기 집에 와 있으며 이틀 동안 무슨 일이 있었는지 그리고 어떻게 다시 살아났는지 간단하게 알려주었다.

"두 분 모자께서 제 목숨을 살려주셨군요? 생명의 은인입니다. 고맙습니다."

바울이 고마워했다. 그제야 바나바와 테크라도 잠에서 깨어 바울이 다시 살아났다는 걸 알고 기뻐 어쩔 줄을 몰랐다.

"하나님께서 모르시는 체 하지는 않을 거라 생각했었소. 바울."

"살아난 게 부끄럽습니다."

"그건 또 무슨 말씀이에요?"

테크라가 나무라듯 말했다.

"내 목전에서 돌에 맞아 죽은 스데반 집사의 마지막이 생각났습니다. 하나님, 저들을 용서하시옵소서. 내 주 예수여, 내 영혼을 받으시옵소서. 죽음 앞에 선 스데반의 그 절절한 기도가 똑같이 내 입에서도 나온 것입니다. 내가 저질렀던 죄과를 다시 내게 돌려준 것이었습니다. 그래서 살아난 게 부끄럽습니다. 스데반은 살아나지 못했지 않습니까? "

"너무 자책하지 마시오, 바울. 지금은 걸음을 옮길 수 없을 만큼 고통스럽지요?"

"그렇군요."

그러자 디모데 청년의 어머니 유니게가 나섰다.

"상처가 아물고 마음대로 움을 움직이시려면 아마 이삼 주는 푹 쉬며 치료를 받아야 할 거예요. 저희 집에 묵으시며 건강을 회복하셨으면 합니다."

"고맙습니다."

그로부터 바울은 디모데의 집에 묵으며 건강을 추슬렀다. 디모데의 어머니 유니게는 디아스포라 유대인 출신이었는데 헬라인 남편을 맞아 결혼했다고 했다. 불행히도 외아들 디모데가 태어나고 그가 일곱 살 되던 해 아버지는 병으로 먼저 세상을 떠났다. 유니게부인은 혼자 디모데를 키웠다. 모자는 하나님을 경외하며 반듯한 믿음을 가지고 살고 있었다. 그건 디모데의 조모인 로아스의 영향이었다. 이들은 이미 이곳까지 전해져 온 예수복음을 사모하고 있다가 바울의 설교를 듣고 감동과 감명을 받아 완전히 주님말씀에 사로잡혀 계속해서 바울일행을 먼 곳에서 따르고 있었다고 했다. 바울일행이 디모데의 집에 있다는 것이 은밀하게 소문이 나서 새로 신자 되기 원하는 사람들이 하나 둘 모여들기 시작했다. 30여 명이 거의 매일 모여와 바울과 바나바의 설교를 경청했다. 디모데의 집은 루가오니아 지방의 새로운 개척교회가 되었던 것이다. 그런데 바울일행이 루스드라를 떠나지 않고 지하에 숨어 포교활동을 하고 있다는 소식을 듣고 할례자 유대인들이 다시 보복을 하려고 음모를 꾸미고 있다는 소식이 전해졌다. 그때쯤에는 바울의 건강도 회복이 되었다. 돌에 맞은 상처들이 아물었던 것이다.

"더베지방이 안전할 겁니다. 그쪽으로 가시지요."

테크라가 권했다. 바울도 바나바와 상의하여 떠나기로 의견 일치를 보았다.

"이곳 교회는 테크라 자매님이 맡아줘야겠습니다. 조직을 더욱 탄탄히 하고 성도들을 잘 양육할 수 있는 분은 테크라 자매 밖에 없습니다. 그렇게 해주시겠습니까?"

바울이 간곡하게 권했다.

"알겠습니다. 그렇게 하지요."

"의연(義捐) 성금도 모아주시구요. 일단은 더베로 갔다가 귀국할 때는 우리가 왔던 길을 되짚어 돌아갈 겁니다. 그때 가지고 갈 수 있게만 해주십시오."

테크라는 흔쾌히 승낙했다. 바울이 디모데의 집을 떠나려할 때 외출했던 테크라가 사십 여세 되어 보이는 중년 사내 하나를 데리고 돌아왔다.

"이분은 지난주에 선생님께 세례를 받았던 신자이십니다."

"전 더베에 사는 가이오입니다. 이고니온에는 장사일로 왔다가 선생님을 뵙게 되었던 것입니다."

"반갑습니다."

"선생님 일행이 더베로 가신다구 절더러 가는 길을 인도해 달라는 테크라 자매님의 청을 들었습니다. 마침 저도 더베 제 집으로 돌아가려던 참이었습니다. 저와 함께 떠나시면 영광이겠습니다."

이윽고 바울과 바나바는 가이오를 따라 루스드라를 떠나 남쪽으로 90km 떨어진 더베로 향했다. 터키 남부의 아나톨리아 지역에서 가장 중요한 도시는 이고니온이었으나 더베 또한 그에 못지않은 도시였다. 주민의 대부분은 루가오니아 현지인들이었고 헬라인들과 로마인, 유대인 순이었다. 가이오는 루가오니아 인이었고 더베가 고향이며 농기구 제작소를 가지고 있다 했다.

"농사나 축사에 필요한 농기구라면 뭐든 만들고 있습니다. 공장에는 기술자 열 명이 함께 일을 하구요 제품은 맞춤도 많지만 일반 판매도 합니다."

가이오는 소박하고 명랑한 사람이었다.

" 더베는 할례자 유대인의 숫자가 적어서 큰소리를 못 냅니다. 이고니온이나 루스드라처럼 극성을 부리며 훼방 놓지는 못할 겁니다. 가시면 두 분 선생님은 저희 집에 머무십시오. 계시고 싶은 만큼 계시며 하나님 일을 하시면 됩니다."

바울과 바나바는 더베에 도착하자마자 가이오의 집에 여장을 풀게 되었다. 그의 집은 크고 넓었다. 공장에는 농기구를 만드는 대장간이 있었고 목공소가 있고 제품들을 파는 상점이 붙어 있었다. 살림집은 공장 뒤쪽에 따로 있었다. 거기서 묵게 된 것이었다.

더베에서의 선교활동은 지금까지의 어느 지역보다 순탄하고 평화로웠다. 안식일에 유대인 회당을 찾아가 설교하는데도 반발하거나 변박하는 강경 할례자들이 없었다. 많은 이방인들이 새 복음을 경청하고 예수를 영접했다. 바나바는 아직도 바울의 건강이 완쾌된 상태가 아니니 가이오의 집에서 푹 쉬라하고 더베에서의 집회는 스스로 앞장섰다. 바울은 그의 배려대로 충분한 휴식을 취하기로 했다. 그러면서 그는 3통의 편지를 정성스럽게 썼다. 마침 집주인 가이오가 사업 문제로 비시디아 안디옥으로 출장을 가게 되었다는 걸 알고 그를 불렀다. 그리고는 파피루스 종이에 쓴 편지 3통을 꺼내놓았다.

"이게 뭐지요?"

"비시디아 안디옥에 가면 빗토리오 장로에게 전해주시고 둘 째 편지는 오시다가 이고니온에 들려 리기아 장로와 테크라 자매님께 전해주시오. 그리고 마지막으로 루스드라에 들르면 유니게 부인과 디모데에게 전해주었으면 하는데 가능할는지요?"

"그럼요. 갔다가 다녀오는 길목인데요. 일일이 만나 전하겠습니다."

"고맙소. 그리고 그들 신 개척 가정교회들이 양육이 잘 되고 있는지 살펴보는 것도 잊지 마시오. 그리고 무엇보다 중요한 것은 의연금의 모금입니다. 그것들이 모아져야 예루살렘으로 가서 동포들을 구할 수 있기 때문입니다. 만나는 세 분에게 특별히 신경 써달란다고 전해주시오."

"그러겠습니다."

가이오가 떠났다. 바울은 비로소 안심했다. 가는 곳마다 몽둥이로 위협당하고 돌로 맞으면서 더베까지 왔기 때문에 제자들이 현지에 세웠을 개척교회가 걱정이 되었다. 모든 것이 새로 시작하는 것이라 허약하기 짝이 없었다. 바람만 불어도 쓰러질 묘목같아 바울의 마음 속 근심이 떠나지 않았었다. 그래서 일일이 편지를 써서 지도에 나선 것이다. 새로운 예수복음의 원리와 교리들을 간단명료하게 설파하고 새 신자들의 전도 요령과 양육방법 그리고 예배방법에 이르기까지 자상하게 가르친 지침서였다.

바울은 소아시아 남부의 선교활동은 더베에서 끝내기로 작정하고 있었다. 돌아가는 길은 지금까지 온 길보다는 간단했다. 더베의 동북쪽에는 드높은 타우르스 산맥이 가로누워 있었다. 그 험준한 산만 넘으면 그리 멀지 않은 곳에 자기 고향인 길리기아의 다소가 있었고 거기서 동쪽으로 조금만 가면 수리아 안디옥이 있었던 것이다.

그런데도 바울은 온 길을 되짚어서 거꾸로 찾았던 도시들을 둘러보고 수리아 안디옥으로 가겠다 생각하고 있었다. 그건 전도지에 세운 개척교회가 더 든든히 서 가도록 북돋아주며 교회를 맡고 있는 형제자매들을 격려해야 했고 의연금 모금을 부탁해 놓았으니 그것들을 모아서 가져가야 했던 것이다. 바울은 더베에서 석 달 동안 머물렀다. 그렇게 오래 머물 수 있었던 것은 더베인들이 호의적인데다가 바울이 전하는 새로운 복음을 감동으로 받아들이며 예배 때마다 성황을 이루었기 때문이었다. 새 신자들 속에는 할례자 유대인들도 있었지만 대다수는 모두 현지민인 루가오니아인들과 헬라인들이 차지하고 있었다. 이방인들의 전도가 성공적으로 이루어진 전례(前例)가 되었다. 그리고 바울은 더베에서 가이오와 테크라를 통해서 그동안 세워진 비시디아 안디옥 교회와 이고니온 교회 그리고 루스드라 교회들의 성장과정을 지켜보며 가르침을 주었다. 그러든 어느 날 바울은 바나바에게 수리아 안디옥으로 귀환하자 했다.

"음. 이 정도 결실을 맺었으면 떠나도 되겠네. 타우르스 산맥을 넘어 고향인 다소로 가볼까?"

"아닙니다. 왔던 길을 되짚어 돌아갑시다. 개척한 교회들을 보살피고 가야지요."

"그렇군. 그럼 그렇게 하기루 하지."

바울은 이윽고 일단 1차 전도여행을 더베에서 마감하고 귀환하기로 했다. 가이오의 집에서 석별 예배를 하게 되었다. 신자는 모두 47명이었다. 바울의 고별 설교를 듣고 바나바의 기도를 듣자 모두 아쉬운 눈물을 뿌렸다.

"부디 여러분은 마음을 굳게 하여 더 단단한 믿음을 가져야만 합니다. 하나님 나라에 가려면 수많은 환란을 겪고 이겨야만 합니다. 주님의 지체이신 교회를 잘 지켜주기만 바랄 뿐입니다."

장로인 가이오가 모아진 성금을 전달했다.

"많은 돈은 아닙니다만 더베 형제들의 성의입니다. 예루살렘 형제들에게 전해주십시오."

가이오는 따로 개인적인 감사헌금과 성금을 내놓았다. 바울은 그에게 교회 개척에 더 열심을 다해주기를 부탁하고 루스드라로 떠났다. 다시 방문한 바울 일행을 보자 디모데 모자는 깜짝 놀라워했다.

"나는 이곳에 와서 믿음의 아들을 하나 만나고 두고 가게 되어 얼마나 기쁜줄 모릅니다. 디모데야, 어머니 잘 모시고 예수 그리스도의 새 복음 전도에 힘써다오. 다시 오마."

바울은 디모데의 손을 잡고 어머니 유니게와 그의 집에서 시작된 예배 공동체를 부탁하고 하룻밤을 지낸 뒤 이고니온으로 떠났다. 이고니온에는 두 개의 교회가 세워져 있었다. 제빵집을 운영하는 리기아의 집과 테크라의 동굴교회였다. 리기아의 집에서 20여 명의 신도들과 예배 보고 모아진 성금을 전달받고 테크라의 동굴교회를 방문했다. 그곳도 30여 명의 신도들이 모여 있다가 바울일행을 기쁨으로 맞이했다. 바울은 그곳에서 하룻밤 자고 떠나기로 했다.

자리에 들기 전 테크라는 바울을 은밀하게 불러냈다.

"무슨 할 말이라도 있소?"

바울이 바라보자 그녀의 눈이 젖어있었다.

"죄송해요. 눈물을 보여서."

"무슨 일 있소? 테크라."

"아니에요. 다시 뵈니까 기뻐서 나도 모르게 흘린 눈물이에요. 선생님, 수리아로 떠나실 때 저도 데려가 주세요. 선생님 제자가 되었으니 목숨 다할 때까지 동역자가 되어 복음전도에 나서게 해주세요. 사사로운 부탁이 아니라 하나님께 묻고 또 물어서 얻은 결론입니다. 선생님을 따르라 하셨습니다."

그 말을 들은 바울은 난감한 표정을 지었다. 테크라의 청을 어떤 뜻으로 받아들여야 할지 알 수 없어서였다. 순수한 의미에서의 선교 동역자를 원하고 있다고 보기에 그녀의 태도 속에는 이성을 느끼게 하는 사랑의 감정이 있었다. 바울 역시 지금까지 수행해 온 평정심이 조금은 흔들리고 있는 것 같아 스스로가 자괴감이 일었다. 바울은 심호흡을 하고 나서 타이르듯 말했다.

"테크라, 주님의 일을 위해 동행하며 동역하겠다고 자원한 그 결심을 높이 삽니다. 장하십니다. 자매님이 곁에 있으면 여러 가지로 안정이 되어 좋긴 하겠지만 그에 못지않은 단점이 있습니다. 함께 다니면 언제나 방 하나가 더 필요하겠지요. 방뿐만 아니라 모든 것이 두 배가 됩니다. 그게 부담이 됩니다. 그리고 테크라는 우수한 목자입니다. 동굴교회는 외부와도 차단되고 그 내부는 안전하여 많은 성도들을 전도하여 끌어 모을 수 있고 양육할 수 있는 최적의 조건을 갖추었습니다. 테크라, 당신 아니면 그 일을 해낼 수 없습니다. 그러니 남아 주십시오. 개척한 교회가 자리가 잡히고 부흥이 되면 그때 우리와 함께 다니며 선교사역에 나서는 게 좋을 겁니다."

바울은 완곡하게 거절했다. 테크라는 바울의 손을 잡으며 잠시 흐느껴 울었다. 자기 속마음을 감춘 눈물이었다. 테크라도 이윽고 바울을 수종하고 나서는 일을 포기한 듯 보였다. 바울은 가벼워진 마음으로 그녀가 모아 둔 성금을 건네받고 비시디아 안디옥으로 떠났다. 그곳에는 빗토리오 장로가 농가인 자기집 창고에 개척교회를 열고 있었다. 그곳에도 20여 명의 신도들이 예배를 보며 도착한 바울을 뜨겁게 맞이했다. 비시디아 안디옥이나 이고니온 루스드라 모두 바울은 할례자 유대인 동족들에게 배척을 당하고 신변의 위협까지 당할 만큼 벼랑에 몰렸었지만 신생 교회는 고난을 겪은 만큼 더 든든하게 뿌리를 내리고 있어 바울과 바나바를 기쁘게 했다. 역시 그곳에서도 빗토리오가 앞장서 모금을 선도하여 바울이 떠날 때 전해주었다. 성도들 외에도 빗토리오 개인은 부농(富農)에 속해서인지 꽤 많은 성금을 내주었다. 바울 일행은 다시 비시디아 안디옥에서 남쪽의 타우르스 산맥을 넘어 케스트르스강을 따라 터키 남부 해안지역인 밤빌리아 버가에 이르렀다. 구브로섬에서 전도를 하고 배편을 이용하여 터키 중부지방으로 가기 위해 처음 출발한 곳이 버가였다.

바울일행은 버가에서 한 달쯤 머물며 포교를 했다. 새 신자 수가 미약하여 좀 더 전도의 불을 지펴야 했던 것이다. 카라라는 현지인을 장로로 삼아 버가의 개척교회를 열게 했다. 그런 다음 바울 일행은 남쪽 해안가에 있는 항구도시 아딸리아로 내려왔다. 이곳은 로마 상류층이 좋아하는 휴양지여서인지 이름다운 해변과 눈부신 태양을 자랑하며 특히 폭포가 유명한 곳이었다. 며칠 쉬고 난 일행은 수리아 안디옥의 관문인 셀류기아

항으로 떠나는 베니게의 상선에 올랐다. 삼일 만에 셀류기아에 상륙하여 출발지인 수리아 안디옥으로 돌아왔다. 그로서 바울의 1차 소아시아 전도여행은 끝이 난 것이다. AD 49년 5월이었다.

- 각 교회에서 장로들을 택하여 금식 기도하며 그들이 믿는 주께 그들을 위탁하고 비시디아 가운데로 지나서 밤빌리아에 이르러 말씀을 버가에서 전하고 앗달리아로 내려가서 거기서 배타고 안디옥에 이르니 이곳은 두 사도가 이룬 그 일을 위하여 전에 하나님의 은혜에 부탁하던 곳이라 그들이 이르러 교회를 모아 하나님이 행하신 모든 일과 이방인들에게 믿음의 문을 여신 것을 보고하고 제자들과 함께 오래 있으니라. (행 14:23-27)

9
예루살렘 사도회의와 게바 면책(面責) 사건

수리아 안디옥으로 돌아 온 바울은 루포의 집으로 갔다. 바울의 귀향을 누구보다 기뻐한 사람들은 구레네 시몬과 루포, 그리고 그의 어머니였다.

"어머님, 무사히 잘 다녀왔습니다."

"어서오너라. 바울, 얼굴이 반쪽이 됐구나. 어서 옷부터 벗고 몸부터 깨끗이 씻고 나오너라. 저녁식사 하자꾸나."

식구들이 모두 둘러앉았다. 바울이 기도했다.

"어머니가 해주시는 음식이 그렇게 먹고 싶었습니다. 행복합니다."

루포가 바울의 선교여행 이야기가 궁금하다며 어서 들려달라고 채근했다. 그날 밤 바울은 그동안의 전도여행에서 겪었던 일들과 새 복음이 전파될 때 새 신자들이 목마른 사람들처럼 받아들이던 이야기들을 털어놓았다. 늦은 밤까지 바울의 이야기에 울고 웃던 식구들은 모두 자정을 넘기도록 자리에서 일어날 줄을 몰랐다. 안식일이 되자 바울과 바나바는 교회로 나갔다. 예배를 보고 그동안의 선교여행 보고를 하기 위해서였다. 천여 명의 성도들이 모여들었다. 바나바가 먼저 나섰다.

"안녕하십니까? 하나님의 평강이 함께 하시길 빕니다. 여기 계신 바울 사도님과 함께 저 바나바는 하나님의 계시에 따라 구브로로 가서 할례자 유대인들과 이방인들에게 전도를 하고 바다를 건너 버가에 상륙하고 북쪽에 있는 타우르스 고산준봉을 넘어 평원지대인 비시디아 안디옥 그리고 이고니온, 루스드라, 더베 등을 돌며 새로운 예수복음을 전했습니다. 이번 전도여행은 포도나무에 매달린 포도송이들처럼 수많은 열매를 맺게 되어 주님께서도 기뻐하셨으리라 믿습니다."

그러면서 바나바는 전도여행 중에 겪은 수많은 환란과 고생담을 털어놓았다. 바나바는 이윽고 더 자세한 선교보고는 바울이 할 것이라며 말을 마치고 바울을 소개했다. 바울은 감개무량한 듯 성전을 둘러보고 천천히 입을 열었다.

"사랑하는 나의 교회 교우 여러분 곁을 떠난 지 만 2년, 햇수로 3년 만에 다시 돌아와 뵙게 되니 만감이 교차하고 보고말씀 올리게 되니 기쁩니다. 저희들은 하나님이 가라시라는 데로 갔고 하시라는 대로 복음을 전했습니다. 그리하여 온갖 수모와 온갖 핍박을 받아가며 각처를 돌아 다녔습니다. 그러면서 하나님이 우릴 보내신 뜻이 뭔지를 깨닫는 게 중요했습니다. 특기할만한 사항으로는 많은 할례자 유대교 신도들을 개종케 한 것이지만 그보다 놀라운 일은 이방인들의 호응이었습니다. 가는 곳마다 이방인 형제들이 성령을 받아 주님의 자녀로 거듭 태어난 것입니다. 이는 놀라운 하나님의 새 역사입니다. 베드로 사도가 이방인이었던 백부장 고넬료와 그 집안사람들 전도했을 때 이방인들에게도 성령이 임하는 성령체험의 현장을 목격한 사실이 있습니다. 바로 그 성령이 할례자들 뿐 아니라 이방인들에게도 똑같이 임한다는 사실을 알게 된 것입니다. 이는 우리 그리스도교가 유대땅에 사는 유대형제들만의 종교가 아니고 세계만방의 모든 백성들이 다 같이 성령을 덧입어 예수 그리스도를 믿는 범세계적인 종교가 될 수 있다는 가능성을 확인했던 것입니다. 그것이 하나님께서 우리를 보내신 뜻이었습니다."

바울은 좀 더 자세하고 세세하게 그동안의 전도여행과 각 지방에 세운 개척교회에 대하여 감동적인 보고를 했다. 두 사람의 선교보고가 끝나자 신도들 가운데서 누군가 물어볼 게 있다고 나섰다.

"뭔지 말씀해보시오."

"먼저 두 분의 신분에 대해 묻고 싶습니다. 사도라 하시던데 사도라는 호칭은 어디서 얻은 것입니까? 자칭입니까? 내가 알기로 사도는 생전의 예수님을 모시고 다니던 열두 제자를 가리키는 호칭으로 알고 있습니다. 두 분은 직계 제자도 아닌데 누가 사도자격을 내려준 것이지요?"

오십 여세 되어 보이는 중년의 할례자 유대인이었다. 그가 입을 열자 성전 안이 술렁이었다.

"대답을 해보시오. 예루살렘에는 박해를 피하여 각처로 흩어진 그리스도인들과 교회들을 치리(治理)하고 교도하는 모교회가 있다고 들었습니다. 좌장은 예수님 아우이신 야고보시고 그 외 제자님들이 모이시는 곳이라 들었습니다만. 맞습니까?"

"그렇다고 볼 수 있지요."

"그러면 그분들이 사도로 임명하여 개척지 전도 여행을 명한 것입니까?"

"아닙니다. 나와 바나바 사도는 하나님의 명을 받아 여행을 떠난 것입니다."

"하나님 명이라구요? 궁색한 변명 같군요."

바울은 치밀어 오르는 화를 참다가 뱉듯이 잘라 말했다.

"나는 다메섹의 카우카브 언덕길에서 홀연히 내 앞에 나타나신 예수님을 직접 뵈었습니다. 부활 승천하셔서 살아계신 주님을 직접 뵈었고 그분의 말씀과 당부를 들었습니다. 그때 난 주님의 사도가 된 것입니다. 지금 그 자격을 놓고 시비하는 저의가 뭐지요?"

"저의라니요. 오해하지 마십시오. 한 가지 더 묻겠습니다. 우리 정통 유대교와 이른바 그리스도교는 같은 신을 모시고 같은 뿌리를 가진 신앙이라 생각합니다. 틀렸나요?"

"맞습니다."

"나도 선생과 같은 생각입니다. 같은 뿌리를 가지고 있으면서 좋지 않은 것은 버리고 개혁해야한다는 것이 그리스도교 입장이라 봅니다. 그렇다면 하나님이 천사를 통하여 모세에게 전해준 시내산의 율법과 계명은 지켜져야 한다고 봅니다. 하나님과 이스라엘과의 약속이었으니까요. 할례 또한 지켜야 마땅하다고 봅니다. 할례가 뭐지요? 그것 역시 하나님이 아브라함과 그 후손에게 준 증거의 의미이며 선민의 상징이며 장차 우리를 구원하신다는 구원의 약속이었습니다. 할례를 받아야만 이스라엘 백성의 일원 자격이 있으며 공적인 예배에 참예할 권리를 가지는 것입니다. 이 같은 하나님과의 약속을 저버리고 선생의 주장대로 예수만 믿어라, 그리하면 만사가 해결된다는 식은 얼마나 편리한 믿음입니까? 그건 하나님을 모독하고 율법을 모독하는 가르침 아닙니까?"

바울과 바나바는 충격을 받았다. 비시디아 안디옥에나 이고니온 혹은 루스드라같은 도시에서도 그 같은 할례자들의 변박을 받았지만 수리아 안디옥, 더구나 새 복음의 가장 깨끗했던 성지에서 그런 말을 듣게 될 줄은 몰랐던 것이다. 바울은 분노를 삭이며 침착하게 답변을 했다.

"정말 놀랍습니다. 하나님의 계시를 받아 구브로섬과 소아시아 남부 지역에 그리스도의 복음을 전하고자 바나바 사도와 함께 떠난 것이 3년 전이었습니다. 3년 만에 고향집에 돌아와 보니 예전의 거룩한 처녀성이 없어지고 교회와 우리 성도들이 이상하게 변질되어 있다는 것을 느낍니다. 타락한 바알세블 신전 같은 냄새가 흐르고 있어 안타깝습니다. 주님은 모두 아시는 것처럼 날 이방인의 사도로 명해주셨습니다. 나와 바나바

사도를 소아시아 전도 사역을 주시어 가게 하신 분도 예수 그리스도이시고 우리 교회 선지자께서 기도 중에 신탁(神託)으로 받았던 소명이었다는 것도 모두 아시는 바입니다. 자, 그럼 우리가 할례자 동포들과 이방인들에게 전해준 복음이 이단이었던 것처럼 말씀하는데 천만의 말씀입니다. 우리 수리아 안디옥 교회가 이곳에 세워진 것은 바로 스데반 집사의 순교정신을 기리고 이어받기 위해서였습니다. 나는 다메섹에서 주님을 뵙기 전까지는 바리새 중의 바리새였고 석학 가말리엘 문하에서 랍비 안수를 받은 교조주의자(教條主義者)였습니다. 율법을 믿고 지키면 구원을 얻어 천국에 이른다고 믿었습니다만 그 율법은 누구도 지킬 수 없는 종의 멍에 같은 것이었습니다. 어느 누가 완벽하게 율법을 실천하고 지킬 수 있단 말입니까? 우리들의 입과 귀와 눈을 가리고 있던 율법이란 수건을 벗어버리게 하신 분은 예수 그리스도이십니다. 우리가 율법을 지키지 못할게 뻔하니까 하나님은 독생자이신 예수를 화목제물로 내려 보내주시고 우리들 죄를 사해주시며 구원의 길을 열어주신 것입니다. 그런데 그 족쇄요 멍에인 율법을 예전처럼 배우고 지키며 예수복음을 받아들이자구요? 그렇게 주장하는 사람들이 있다면 그건 예수 그리스도를 모독하는 이단입니다. 그럴듯한 이단들의 주장에 현혹되지 마십시오. 성도 여러분!"

바울은 애써 격앙된 감정을 추스르며 권위 있는 어조로 말을 이었다.

"토라 율법은 하나님께서 많은 선지자와 백성들에게 약속하신 대로 '약속된 자손'이 오실 때까지만 유효했습니다. 약속된 자손이 누구입니까? 예수 그리스도입니다. 따라서 이제 율법의 시대는 끝나고 우리는 율법으로부터 해방이 된 것입니다. 누가 해방시켜주었을까요? 예수 그리스도입니다. 그분만이 오직 생명이요 진리입니다. 새 술은 새 부대에 담아야 터지지 않습니다. 헌 부대가 아깝다고 새 술을 담아두면 술이 발효하여 부풀고 결국에는 팽창에 못 이겨 터져버리고 맙니다. 헌 부대는 버려야하는 이유가 거기 있습니다. 저분은 지금 헌 부대를 들고 와서 새 술을 넣으라고 요구하고 있는 것입니다."

바울은 강력하게 반론을 펴고 술렁이던 성전 안을 평온하게 만들었다. 예배가 끝난 후 바울은 안디옥교회의 직분자들을 불러 모아 긴급회의를 열었다.

"죄송합니다. 오랜 여행에 조금은 지쳐 있어 쉬고 싶지만 그러기엔 화급한 일이 생긴 것 같아 회의를 해보자한 것입니다. 이방의 개척지 전도를 하면서 항상 3가지 벽에 부딪쳤습니다. 3가지 벽은 첫 째로, 할례자 유대인들이었습니다. 이들은 극단적인 유대교 신봉자들로 우리가 애초 예수라는 이름도 꺼내지 못하게 막아버리고 박해부터 하는 유대교 원리주의자들이었습니다. 두 번째는 예수복음을 듣고 성령을 받아 의심 없이 개종하는 순종파들이었지요. 주로 이방인들이었습니다만. 마지막 세 번째 부류가 문제였습니다. 이들은 대부분 유대교 개종자들인 할례자들이었습니다. 그들은 이렇게 말했습니다. 예수를 믿으라구요? 좋습니다. 그런데 왜 싸우고 갈등하면서 믿으라 합니까? 조상의 유전인 율법도 믿고 할례도 하고 제사도 드리며 예수를 믿으면 되는 걸 말입니다. 이렇게 되면 지금까지 우리가 전해온 그리스도 예수 복음은 메아리 없는 허공의 외침에 불과하게 된 것입니다. 지금 이곳 안디옥교회의 사정은 어떻게 변해 있지요?"

바울이 감독 목사에게 물었다.

"두 분이 떠나신지 3년 동안 여러 가지 변화가 있었습니다만 그 중에 걱정스러운 현상은 사도께서 지적하신대로 유대교 원리주의자들이 교회 안에 들어와 성도들을 흔들어 놓은 것입니다. 처음에는 그들의 주장에 따르는 이들이 없었고 저 역시 다른 분들과 함께 적극 막았지만 그들이 내건 명분까지 완전히 무시하진 못했습니다."

“그게 무슨 말씀이지요?”

“수 천년동안 조상대대로 믿어 온 율법을 버리고 할례도 하지 말고 예수 그리스도만 믿으면 된다니 말도 안 된다는 것이었습니다. 당연지사 예수를 믿으려면 전처럼 율법도 지키고 할례도 하며 새 복음을 믿어야 한다. 이방인들도 마찬가지이다. 예수를 믿으려면 하나님 백성의 표시인 할례도 받고 율법도 지킨다고 서약해야만 신도로 인정해 줄 수 있다. 그렇게 주장한 거지요.”

“이전에는 그렇게 주장하던 사람들이 없었는데 어디서 온 거지요?”

“예루살렘에서 온 사람들인듯 합니다. 처음에 그들은 이곳 성도들에게 예루살렘 모교회에 있는 예수님 아우 야고보 사도와 베드로 요한 등 제자들은 할례와 율법을 인정하며 예수를 믿으라 하고 있는데 이곳 수리아 안디옥 교인들은 전혀 반대주장을 하니 이단 아닌가 싶습니다.”

“설마 모교회 측에서 보낸 사람들은 아니겠지요?”

잠자코 있던 바나바가 물었다.

“일부러 파견한 것 같지는 않지만 자기들은 파견 받고 온 것처럼 말하고 행동했습니다.”

“그걸 아시면서 왜 가만두지 않으셨습니까?”

“드러나게 하구 다니지 않기 때문에 알 수 없었습니다. 은밀하게 신도들을 만나고 돌아다닌다는 걸 나중에야 알았습니다.”

바울과 바나바는 낙망하여 고개를 흔들었다.

“그리되면 지금까지의 모든 전도사역은 물거품이 되는 것입니다. 이러자고 그렇게 극심한 고난을 견뎌가며 전도에 신명을 다 바쳤겠습니까?”

바울이 탄식하듯 한숨을 내쉬자 디도가 나섰다.

“이단자들의 암약으로 우리 교회가 많이 변질되어가고 있는 것은 사실이지만 극히 우려할만한 수준은 아니라고 생각합니다. 아직은 교회건강이 양호합니다. 더구나 이젠 두 분 사도님들께서 다시 돌아오셨으니까요. 그보다는 먼저 해결해야할 일이 있습니다."

"그게 뭔가?"

바울과 바나바가 긴장하며 물었다.

"이단 보수파들이 이곳 안디옥교회에서 점점 득세를 하게 되면 그 여파는 두 분이 개척하신 소아시아의 여러 교회에도 파급이 되어 혼란을 일으킬 수도 있다는 것입니다. 그걸 막으려면 두 분 사도님께서 예루살렘 모교회를 방문하시어 그곳 지도자들과 담판을 벌여 어떤 결론을 얻어 와야 하지 않을까 합니다."

"야고보 사도와 담판을 짓고 와라?"

"그래야 할 때입니다."

"디도 형제의 말이 맞는 것 같소. 바울! 예루살렘으로 갑시다. 안 그래도 기근을 겪고 있는 예루살렘 성도가족들을 돕기 위해 구제헌금을 모아오지 않았나? 이참에 전달도 할 겸 보수 이단문제도 상의할 겸 올라가세."

바나바가 그렇게 주장했다. 바울은 기도해보자 했다. 그는 3일동안 금식하고 하나님께 기도로 보수이단의 준동(蠢動)을 어떻게 대처해야 하느냐고 물었다.

"예루살렘으로 가라!"

하나님의 계시를 받게 되었다. 이윽고 바울은 .교회 당회에 나가 하나님으로부터 받은 계시의 말씀을 전했다. 임직자들의 의견도 한결같았다. 예루살렘 모교회의 태도가 애매모호하니 그런 혼란이 오는 것이다. 확실한 답을 얻어야 한다며 대표자 세 사람을 뽑았다. 바울과 바나바 그리고 디도였다. 디도는 바울에 의해 결신(決信)한 안디옥교회의 엘리트 인재로 지금은 교사를 맡고 있었다. 이윽고 세 사람은 길을 떠났다. 육로로 가지 않고 배를 타고 해로로 가기로 했다. 오른테스강을 따라 수리아 안디옥의 외항(外港)인 셀류기아 항구로 나가 가이샤라로 가는 배를 탔다.

"예루살렘은 가이샤라 항구에서 가까운 곳에 있나요?"

"그렇지. 가이샤라란 항구도시 이름은 가이사(황제)의 도시란 뜻이지. 헤롯왕이 아부하기 위해서 새로 호화롭게 도시를 재건설해서 로마의 가이사에게 바쳤다네. 그곳엔 유대지방과 수리아 그리고 나바테아 등 전 지역을 관할하는 로마군 총사령부가 있는 곳이기도 하지. 디도, 자넨 예루살렘이 초행길인가?"

바나바가 물었다.

"두 번째입니다. 걸어서 갔었지요. 배로 가는 건 처음입니다."

이윽고 세 사람은 가이사랴항에 내려 걸어서 예루살렘으로 향했다. 모교회는 마가의 집에 있었다. 사도들은 예배가 있거나 일이 있을 때만 나오고 있었다. 이들 일행을 맞은 것은 마침 집에 있던 마가 요한이었다.

"어서 오십시오. 숙부님과 바울 사도님께서도 함께 오셨군요. 오랜만에 뵙습니다. 3년 만에 뵙는 것 같습니다. 밤빌리아에서 두 분 사도님께 실망을 시켜드린 점 깊이 뉘우치고 있습니다. 바울 사도님, 용서해주십시오."

"이미 지난 일일세. 그런데 마침 아무도 안계시구먼?"

"집안으로 들어가시어 쉬고 계십시오. 제가 야고보 사도님과 베드로 사도님께 연락 드려서 모셔오겠습니다."

마가 요한은 선교 여행 중 혼자 예루살렘으로 돌아갔던 무례를 말하고 용서를 빌었다. 그런 다음 밖으로 나가서 주의 아우인 야고보와 게바(베드로)를 데리고 돌아왔다. 마가의 어머니 마리아는 이들의 모임을 위해 저녁식탁을 마련하였다.

"고맙습니다. 번번이 성찬을 마련해주시니."

야고보가 마리아 부인에게 치사했다.

"나눌 수 있는 것도 주님의 축복인데요. 오늘은 아주 특별한 날입니다.

바나바 오라버니를 10년 만에 모시는데다가 그보다 더 오랜만에 바울 사도님을 뵙게 되어서요. 더 오실 분 없나요?"

"요한 사도님께서 오시기루 했습니다. 아, 마침 오시는군요."

사도 요한이 활기찬 걸음으로 들어왔다. 요한은 바울과 바나바를 차례로 포옹하며 반가움을 나타내었다. 비로소 바울은 동행한 디도를 사도들에게 소개했다.

"안디옥교회의 일꾼 중에 일꾼입니다. 저희들 선교사업에 큰 도움을 줄 인재입니다. 도움이 필요해서 함께 온 것입니다."

디도가 예루살렘 사도들에게 인사를 했다.

"우리 마가 요한과 비슷한 나이일 것 같네요."

마리아 부인이 자기 아들 손과 디도의 손을 잡으며 미소 지었다. 이윽고 성찬을 나누며 요한이 바울에게 물었다.

"3년 동안 어느 곳 어느 곳에 복음을 전하셨습니까? "

"멀고도 험난한 전도여행이었습니다."

바울은 수리아 인디옥을 떠나 구브로섬을 거쳐 소아시아 터키 남부 지방과 중부지방을 돌며 전도활동을 했다는 것을 이야기했다.

"남부지방이라면 아딸리아 밤빌리아지방을 말씀합니까?"

"그렇습니다."

"중부라면 비시디아, 루가오니아, 갈라디아, 아시아 지역이 되겠군요."

"요한 사도께서는 그곳 사정을 잘 아시는군요."

"나도 그쪽으로 가서 전도사역을 해볼까하여 이것 저것 자료를 모아 공부를 좀 했습니다만 수박 겉핥기지요. 그럼 가는 곳마다 개척교회를 세우셨습니까?"

"그렇습니다. 아마 통틀어 9군데의 개척교회를 세운 것 같습니다."

바나바의 말이었다. 그러자 야고보가 포도주잔을 내려놓으며 입을 열었다.

“그러기까지 고생이 얼마나 극심했겠습니까?”

“하나님께 감사할 뿐입니다.”

“세 분이 오신 것은 예루살렘 성도들에게 선교보고를 하시기 위함인가요?”

베드로가 물었다. 그러자 바울이 대답했다.

“그보다 오랜 가뭄과 기근으로 고생하는 예루살렘 지역 성도들에게 조그만 도움이 되고자 그동안 전도지를 돌며 모금한 구제 성금과 저희 안디옥 성도들이 모은 성금을 전해드리고자 온 것입니다.”

“구제성금이라구요? 정말 고마운 희소식이군요.”

“약소합니다. 1차 전도여행의 결과입니다만 2차 여행을 준비하고 있으니 이번에 나가면 더욱 적극적으로 성금 모금에 힘쓸까 합니다. 준비해온 성금은 지금 드릴까요?”

그러자 야고보가 손을 저었다.

“이번 안식일에 리버디노 교회당에 가서 선교활동 보고도 하시고 성금 전달도 하는 게 좋겠습니다. 시급한 구호가 필요한 곳이 많을 테니 교회 장로님들과 집사님들이 상의해서 고루 분배되도록 해야겠지요.”

예루살렘에서는 유일한 예수 그리스도 교회가 리버디노 예배당이었다. 불어나는 신도들을 치리하고 관리 양육하기 위해 일곱 집사를 처음으로 선발한 곳도 그곳이었고 신교사상 최초의 순교자(스데반 집사)가 나온 곳도 리버디노 교회였다. 따라서 구제성금을 분배하거나 신도들을 구휼하는 일들은 리버디노에서 일하는 임직자들이 가장 적임이니 그들에게 맡기자는 것이었다.

“그렇게 하십시오.”

“전연 생소한 소아시아 지역을 돌며 예수복음을 전할 때 가장 힘들었던 문제는 뭐였습니까?"

야고보가 바울에게 물었다.

"할례자 유대인 형제들이었습니다. 완고한 율법주의자들이어서 그들을 개종시킨다는 것이 가장 힘들었고 그들의 집요한 방해와 폭력에 시달린 것이 한두 번이 아니었습니다. 오히려 이방인들은 전도하는 대로 성도가 되는데 말입니다."

"언제나 그 문제 때문에 골치를 앓고 있잖습니까?"

그러자 바나바가 나섰다.

"미개척 전도지에서의 할례자들 반대는 처음부터 예상했지만 오히려 충격을 받은 곳은 수리아 안디옥에 돌아와서입니다."

"그건 또 무슨 말이오?"

"저희 안디옥교회는 새 복음주의 자유인들이 모여들어 놀랍게 부흥 성장한 교회입니다. 아시다시피 할례자들보다 디아스포라 유대인들이거나 헬라 이방인들이 훨씬 많은 비율을 차지하고 있습니다. 그들은 예수께서 오셨기에, 예수께서 우리들의 모든 죄를 대속하셨기에 율법과 할례를 폐해도 좋다며 당연시했습니다. 그런데 교회를 떠난 지 3년 만에 전도를 끝내고 돌아와 보니 수천 년 동안 내려온 율법과 전통을 하루아침에 버리고 예수를 믿는다는 것은 어불성설이다. 예수를 믿되 전처럼 율법도 배우고 지키며 하나님과의 약속인 할례도 해야 마땅하다고 선동하는 이단의 무리들이 순진한 신도들을 뒤흔들어 혼란을 일으켜 놓은 것이었습니다."

"예수도 믿고 율법과 할례도 지키자?"

"그렇습니다. 그리하면 당국의 탄압도 피할 수 있고 박해도 받지 않고 신앙생활을 할 수 있다는 겁니다. 모교회 지도자이신 사도 여러분이 태도를 분명히 해주셔야 할 것 같아 저희들이 구제성금도 전할 겸 해서 온 것입니다."

"그건 상당히 중요한 문제로군요. 회의를 해보도록 하십시다."

요한이 진지하게 서둘렀다.

"예루살렘 안에 살고 계신 사도 여러분들을 모두 소집하시는 게 어떨까요?"

바나바의 말에 야고보가 한숨을 내쉬었다.

"로마당국의 탄압이 갈수록 심해지는 바람에 사도님들이 숨거나 예루살렘을 떠나거나 해서 오늘 여기오신 분들 외에 더 부를만한 분은 없을 것 같습니다. 그동안도 이렇게 여러분들이 함께 모이는 것을 피하곤 했습니다. 예배 중에 잡히면 일망타진되기 때문이었습니다."

"그렇게 어려운 사정이 있다는 걸 몰랐습니다."

바울이 사과했다. 이튿날이 되자 모교회 다락에서는 회의를 열기 위한 예배를 드리게 되었다. 참석자는 주의 아우인 야고보 그리고 베드로와 요한, 도마 등 예루살렘 모교회의 사도 4명과 수리아 안디옥교회에서 온 바울, 바나바 두 사도와 수행자인 디도와 모교회 실무자들인 마가 요한, 실라(실루아노 Siluanus)와 바사바 유다(Barsabbas Judas) 등 회의에 참석한 사람은 모두 열 명이었다.

좌장인 야고보가 회의를 이끌었다.

"하나님의 계시를 받아 3년 동안 이방선교를 하고 돌아오신 바울사도님을 환영합니다. 먼저 바울사도님의 말씀을 들어보겠습니다."

예배가 끝나자 야고보가 바울을 지목했다.

"안녕하십니까? 바울입니다. 돌이켜보니 제가 예루살렘에 다시 온 것도 14년만이 아닌가 싶습니다. 다메섹에서 주님을 뵙고 회심한 후 바나바 사도님의 소개로 예루살렘에 와 여기 계신 게바(베드로) 사도와 야고보, 요한 사도님을 뵌 것이 그때가 처음이고 이번이 두 번 째인듯 합니다. 여러분도 아시는 것처럼 수리아 안디옥 교회는 예수복음을 믿고 자유를 얻은 하나님의 자녀들이 모여 놀랍게 부흥 성장한 교회입니다. 바나바 사도와 함께 열심히 주님의 말씀을 증거하면서 크리스천들을 양육하다가 하나님의 명을 받고 이방 선교를 위해 여기 바나바 사도와 함께 전도여행을 나섰습니다. 먼저 바나바 사도와 마가요한의 고향인 구브로 섬을 방문했습니다."

바울은 구브로의 살라미와 총독이 있는 바포를 방문하는 동안 여러 명의 성도를 얻고 유대인 마술사 바예수를 예수의 이름으로 실명시켜 회개시키는 이적을 보여 총독 서기오 바울이 감동하여 예수를 영접한 사건들을 얘기했다. 그런 다음 배를 타고 터키 남중부 해안도시인 아딸리아에 상륙, 버가에서 전도하고 해발 2천 미터의 타우르스 산맥을 넘어 고원지대인 비시디아 안디옥과 갈라디아, 루가오니아 지역에 전도하여 열매를 거두고 이어서 이고니온, 루스드라, 더베 지역에서 전도활동을 벌인 선교사역의 자세한 내용들을 보고했다.

"총 9개의 가정교회를 세웠습니다. 한 교회 평균 성도의 숫자는 20명 정도라 보시면 됩니다만 그곳 현지인의 가정에 세운 교회라 탄탄합니다. 귀국할 때는 전도 순서의 역순(逆順)으로 다시 방문하여 다지고 또 다져놓고 왔으니 웬만한 태풍에도 잘 견딜 것으로 봅니다. 이번 소아시아와 구브로의 선교는 성공적이라 자평합니다. 물론 아쉬운 점도 많았습니다. 우리가 여행을 떠날 때 바나바 사도와 결정을 본 것이 몇 가지 있습니다. 첫째 우리는 도시지역 선교를 위주로 하자. 이유는 간단합니다. 도시에 인구가 많기 때문이고 도시는 대로변에 다 있기 때문이었습니다. 로마는 도로망 건설을 잘해 놓아서 고속 국도인 비아 세바스테만 따라가며 인근 도시에 전도하면 된다는 것이었습니다. 그리고 선교 활동의 중심지는 어느 도시에 가든 예수님처럼 유대인 회당을 이용하자는 것이었습니다.

그런데 문제는 유대인 회당에서의 전도 사역이었습니다. 나는 다메섹 도상에서 주님을 뵙고 율법이나 할례 없이 하나님의 은혜로서만 모든 인류에게 구원을 주신다는 십자가의 피와 예수님의 구속 사역만이 복음의 진리라는 것을 깨달았습니다. 나는 그 진리를 이방 가운데서, 이방나라 안에서 전했습니다. 한 번도 그 복음의 진리를 무너뜨리는 자들 앞에서 양보하거나 타협하지 않고 초지일관 주장하고 전했습니다. 다메섹에서 아나니아를 만나 멀었던 눈을 뜬 순간부터 나는 예수의 심장을 내 가슴 속에 넣고(휴대하고) 다니며 한 번도 꺼내지 않았습니다. 그 때문에 나와 바나바 사도는 할례자들로부터 혹독한 방해와 변박(辨駁)과 린치와 폭행을 당했습니다. 구브로에서는 40에 한 대 감한 매질을 당했고 루스드라에서는 돌덩이로 맞아 피투성이로 쓰러졌는데, 저들은 죽었다하여 성밖 시체 하치장으로 끌어다가 내버린 적도 있습니다. 하나님이 다시 살려주셨지만요. 하지만 헬라인들을 비롯한 이방인들은 의심 없이 새 복음을 받아들이고 크리스천이 됩니다. 물론 그동안 할례자 유대인 중에서 개종한 형제도 여럿 있지만 개척한 가정교회 성도 대부분은 이방인들입니다. 물론 예수님도 할례자 유대교도들에 의해 죽임을 당했는데 어찌 저들이 순순히 예수복음을 받아들이려 하겠습니까? 이건 꼭 풀어야 할 과제입니다. 3년 동안의 전도 여행을 마치고 수리아 안디옥으로 돌아 왔습니다. 그런데 뜻밖에도 엉뚱한 배도자(背道者)들이 세력화되어 첩자들처럼 교회 안으로 숨어 들어와 우리들이 전한 복음과 그 복음을 듣고 자유를 누리는 성도들을 무너뜨리고 또다시 율법과 할례의 굴레를 목에 씌우려 하고 있었습니다. 예수만 믿어서는 구원 받지 못한다. 종전처럼 율법을 배우고 지키며 믿고 하나님과의 약속의 징표인 할례를 받아야 하나님이 우리를 구원해주신다. 그렇게 미혹한 것입니다. 그런 주장을 받아들인다면 수리아 안디옥을 비롯하여 구브로, 갈라디아, 비시디아 등 여러 지방에 예수복음과 성령이 역사하여 굉장히 빠르고 강하게 전해지고 부흥하고 있는 이 때 다시 율법과 할례를 들고 나오면 우리 그리스도교 자체가 존립할 수 없는 최대 위기를 맞게 되는 것입니다. 의롭게 되는 것이 율법 때문이라면 예수께서 헛되이 죽은 것이 되며 십자가 구속의 교리가 완전히 무너지게 됩니다. 뿐만 아니라 율법을 믿고 다시 회귀하게 되면 그리스도교는 소수종파로 전락하게 되고 유대교에 예속되어 범세계적인 만민지교(萬民之教)가 될 수 없게 됩니다. 그리고 이방인 신도와 유대교 출신 신도가 다 함께 성찬에 참예할 수 없게 되어 교회는 스스로의 본분과 복음의 사명을 완수할 수 없게 됩니다. 이제는 모처럼 좋은 기회를 맞은 우리 그리스도교회의 분열을 막고 통일된 복음을 가져야 한다고 봅니다. 사도 여러분의 가르침을 받고자 합니다."

바울이 서두를 끌어내고 자리에 앉았다. 그러자 성미가 괄괄한 도마가 입을 열었다.

"너무 급진적으로 나가서는 안 된다고 봅니다. 그리스도교 역시 유대교에서 파생되었기 때문이지요. 그리스도교로 개종하는 유대인들의 처지를 생각해 보십시오. 개종했다고 어떻게 누대에 걸쳐 지켜 오던 유대교의 율법과 관습을 한순간에 버리거나 유대 절기를 버리고 지키지 않을 수 있겠습니까? 그런 개종자들에게 칼로 무 자르듯 모두 다 당장 버리라고 하면 그대로 따라오겠습니까? 그리고 혹독한 탄압을 받지 않으려면 리버디노 교회에도 나가고 지금처럼 성전 예배를 봐야 합니다. 아니면 당국의 탄압으로 인하여 우리는 설자리를 잃게 됩니다."

도마의 이의 제기에 바나바가 맞섰다.

"주님은 우리를 위해 십자가에 달려 피 흘리며 돌아가셨습니다. 죽기까지 각오를 하시고 새 복음을 증거하셨습니다. 그런데 뭐라구요? 탄압이 무서우니까 복지부동(伏地不動)하고 유대성전에 나가 예배를 보며 바리새, 서기관들의 비위나 맞추며 명맥을 유지하자구요? 비겁자가 되지 맙시다. 바울 사도의 말씀이 맞습니다. 다시 율법으로 돌아가면 그리스도교는 유대교의 한 종파로 전락하고 마는 것입니다."

좌중은 한동안 설왕설래로 시끄러웠다. 토론이 격해졌다. 그러자 요한이 사도는 아니지만 모교회에서 상당히 존경을 받고 있는 예언자 실라에게 의견을 얘기해보라 했다. 실라는 히브리어를 비롯하여 아람어, 헬라어, 라틴어까지 자유롭게 구사할 줄 아는 외국어 실력은 물론이고 영성의 깊이도 남다른 디아스포라 유대인 출신이었고 모교회의 모든 업무를 담당하고 있는 선교사였다.

"감히 제가 의견을 말씀드려도 결례가 안 될지 모르겠습니다."

실라는 좌중을 둘러보고 잠시 뜸을 들이다가 말을 이었다.

"좋은 게 좋은 것이라는 식의 절충이란 있을 수 없다고 봅니다. 어떻게 얻은 새 복음입니까? 어떻게 얻은 율법으로부터의 자유입니까? 이것이냐 저것이냐, 확실하게 짚고 넘어가야합니다. 율법과 할례를 받으면 예수님은 모세와 율법 앞에 무릎을 꿇는 것입니다. 그걸 원하시는 건 아니겠지요? 스데반 집사의 순교는 그래서 일어났습니다. 유대교와 손을 끊어야한다 해서 순교한 것입니다. 이 회의에서 유대교와의 결별을 선언했다는 것이 알려지면 우리 그리스도교도들은 계속해서 불이익과 탄압을 받겠지요. 그걸 모면하기 위해 적당히 타협하자 하면 안 된다는 것입니다. 아주 죄송합니다만 지금부터라도 최고 어르신인 야고보 사도님이 자신의 입장을 확실하게 밝혀주셔야 한다고 봅니다."

"그게 무슨 소리인가? 나의 태도가 어쨌다는 거지?"

야고보가 흠칫하며 돌아보았다.

"개종한 유대인 신자들이 전처럼 성전에 가서 예배를 드려도 괜찮겠습니까 하고 물으면 어떻게 하루아침에 성전예배와 제사를 외면할 수 있는가? 그렇게 하게나 하셨습니다. 사도님도 안식일에 리버디노 교회당 예배에 들르셨다가 성전예배에도 참예하시곤 하셨지 않습니까? 그래서 드린 말입니다. 용서하십시오."

실라의 직언(直言)에 야고보는 고개를 숙였다. 그건 사실이었던 것이다. 요한이 한마디 했다.

"야고보 사도님의 그런 태도 때문에 우린 할례자들과 당국의 탄압을 모면할 수 있었던 건 사실이오. 하지만 언제까지 그럴 수는 없습니다."

야고보가 다짐하듯 말했다.

"예수님과 스데반 집사 앞에 죄를 지었다면 용서하시오. 이 순간부터 유대교와는 완전 결별입니다. 앞으로 어떤 고난과 수난이 와도 견디고 승리해 나갑시다."

"가장 중요했던 문제 하나가 풀리고 결론이 났습니다. 그리스도교는 유대교와는 상관이 없다입니다. 그러니 율법이나 할례, 각종 제사에 얽매일 필요 없으며 예수 그리스도의 복음만 믿으면 된다는 것입니다. 다른 분 이의가 없겠지요?"

요한의 말에 이의를 제기하는 사람이 없었다.

"됐습니다. 그렇다면 두 번째 문제를 상의해 보기로 합시다. 신도들의 성분문제입니다. 3부류로 나누어집니다. 첫째 부류는 유대교에서 개종하는 할례자 신도들. 두 번째는 헬라계 등 이방인들입니다. 바울사도의 이방전도 말씀을 들어보니 그 두 파의 간극 때문에 이중고(二重苦)를 겪었다는 것입니다. 세 번째 부류는 그들의 이질감 때문에 생겨난 것이 적당주의 이단입니다. 예수를 믿되 입교하려면 하나님과의 약속인 할례를 받고 조상대대로 믿어 온 율법을 믿으며 교회를 다니면 된다는 그 적당주의가 문제입니다. 얽힌 그 난제를 풀어보십시다. 바나바 사도는 어떻게 생각하시오?"

"개종자건 이방인이건 입교하면 오직 예수그리스도의 복음만이 진리라는 것을 철저히 가르치고 교육하고 양육했으면 합니다. 개종자의 입에서 하루아침에 구습을 버릴 수 없다는 말 따위가 나오지 못하게 해야 합니다. 철저히 교육을 하면 적당주의자들도 발을 못 붙이리라 확신합니다."

"그러기 위해서는 어찌하면 좋겠습니까?"

그 때 구석자리에 앉아 있던 디도가 일어났다.

"저는 바울사도와 바나바 사도를 모시고 온 안디옥교회의 교사 디도입니다. 감히 한 말씀 해도 될는지요?"

"토론장소이니 괜찮습니다. 해보시오."

"바나바 사도님 말씀대로 하면 우리는 분열되지 않고 통일된 복음의 케리그마를 가지고 만방으로 뻗어날 수 있다고 봅니다. 그러기 위해서는 기존의 유대인 개종에 대한 전도사역자와 이방인 전도 사역자를 나누었으면 합니다. 바울 사도님 같으신 분은 두 번씩이나 하나님으로부터 이방인에게로 가라시는 특별 계시를 받았다 하셨습니다. 한번은 회심 후 예루살렘에 와 전도를 하려하자 이방으로 나가서 이방선교를 하기 위해 택정하셨다는 계시를 내리셨고, 두 번째는 안디옥교회에서 소아시아 개척선교를 떠나실 때 받으셨다 합니다. 그런 분은 이방인 선교를 전적으로 하여 불필요하게 이중고를 겪으며 머뭇거리지 않게 하는 것이 좋지 않겠습니까?"

"그것도 좋은 방도로군요. 모교회 책임을 지시고 계신 야고보 사도님과 수석이신 베드로 사도님 두 분의 말씀이 중요할 것 같습니다. 의견은 충분히 들으셨을 테니 결론을 내려주시지요."

사도 요한이 두 사람을 바라보았다. 그러자 야고보가 베드로에게 먼저 발언하라는 손짓을 했다. 베드로가 일어났다.

"하나님께서는 오래 전부터 내 입으로 증거하는 복음의 말씀을 들어 이방인들도 믿게 하려고 여러분 가운데 나를 택하셨다고 생각합니다. 나를 택하신 근본적인 이유는 오래 전부터 하나님이 이방인을 구하시겠다는 경륜을 세우시고 계셨다는 증거이기도 합니다. 하나님은 이방인들에게도 축복을 주신다는 아브라함의 부르심의 뜻일 수도 있으며 가깝게는 10여년 전 백부장 고넬료와 이방인 가족들을 구하게 하신 사건을 보아도 증명이 된다고 봅니다. 하나님은 그들에게도 우리와 같이 성령의 축복을 내려주셨습니다. 하나님은 공평하신 분입니다. 하나님은 사람의 외모를 취하지 않으시고 그 중심을 보시기에 경건한 유대인이거나 좀 부족한 이방인이거나 어느 나라, 어느 민족이든지 따지시지 않으시며 하나님을 경외하고 의를 행하는 자는 다 받아주셨습니다. 하나님이 택하시고 부르시고 말씀을 주시고 믿게 하셔서 성령을 주시고 모든 사람들을 구분하지 않으시고 깨끗케 하셨는데 이에 대하여 반대를 하는 것은 하나님을 시험하는 거나 같다고 봅니다. 어찌하여 하나님을 시험하여 또다시 우리 조상과 우리도 능히 메지 못하던 멍에를 그들의 목에 얽으려 하는가. 출애굽한 우리 이스라엘 백성들이 광야에서 하나님을 시험하다가 받았던 그 혹독했던 형벌을 왜 기억하지 못하는가. 다시 말하지만 우리 그리스도교회에서는 선민(選民)이라 자만하는 유대인이나 이방인이거나 모두 다 동일하게 주 예수 그리스도의 은혜로 구원받는 줄로 믿는다는 것입니다. 그런 의미에서 바울 사도와 바나바 사도의 이방 선교를 높이 평가하는 바입니다."

베드로의 발언이 끝났다. 좌중이 조용했다. 요한이 이윽고 마지막으로 야고보에게 결론을 부탁했다.

"형제 여러분은 내 말을 들어주시기 바랍니다. 하나님이 처음으로 오래전부터 세우셨던 경륜 가운데 이방인의 구원은 우리들의 형제인 시므온(베드로)을 통하여 이루시고 또한 여기 계신 바울 사도와 바나바 사도를 통해서도 이루셨습니다. 그걸 부인할 수는 없을 것입니다. 그렇게 하나님은 이방인에게도 권고하시고 취하셔서 하나님의 백성을 삼은 것입니다. 아모스 선지자의 말씀입니다.

- 이후에 내가 돌아와서 다윗의 무너진 장막을 다시 지으며 또 퇴락한 것을 다시 지어 일으키리니 그 남은 사람과 내 이름으로 일컬음을 받는 모든 이방인들로 주를 찾게 하려 함이라 하였으니 즉 예로부터 이것을 알게 하시는 주의 말씀이라. (아모스9:11-12)

다윗의 무너진 장막, 즉 다윗왕국을 다시 세울 자가 있으니 이는 그리스도이신 예수님이며 하나님이 다윗에게 주신 약속을 성취케 하시려고 예수님의 부활과 승천을 나타내시고 이방인들도 예수님을 주로 부르게 하는 약속을 지키게 되었으니 하나님이 세우신 우리 그리스도교회가 이제야말로 옛 교회를 완성했다고 보아야 합니다. 그러므로 이방인 중에 주님께 돌아오는 자들을 괴롭히지 말고 할례는 너무 큰 짐이 되니 그런 짐이나 멍에를 씌워서는 안 된다고 봅니다. 오늘 회의한 것들을 정리하여 예루살렘 <사도훈령(使徒訓令)>으로 의결하고 여러 지역의 교회에 알렸으면 합니다."

그러면서 야고보는 그리스도교로 개종하거나 입교하는 신도와 기존의 신도들이 지켜 주어야할 최소한의 도덕률을 정해서 그것을 지키도록 훈령 속에 넣도록 하자 했다.

"유대교의 도덕률을 말하는 게 아닙니다. 우리 예수 그리스도교 교도들이 지켜야할 새로운 도덕률을 말하는 것입니다. 솔직히 얘기해서 유대교 신도들은 엄격한 율법 때문에 도덕적으로는 바른 생활을 하려고 있습니다. 그러나 이방인들은 규제가 철저하지 못해 도덕의 가치와 질서가 엉망인 경우가 많습니다. 그걸 바로잡기 위해서는 다음 세 가지를 우리 그리스도인들은 지켜줘야겠다는 것입니다. 첫 번째가 우상숭배를 철저히 금지시켜야 한다는 것입니다. 우상숭배 뿐 아니라 우상제사에 쓰인 제물도 먹어서는 아니 된다는 겁니다. 두 번째는 목매어 죽인 것은 그 안에 피가 남아 있으므로 절대 먹어서는 아니 된다는 것입니다. 한 생명과 영혼은 피에 있기 때문입니다. 세 번째로 음행을 경계하고 금하라는 것입니다. 이방인이거나 이교도들은 간음, 매춘, 동성연애, 근친상간 등이 죄의식 없이 행해져서 성도덕이 땅에 떨어져 있습니다. 우리 그리스도인들은 바른 도덕생활을 해야 합니다. 그리고 음행은 대체로 이교도들의 신전에서 일어납니다. 우상의 집에 앉아서 제사하고 고기 먹고 성적으로 문란한 제의(祭儀) 의식에 참예하게 되기 때문입니다. 이상 세 가지 도덕률을 세워 전하고 싶은데 여러분 생각은 어떠신지요?"

사도들은 모두 시의적절한 권면(勸勉)이라며 찬성했다. 이윽고 사도회의에서 의결된 모든 훈령사항들은 문서로 만들어 졌다. 그 문서는 예루살렘 모교회 사도회의 이름으로 그리스도교회가 있는 모든 지역에 전하기로 했다. 안디옥 교회에서는 바울과 바나바가 참석했지만 객관성을 보이기 위해 실라와 바사바 유다, 두 사람을 시켜 전하게 했다. 사도회의는 또 바울과 바나바에게 리버디노 교회에 나가 소아시아 개척 전도여행에 대한 선교보고를 해 달라 청했다. 두 사람은 안식일 예배에 참석하여 선교보고를 했다. 보고가 끝나자 야고보 사도가 일어나 회중들에게 전했다.

"바울 사도와 바나바 사도는 예루실렘 지역의 가난한 성도들 특히 한재(旱災)와 흉년에 시달리는 성도들을 위해 소아시아 개척교회와 안디옥 교회에서 구호 성금을 모금해 오셨습니다. 장로님들과 집사님들이 어려운 이들을 헤아려서 골고루 도와주시길 바랍니다."

드디어 바울과 바나바는 예루살렘에서의 모든 일들을 마치고 수리아 안디옥으로 다시 돌아갔다. 두 사람이 예루살렘 모교회에서 파견한 실라와 바사바 두 사람까지 대동하고 나타나니 귀추가 궁금하여 성도들이 구름처럼 모여들어 그간 있었던 일들을 듣고 싶어 했다. 바울과 바나바가 나서서 예루살렘 사도회의 진행과정과 결과에 대한 설명이 있고 다음으로 편지를 가지고 온 두 사람 중에 실라가 공개 낭독하기로 했다.

"이 공한(公翰)은 예루살렘 사도회의 결과의 훈령 내용입니다. 내가 읽어드리기로 하겠습니다. 사도와 장로된 형제들은 안디옥과 수리아와 길리기아에 있는 이방인 형제들에게 문안하노라. 들은즉 우리 가운데서 어떤 사람들이 우리 사도들이 시킨 적도 없는데, 야고보 사도의 이름을 빙자하여 돌아다니며 이단의 말로 너희를 괴롭게 하고 마음을 미혹하게 한다 하여 그리스도 예수복음이 바로 서지 못할 것을 심히 우려하여 장차 이방인으로 그리스도인이 되어 세례를 받는 자는 율법이나 할례의 멍에를 씌우지 않기로 다짐한바 사도들이 모여 우리 그리스도교회의 올바른 입장을 정리했노라.

1. 이방계 그리스도인들은 유대교 율법을 지킬 의무가 없다.
2. 바울 사도와 바나바 사도는 이방인들에게 전도하고 예루살렘 사도들은 유대인에게 전도한다.
3. 우상숭배는 절대 금한다. 우상 제사에 쓰인 제물과 고기는 먹어서는 안 된다.
4. 목매어 죽인 것은 피가 남아 있으므로 먹어서는 아니 된다. 한 생명과 영혼은 피에 있기 때문이다.
5. 음행하지 말라. 도덕적으로 타락해 있는 이방인과 이교도들을 멀리하고 성도덕을 바로 세워야 한다.
6. 바울과 바나바는 한재와 흉년에 시달리는 예루살렘 교회를 잊지 말고 성금을 모금해 달라.

이상은 우리 사도회의가 결의한 사항이며 특히 우리 주 예수 그리스도께서 택정하시어 그 이름을 위하여 생명을 아끼지 않아온, 우리의 사랑하는 바울 사도와 바나바 사도를 너희들에게 보내기로 일치가결 하였노라. 그리고 모교회에서 실라와 바사바 유다를 함께 파송하여 사도훈령 편지를 보냄은 이 훈령을 널리 전하게 하려 함이다."

그 사도훈령 편지의 효과는 금방 드러났다. 예루살렘 쪽에서 몰래 들어와 흙탕물을 일으켜 놓았던 할례자들의 입을 완전히 막아 놓은 데다가 슬그머니 자취를 감추게 했다. 그들은 바울이 예수를 따라다닌 제자가 아니므로 사도가 아닌데도 사도행세를 하며 율법과 할례를 버리고 예수만 믿으면 된다고 선동하는 사기꾼이라 했던 것이다. 그런데 사도훈령은 바로 그리스도인들은 율법과 할례를 지킬 의무가 없다고 못 박고 있었고 바울을 하나님이 택정하신 사도라 천명하고 있었던 것이다. 안디옥 교회의 모든 성도들은 훈령 편지 내용을 듣고 일제히 기뻐하며 받아들였다. 이로써 바울은 사도의 한 사람으로 인정받고 자신은 이방인의 전도자로 정해짐을 받았고 시종일관 주장해 온 자신의 예수복음으로 통일된 그리스도교의 교리로 정착될 수 있게 만들었다. 바울과 바나바는 안디옥 교회에 남아서 성도들의 양육에 더욱 힘을 기울이기로 했다. 그리고 모교회에서 온 바사바 유다는 예루살렘으로 돌아갔고 실라는 바울 곁에 남았다.

(註·著者)

이른바 <예루살렘 사도회의>에 대해서는 이견(異見)이 있다. 그건 누가의 <사도행전>과 그 회의에 참석했던 사도 바울의 <갈라디아서> 내용이 서로 다른 점이 있기 때문이다. 다른 점이라면 먼저 바울의 예루살렘 방문 횟수이다. 누가는 사도회의 참석차 간 것은 바울의 3차 방문이라 기록하고 있는데 바울자신은 2차라 말하고 있다는 점이다. 다메섹 회심 후 3년 만에 올라가서 15일간 체재했는데 게바와 주의 동생 야고보를 만났다.(갈라디아서 1:18-19) 그 뒤 14년 동안 수리아와 길리기아 지방에서 전도사역을 하다가 구호성금을 전하기 위해 올라갔기 때문에 2차일 뿐이라는 것이다.

두 번째 다른 점은 사도회의에 대한 호칭이다. 누가는 사도행전에서 안디옥교회에 바리새 유대인들이 들어와서 혼란을 일으키자 교회 내에 다툼과 변론이 일어나서 그리스도교의 분열을 막기 위해 바울과 바나바를 뽑아 예루살렘 모교회에 보내어 사도회의를 열게 되었다(행15:1-2)고 사도행전에 서술한 반면, 바울은 갈라디아서에서 안디옥교회가 자신들을 파송했다기보다는 이단문제 등등을 예루살렘 원로들과 사사로이 상의해 보려고 기도 가운데 계시를 받아 따라간 것이고 주된 목적은 모아진 구호성금을 전하기 위해 간 것이라 말하고 있음을 볼 수 있다.

<사도행전>은 사도회의에 직접 참가하지 않은 누가가 AD 100년경에 쓴 것이고 <갈라디아서>는 그 회의에 직접 참석한 바울이 AD 64년경에 썼다는 것을 감안하면 어느 쪽 말이 맞을지 짐작할 만하다. 본인이 원했든 그렇지 않든 그 회의로 인하여 바울이 얻게 된 소득은 첫째로 사도로 인정받았다는 점 두 번째는 예루살렘 사도들은 할례자 유대인에게 전도하고 바울 자신은 이방인 전도자로 나선다는 역할분담이었고 셋째로 가장 중요했던 것은 바울 자신이 회심이후 줄기차게 주장해 온 예수복음의 교리의 정통성과 정체성을 인정받았다는 것이었다.

그런 소득이 있었는데도 바울이 사도회의를 세세하게 언급하지 않은 이유는 정식회의가 아니어서 그럴 수 있고 그래서 사사로운 만남이라 표현하고 있는데 반해. 누가가 사도회의를 공식화한 것은 기독교사적(基督教史的)인 기록을 남기기 위하여 개관적인 입장에서 회의를 재구성한 것

이라 볼 수도 있다. 재구성의 흔적으로 베드로연설과 야고보 연설이 누가의 창작이라 주장하는 학자들도 있기 때문이다.

예루살렘을 다녀온 뒤 바울은 모처럼 한가한 시간을 맞이했다.

"어머님이 식탁에서 찾으시는데요?"

함께 사는 루포가 방안으로 들어와 알려주었다.

"식탁? 벌써 점심 먹을 시간이 됐나? 아침 먹은 지 얼마 안 된 거 같은데? 집에 있으니 시간이 아주 잘 가는군?"

바울은 읽고 있던 성경책을 덮고 일어나 루포를 따라 식당으로 나갔다. 루포의 어머니는 아주 푸짐한 고기요리를 내놓고 있었다.

"어머니, 이게 뭐예요?"

"아버지가 사냥해 온 청둥오리야. 요리가 맛이 있을지 모르겠다."

"아직 점심 때가 멀었는데…. 틈만 나면 먹이시니 이러다간 배가 터져서 죽겠어요. 어머니! 이젠 제발 그만 좀 먹이세요."

바울이 비명처럼 말하자 루포의 어머니가 주름 기득한 얼굴을 웃음으로 채우며 손을 저였다.

"터져도 좋으니까 맛있게 먹기나 하렴. 도대체 3년 여행에 그 고생이 얼마나 심했으면 피골이 상접해 왔겠어? 빨리 회복해야 해."

바울은 다시 한 번 자애로운 친 어머니 같은 정을 느꼈다. 이윽고 음식을 먹고 마당 밖으로 나왔다. 마당 옆에는 보리수나무들이 숲을 이루고 있었다. 그는 숲길을 산책했다. 잠시 후 누군가 숲길 끝에서 걸어오고 있는 게 보였다.

"아니 디도! 웬일인가?"

"예루살렘에서 손님이 오셨습니다. 게바(베드로)사도와 마가 요한이 왔습니다. 선생님을 찾고 계신대요."

"그래? 지금 어디 계시지?"

"교회 감독실에 감독목사님 그리고 바나바 선생님과 함께 계십니다."

"왜 왔다구 하든가?"

"글쎄요. 그건 잘 모르겠어요."

"알았어. 잠시만 기다리게. 함께 나가지."

바울은 디도와 함께 교회로 나갔다. 바나바와 마가요한과 셋이서 얘기를 나누고 있던 베드로가 반색을 하며 일어섰다.

"안녕하시오? 바울사도?"

"반갑습니다. 잘 오셨습니다. 딴 계획이 있어 오신 모양이지요?"

"아닙니다. 다메섹 북쪽 지역의 포교상황(布教狀況)을 둘러 볼 겸 왔습니다."

"잘 오셨습니다. 사도님이 와주셨다는 걸 알면 우리 안디옥교회의 모든 성도들이 은혜를 받아 기뻐하며 자랑스러워할 겁니다. 오래 체류하시어 양육에 힘을 써주십시오."

"선생님, 저도 사도님을 모시고 왔습니다."

그 때 마가 요한이 인사했다. 베드로가 여행할 때는 여러 수행자들이 동행했다. 마가 요한은 비서 겸 통역으로 따라온 것이었다. 통역이 필요한 이유는 베드로가 모국어인 히브리 아람어 밖에 할 줄 모르기 때문이었다. 그런데 여행에 나서면 헬라어나 로마 라틴어를 해야 할 때가 많았다. 그래서 대동하는 것이었다. 그런 사정은 주의 아우인 야고보나 다른 사도들도 입장이 비슷했다.

"사도께서는 다시 2차 전도여행을 떠나지 않으십니까?"

"준비하고 있습니다. 밤빌리아, 비시디아, 갈라디아, 부르기아, 루가오니아 등등 바나바 사도와 함께 개척해 놓은 교회들을 다시 둘러보고 이번에는 북쪽 앙퀴라 비두니아 지역으로 가볼까 생각 중입니다."

"대단하십니다. 체력이 뒷받침 해주지 않으면 어려운 사역입니다. 건강을 가꾸십시오."

"고맙습니다."

예루살렘 모교회의 기둥인 베드로 사도가 와서 안디옥 교회에 체류하게 되었다는 것은 성도들로써는 영광으로 받아들이지 않을 수 없었다. 그리고 자랑스러워했다. 거물이 찾아주었기 때문이었다. 베드로는 안디옥 교회에서 설교하여 성도들을 감화시켜 화제가 되었다. 베드로는 모든 제자들 가운데 예수의 수제자였고 모교회의 기둥이었기 때문에 권위가 대단했다. 그래서 성도들은 그가 매사 권위를 내세우며 군림할 것 같아 처음에는 경계하고 접근하지 않았다. 하지만 베드로는 서민적이고 소탈하고 인자한 성품의 소유자였다.

개종한 유대인이든 이방인이든 그는 가리지 않고 좋아했고 예배가 끝나면 그들과 함께 성찬을 나누었으며 보통날에도 성도들이 부르면 가리지 않고 그들의 집으로 가서 함께 즐겁게 식사하며 교제했다. 성도들은 그를 아끼고 따랐다. 베드로도 처음에는 곧 떠날 것처럼 하다가 아예 고향집에 온 것처럼 푸근하다며 오래 체류하고 싶다 했다. 그렇게 두 달이 지난 어느 날이었다. 주일예배가 끝나면 모든 성도들은 한자리에 앉아 떡을 떼며 성찬을 나누는 게 그리스도교회의 의식이었다. 그날도 주일 예배가 끝나 성도들이 모여 성찬을 나누게 되었다. 성도들의 숫자가 너무 많아 이곳 저곳 나누어 자리를 잡아 식사를 하고 있었다.

"바울선생! 이쪽으로 오시지요."

베드로가 불렀다. 그쪽 식탁에는 베드로와 바나바 그리고 감독 목사 등 20여 명의 성도들이 앉아 있었다. 바울은 실라와 디도를 데리고 그쪽으로 갔다.

"자리가 없을 것 같군요."

"아닙니다. 충분합니다."

목사가 자리를 가리켰다. 세 사람도 이윽고 자리에 앉았다. 둘러보니 앉아 있는 20명 신도 중에서 할례자 그리스도인은 오륙명 정도이고 대부분은 헬라인들이거나 이방인들이었다. 여집사들이 음식접시와 화덕에 붙여 구운 빵떡을 가져다 놓았다.

"식탁 중앙에 있는 큰 그릇 속의 음식은 덜어서 각자 드세요."

"고맙습니다."

바울 곁에는 실라와 디도가 앉아 먹게 되었다.

"포도주 한잔 하시지요."

바나바와 함께 앉은 베드로가 술병을 들어 바울의 잔에 따랐다.

"고맙습니다. 사도님 잔은 제가 채우겠습니다."

바울이 베드로의 잔에 포도주를 채웠다. 그 때 식당 입구 쪽이 수런거렸다. 청색 줄이 쳐진 줄무늬 토카를 입은 낯선 사람들이 들어오고 있었다. 그 낯선 손님은 모두 다섯 명이었다. 식사를 하며 그들을 바라본 베드로의 표정이 굳어졌다. 그 낯선 사람을 안내하여 다가오고 있는 사람은 남자 집사 중의 하나였다. 베드로가 냅킨으로 급히 입을 닦더니 슬그머니 일어섰다. 그리고는 그들과 반대방향 쪽으로 난 옆문을 향해 재빨리 도망치듯 나갔다. 바나바 역시 베드로를 뒤에서 감싸듯이 한 채 그와 함께 나가버렸다. 기다리고 있었던 것처럼 다 섯 명의 신도들도 그 뒤를 따라 옆문으로 나가버렸다. 그들 다섯 명은 모두 할례자 신도들이었다.

"허!"

바울이 놀라 신음을 씹었다. 너무나 갑자기 일어난 일이었던 것이다.

"저 사람들 뭐지요?"

디도가 실라에게 물었다.

"예루살렘에서 온 사람들인데? 모교회 사람들이요."

실라의 말이 끝나자 낯선 사람 다섯 명은 감독목사와 바울이 앉아 있는 식탁 앞에 이르렀다.

"식사 하시는데 죄송합니다. 안녕하십니까?"

그들 중에 나이 지긋한 사내가 목사 앞에 인사를 했다.

"저희들은 예루살렘 모교회에서 온 사람들입니다. 베드로 사도님이 여기 계신다기에 야고보사도님의 전갈을 전해드리려 왔습니다."

"아, 그러시군요? 식사 전이시지요? 우선 앉으십시오."

목사가 자리를 권했다. 그들은 사양하다가 자리에 앉으려다 바울이 있다는 걸 알고 다시 일어나 인사했다.

"바울 사도님이 계신 줄 몰랐습니다. 그간 안녕하십니까?"

"반갑습니다."

"아니 실루아노(실라) 선생도 계셨군요?"

실라는 모교회 출신이라 잘 알려진 인물이었다. 그들이 베드로를 찾았다.

"여기 안 계신가요?"

"옆방에 계실 겁니다."

바울의 말에 그들은 베드로를 먼저 만나 인사하고 싶다며 옆방으로 통하는 문을 밀고 안으로 들어갔다. 식탁은 갑자기 분위기가 가라앉고 어두워졌다. 바울의 표정이 변했던 것이다.화가 나면 바울의 굵은 눈썹 양쪽이 일자로 붙어버리고 코끝이 붉어지는 게 특색이었다.

"선생님, 괜찮으십니까?"

근심스러운듯 디도가 눈치를 보며 물었다.

"음, 괜찮지 않아!"

바울은 음식을 먹다말고 포크를 소리 나게 식탁 위에 올려놓고 벌떡 일어섰다. 그러더니 베드로와 바나바가 사라진 옆방 문 앞으로 가서 소리

나게 열고 안으로 들어갔다. 베드로와 바나바는 모교회에서 온 사람들과 담소를 하고 있었다. 그들 주변에는 할례자 신도들이 둘러 앉아 있었다. 바울이 베드로 앞에 바람을 내며 다가섰다.

"뭐 하, 하실 말씀 있습니까? 바울선생."

뭔가 심상치 않다고 느꼈는지 베드로가 말을 더듬으며 바울을 건너다 보았다. 바울은 단호한 어조로 입을 열었다.

"게바 사도! 나는 당신이야말로 우리 그리스도인들의 대표요, 우리 교회의 우두머리로 생각하고 있습니다. 바나바 선생! 내 말이 틀렸습니까?"

"바울! 무엇 때문에 이러시오? 진정하시오."

"예루살렘에 올라갔을 때 사도들이 모여 회의를 했습니다. 무엇에 대해서, 왜 했지요? 게바 당신의 연설이 귓속에 아직 남아 있고 훈령서의 잉크도 아직 마르지 않았는데 손바닥 뒤집듯 결의 내용을 뒤집다니 그럴 수 있소? 당신이 뭐라 연설했지요? 하나님께서는 내 입을 빌어 이방인들도 복음을 듣고 믿게 하시려고 나를 택해주셨다 했습니다. 그러면서 하나님은 그들의 믿음을 보시고 그들 마음을 깨끗케 해주시고 그들의 머리 위에도 우리와 똑같은 성령을 내려주시어 이방인이나 우리 모두 똑같이 인정해주셨다고 증언했습니다. 우리 안디옥교회 뿐 아니라 모든 교회가 당신을 좋아하고 존경하는 것은 바로 그 때문입니다. 이곳에 온 뒤 안식일 예배 성찬에서 떡을 뗄 때 당신은 이방인들과 함께 은혜로이 나누어 먹어오지 않았습니까? 그런데 낯모르는 할례자들이 나타나자 예루살렘에서 야고보 사도가 보낸 것으로 알고는 황급히 이방인의 식탁에서 물러나 도망치듯 나갔습니다. 뭐가 두렵지요? 왜 그랬지요?"

바울이 따져묻자 베드로는 얼굴을 붉히며 당황했다.

"바울! 그만하시오. 당신이 생각하는 것 때문에 사도님이 식탁에서 물러나오신 건 아닙니다. 참으시오."

바나바가 대신 사과했다.

"바나바 선생! 당신한테도 대 실망입니다. 일어나 나가지 못하게 만류해야 할 사람이 오히려 감싸고 쫓기듯 나가요? 두 분은 사과하시오. 유대인이면서 유대인같이 살지 않고 이방인처럼 사는 당신들이 어떻게 이방인들에게 유대인처럼 살라고 강요할 수 있겠습니까? 두 분은 중대한 실수를 하신 겁니다."

고개를 든 베드로는 주변을 둘러보고 흠칫 놀랐다. 방안에는 언제 모여들었는지 수십 명의 이방인들이 둘러싸고 있었던 것이다. 어쩔 수 없는 듯 베드로가 사과했다.

"바울 선생이 보신 것처럼 내가 위선자처럼 보였다면 용서하십시오. 나의 본뜻은 전혀 그렇지 않았습니다. 오해에서 비롯된 것입니다. 바울선생! 용서하시오. 오해를 불러일으킨 점 주님께도 용서를 빌겠습니다."

베드로의 사과가 있자 바울은 아무도 없는 장소에서 다시 베드로를 만나 손을 잡았다.

"사도님, 무례했다면 용서해주십시오. 본의 아니게 좀 과격하게 화를 냈습니다. 어쩌면 일부러 더 그랬는지 모르겠습니다. 그렇게 하지 않으면 교회는 다시 흔들리게 될지도 모르겠다는 위기감 때문이었습니다."

"알고 있습니다. 충분히 이해합니다."

그로써 바울의 베드로 면책사건은 끝이 났다. AD 50년의 일이었다. 신도들의 믿음이 흔들리지 않게 하기 위해 바울이 나섰던 것이다. 닷새 후에 베드로는 알레포 쪽으로 선교를 위해 떠나갔다. 바울은 루포의 집 뒤란에 만들어진 작은 기도실에 들어가 다음 선교여행을 위해 기도를 드렸다. 하루 낮 밤을 기도실에 있던 바울이 바깥으로 나오자 기다리고 있던 디도가 바울에게 전했다.

"이고니온에서 테크라라는 여선지자 한 분과 비시디아 안디옥에서 빗토리오라는 장로 한 분이 선생님을 찾아 오셨는데요?"

"그래? 지금 어디 계신가?"

바울이 놀란 얼굴로 물었다.

"집 문밖에 와계십니다."

"그래? 가보세."

바울은 급히 울안을 돌아나가 집 문밖으로 나갔다. 남녀 두 사람이 서성이다가 바울이 나오자 반가운 듯 다가왔다.

"오, 테크라! 가이오! 먼 길을 오다니 정말 밥갑소."

두 사람을 포옹하며 뺨에 키스했다. 두 사람을 데리고 집안으로 들어갔다. 바울은 루포의 부모님에게 두 사람을 소개했다.

"이 분은 루가오니아 지방의 더베교회에서 오신 가이오 장로시구요. 이 여성분은 이고니온 교회의 테크라 선교사이십니다."

그러면서 바나바와 함께 갈라디아 여러 지방을 돌며 전도를 하고 개척교회를 세운 이야기를 하며 그 중 두 군데 교회를 이끌어나가고 있는 직분자임을 설명했다.

"장하신 분들이군요. 내 아들 바울로부터 그곳 개척소식은 아주 많이 들어서 잘 안답니다. 동굴교회 여선지가 바로 당신이었구료. 잘 왔어요."

루포의 어머니는 따뜻하게 환영하며 음식대접을 해야 한다고 서둘렀다. 바울은 가이오와 테크라로부터 현지교회의 성장에 대한 보고를 듣게 되었다.

"더베 저희 교회는 지금 백여 명이 모여 예배를 드리고 있습니다."

"감사한 일이오. 그렇게 되기까지 얼마나 고생이 많으셨소?"

"지금까지는 시외에 있는 저희 집을 공동체 모임장소로 사용하였지만 신도수가 자꾸 불어나니 시내 복판으로 옮기자고 임직자들이 정했습니다."

"유대인 회당에 있는 할례자들의 탄압이 만만치 않을 텐데요?"

"각오하기로 했습니다. 처음에는 방해를 하겠지만 시간이 흐르고 우리 성도들의 숫자가 압도적으로 많아지면 조용해질 겁니다. 어쩌지 못할 것입니다. 게다가 종교문제로 서로 충돌하고 소란스러워지면 양쪽 모두 로마 군당국으로부터 추방을 당하게 될지 모르니까요. 다른 지역보다 유대인 할례자들의 탄압이 심하지 않았던 곳이 저희 더베지방 아니었습니까? 그 덕도 보고 있는 셈이지요."

"비시디아 안디옥, 이고니온, 루스드라 모두 탄압이 거셌지만 더베는 점잖은 편이었지. 그래서 거기에 우리가 오래 체류하고 많은 성도들을 얻을 수 있었지요. 어때요? 그건 그렇구요. 최근에 교회 내에 다른 움직임은 없습니까? 낯모르는 유대인들이 나타나 이상한 소리를 한다든가?"

"예루살렘 모교회에서 파송하여 들렀다고 하면서 이해가 안가는 말을 전했습니다. 바울은 사도도 아닐뿐더러 선조대대로 믿어 온 율법을 부정하고 할례마저 폐해야한다고 주장한다. 이는 모교회의 지도자 명령을 거역하는 행위이다. 예수교는 정통 유대교를 합리적으로 개혁하자는 것이니 율법을 지키고 할례도 한 뒤에 예수를 믿어도 믿어야하는 것이다."

"그래서 어찌했소?"

바울이 긴장하며 물었다.

"일부 신도들이 흔들렸지만 저희들이 바로 잡아주고 낯선 그 사람들을 멀리 내쫓아 버렸습니다."

잠자코 있던 테크라도 한마디 했다.

"세 명이었어요."

"그럼 그자들이 이고니온까지 왔더라 그말이요?"

"비시디아 안디옥교회에서 쫓겨난 자들이 어떻게 수소문하고 왔는지 우리 동굴교회까지 찾아왔었어요. 우리도 지금 40여 명 성도들이 모여 예배를 드리고 있는데 그자들의 유혹에 귀 기울이는 형제자매들은 아무도 없었어요. 왜냐하면 40명 중에 개종한 유대인 신도는 다섯 명이었고 35명은 헬라인들을 주로 하는 이방인들이었으니까요. 이방인들에게는 그 자들의 설득내용이 전혀 먹혀들지 않았던 거예요."

바울은 다행이라는 듯 안도의 숨을 내쉬었다. 바울은 가이오와 테크라를 주일 대예배에 참예시켜 선교활동에 대한 간증을 하게 했다. 할례자 이단들의 침투를 막기 위해서는 두 사람의 간증이 실감나는 실화였기 때문이었다. 게다가 두 사람은 바울의 1차 선교지였던 부르기아 갈라디아 지방의 여러 개척교회 성장 상황을 들려주고 여러 곳에서 예루살렘 한재에 대한 구호헌금을 모아 왔다는 걸 얘기하여 구호금 모금에 대한 관심을 다시 일으켰다.

10
제2차 전도여행과 바나바 사도와의 뼈아픈 결별(訣別)

며칠 후 바울은 바나바를 만나 머리를 맞대고 의견을 나누었다.

"바나바 사도! 금식기도 할 때마다 주님께선 속히 떠나서 개척했던 여러 지방의 교회들을 둘러보고 뿌리를 단단히 내리도록 북돋아주고 오라 하십니다."

"가야지. 우리가 세웠던 교회들을 둘러보기도 해야 하지만 또 다른 미지의 지역으로 다니며 주님의 복음을 전해야 할 거 아닌가?"

"그래서 말인데 5일 후쯤 떠났으면 합니다. 비시디아에서 온 가이오 장로와 테크라 선교사가 그때 떠난다니 함께 갔으면 해서 그럽니다."

"잘 되었군. 마침 내 조카 마가 요한이 모레쯤 날 만나러 이곳에 온다니까."

"무슨 일루 오지요?"

"집안 일이 좀 있습니다. 마가가 오면 함께 떠났으면 합니다만."

바나바의 그 말에 바울은 이맛살을 찌푸렸다. 그리고는 아무 말 하지 않았다. 바나바가 문득 바울의 표정을 살피다가 조심스럽게 말을 이었다.

"지난 여행 때 밤빌리아 버가에서 혼자 예루살렘으로 돌아갔던 일이 걸려 그러시는 모양이군?"

"난 실라와 디도를 데리고 가기로 했습니다. 아시겠지만 광야에 나서는 선교사는 사명감이 철저하고 책임감이 있으며 불 속에라도 들어갈 수 있는 용기도 있어야 하고 추위도 비바람도 참아내는 인내심이 있어야 하며 40에 한 대 감한 채찍질에도 견뎌낼 수 있는 강인한 체력의 소유자라야 한다는 것쯤은 잘 알고 계시겠지요? 마가 요한! 훌륭하고 똑똑한 젊은이입니다. 우리 그리스도교회에 꼭 필요한 우수한 인재입니다. 하지만 마가는 앞에 든 것들 중에 단한가지도 해당이 안 되는 나약한 모범생입니다. 부잣집 외동아들로 아쉬운 것 없이 왕자처럼 자라나서 좋은 머리로 공부를 많이 해서 유능한 수재이긴 합니다만 그래서 산 넘고 물 건너 비바람을 맞으며 굶주리고 한뎃잠을 예사로 자야하는 현장 선교사역은 부적격하다는 겁니다. 그를 데리고 다시 해발 2천 미터의 타우르스 산맥을 넘다보면 틀림없이 진저리를 치고 예루살렘 집으로 가고 싶다며 또다시 등을 돌릴 것입니다."

"무슨 말씀을 그렇게 함부로, 서운하게 하시나? 바울! 나한테 유감 있는 것 때문에 그러시는 것 같은데 내 조카 마가에 대해서는 이미 이해를 하시고 용서를 한다 하지 않았나? 그런데 왜 날을 세워 또 비판하시나?"

"사실을 사실대로 말씀드린 것 아니오?"

"나한테 유감이 남았다면 다 푸시게. 바울, 당신은 예루살렘에서 야고보 사도가 보낸 할례자들이 왔을 때 내가 이방인과의 식탁에서 베드로를 물러나도록 은근히 부추겼다고 오해를 하셨는데 누차 얘기지만 그건 오해일세. 그들을 피해 식탁에서 떠난 게 아니라 베드로 사도나 나 역시 식사가 끝나서 일어나 나갔을 뿐인데 마치 식사 도중에 나간 것처럼 베드로 사도에게 면박을 주었어요."

"그 얘긴 그만둡시다. 나의 오해였다면 베드로가 정색을 하고 사죄했을 리 없지 않소? 그리고 바나바 당신은 그 때 베드로를 뒤에서 감싸듯이 하고 나갔습니다. 베드로의 얼굴이 그들에게 보이지 않도록 배려한 것이지요. 그런데도 내가 베드로만 면책한 것은 보고 뉘우치시라고 그런 겁니다. 이 이후엔 두 번 다시 그 이야기는 꺼내지 않겠다고 약속드립니다. 이번 2차 전도여행에 마가요한은 빼고 가십시다."

바나바의 얼굴이 벌겋게 달아올라 상기되어 있었다. 그 자리는 실라와 디도가 합석한 자리였기 때문이었다. 바나바는 모욕을 당한 셈이었다. 바나바와 바울은 성격이 대조적이었다. 바나바가 온유하고 합리적인 성품인데 반하여 바울은 격정적이고 급하고 불같고 직선적이라 남과 잘 부딪치는 성품이었다. 물론 그는 뒤끝이 없고 인정도 많고 눈물도 많았다. 5일 뒤에 떠나기로 하고 바나바가 돌아갔다. 약속한 날이 되어 바울은 실라와 디도 그리고 자기 교회로 떠나는 가이오와 테크라 등 5명이 일행이 되어 교회로 나갔다. 바나바도 여행차비를 하고 그곳에서 만나기로 했던 것이다. 그러나 바나바는 오지 않았다. 감독 목사가 교회로 오고 있었다.

"늦으셨네요? 바나바 사도님은 마가 요한과 함께 먼저 떠나시던데요?"

"뭐라구요?"

바울이 깜짝 놀라 되물었다.

"어디루 가신다던가요?"

"함께 떠나시기로 한 거 아니었나요? 구브로 섬으로 가시는 것 같던데요?"

"구브로?"

바울은 괴로운 신음소리를 목울대로 넘겼다.

(이럴 수가! 이럴 수는 없는 일이다)

둔기로 뒤통수를 얻어맞은 것처럼 멍했다.

"선생님, 괜찮으십니까?"

안색을 살피던 실라가 물었다.

"아냐, 난 괜찮네. 잠시만 기다리게."

바울은 목사실로 들어갔다. 그리고 짐 속에서 전대(錢袋) 주머니를 꺼내 목사 앞에 내놓았다.

"이건 부르기아와 비시디아 지역의 우리 교회들이 모아서 이번에 보내온 구제성금입니다. 맡아주셨다가 알레포로 간 베드로 사도가 돌아오면 전해주십시오. 저 대신 예루살렘 모교회에 전해주십사 한다고 말씀해 주십시오."

"바울 사도께서 직접 전해주실 일이지…."

"전도여행을 가면 이삼 년은 걸릴 것 같아 부탁을 드리는 겁니다."

"알겠습니다. 그리하도록 하겠습니다."

바울은 교회 관계자들과 작별하고 일행들과 함께 교회를 뒤로하고 큰길로 나섰다. 얼마 후 종려나무 숲이 펼쳐지는 삼거리에 이르렀다. 바울은 가던 길을 멈춰 서서 잠시 생각에 잠겼다. 강을 따라 남쪽으로 내려가면 수리아 안디옥의 외항(外港)인 실루기아 항구가 나오고 북쪽 길로 접어들면 육로로 바울의 고향인 다소로 가는 길이다.

"선생님, 실루기아로 가서 밤빌리아 아딸리아로 가는 배를 타기로 정하셨던 거 아닌가요?"

디도가 물었다. 디도의 말 속에는 다른 뜻이 들어 있었다. 바울은 애초 바나바와 실라, 그리고 디도와 함께 처음 여행길에 올랐을 때처럼 배를 타고 터키 중남부 지중해 해안인 밤빌리아 버가로 가서 중부지방에 세운 교회를 차례로 방문하기로 했었다. 그런데 바나바가 조카인 마가를 데리고 가자며 맞서는 바람에 차질이 생겨 바나바가 먼저 떠나버렸던 것이다. 그러자 바울은 충격을 받아 애초의 계획을 바꿔 해로대신 육로를 택하여 고향인 다소를 거쳐 비시디아 지방으로 갈까 잠시 망설였던 것이다. 디도는 그걸 눈치 챈 것이다. 바울은 잠시 후 머리를 들더니 입맛을 다셨다.

“집에 두고 온 것이 없는지 잠시 생각해보았다. 가자, 실루기아로.”

일행은 걸어서 네 시간 만에 실루기아 항구에 도착하게 되었다.

“여기서 잠시 기다리시지요. 배편을 알아보고 오겠습니다.”

실라와 디도 두 사람은 배 편을 알아보고 온다며 바울과 가이오 그리고 테크라에게 부두에 있던 식당에서 기다리게 했다. 얼마가 지나자 실라와 디도가 뜻밖에도 마가를 데리고 돌아 왔다.

“아니 자네, 어떻게 된 거지? 구브로로 간다 했다면서?”

바울이 놀라 물었다.

“떠나는 배는 밤배 밖에 없다하여 기다리고 있던 중에 실라선생을 만나게 됐습니다.”

“바나바 사도는?”

“선착장 대합실에 계십니다.”

“그래? 우리 탈 배는 알아보았나?”

실라를 바라보며 물었다.

“예, 아딸리아로 가는 배는 내일 새벽에 있답니다. 하룻밤 유숙해야할 것 같습니다.”

“디도, 묵을 준비해. 그리고 잠시 다녀올 데가 있으니까 다른 사람들은 여기서 기다리도록 하게. 마가요한, 앞장서게.”

바울은 마가를 데리고 선착장으로 갔다. 대합실에 앉아 있던 바나바가 안으로 들어서는 바울을 보고 깜짝 놀라며 일어났다.

“바울! 사전에 알리지도 못하고 먼저 떠나와서 미안했소. 용서하시게.”

“얼마나 화가 났으면 그러셨겠습니까? 이해합니다.”

“바울, 우린 몇십 년 산 부부 이상으로 서로를 잘 알고 있지. 화가 났던 건 사실일세. 내가 베드로를 부추겨 이방인의 식탁에서 물러나게 했다는 질책에 정말 화가 났네. 난 갑자기 베드로가 일어나는 바람에 선배가 하는 대로 예의상 식사는 다 끝내지 못했지만 일어섰을 뿐 그때까지도 예루살렘에서 온 할례자들이 식당으로 들어온 것을 모르고 있었네."

"바나바 형! 난 그런 줄 모르고 오해를 했습니다. 집에 와서 얼마나 후회했는지 모릅니다. 날 용서해주십시오. 형처럼 항상 화낼 줄 모르고 너그러운 분이 화가 나셨다면 예삿일이 아니라는 거 압니다. 정말 미안합니다."

바울은 바나바를 부둥켜안으며 눈물을 지었다.

"그만 괴로워하시게. 바울! 당신의 급하고 직선적인 그 성품 난 백번 이해하고 있으니까. 잊어버리세. 우리 사이의 우정은 전과 동일하네. 평생 변하지 않을 거야."

"고맙습니다. 바나바형."

"바울! 이렇게 합시다. 마침 구브로 고향집에 일이 생겨 가봐야 한다고 조카 마가가 온 걸세. 바울과 비시디아 여행을 하게 된다면 집안일은 뒤로 미루려 했는데 미룰 일이 아니라 해서 구브로로 가려고 나선 거야. 바울 아우님은 우리가 개척했던 비시디아 갈라디아 지방의 교회들을 순방하고 또 다른 미개척지역을 다니며 복음을 전하시게."

"우리가 꼭 여기서 헤어져야 합니까?"

"미안해. 난 마가와 함께 우리가 개척해 놓은 구브로 각처의 교회들을 일일이 찾아보고 본격적인 선교사역에 힘을 써볼까 하네. 마가는 역시 나약하지만 구브로 선교 활동에서 체력과 담력을 기르고 강한 의지력을 갖추도록 발로 뛰게 해보려 하네."

바나바는 두 사람이 함께 다니던 전도사역을 이번에는 헤어져 각자 해보자고 제의한 것이다.

"그럽시다. 바나바형, 건강해서 다시 만납시다."

바울과 바나바는 그렇게 헤어졌다. AD 50년 5월이었다. 예수 그리스도가 죽으시고 부활승천한지 17년이 지난 때였다. 바나바는 마가와 함께 밤배를 타고 자기 고향인 구브로로 갔다. 이튿날 날이 새자 바울은 자기 일행들과 함께 선착장으로 나가지 않고 다시 수리아 안디옥 쪽 길로 되돌아섰다.

"선생님, 배를 타고 아딸리아 항구로 가시기로 하지 않았나요?"

디도가 의아해서 물었다. 그러자 바울은 다짐하듯 굳은 표정으로 말했다.

"육로로 간다. 길리기아 지방으로 가서 타우르스 산맥을 넘어 가이오장로 교회가 있는 더베로 향할 것이다. 아딸리아 항구는 귀국할 때 이용할 것이다. 자, 떠나자."

바울은 일행들을 데리고 실루기아까지 걸어 왔던 강변길을 따라 안디옥 교회 쪽으로 거슬러 올라갔다. 강물은 맑고 푸르고 잔잔했다. 아름다운 숲이 강변에 펼쳐지고 있었다. 앞서 걷던 바울은 잠시 상념에 잠겼다. 바나바와 헤어진 채 각자의 전도 여행길을 떠나게 된 것이 자꾸 마음에 걸렸던 것이다. 바나바가 구브로섬으로 가기 위해 실루기아 항구로 갔다는 것을 전해들은 바울은 마음속으로 이번 여행길은 해로가 아닌 육로로 가겠다고 변경했으면서도 어쩌면 헤어져서 몇 년 동안 만나지 못할 수도 있다는 생각이 들어 부랴부랴 일행을 데리고 바나바의 뒤를 따라 왔던 것이다.

(내가 바나바에게 몹쓸 짓을 했구나. 바나바, 용서하시오. 당신이 구브로에서 안디옥으로 돌아올 때쯤엔 나도 다시 돌아오겠소. 그 때쯤이면 우리 사이를 덮고 있던 어두운 안개가 다 걷히고 다시 피를 나눈 형제처럼 될 수 있겠지요. 그리하여 우린 주님 앞에서 함께 가는 영원한 꼼빠냐(Campagna.동행자)가 될 수 있겠지요. 용서하시고 부디 건강 조심하시오)

구브로 섬이 있는 남쪽 수평선을 바라보며 바울은 다시 한 번 바나바에게 사과했다. 실루기아의 이별이 두 사람 사이에 마지막이 되리라는 걸 두 사람 모두 그 때는 모르고 있었다. 그 이후 바울은 두 번 다시 바나바를 만나지 못하다가 바울이 로마에서 순교 당하기 전 해에 잠시 자유로운 시간이 있을 때 스스로 구브로섬으로 바나바를 찾아가 만난 것이 마지막이 되었다. 바나바는 조카인 마가 요한을 데리고 바울과 헤어지고 고향인 구브로섬으로 들어간 후 사실상 성서 안에서 그 이름이 사라져버렸던 것이다. 위대했던 초대교회 거인 사도 바나바, 그는 두 번 다시 기독교 역사에 그 이름을 남기지 않았다.

교회 사가(史家)들은 구브로섬으로 들어간 바나바의 행적에 대하여 간략하게 언급하고 있을 뿐이다. 바나바는 구브로 동쪽 살라미에서 중남부 지역인 깃딤과 서쪽 끝에 있던 바포까지 돌아다니며 바울과 함께 전도하고 세웠던 개척교회들을 돌보고 고향인 메사오리지방으로 돌아가 왕성한 복음 전도운동을 펼치다가 바포에서 순교했는데, 생전에 그는 섬 밖으로 두 번 다시 나가지 않았다고 기술하고 있다. 그 기술의 신빙성을 어디까지 믿어야 하는지는 알 수 없다. 바울의 일생에서 예수 그리스도의 피를 나눈 형제이자 영원한 동지였던 바나바를 자기의 실수로 잃게 된 것은 최대의 손실이었다. 바나바가 베드로와 함께 이방인의 식탁에서 물러난 것은 그의 말대로 오해일 수도 있었지만 바울이 보기에는 지탄받아 마땅한 행동을 한 것이었다. 따라서 바울의 성격상 면전에서 비난할 수도 있었다. 그리고 전도여행 중에 마가 본인의 말대로라면 예루살렘 모교회의 급한 일을 더 이상 미룰 수 없어 급히 돌아간 것일 뿐이라 했지만 바울이 보기에는 너무도 힘든 여행길을 견디지 못해 중도 포기한 것으로 보았다. 그 때문에 2차 여행에 마가를 데려가자는 바나바의 주장을 강하게 반대했던 것이다.

그런 걸로 미루어보면 바울은 바나바에게 할 말은 한 셈이지만 형제나 다름없던 그에게는 지나친 비난이었고 비판이었다. 설사 그랬다하더라도 그렇게까지 자존심을 꺾어놓고 상처까지 줄 필요는 없었던 것이다. 바나바, 그가 누구인가. 바울이 그를 처음 만나게 된 것은 그의 나이 열여덟 살 때였다. 가말리엘 율법학교 학생시절이었다. 미래의 이스라엘을 생각하는 젊은 지성들의 모임이 있었다. 그 클럽에서 만났다. 구브로섬의 부잣집 청년 바나바는 귀공자 스타일이었으며 나이도 연상이어서 바울에게는 큰 형님같은 인물이었다. 바울은 명민하고 총명해서 종교심이나 지식욕도 남달라 누구보다 뛰어난 수재였지만 정의감이 강한 불같은 성격때문에 언제나 공격적이었다. 하지만 옆에서 그걸 늘 다 받아준 형은 바나바였다. 바나바는 유대교인이 아니었고 그리스도교인이었다. 서로의 입장이 달랐지만 바나바는 서로의 우정을 잘 지켜나갔다. 그만큼 그는 이해심도 많고 너그러웠고 포용력이 있었다. 두 사람이 처음 헤어지게 된 것은 바울이 가말리엘 학교의 상급학년이 되어 랍비 안수 교육을 받기 시작할 때부터였다. 외부의 어떤 클럽활동도 못하게 한 학칙 때문이었다. 그러다 스데반 순교 후 두 사람은 완전히 갈라섰다. 바울이 다시 바나바를 찾은 것은 이른바 다메섹 회심후 예루살렘에 돌아와서였다.

잔인한 탄압자 바울이 부활한 예수 그리스도를 만나 회심을 했다는 그 회심사건을 맨 처음 사실 그대로 인정해준 사람이 바나바였다. 반신반의하던 예루살렘 모교회 사도인 게바와 야고보에게 소개하고 그들도 믿게 해 준 사람이 바나바였다. 그로부터 14년 동안 아라비아(페트라) 광야에 갔다가 고향 다소부근에서 전도활동을 하며 최악의 고난 속에서 헤매고 있을 때 다소까지 찾아와 바울을 데리고 수리아 안디옥 교회로 청빙해 준 은인이 바나바였다.

절망적인 삶에서 구해 준 그런 그에게 평생 감사해도 그 은혜를 갚지 못할 텐데 완전히 떠나게 만들었으니 그건 인간 바울의 씻지 못할 과오였다. 본인도 자기 과오를 느끼고 당장 화해하려 했지만 이미 때는 늦어 있었다. 바울은 그 후 홀로 전도여행을 계속하면서 고난에 처하거나 어려운 일을 당할 때마다 바나바를 생각했다. 그가 곁에 있으면 언제나 신속하게 합리적으로 잘 처리해주었던 것이다. 바나바의 지혜와 포용력 그리고 능숙한 중재력이 그때마다 그리워졌던 것이다.

"실라 선지자는 소아시아 여행을 해본 적 있으신가?"

앞서 걸으며 바울이 실라를 돌아다보고 물었다.

"아닙니다. 전 유대땅과 페르샤 그리고 애굽땅은 가 본 적은 있어도 소아시아는 처음입니다."

"듣자하니 그대는 로마 시민권자라든데 맞는 말인가?"

그 말에 일행들이 놀랍다는 표정을 지었다. 실라는 얼굴을 약간 붉히더니 고개를 끄덕였다.

"그렇습니다. 저도 선생님처럼 세습 시민권자입니다. 저의 선조는 유대인이면서 알렉산드리아 인근에서 말을 기르는 목축업자였다고 합니다. 해마다 애굽 조정에 군마를 바치다가 로마제국이 세력을 떨치면서부터는 로마가 말을 바치라 강요하여 해마다 수백 필을 빼앗겼는데 나중에 헌마(獻馬)의 공을 인정받아 시민권을 얻었다합니다."

"그랬었구먼. 그럼 공부도 알렉산드리아에서 했나?"

"그렇습니다."

궁금했던지 디도가 끼어들었다.

"할례는 받았겠군요."

"부모님이 강요한 적이 없어 안 받았다네. 그러는 자넨 받았나?"

"저두 수리아 안디옥의 유대인 가정에서 태어났지만 디아스포라 이방유대인이라 할례는 안받았습니다."

"우리는 주로 이방인들을 상대로 전도사역을 해야 하니 여러분이 할례자가 될 필요는 없다."

"우린 지금 선생님 고향인 다소로 가고 있지요? 몇 년 만의 귀향이지요? 부모님이 기뻐하시겠습니다."

"부모님 뵈러 가는 건 아닐세. 난 다메섹 회심 후 아라비아로 갔다가 고향으로 돌아와 무려 14년 동안이나 전도활동을 했네. 예루살렘에 살던 내 조카 안드로니고가 따라와 나와 함께 사역했지. 다소 인근의 길리기아 지방마다 전도하여 열다섯 개의 개척교회를 세우는데 성공했지."

"그러기까지 얼마나 고난을 당하셨습니까?"

테크라가 안쓰럽다는 표정으로 위로하듯 말했다.

"말로는 표현할 수 없는 고난과 고생과 고통을 당했다네. 몽둥이에 얻어맞아 실신한 것이 일곱 번이었고 옥에 갇힌 것이 여덟 번, 40에서 한 대 감한 매를 무려 3번이나 맞았네. 죽었다가 거의 하루 만에 살아난 적도 있었지."

"살아도 예수, 죽어도 예수, 그런 각오 아니면 해낼 수 없는 성전(聖戰)이었군요. 도대체 육체적으로 약하신 분이 어디에 그런 고난을 이길 수 있는 강철 같은 힘이 있지요?"

테크라의 물음에 실라가 바울 대신 대답했다.

"성령의 힘으로 이기고 승리하신 거지요."

"오, 실라. 바루 그거였네. 성령의 강력한 힘, 우리의 최대 무기는 성령일세. 그 힘만 믿으면 두려워할 것 없지."

일행은 수리아 안디옥을 벗어나 해안 길을 따라 길리기아 다소로 향했다. 백여 리를 걸어서야 눈앞을 가로 막고 있는 아마누스(Amanus) 산에 다다르게 되었다.

"좀 나아가면 수리아와 터키의 국경 관문(關門)이 나온다. 수리아 관문(Syro-Cilician Gate)이라 하지. 그 관문을 통과하면 터키 길리기아 지방이 된다. 관문을 통과하면 잇수스(Issus)라는 곳에 도착하게 된다. 잇수스는 BC 334년 알렉산더 대왕이 그곳에서 페르시아의 다리우스왕과 회심의 마지막 결전을 벌인 곳으로 유명하며 알렉산더는 잇수스 전투에서 승리하여 페르시아 제국을 손에 넣게 된 역사적인 도시이다. 잇수스를 넘어가면 내 고향 다소에 다다른다."

바울일행은 4일 만에 다소시내를 관통하는 치드누스 강가에 이르게 되었다. 강을 따라 세 시간쯤 올라가자 올리브 숲에 둘러싸인 아름다운 도시 다소의 시가 모습이 보였다. 지친 일행을 데리고 이윽고 바울은 자기 집을 찾아 들어갔다.

"도련님 오셨군요. 이게 얼마만이지요? 부모님이 얼마나 반가워하시겠어요. 안으로 들어가시지요?"

하인인 구리온이었다.

"안본 사이에 더 늙으셨네?"

"팔십이 넘었는데 늙지 않으면 이상하지요."

"이분들은 손님방으로 안내하게. 나는 부모님을 뵙고 올 테니까. 모두 안에 계시지?"

"안에는 어머님이 계시고 아버님은 공방에 계십니다."

"그리고 부탁이 있어. 안드로니고 좀 불러다주시게."

"물론입니다. 도련님 오셨다면 당장 뛰어올 것입니다."

구리온이 바울 일행을 손님방에 안내하고는 대문 밖으로 서둘러 나갔다. 바울을 본 어머니는 말문을 열지 못하고 눈물만 흘렸다.

"하나님 일을 하고 돌아 왔는데 왜 우세요?"

"고맙고 반가워서 그런단다. 예수님께 감사 기도드리자."

바울은 어머니 손을 잡고 감사기도를 올렸다. 잠시 후 밖에서 찾는 소리가 들렸다.

“도련님, 안드로니고 아우님이 오셨습니다.”

바울이 뛰어나왔다. 두 사람이 포옹했다.

“할렐루야! 무사하고 건강해서 기쁘다. 교회사역에 얼마나 고생이 많았니?”

“어디 사도님 고생과 비교할 수 있겠습니까?”

바울은 안드로니고를 실라와 디도 그리고 테크라와 가이오에게 소개했다.

“안드로니고는 14년 동안이나 이곳 다소부근에서 나와 함께 동역하며 복음을 전하고 교회를 세우는데 몸과 마음을 다 한 동지일세. 내가 없는 동안 이곳 교회들을 감독하고 돌보고 있었지.”

바울은 일행들과 함께 다소 성내에 개척한 안드로니고의 교회를 찾아갔다. 바울이 왔다는 말에 백여 명 신도들이 몰려들어 뜨겁게 환영해주었다. 바울의 설교가 이어지고 안드로니고는 다른 곳에 있던 교회로 가 바울이 다소에 왔다는 사실을 알렸다.

“바울 사도는 지금 우리 교회에 계신데 곧 이곳으로 오실 겁니다. 난 다소 인근에 있는 다른 교회에 연락할 테니 장로님은 다소 성 밖 교회에 연락해주십시오.”

바울이 개척한 교회들을 일일이 방문하기 전에 미리 그가 왔다는 사실을 릴레이식으로 알려져서 바울이 갈 때는 신도들이 먼저 모여 은혜를 받고자 했다. 그렇게 되어 바울은 애초 자기가 세운 15개의 개척교회와 최근에 자체로 개척하여 세운 2개의 새로운 교회를 포함하여 17개 교회를 차례로 돌며 북돋고 바로 세웠다. 그런 다음 17개 교회 장로들을 자기 집에 불러 모으고 3박4일 동안 예수 복음에 대한 설교와 교회성장에 대한 토론회를 가졌다. 그리고 마지막 날은 금식 기도로 성령 충만함을 얻었다.

보름쯤 그 일들을 다 마치고 바울일행은 다시 카파도키아(cappadocia) 지방으로 가기 위해 길을 떠났다.

"저 강은 이름이 뭐지요?"

눈앞에 긴 강이 가로막고 있었다.

"퓌라무스라는 강이다. 나루터를 찾아 배로 건너가야 한다."

한동안 강둑을 타고 위로 올라서야 나루터를 발견했다. 나룻배 한척이 떠있었다. 일행은 배를 타고 건넜다.

"카파도키아 쪽, 더베와 이고니온으로 가려면 저 높은 타우르스 산맥을 넘어가야 한다. 그러자면 강을 건너 나흘쯤 북으로 걸어가야 길리기아 관문이 나온다. 그곳 관문까지의 길이 난코스이다. 점점 갈수록 고지대가 되며 절벽들이 들어찬 협곡길이 나타난다. 길은 산비탈을 깎아서 만들어 놓았는데 작은 수레 한 대가 지나갈 정도로 좁고 왼쪽은 천길 낭떠러지 절벽이 이어진다. 걸으면서 졸면 틀림없이 절벽으로 떨어져 불귀의 객이 되는 곳이니 각별히 주의하기 바란다."

바울의 말에 일행은 설마 하는 표정으로 고개를 갸웃하고 웃었다. 그러나 설마는 얼마 가지 않아 사실로 바뀌었다. 산길이 점점 험해지더니 협곡으로 들어가자 길이 좁아지기 시작했던 것이다.

"지금 우리는 해발 2천 미터의 설산 타우르스 산맥의 허리인 몹쉬에티아(Mopsuestia) 고개를 향해 가고 있는 중이다. 그 고개를 넘으면 아나톨리아의 고원지대가 시작되고 카파도키아 지방이 나온다. 그 고개까지는 계속해서 험한 오르막 돌길이며 낭떠러지 좁은 길이다."

"며칠이나 가야 고개를 넘게 되지요?"

"닷새쯤 걸릴 거야. 고개까지는 여행객들을 위한 여인숙 겸 상점이 모두 세군데 쯤 있다."

"세군데 밖에 없으면 한뎃잠도 자게 된단 말씀인가요?"

"물론이야. 가다보면 동굴처럼 생긴 피막(避幕)들이 산길 중간에 있을 거야. 피막은 말 그대로 눈비와 바람을 피하여 쉬어가는 곳이고 맹수들의 공격도 피할 수 있는 곳을 말한다. 피막에서 자고 가면 될 거야. 문제는 산적 강도들이다. 그들이 덤비면 절대 맞서면 안돼. 우린 가진 게 없으니 그들이 하라는 대로만 하면 죽이지는 않는다."

가진 것이라고는 오직 예수복음 밖에 없는 바울일행은 그 험난한 협곡을 돌부리에 채이고 배고픔에 허덕이며 겨우 겨우 힘들게 타우르스 산맥을 넘어가고 있었다. 바울일행은 닷새 만에 타우르스의 몹쉬에티아 고개를 힘들게 넘어 터키중부의 평균 해발 800미터의 아나톨리아 고원지대에 이르렀다. 바울은 먼저 더베에 들려 그곳에 세워진 가정교회에서 신도들을 권면하고 축복하고 나서 더베에서 가까운 루스드라를 찾아 갔다.

"선교사님! 설원(雪原)처럼 희게 펼쳐진 저 곳은 뭐지요? 바다처럼 넓군요?"

뒤처져 걷고 있던 실라가 앞에 있던 테크라에게 물었다.

"저건 눈밭이 아니랍니다. 소금밭이지요. 원래 드넓은 호수였는데 오랜 세월을 두고 수분이 증발하여 하얀 소금만 남은 겁니다. 염해(鹽海. Salt Lake)라 부르지요. 이곳 말고도 카파도키아 지방에는 여러 군데 염해가 있답니다."

"우리가 사해라 부르는 유대땅 소금호수도 염해라 하지만 그곳은 마른 소금이 아닌 짠물로 채워진 호수라는 게 다르군요."

"사해의 물이 완전 증발하지 못하는 것은 갈릴리 호수에서 흘러나오는 요단강 물 때문입니다. 사해는 그 물을 받아들일 뿐 흘려보내지 않기 때문입니다."

"그렇군요."

"앞으로도 여러분이 놀라실만한 지형과 지물이 여기저기 많은 곳이 카파도키아라는 걸 아시게 될 겁니다. 옛날 이 지역은 바다였는데 갑자기 지진이 나고 화산이 폭발하여 바다 밑에 있던 땅이 융기해 올라와 오랜 세월 굳어졌기 때문에 기암괴석은 물론이고 지하 천연동굴과 노천에 계단식으로 된 온천이 형성되어 온천물이 철철 흘러넘치는 곳도 있답니다. 하지만 제 때 내리는 비가 부족하여 농사가 어려우며 그래서 황무지 같은 초원이 한없이 구불거리며 펼쳐지기도 합니다. 나무가 없으니 숲도 없습니다. 군데군데 보이는 무더기 무더기 숲은 올리브나무나 보리수나무들이 거의 다입니다."

카파도키아 출신답게 테크라가 자세하게 설명해 주었다. 일행은 코프루강을 건너서 루스드라 성내로 들어가는 길로 걸어갔다. 성문이 보이는 성벽 밑에 이른 바울은 잠시 생각에 잠겨 있다가 선채 기도를 했다. 의아하게 바라보는 제자들에게 바울은 기도를 마치고 말해주었다.

"저 돌무더기가 많은 성벽 밑 공터가 보이잖느냐? 안식일에 몰려 온 이고니온 할례자 십여 명과 루스드라 할례자 십여 명 등 이십여 명으로부터 테러를 당했지. 그들은 나에게 무차별로 돌을 던져 나는 피투성이가 된 채 쓰러져 버렸고 의식을 잃어버렸다. 죽었다가 이틀 만에 의식이 돌아와 깨어났지. 루스드라에 살던 디모데라는 청년과 그 어머니의 눈물겨운 간호를 받아 다시 살아난 것이다. 그 모자가 아니었으면 다시 살 수 없었을 거야."

"디모데의 집이 어디인지 아시겠네요?"

"찾을 수 있을 거 같아. 일단 그의 집으로 가세."

바울은 일행들을 데리고 붉은 사암들이 부숴져 내린 돌밭과 황량한 초원이 펼쳐진 언덕길을 찾아 올라갔다. 염소들이 군데군데 풀을 뜯고 있는 게 보였다. 비가 많지 않고 건조한 땅이라 사람들은 농사를 짓지 못하고 목축을 주업으로 하고 있었다. 이런 초원은 루가오니아 카파도키아 전역이 마찬가지였다. 얼마 되지 않아 붉은 야산의 산비탈을 돌았다. 올리브 나무들이 서있고 이십여 채 집들이 모여 있는 작은 동네가 나왔다.

"내 기억이 맞다면 저기 집 입구에 오래된 석류나무가 지키고 있는 집이 디모데 집 같네."

돌과 흙으로 쌓아 만든 이층집이었다. 안으로 들어가서 아무도 안계시냐고 묻자 이층에 있는 작은 현관문이 열리며 부인네 하나가 돌층계를 내려왔다.

"어서 오세요. 헌데 누굴 찾아 오셨지요?"

"디모데군의 어머님, 맞으시네요. 안녕하셨습니까? 저 바울입니다."

"에그머니나! 선생님이 돌아오시다니. 어서 안으로 들어오세요."

디모데의 어머니 유니게였다. 거실에는 노인 하나가 있었다.

"어머니, 바울 선생님이 돌아오셨어요."

"무고하셨습니까?"

바울이 로아스 노인에게 인사하며 디모데는 왜 안 보이느냐고 물었다.

"호두철이라 호두를 털려고 밭에 나갔어요. 날도 저물었으니 금방 돌아올 거예요."

아닌 게 아니라 얼마 후 디모데가 호두자루를 짊어지고 들어왔다. 바울을 만난 디모데는 마치 집 떠난 아버지를 다시 만난 것처럼 반가워했다. 그날 저녁 예배를 마치고 바울은 한동안 생각에 잠겨 있다가 디모데의 모친에게 진지한 어조로 입을 열었다.

"내가 금식기도를 올리면 가끔 디모데의 얼굴이 보입니다. 그때마다 하나님께서는 디모데를 재목으로 쓰시겠다 하셨습니다. 그 뜻을 따르시고 받아주실 수 있습니까?"

"제 아들은 정직하고 성실하며 하나님을 경외하는 마음이 깊습니다. 하오나 몸이 너무 약하고 잔병치레도 많이 했습니다. 게다가 아버지가 돌아가시고 들일만 해서 배움이 아주 짧습니다. 그래도 자격이 될까요?"

"하나님은 외모로 보시지 않고 중심을 보십니다. 허락은 하시는 거로군요?"

"받아주신다면 영광이지요. 본인 생각을 물어보세요."

바울이 디모데를 건너다보았다. 삼십대 초반의 청년이었다. 그의 눈은 깊고 맑았다.

"네 생각엔 어떠냐?"

"육신과 영혼을 주님께 바치겠습니다. 선생님, 저를 받아주십시오."

"음, 내가 제대로 널 봤구나."

바울은 감동한 듯 그의 손을 잡았다. 그러자 디모데의 어머니가 얼굴을 붉히며 말했다.

"선생님, 제 아들을 드리겠습니다. 아들로 받아주십시오."

"그래도 되겠습니까? 고맙습니다. 그렇다면 디모데는 제 아들로 삼겠습니다."

축복 속에 디모데는 바울의 믿음의 아들이 되었다. 바울은 모두 모인 자리에서 근엄하게 선언했다.

"디모데는 나의 아들일 뿐 아니라 주님의 거룩한 아들이 되었습니다. 이제부터 디모데는 나와 함께 불속에라도 마다하지 않고 들어가서 하나님의 말씀을 전하게 될 것입니다. 그러기 위해서 디모데는 할례를 받을 것입니다."

"디모데 아버지는 헬라인이랍니다. 그런데 유대인처럼 할례를 받으라구요?"

어머니 유니게가 흠칫 놀라며 물었다.

"알고 있습니다. 저희 유대인은 아버지보다 어머니의 혈통을 따집니다. 어머니가 유대인이면 그 아들도 유대인으로 인정합니다. 어머니께서는 유대인 아니십니까?"

"그건 그렇습니다만."

"선생님, 나와 디도는 순전한 디아스포라 유대인 가정에서 태어났습니다. 당연히 유대인이지요. 하지만 할례는 받지 않았습니다. 그럼 우리도 할례를 받아야 합니까?"

실라가 물었다. 그러자 바울은 고개를 흔들었다.

"오해하지 말게. 실라와 디도, 두 사람은 할례를 받을 필요 없어. 디모데에게 할례를 주려는 이유는 다른데 있다. 우리들이 전도여행을 하다보면 장차 만나게 되는 할례자 유대인들은 우리 중에 들어 있는 유대인 중에 누가 할례를 받았느냐고 따져 물으면 해줄 말은 있어야 한다. 우리는 이방인 선교뿐 아니라 유대형제에 대한 선교도 해야 하기 때문이다. 디모데는 유대인 선교에 필요한 일꾼으로 만들겠다는 것이다."

이윽고 디모데의 집에서 가까운 동네에 있는 유대인 회당으로 가게 하여 유대인 회당장의 입회하에 의사를 불러와 디모데가 할례를 받게 했다. 회당장은 디모데의 아버지가 헬라인이며 어머니가 유대인이라는 걸 잘 알고 있었다. 그래서 입회한 것이다. 수술한 상처가 다 나을 때까지 바울은 루스드라 지역 성도들을 열심히 양육했다. 그런 다음 상처가 아문 디모데를 데리고 테크라의 동굴교회가 있는 이고니온으로 향했다. 테크라는 누구보다 전도에 열심인 여성이라 백여 명의 신도가 모여 있었다. 이고니온은 지하에 천연동굴이 거미줄처럼 얽혀 있는 곳이 많았다. 테크라는 지난번 여행 때는 보여주지 않았던 데린구유라는 지하동굴을 바울 일행에게 보여주었다.

"지하 2킬로미터 밑까지 뚫려 있는 동굴은 전체 15층으로 층층이 굴이 좌우로 다시 뻗어나가 있고 다시 만나지 않는다는 특색이 있습니다. 미로(迷路)인 셈이지요. 사실은 우리 동굴교회와 이 데린구유의 지하동굴을 연결하는 작업을 하고 있습니다. 그게 뚫리면 우린 지하에서 생활해도 됩니다. 지상에서는 지하동굴 입구가 보이지 않습니다. 어떤 탄압자가 와도 숨어버리면 찾지 못하게 되어 있습니다."

이윽고 함께 출발했던 가이오와 테크라는 각각 더베와 이고니온의 자기 교회에 남겨두고 바울은 실라와 디도 그리고 디모데를 대동하고 비시디아 안디옥으로 떠났다. 그곳에는 바울이 개척한 농가(農家)교회가 있었고 바울이 세운 장로 빗토리오가 교회를 맡고 있었다. 바울일행을 맞이한 빗토리오는 기뻐하며 성도들을 불러 모아 환영예배를 드렸다. 모진 박해를 받았던 선교지였으나 빗토리오의 교회는 백여 명이 모여 그 믿음의 열기가 뜨거웠다.

"선생님, 갈라디아 지방까지도 복음이 전해져서 많은 이방인들이 저희 교회를 찾아오기도 했습니다. 특히 히에라볼리 지역에서 에바브로라는 형제가 왔는데 아주 열성적인 신자였습니다."

"히에라볼리라면 파묵칼레로 불리는 갈라디아 지방이 아니오? 전번에도 그쪽으로 전도여행을 가려다가 이고니온쪽으로 가는 바람에 나중을 약속했던 곳이지. 그렇다면 그 형제가 그곳에 교회를 세웠단 말이오?"

"예. 에바는 비시디아 안디옥에 왔다가 절 만나고 저희교회를 방문하여 예수를 영접하게 되었습니다. 나를 비롯해서 몇 사람이 히에라볼리에 있는 그의 집으로 가서 전도를 하게 되었고 그래서 교회가 생기게 된 것입니다."

"정말 고마운 일이로군? 주님께서 역사하신 일입니다. 그곳으로 인도하시오."

바울은 빗토리오를 앞세워 히에라볼리로 향했다. 그곳은 이고니온 쪽에서 터키 서쪽 끝 에게바다에 인접한 항구 도시 에베소로 가는 중간지점에 있는 도시였다. 히에라볼리 인근에는 라오디게아, 빌라델비아. 등이 있었다. 히에라볼리가 파묵칼레(木花의 城)로 불리게 된 것은 원래 고원지대인데다 석회암 암반이 계단식으로 넓게 층계를 이루고 있는데 온통 흰색인 그 석회암들이 멀리서 보면 목화꽃이 만개한 목화밭 같다 해서 파묵칼레로 이름이 붙여진 곳이었다. 특색은 그뿐이 아니었다. 그 넓은 곳들은 온통 온천수로 호수를 이루고 아래 계단으로 흘러내려 장관을 이루고 있다.

히에라볼리 도시는 산 위에 건설되어 있는데 온천 휴양지로 소문이 나서 로마의 귀족들이 별장을 가지고 많이 살고 있었다. 따라서 제우스신전을 비롯해서 원형극장 그리고 아고라(시장) 등이 번창해 있었다. 시내의 중심을 벗어난 산비탈 마을에 에바브로의 집이 있었다. 그가 전도한 신자들은 모두 일곱이었는데, 유대인은 한 명도 없고 부르기아인과 헬라인들이 반반이었다. 바울은 그들을 예수그리스도의 이름으로 축복하고 그들과 함께 복음 전도에 나섰다. 복음은 이미 아시아로 불리는 터키 중서부 지역에 안개비처럼 스며들어 있었다. 먼저 일행은 히에라볼리에서 머지않은 작은 도시인 골로새 쪽으로 갔다. 에바의 친구가 그곳에서 목축을 하고 있었던 것이다. 2차 여행부터 바울은 선교방식을 바꿨다. 1차 때는 안식일에 유대교의 회당인 시나고구를 찾아가서 전도를 했었지만 지금은 이방인 선교를 맡기로 했기 때문에 유대인 회당 위주의 전도는 하지 않기로 하고 이른바 삼각(三角)전도 방식을 사용하기로 했다.

삼각전도 방식이란 친척이나 친구 혹은 지인 하나를 전도하려면 일대일 보다는 3명이 한조가 되어 삼각형을 이루도록 하는 이대 일의 전도방식을 말한다. 가장 단단한 조직도형(組織圖形)이다. 바울은 갈라디아 지방의 골로새, 라오디게아, 빌라델비아 지역을 돌며 전도에 심혈을 기울였다. 성과가 많았다. 두 달이 넘게 돌아다니며 네 곳의 가정교회를 세울 수 있었다.

“역시 이방인들은 바탕이 깨끗하고 순수하여 복음을 들으면 물을 빨아들이는 해면(海綿)같이 잘 받습니다. 단기간 내에 이처럼 부흥할 줄은 몰랐습니다. 내친 김에 갈라디아 지방을 더 속속들이 돌며 전도지역을 확대해 보는 게 좋을 듯 한데요?”

실라의 말에 바울이 대답했다.

“며칠 전에 기도로 물었더니 성령께서는 이제 갈라디아에서 떠나라 하시네.”

“그럼 당초 예정한대로 북쪽 비두니아로 떠날까요?”

“그렇게 하세.”

갈라디아지방의 전도활동을 정리하고 앙퀴라 북쪽으로 전도를 떠나기로 하고 준비를 서둘렀다. 그런데 막상 떠나려던 아침이 되었는데 바울이 일어나지 못했다. 제자들이 이상하여 다가가 출발시각이 늦었다 하자 바울은 이불을 뒤집어쓰고도 추운지 덜덜 떨고 있었다.

“선생님, 어디가 편찮으신 겁니까? 왜 이렇게 떠시지요? 아, 몸은 펄펄 끓고 있는데 오한에 시달리시는군요.”

식은땀을 흘리고 있는 바울의 이마를 짚어보고 난 디모데가 깜짝 놀라며 어쩔 줄 몰라 했다.

“디모데야, 내 배낭에 보면 말린 우슬초가 있을게다. 그걸 좀 다려다오.”

“굉장히 쓸 텐데요?”

“말라리아에 걸린 것 같다. 우슬초가 효과가 있다.”

“알겠습니다. 잠시만 참으십시오.”

디모데가 말린 우슬초 묶음을 들고 나갔다. 바울이 말라리아에 걸려 고생한 것은 작년, 남부 터키의 더베에서였다. 남부 해안가는 습기가 많아 전염병이 많았는데 심신이 피로한 상태였기 때문이었는지 말라리아에 걸렸던 것이다. 그 병은 다 나아 회복이 되면 완치된 것처럼 보이는데 극히 일부 병균은 남아 있다가 다음해에도 몸이 허약하여 쇠잔해지면 다시 활동하여 병을 재발시키기도 하는 고약한 병이었다.

말라리아에 걸리면 전신의 뼈마디가 저리며 쑤시고 고열 때문에 의식이 오락가락하며 몸이 오그라드는 것 같은 한기 때문에 덜덜 떨어야 한다. 비몽사몽간에 바울은 기도했다. 속히 낫게 해주시고 비두니아 전도를 가게 해 달라 했다. 그러자 성령의 음성이 들려왔다. 행선지는 나중에 알려줄 터이니 지금은 병을 이기는 게 급선무라는 것이었다. 뜻밖에도 바울이 병에 걸리는 바람에 예정한 다른 곳으로 떠나지 못하고 주저앉게 되었다.

완쾌되기까지 보름 이상 걸렸다. 겨우 정신을 가다듬고 식사를 하고 난 바울은 제자들에게 미안하고 고맙다며 치사했다.

"갑자기 짐이 되게 해서 미안했네. 그리고 비두니아로 떠나는 것은 포기하는 게 좋겠어. 처음에는 성령께서 길을 막으시더니 이번에는 예수님께서 막으셨네."

"예수님을 뵈었습니까?"

"기도 중에 뵈었지. 병중의 나를 위로하셨네. 몸을 추스르고 나면 비두니아로 가도 되겠습니까 했더니 갈라디아 교회들을 더 단단하게 붙잡아 주고 난 다음에 다음 행선지를 정하라 하셨네. 하나님께서 미리 계획하신 일이 있는 것 같네. 그 일을 시키시려고 그러는 것 같아. 좀 더 기도해 보고 성령이 인도하는 곳으로 가세. 그게 순리이니까."

바울은 예수 그리스도의 당부를 받고 그로부터 두 달 이상을 갈라디아 지방에 머무르며 기왕에 세운 개척교회를 양육하는데 힘썼다. 그 열매가 나타나 바울 일행을 기쁘게 했다. 에바브로는 처음부터 전도에 앞장선 일꾼이지만 그 뒤를 이어 복음전파에 자신을 바치게 된 유스도와 아킵보 같은 형제를 장로로 세우게 된 것은 귀중한 전도의 열매가 아닐 수 없었다.

마침내 바울은 두 달이 지난 어느 날 그만하면 떠나서 다른 곳에 가서 복음을 전하란 성령의 계시를 받았다. 그런데 이번에도 성령은 다음 행선지에 대해 구체적으로 말해주지 않았다. 무작정 떠나기로 했다. 바울 일행은 드디어 갈라디아 지방을 떠나 이틀 만에 무시아(Mysia) 도경(道境) 인근에 있는 작은 도시에 도착했다. 이곳은 삼거리에 해당하는 곳이었다. 오른쪽으로 가면 앙쿠라가 있는 터키 북부인 비두니아(Bythunia) 지방이고 왼쪽 길로 가면 버가모(Pergamum)를 통과하여 드로아(Troas.트로이)에 이르게 된다. 바울은 이곳에서 빗토리오와 에바브로 그리고 유스도와 아킵보 등 그가 세운 장로 몇 명과 작별하게 되었다. 그런 다음 날이 저물어 숙소를 잡아 들었다.

그날 밤 바울은 오랫동안 금식기도를 올렸다. 이번 갈라디아 지방의 전도가 성공한 영광을 하나님께 감사하고 이제 다시 갈 길을 인도해주기를 빌었다. 이튿날 아침이 되자 바울은 일행을 깨워 서둘러 떠나자 했다.

"비두니아입니까?"

"아니야. 응답을 하시지 않는 걸로 보아 드로아로 가라는 뜻 같았네. 드로아로 가자."

바울 일행은 드로아 가는 길로 나섰다. 한동안 걷고 있을 때 뭔가 생각났다는 듯 뒤따르던 디도가 한마디 했다.

"비두아니아는 직접 북쪽으로 가지 않아도 드로아를 거쳐서 비잔티움(이스탄불) 쪽으로 하여 해안을 타고 동진하면 되지 않겠습니까?"

"그건 그래."

"누가 선생님이 드로아에 계시단 말 들으신 일 있지요?"

"뭐야? 누가선생이? 처음 듣는 말이다. 어디서 들은 말이지?"

의외라는 듯 바울이 놀라는 빛으로 물었다.

"좀 됐습니다. 그러고 보니 선생님이 안디옥에 안 계실 때 같습니다. 1차 여행 중이셨을 때 같은데요? 누군가 누가선생이 드로아 의술학교에 계시단 말을 전해준 적이 있어서 드리는 말씀입니다."

"그렇다면 한번 찾아봐야겠구먼."

바울 일행이 드로아에 도착한 것은 4월 중순(AD 49년)의 어느 날이었다. 터키 서북부 에게해안에 위치한 드로아의 정식 도시이름은 알렉산드라 드로아였고, 옛날 그리스의 도시국가 중 하나였던 트로이였다. 트로이는 그리스의 시인 호머의 서사시 <일리아드>와 <오딧세이>(BC 9세기)의 무대가 된 전쟁터이기도 하다. 프리암 왕이 이끄는 막강한 트로이군을 이길 수 없었던 그리스군은 병사들을 숨긴 목마를 선물로 보내고 마침내 승리를 거두었는데 양군에는 아가멤논과 아킬레스장군 같은 영웅이 탄생되었고, 그들의 무용담을 그린 전쟁 대서사시를 호머는 창작해냈던 것이다. 호머는 터키 서부 아시아의 스미르나(현재의 Izmir.서마나교회 소재지) 출신의 장님 시인이었다. 그럼에도 불구하고 불후의 명작을 남겨 서양문학의 시조가 되었다. 드로아 항구는 그 후 퇴적현상으로 항구의 기능을 잃어버려 알렉산더 대왕이 부장(副將) 안티고누스에게 명하여 다른 곳에 다시 건설케 하고 자기 이름을 따서 <알렉산드라 드로아(Alexandria Troas)>라 부르게 했다. 드로아는 비잔티움(이스탄불)과 더불어 동서양을 잇는 중요한 관문 역할을 했기 때문에 줄리어스 시저가 로마제국의 신수도로 정하려 한 적이 있었고, 그 후 그리스도교를 공인한 콘스탄티누스 황제도 드로아를 새로운 수도로 정하려 한 적이 있을 만큼 주목을 받은 도시였다.

드로아에 도착한 바울은 그곳에 유대교 회당이 몇 군데나 있으며 의술(醫術)학교는 어디쯤 있는지 궁금해 했다. 디모데가 알아보고 오겠다며 나서자 디도도 함께 다녀 오겠다 했다. 바울과 실라는 숙소에서 다시 찾은 전도지와 새로 개척된 교회들을 지역별로 교회 장로들이 만들어 준 성도들의 인적사항들을 정리하며 디모데와 디도가 돌아오기를 기다리고 있었다. 해거름이 되어 저녁식사를 하려고 할 때 두 사람이 돌아왔다.

"바울선생님, 어느 분과 함께 왔는지 보시지요?"

디도가 앞장서 들어오며 기쁜 목소리로 말했다.

"아니 누가선생!"

바울이 놀라 벌떡 일어나 만면에 미소를 지으며 자기 앞에 나서는 누가(Luke)의 두 손을 잡았다.

"이게 얼마 만이오? 자, 앉읍시다. 디도, 아주 용케 찾았구나?"

바울과 누가는 전연 뜻밖의 곳에서 뜻하지 않게 만나게 되어 두 사람 모두 반가워 손을 놓지 못했다.

"누가선생을 만나보라고 주님께서 두 번이나 다른 곳으로 가지 못하게 하시고 이 드로아에 오도록 하신 모양입니다."

"그건 또 무슨 말씀이오?"

바울은 갈라디아 지방 순회를 끝내고 터키 북부지방인 비두아니아로 떠나려 하자 처음에는 성령이, 다음에는 예수 그리스도가 막아서 가지 않기로 하고 드로아로 오게 된 내력을 설명했다.

"날 만나게 하신 것은 주님의 뜻이었구료."

"언제, 왜 이곳으로 오시게 되었습니까? 알레포에 계시지 않았습니까?"

"그랬지요. 작년 초에 내 스승이신 제욱시스(Zeuxis) 선생님께서 위독하시다는 전갈을 받고 급히 갈라디아 지방의 라오디게아로 달려왔지요. 안타깝게도 돌아가셨지만 그래도 임종은 하게 됐던 것이 천행이었습니다."

"스승이라면?"

"소아시아, 바벨로니아, 페르샤를 통틀어 가장 유명했던 의사 두 분이 있었습니다. 내 스승이신 제욱시스 선생님과 필라레테스(Pilalethes) 선생님이지요. 두 분은 라오디게아 의학교 교수님이었습니다. 의학교는 라오디게아와 브루기아 입구에 위치한 아폴로 신전 부속건물을 쓰고 있었고, 나는 수리아 안디옥에서 기초의학을 공부하다가 제욱시스 선생을 찾아 라오디게아에 와서 3년 동안 의술공부를 하게 되었습니다. 아시고 계시겠지만 라오디게아는 소아시아에서 가장 좋은 양모, 트리미타리아(Trimitaria)를 생산하며 검정색에 윤기가 자르르 흐르는 최고급 의상제품으로 소문이 난 곳입니다만 그보다는 소아시아 최고의 의료진과 명의(名醫) 두 분이 계신 아폴로 병원이 있어 수많은 환자들이 늘 끊이지 않는 의료도시입니다."

누가의 말을 듣고 있던 실라가 한 마디 했다.

"저도 소문을 들었습니다만 라오디게아는 난청(難聽)을 고치고, 악성 안질(眼疾)을 고치는 귀약과 안약이 나는 곳으로 유명하다 하던데요?"

"그렇지요. 안질 치료에 특효가 있는 귀한 식물이 나서 유명하기도 하지만 난청과 안질을 고치는 의사들의 의술이 더 유명합니다. 그런데 그렇게 말하시는 분은 나에겐 낯선 분이군요. 누구신지?"

실라와 바울을 번갈아보며 물었다. 바울이 대답했다.

"처음 만나시는군요. 예루살렘 모교회 실라 선교사입니다. 이번 2차 전도여행에 동역자로 나서주었습니다."

실라가 인사하자 누가는 그의 손을 굳게 잡고 흔들었다.

"실라? 실루아노! 이거 영광입니다. 말씀은 많이 들었지요. 예루살렘 모교회 교무를 관장하는 모교회의 탁월한 두뇌라고 말이오. 바울선생은 천군만마를 얻으셨군요?"

"고맙습니다."

"그리고 바울선생, 디도형제를 만나 놀랐습니다만 디도형제는 수리아 안디옥으로 돌아가야 할 것 같습니다."

"그게 무슨 말씀이지요?"

"어머님 건강이 아주 안 좋은 걸 보고 내가 이곳에 온지 삼 개월쯤 되었습니다. 노환이었습니다. 내가 진료를 해드리고 왔습니다."

"그럼 내일이라도 배편을 알아봐."

바울의 말에 디도는 고개를 흔들었다.

"아닙니다. 선생님 모시고 전도여행 계속하게 해주십시오."

"늙으신 어머님 한 분 뿐이고 더구나 자네는 외아들 아닌가? 돌아가시기라도 하면 나중에 얼마나 후회가 되겠는가?"

누가의 말에 바울이 강한 어조로 지금이라도 당장 부두 승선장에 나가 수리아로 가는 배편이 언제쯤 있는지 알아보고 오라며 등을 떠밀었다. 잠시 숙연하던 디도가 자리에서 일어나 나갔다. 누가가 바울의 손을 잡았다.

"그러고 보니 오늘 바울선생은 정말 날 잘 만나셨소. 자아, 이쪽으로 누워보시오. 진찰을 좀 하겠습니다. 어떻습니까? 선생에겐 평소 지병(持病)이 두 가지가 있지요?"

"역시 잘 아시네요."

"두 가지 모두 내가 한 번씩 치료해드린 적이 있는데 모르겠습니까?"

바울이 가지고 있는 지병은 두 가지였다. 한 가지는 안질환이었고 또 한 가지는 일종의 가벼운 간질이었다. 바울이 자신의 지병에 대하여 그의 서신에서 밝힌 내용을 보면 다음과 같다.

- 내가 처음에 육체의 약함으로 인하여 너희에게 복음을 전한 것을 너희가 아는 바라 너희를 시험하는 것이 내 육체에 있으되 이것을 너희가 업신여기지도 아니하며 버리지도 아니하고 오직 나를 하나님의 천사와 같이 또는 그리스도 예수와 같이 영접하였도다. (갈 4;13-14)

- 무익하나마 내가 부득불 자랑하노니 주의 환상과 계시(啓示)를 말하리라. 내가 그리스도 안에 있는 한사람을 아노니 십사 년 전에 그가 셋째 하늘에 이끌려간 자라(그가 몸 안에 있었는지 몸 밖에 있었는지 나는 모르거니와 하나님은 아시느니라) 내가 이런 사람을 아노니 그가 낙원으로 이끌려가서 말할 수 없는 말을 들었으니 사람이 가히 이르지 못할 말이로다. 내가 이런 사람을 위하여 자랑하겠으나 나를 위하여는 약한 것들 외에 자랑치 아니하리라.

내가 만일 자랑하고자 하여도 어리석은 자가 되지 아니할 것은 내가 참말을 함이라. 그러나 누가 나를 보는 바와 내게 듣는 바에 지나치게 생각할까 두려워하여 그만두노라.

여러 계시를 받은 것이 지극히 크므로 너무 자고(自高)하지 않게 하시려고 내 육체에 가시, 곧 사단의 사자를 주셨으니 이는 나를 쳐서 너무 자고하지 않게 하려 하심이라. 이것이 내게서 떠나가게 하기 위하여 내가 세 번 주께 간구하였더니 내게 이르시기를 내 은혜가 네게 족하도다. 이는 내 능력이 약한데서 온전하여 짐이라 하신지라. 이러므로 도리어 크게 기뻐하므로 나의 여러 약한 것들에 대하여 자랑하리니 이는 그리스도의 능력으로 내게 머물게 하려 함이라. 그러므로 내가 그리스도를 위하여 약한 것들과 능욕과 궁핍과 핍박과 어려움을 기뻐하노니 이는 내가 약할 그때에 곧 강함이니라. (고후 12:1-10)

- 이후로는 누구든지 나를 괴롭게 말라. 내가 내 몸에 예수의 흔적(痕迹)을 가졌노라. (갈 6:17)

고린도후서에서 밝힌 대로 바울이 <셋째 하늘>까지 이끌려 올라간 것은 14년 전이라 말하고 있음을 볼 수 있다. 바울은 자신의 지병인 눈병과 간질증세가 그 셋째 하늘과 긴밀한 연관성이 있음을 밝히고 있다. 그리고 그 셋째 하늘을 본 것이 14년 전 사건이라 하고 있는데 이는 바로 다메섹 회심사건을 두고 하는 말이다.

그리스도 교도들을 색출하고 체포하여 연행해 가기 위해 체포대를 이끌고 다메섹 교외인 카우카브 언덕길에 이르렀을 때 그는 <정오의 태양빛>보다 더 밝은 빛이 쏟아지며 자신을 에워싸는 그 빛 가운데 실제로 현현하신 예수를 직접 만났다. 이때의 경험을 그는 셋째 하늘까지 이끌려 올라간 것으로 표현하고 있는 것이다. 일반적으로 환상이나 계시 같은 신비체험은 다음 3단계를 거치게 된다.

먼저 기도 중에 성령 충만하여 입신(入神, Trance)을 하게 되어 환상(幻像, Vison)을 보게 된다. 그리되면 계시를 받고 신비체험(Mystical experience)을 경험하게 된다. 그러나 바울이 말하는 <셋째 하늘>로의 올리움은 그와는 전혀 다른 특별한 체험이라 할 수 있었다. 예로부터 유대인들은 우리가 보는 세상의 하늘은 3단계의 하늘로 나누어져 있다고 보았다. 우리들 머리 위에 있는 하늘이 첫째 하늘이고 하늘 문이 있어 하나님은 그 문을 때에 따라 여닫고 있다고 보았다. 그 하늘 문 위의 하늘이 둘째 하늘이며 그곳을 일반적으로 천국이라 부른다. 둘째 하늘에는 비밀의 문이 하나 더 있고 그 문 너머의 낙원이 셋째하늘이며, 그 문은 하나님만이 열어주시고 그 낙원의 비밀을 보여주신다고 믿었다. 알려진 바로 그 셋째 하늘의 체험자는 구약 시대 가운데는 3명의 선지자들이 있고, 신약시대에는 사도 바울이 유일한 체험자로 알려져 있다. 구약시대 3명의 선지자들은 셋째 하늘에 이끌려 올라가 셋째하늘의 낙원비밀을 보고 온 후 모두 재앙을 받았다고 기록되어 있다.

한 명은 돌아온 뒤에 죽었으며 두 명은 죽음은 면했지만 정신이상자가 되어 미쳐버린 것이다. 그런데 바울은 죽지도 않았고 미치지도 않았다. 그 대신 그의 고백대로 셋째 하늘에 이끌려가서 "여러 계시를 받은 것이 지극히 크므로 너무 자고하지 않게 하시려고 내 육체에 가시, 곧 사단의 사자를 주셨으니 이는 나를 쳐서 너무 자고하지 않게 하시려 함이라"라 하고 그 가시를 빼달라고 세 번이나 간구했지만 주께서는 그리스도의 능력은 완전함에 주는 은혜가 아니고 약함에 주는 은혜이니 약함에 감사하라 했다고 밝히고 있다.

우리가 일반적으로 천국이라 부르는 곳은 둘째 하늘을 말함이고 천국에 들어간 자들은 모두 그곳에서 영생하고 있다는 것이다. 하나님이 계시는 셋째 하늘이 있는 낙원은 하나님만이 알고 있는 비밀한 곳이고 거기 들려올라가 비밀을 보고 들은 자는 그 계시가 너무나 크고 엄청나므로 영원히 보지 않은 것으로 해야 한다는 뜻이 들어 있다. 죽은 자나 미친 자들은 뭔가 발설을 했기 때문인데 바울은 셋째 하늘의 비밀을 알고 있다고 자랑하고 싶은 마음이 일어났지만 할 수 없었다고 기록하고 있다.

그 자랑하고 싶은 마음이 스스로를 높이려는 <자고의 마음>으로 표현하고 있다. 주님은 바로 자고할까봐 몸 안에 사탄의 가시를 넣어주었다는 것이다. 물론 단순히 셋째 하늘의 낙원비밀을 본 걸 발설치 못하게 하기 위해서만 가시를 넣어준 것은 아니었다. 자고하지 않겠다는 것은 그리스도교는 한없이 낮아지는 낮음의 종교가 되어야한다는 상징성이 들어 있다. 어쨌든 바울은 몸에 있는 두 가지 사탄의 가시 때문에 평생 고생했다. 그 중 한 가지는 안질인 눈병이었고 또 한 가지는 간질증세였다. 그가 약한 간질병을 앓고 있었던 것은 후천적으로 얻어진 병이 아니고 가족병력(病歷)으로 얻어진 일종의 유전병이었다. 증세가 심한 간질은 아니었고 다만 극심한 고통을 당하거나 심신이 허약해져서 기진한 상태가 되었을 때 거품을 물고 잠시 의식을 잃을 정도였다, 평상시에는 그런 증세가 나타나는 일이 없었다.

의사인 누가가 그 병을 발견한 것은 바로 수리아 안디옥 교회에서 연이은 집회와 설교 등 과로로 쓸어졌던 바울을 치료할 때였다. 그리고 두 번째 지병은 눈병이었다. 원래부터 시력이 좋지 않았지만 결정적으로 나빠지게 된 계기는 바로 다메섹 회심사건을 겪고 나서부터였다. 정오의 태양빛보다 더 밝은 빛이 쏟아져 전신을 싸버렸을 때 그는 그 눈부심 때문에 말고삐를 놓치고 말에서 떨어져 굴렀다. 자기 앞에 나타나셨던 예수의 말씀을 듣고 일어나 다메섹에 들어가 유다의 집에 찾아가 아나니아를 찾으라 했다. 그때는 이미 두 눈이 멀어버린 상태였다.

아나니아의 안수를 받고나자 비늘 같은 것이 눈에서 떨어져 멀었던 두 눈을 다시 보게 되었다. 그 뒤부터 시력이 더 나빠지고 건조한 사막의 모래바람을 맞으면 눈병이 나서 괴롭히곤 했다.

"눈병은 자주 나나요?"

눈 속을 진찰하고 난 누가가 물었다.

"시력이 나쁜 상태인데 피곤하거나 햇빛 혹은 바람 등 자극성이 강한 것에 노출되면 충혈이 되곤 합니다. 좀 괴로운 것은 안개 같은 뿌연 것이 보는 것을 가로막을 때가 있다는 것입니다."

"만성적인 안질을 앓고 계신 데다가 백내장(白內障) 증세도 있군요. 어려서부터 눈이 좋지 않으셨던 거지요?"

"그렇습니다. 여섯 살 때 천연두(天然痘)를 앓고 난 적이 있는데 그때부터 좋지 않았고 그 뒤 다메섹 회심 때 예수님이 현현하신 걸 보고 실명했다가 주님께서 다시 눈을 뜨게 해주셨지요."

"다시 눈을 뜨게 하실 때 주님께서는 완전히 깨끗한 눈으로 고쳐주셨으면 좋았을 텐데요?"

"나중에 말씀드렸지요. 이제라도 깨끗하게 고쳐주시라구요. 헌데 주님은 고개를 흔드셨습니다. 나는 예수의 흔적으로, 그분의 징표로 삼기로 했습니다. 건강하고 편안하면 우리는 주님 손을 놓고 살 때가 많습니다. 그 나태함을 경계하신 것입니다. 아플 때마다 주님을 생각하는 징표가 된 것입니다."

"간질증세도 그런 연유로 고쳐주시지 않으셨군요?"

"그렇습니다. 그 두 가지 지병은 주님이 내 몸에 넣어주신 사탄의 가시입니다."

"바울 선생. 이건 눈에 바르는 안약입니다. 라오디게아에서만 나는 특별한 식물이 있습니다. 안질에 탁월한 효력이 있어서 만방에서 환자들이 찾아듭니다. 눈병이 나려고 한다면 가지고 다니다가 즉시 바르십시오. 오륙 개월, 지속적으로 바르면 효험이 있을 겁니다."

누가는 자기 배낭 속에서 작은 질그릇 용기 속에 들어 있는 안약 병을 건네주었다.

"고맙습니다."

누가는 또 다른 약주머니를 꺼냈다.

"선생이 오셨다 해서 부랴부랴 챙겨 온 약입니다. 바울선생의 간질병은 초기증세에 속하고 계속 치료하면 나을 수 있는 병입니다. 이 분말 가루약은 작은 스푼 절반 양을 물과 함께 마시면 됩니다. 정신적으로 과로했을 때, 혹은 육체적으로 극심한 피로감을 느낄 때는 언제든 복용해야 합니다. 그리되면 간질증세 시작을 예방할 수 있고 나아가 치료도 되니까요."

누가는 정성스럽게 바울의 몸 전체를 세밀히 진찰했다.

"골격이 작고 마른 체격이라 허약해보이기는 해도 바울 선생은 건강합니다. 이방전도를 다닌다는 것은 계속 지방을 여행하면서 걸어야하기 때문에 강인한 체력이 필요합니다. 다행스럽게도 선생은 강철 같은 팔다리를 가지고 있습니다. 게다가 폐활량이 크고 좋습니다. 빨리 걷고 오래 걸을 수 있는 힘과 지구력을 가지고 있다는 것이지요. 높은 산을 올라도 빨리 지치지 않는 것은 바로 그래서 그렇습니다."

“고맙습니다. 누가선생. 이곳 드로아 의학교에서 후진들이나 가르치고 계실 겁니까? 예수복음을 전하러 가는 곳이라면 나와 함께 가고 싶다 하지 않았습니까?”

“그 마음은 변하지 않았습니다. 이곳에선 3개월 후면 내 일은 끝납니다. 어디 계시던 연락 주십시오. 선생 있는 곳으로 갈 터이니.”

누가는 바울의 건강을 진찰해주고 처방 약제까지 내준 다음 의학교로 돌아갔다. 마침 배편을 알아보고 온 디도는 그 밤 늦게 수리아로 떠나는 배가 있다하여 일행과 아쉬운 작별을 고하고 먼저 떠났다. 바울은 이튿날 드로아를 떠나기로 했다. 그날 밤 늦게까지 바울은 기도를 올렸다. 가슴이 뜨거워지며 피어나는 불꽃이 감은 두 눈 앞에 나타났다. 회색의 그림자가 어른거렸다. 사람의 모습이었다. 환상이었다. 코발트색의 맑고 투명한 바다가 펼쳐져 있는데 바다 건너편에 섬 같은 곳에서 누군가 모래톱 위에 서있는 게 보였다. 남자 같기도 하고 여자 같기도 했다. 그 사람이 입은 옷이 아시아의 터키사람들 하고 달랐다.

하얀 천의 옷을 입고 있는데 청색 줄무늬가 세로로 쳐져 있었다. 이방인이었다. 그리스 북부지방의 마게도냐(마케도니아) 헬라인 같기도 했다. 그 마게도냐 사람은 두 팔을 쳐들고 바다 건너에서 외쳤다.

“이보시오. 마게도냐로 건너와 우릴 도와주시오. 간절한 부탁입니다.”

너무도 간절한 부탁이라서 바울은 당장 건너가 도와주겠다 약속했다.

- 성령이 아시아에서 말씀을 전하지 못하게 하시거늘 브르기아와 갈라디아 땅으로 다녀가 무시아 앞에 이르러 비두니아로 가고자 애쓰되 예수의 영이 허락지 않으시는지라 무시아를 지나 드로아로 내려갔는데 밤에 환상이 바울에게 보이니 마게도냐 사람 하나가 서서 그에게 청하여 말하되 마게도냐로 건너와서 우리를 도우라 하거늘 바울이 이 환상을 본 후에 우리가 곧 마게도냐

로 떠나기를 힘쓰니 이는 하나님이 저 사람들에게 복음을 전하라고 우리를 부르신 줄로 인정함이라. 드로아에서 배로 떠나 사모드라게로 <직행>하여 이튿날 네압볼리로 가고. (행16:6-11)

누가는 사도행전에서 바울이 마게도냐 환상을 본 후 마게도냐로 서둘러 <직행>했다고 기록하고 있다. 바람처럼 성령이 불어와 명하면 지체없이 명하는 대로 가는 게 사도 바울이었다. 그래서 누가는 직행이란 표현을 쓴 것이고 바울도 급했기 때문에 직행하는 뱃길을 택했던 것이다. 드로아에서 마게도냐의 빌립보까지는 보통 빨라도 3,4일 걸리는 뱃길이었다. 그런데 성령의 도움이 있었는지 바울 일행은 2일 만에 빌립보에 이르렀다.

11
동양에서 서양으로 간 예수. 빌립보, 데살로니가, 베뢰아, 아덴

터키 서북부 해안의 항구도시인 드로아와 그리스 북부지방인 마게도냐 사이에는 에게해가 가로막고 있었고 그 바다 복판에는 사모드라게(Samothrace)섬이 있었다. 바울일행은 마게도냐의 항구인 네압볼리(Neapolis, 현재의 Kavalla)행 배에 승선했다. 사모드라게를 통과해야 하는 뱃길이어서 그 섬에서 하룻밤을 자고난 뒤에 다시 네압볼리로 건너가게 되어 있었다. 아침에 출발했는데 어스름이 내려앉는 저녁때가 되어서야 배는 사모드라게섬에 닿았다. 아름다운 섬으로 소문난 사모드라게에는 하늘 높이 솟아 있는 데메트리우스(Demetrius) 승전탑이 더 유명했다. BC 305년경 마게도냐의 왕 데메트리우스는 주변지역을 정벌하고 승리하여 그 기념탑을 세운 것이다. 그 승전탑 앞에는 승리의 여신 니케(Nike) 상이 서있었다. 두 날개를 늘어뜨리고 있는 여신상이었다.

"감동을 주는 승전탑이군요? 특히 승리의 여신 니케의 상이 인상적입니다."

실라가 탄성을 발하며 말했다.

"그러게 말일세. 승리자의 기개와 위엄이 살아 있네. 우리 그리스도인들도 선한 싸움 다 싸우고 마침내 최후 승리하면 승전탑을 세워야겠지.

그러기 위해서는 오직 최후 승리의 탑을 보고 달리기 경주하는 선수처럼 멈추면 안 될 거야."

주먹을 쥐어 보이며 바울은 미소를 지었다. 그러자 누가가 승전탑 너머로 보이는 바다 쪽을 가리켰다.

"석양 속 수평선에 어슴푸레 보이는 곳이 아마 마게도냐 땅인 듯 합니다."

모두 누가가 가리키는 먼 수평선을 바라보았다.

"그런듯 하군요."

"이제 내일이면 우리는 예수님을 모시고 동양 땅을 건너서 서양 땅으로 들어갑니다. 후대의 교회 사가(史家)들은 뭐라 할까요? 역사적인 사건으로 기록하지 않을까요? 어찌 보면 그리스도교는 이제부터 세계적인 종교가 될 수 있는 계기를 맞고 있다는 생각이 드는데요?"

바울이 그의 말에 웃었다.

"실루아노! 자네가 왜 예루살렘 모교회의 해박한 교리 이론가로 알려졌는지 알겠네. 거창하게 분석하지 말게. 우리는 그저 하나님이 가라시기에 가고 있는 것뿐이니까. 후대 사람들이 뭐라든 신경쓸 것 없네. 지금은 그저 배가 고프니 어서 식당을 찾는 일이 시급해 보이네."

"아, 그러시죠. 가시지요."

사모드라게에서 하룻밤을 지낸 일행은 다시 이른 아침에 배에 올라 에게해를 건너 네압볼리로 향했다. 마게도냐의 네압볼리는 오래된 도시였다. BC 6세기부터 항구가 형성되어 동서양의 교류 창구 역할을 해 온 곳이었다. 네압볼리는 내륙 쪽으로 40 여리 떨어진 빌립보성과 함께 로마제국의 운명을 가른 중요한 전쟁터가 된 적도 있었다. BC 42년. 공화정을 종식 시키고 자신이 황제가 되려한다며 브루투스와 캐시우스는 줄리어스 시저를 암살했다. 그로 인하여 로마는 내분에 빠지고 말았다. 시저의 양자였던 옥타비아누스(나중 아우구스투스황제 됨)와 안토니우스의 동맹군이 브루투스 동맹군과 최후의 결전을 벌이게 되었다. 옥타비아누스군은 빌립보성에 진을 치고 브루투스군은 네압볼리에 진을 치고 대치했던 것이다. 양군은 빌립보 평원에서 마침내 결전을 벌였다. 이 싸움은 옥타비아누스의 승리로 돌아갔고 마침내 그는 로마의 초대 황제가 되었다. 오후가 되어서 바울 일행이 탄 배는 네압볼리항에 닿았다. 부두에 내렸다.

"어떡할까요? 여기서 숙박할까요 아니면 내쳐 빌립보까지 걸을까요?"

바울의 짐을 챙기며 실라가 물었다.

"여기서 빌립보까지 얼마나 된다고 했지?"

"16킬로미터(40리) 쯤 된다고 하던데요?"

"걸어가도 초저녁쯤이면 도착할 수 있겠는데요?"

"좋다. 디모데의 말처럼 걸어보자. 여기서 자는 것 보다는 빌립보성에 가서 자는 게 낫겠지. 출발하자."

바울일행은 큰길을 찾아 나섰다.

"선생님, 이곳 산천은 아시아와는 상당히 다른데요? 뭐랄까, 산야가 푸르고 나무숲도 많아서 아늑한 기분이 듭니다."

디모데가 사방을 둘러보며 감탄을 했다. 모두 같은 느낌이었다. 일행 중 누구도 와보지 않은 미지의 땅이었다.

"신천지에 온 것 같구나. 모두들 처음 밟아 본 땅이겠지. 나 역시 그렇다. 잘 온 것 같아. 오, 저기 다리 너머가 고속도로 같구나. 그 길로 나서자."

로마제국의 상징물이기도 한 에그나티아 고속도로가 나왔다. 이 하이웨이는 동에서 서로 관통하고 있는데 비잔티움(Byzantium, 現 Istanbul))에서 시발하여 마게도냐의 허리를 가로질러 서쪽 끝 아드리아해에 이르는 알바니아의 두라키움(Dyrrhchium)까지 가는 고속도로였다. 바울일행은 도로를 찾아 걷기 시작했다. 해질녘에 산길로 접어들었다. 양떼를 몰고 오는 목동이 있었다.

“말 좀 물어봅시다. 빌립보성은 아직도 멀었습니까?”

“거의 오셨습니다. 이 길은 심볼룸(Symbolum) 산길이라 한답니다. 이 산길을 넘어가면 바로 빌립보성입니다.”

빌립보는 원래 드라케라는 왕국에 속해 있던 성으로 비옥한 평야의 분지 안에 자리 잡고 있었고 마게도냐 북부지방의 중심지이기도 했다. 이곳은 동서를 잇는 관문이었고 군사 요충지였으며 문물의 교류지였고 에그나티아 고속도가 지나고 머지않은 해안가에 외항도 가지고 있어 수륙교통의 요지였다. 빌립보성의 원래 이름은 크레니데스(Krenites)였다. 크레니데스는 <샘물>이란 뜻이다. 성의 북쪽 산악지대에 청정수가 나는 샘이 많다고 해서 붙여진 이름이었다.

빌립보가 유명해진 것은 알렉산더왕의 아버지 필립2세(Philip ll) 때문이었다. 그 당시 성 남쪽의 팡게우스산(Mt Pangaeus)에서 금광이 발견되어 매년 금 1천 달란트를 캐내게 되어 국가는 부국이 되었고, 금본위 화폐를 주조하여 사용하게 되었다. 이에 필립왕은 금광을 보호하기 위해 난공불락의 성곽을 쌓아 요새를 만들어 금광과 성을 지키게 되었다. 그리고 크레니데스라는 성의 이름을 자신의 이름을 따서 빌립보(Philippi)성이라 개명하도록 명했다. BC 356년이었다. 그 후 빌립보성이 다시 유명하게된 것은 옥타비아누스의 승전 때문이었다. 줄리어스 시저의 양자였던 옥타비아누스는 양부 암살에 대한 복수를 다짐하고 안토니우스와 연합하여 암살범 브루투스와 캐시우스 연합군과 빌립보성에서 대회전을 벌이게 되었다. 옥타비아누스군의 병력은 19개 사단(1개 사단은 6000명) 약 11만4천여 명이었고 브루투스의 병력도 18개 사단, 10만8천여 명이었으니 양군의 군세는 막상막하였다. 첫 번째 접전은 무승부를 이루었으나 캐시우스가 옥타비아누스를 기습하다가 오히려 포위망에 갇혀 8천명의 군사를 잃게 되었고 겨우 도망치던 캐시우스는 계속 추격해 오는 추격병들을 바라보며 실망한 나머지 생포되는 수치를 당하기보다는 스스로 목숨을 버리는 게 낫다며 사랑하던 휘하의 부하 판다리우에게 목을 맡기고 검으로 내려치게 하였다.

장군 캐시우스의 전사는 브루투스에게는 치명상이었다. 전군의 사기가 바닥으로 떨어지고 말았다. 이에 브루투스는 남은 군사를 독전하며 마지막 결전을 서둘렀다. 그 싸움에서 브루투스군은 옥타비아누스군에게 대패했고, 마침내 브루투스는 단신으로 쫓기다가 말 위에서 자기 검을 가슴에 꽂고 스스로 몸을 던져 자결하고 말았다. 이 전쟁에서 양군 합하여 1만 6천 명이 희생되었고 그 희생 위에 옥타비아누스는 로마제국의 새 황제 아우구스투스로 즉위했다. 이 전승을 기념하여 승전탑을 세우고 빌립보성은 로마의 직할 식민지라는 영광을 얻게 되었고 퇴역한 군인들을 본국에서 모두 이주시켜 퇴역군인들의 도시가 되게 하였다. 로마의 직할 식민지가 되면 완전한 자치권을 인정받고 또한 각종 세금의 면제는 물론 로마에 사는 자와 똑같은 자격을 인정했다. 그 때문에 빌립보성은 작은 로마시라 할 만큼 로마의 축소판이었다. 바울 당시 로마 직할 식민지는 전체 6개 도시 정도 밖에 안 되었다. 비시디아 안디옥, 루스드라, 드로아, 프롤레마이오스, 고린도, 빌립보 등이었다.

바울 일행은 마침내 빌립보성에 도착했다. 먼저 숙소부터 마련하는 게 순서였다. 공공 여관은 도시마다 한 두 개가 있었다. 여관을 이용하는 사람들은 대부분 장소를 이동하는 상인들이거나 개인적인 볼일로 타지를 여행하는 여행객들이 모여드는 숙소였다. 숙소는 대게 ㅁ자 구조로 되어 있고 중앙은 너른 마당이고 주변은 방들이 빙 둘러 있었다. 그리고 마당에는 상인들이 타고 다니는 말이나 나귀 혹은 수레들이 들어가 있었다. 바울 일행은 그런 숙소를 찾아 들어갔다.

"피곤할 테니 오늘은 푹 쉬고 내일 아침부터 성내 사정을 알아보기로 하자. 성은 얼마나 크며 이곳에 거주하고 있는 유대인들의 숫자는 얼마나 되고 회당은 몇 개나 되며 주민들은 어떤 종교를 많이 믿고 있는지 자세히 파악해보도록 하자."

일행이 숙소를 나와 각자 흩어져서 조사하고 오후에 돌아와 만나기로 했다. 해질녘 쯤 다 돌아왔다.

"굉장히 큰 성이었습니다. 작은 로마시라는 별명답게 거리나 건물들이 모두 로마식이고 경기장 원형 극장 대중목욕탕 등이 들어서 있고 호화로운 아프로디테 신전과 헬라신전 등이 있고 사람들한테 물어보니 인구는 2만여 명이며, 주민의 대부분은 헬라인이고 로마인도 다수 산다 했습니다. 그들은 명예 제대자들이고 그 가족들이랍니다."

디모데의 보고였다. 실라는 의외의 보고를 했다.

"저는 유대인 회당인 시나고구를 찾아다녔습니다. 그런데 놀라운 것은 성내 어디에도 유대인 회당은 없었다는 것입니다."

"회당이 없다? 그럼 빌립보에는 유대인들이 안 산다는 말 아닌가?"

"아닙니다. 살고는 있겠지요."

"유대인 회당이 세워지려면 유대교 신도가 최소 10명은 넘어야 되지 않나?"

"그렇지요."

"그럼 유대인 숫자가 열 명이 안 된다는 말이겠군?"

"회당을 세울 수 없었던 이유에는 10명이란 숫자도 있지만 로마당국의 명령으로 못 세웠을 수도 있고 유대인들이 더 많이 살고는 있지만 그들의 신앙이나 열성 부족으로 적극성을 보이지 않아서 못 세웠는지 확실한 건 모르겠습니다."

전도에 차질이 생겼던 것이다. 낯선 이국땅 도시에 와 선교활동을 하자면 어려운 점이 한두 가지가 아니었다. 어느 것 하나 알고 부딪치는 게 없기 때문이었다. 아는 장소가 있는 것도 아니고 아는 사람이 있어서 도와주는 것도 아니었다. 그래서 그 중 쉽고 자연스런 방법으로 동족인 유대인들이 모이는 예배 회당을 찾아가 전도를 시작하는 것을 택했던 것이다. 그런데 빌립보에는 유대인 회당이 한군데도 없다지 않은가.

"번화한 거리 중앙에 사람들이 모이는 광장이 하나 있었습니다. 빌립 광장이라더군요. 그곳에 나가 복음을 전하시는 게 어떨는지요?"

디모데의 말에 바울은 고개를 끄덕였다.

"그 방법밖엔 없을 것 같다. 그전에 찾아봐야 할 사람들이 있다. 믿음이 깊은 유대교도들도 있을 거 아닌가. 시나고구 회당이 없다면 안식일을 지키기 위해 어디엔가 모여 자기들끼리 예배를 볼 거 아닌가하는 생각이다."

"신도의 집 가운데 한 집에 모여 예배드리고 있다면 우리가 찾아내는 건 불가능하지요. 성 동쪽으로 강기테스(Gangites)라는 강이 흐르고 있었습니다. 남자들과 달리 여자들은 강가에 모여 예배드릴 수도 있겠다는 생각입니다. 더구나 유대교는 예배 전에 정결예(淨潔禮)를 행해야 하지 않습니까? 손발을 깨끗이 씻을 수 있는 곳은 강변이 아닐까요?"

바울은 실라의 말에 동감을 표하며 먼저 강기테스라는 그 강변을 찾아가 보기로 했다. 강이라기에는 개천이었지만 물은 깊어 보이고 깨끗했다. 강변은 종려나무들과 버드나무들이 어우러져 숲을 이루고 있었다.

"고즈넉하고 아름다운 강이군요?"

실라가 둘러보며 감탄했다. 머지않은 곳에서 여인들의 웃음소리도 들려오고 있었다. 바울 일행은 그 맑고 청아한 웃음소리 나는 쪽으로 다가갔다. 다섯 명의 여인들이 잔디밭에 둘러앉아 점심 떡을 나누고 있는 중이었다. 바울은 재빨리 여인들의 얼굴을 살펴보고 인사를 했다.

"샬롬! 안녕하십니까?"

바울의 입에서는 히브리말 인사가 나왔다. 여인들은 식사를 하다가 흠칫하더니 먹던 걸 멈추고 그중 나이가 든 부인네를 바라보았다. 중년의 귀부인 스타일의 그녀는 잠시 굳어졌던 얼굴을 펴고 웃으며 답례했다. 역시 히브리말 인사였다.

"여기 있는 자매들은 두 사람만 빼고 헬라사람인데 내가 어떻게 유대인인 줄 아셨지요? 놀랍군요. 안 그래도 금방 기도를 마치고 떡을 나누고 있는 중이랍니다."

"첫 눈에 동포라는 걸 알았습니다. 식사하시는데 죄송했습니다."

"아니에요. 빵과 고기는 넉넉하게 있으니까 함께 드시지요."

"그래도 되겠습니까? 고맙습니다."

바울은 그녀들의 사이에 끼어 앉았다. 누가와 실라, 디모데에게도 앉으라 권했다. 바울은 맛있게 식사를 끝냈다.

"이런 대접을 받으리라고는 생각지도 못했습니다."

"그런데 어디서 오신 분인지 우린 모르고 있습니다."

"예. 수리아 안디옥에서 왔습니다. 여기들 사시나보죠?"

"네. 우린 빌립보에 살고 있어요."

"지금보다 더 행복해지고 싶지 않으십니까?"

"지금보다 더 행복해질 수 있다구요?"

"그렇습니다. 난 행복 전도사입니다. 내가 권하는 대로만 하시고 믿기만 하면 당신들은 당장 말로는 표현할 수 없는 사랑과 행복을 얻게 됩니다."

여인들은 바울의 말에 두 눈을 동그랗게 뜨고 놀라워했다.

"행복 전도사라구요? 그럼 당신은 이름난 엘루마(점쟁이 남자무당)인가요? 주술을 부리면 불행한 사람도 당장 행복해진다던데."

"난 점쟁이도 무당도 아닙니다. 그들은 사술(詐術)을 부리지만 우린 그러지 않습니다. 우린 정직한 사람들입니다."

"그럼 어떻게 행복하게 해주시겠다는 거지요?"

"내 옆에 계신 분은 이름난 의사이십니다. 병을 얻어 고통스러워하는 환자들을 고쳐주지요. 병을 고쳐줌으로 해서 행복을 주는 겁니다. 그런 의미에서 이 분도 행복 전도사입니다. 그렇게 육체의 병을 고쳐주는 의사만 있는 건 아닙니다. 마음의 병을 고쳐 영혼을 구원해 줌을 받는 것이야말로 평생의 행복 아니겠습니까? 예수님을 아십니까?"

갑작스런 물음이었던지 그녀는 머뭇거리다가 고개를 끄덕였다.

"약간요."

"하나님을 믿으십니까?"

"물론입니다. 난 유대인이고 여호와를 믿고 있기 때문입니다."

"그럼 재림하실 심판주가 있다는 걸 믿으시겠군요?"

"믿지요."

"그분은 지금 어디에 계실까요?"

"하늘에 계실 것입니다. 그리하여 마지막 때가되면 심판하시기 위해 재림하실 것입니다."

"신심(信心)이 깊으신 분이군요. 당신들을, 아니 우리들을 행복하게 해주실 분은 바로 하나님 곁에 계신 재림주(再臨主), 그분이십니다. 그분이 바로 예수님이십니다."

"네?"

"예수님을 알면 행복해집니다. 예수님을 믿으면 그 순간부터 행복해질 수 있습니다. 그 분을 알면 세상이 달라 보입니다. 그 분을 알면 우린 천국백성이 될 수 있습니다. 그리하여 구세주께서 재림하시면 죽은 자들도 예수님처럼 다시 살아나 부활승천하게 되어 영생복락을 누리며 사는 것입니다."

"부활이라구요? 십자가에 못 박혀 죽은 범죄자 예수가 다시 살아났단 말 아닌가요?"

"그렇습니다. 무덤에서 다시 살아나 부활하시고 40일 동안이나 제자들과 함께 생활하다가 40일 만에 감람산 정상에서 5백여 명의 제자들이 지켜보는 가운데 하늘로 들리워 올라가셨습니다."

"그걸 믿으라는 건가요?"

"믿으십시오. 그 분은 평범한 인간 유대인이 아니었습니다. 인간의 모습으로 성육신해 온 하나님의 아들이었습니다. 모세는 인간이었기에 죽어서 다른 인간들처럼 흙에 묻혀 썩었습니다. 그분은 하나님의 아들이 아니었기 때문입니다. 하지만 예수님은 하나님의 아들이었기에 죽어서 다시 살아나 부활 승천하여 하나님 곁으로 돌아가신 겁니다."

"그럼 왜 범죄자로 죽은 거지요?"

"바리새인들이나 서기관들이나 제사장들이 하나님의 깊은 뜻이 무엇인지를 깨닫지 못했기 때문이었습니다. 그들은 분명 장차 오시는 메시야는 로마의 압제에서 해방시켜주고 솔로몬 왕국 같은 영광의 이스라엘을 만들어 줄 모세나 다윗 같은 영웅이 온다고 믿고 있었습니다만 선지자들은 하나같이 장차 오실 메시야는 고난 받는 종으로 온다 했습니다. 하나님은 죄의 악순환에서 벗어나지 못하는 인류를 구원해주시려고 독생자 예수를 보내셨는데, 그 숨은 뜻을 모르고 오히려 범죄자로 몰아 십자가형을 받게 했습니다. 하지만 다시 부활 승천하심으로 그때 흘리신 피로 우리의 죄는 모두 사함을 받았고 구원을 받았으며 우리도 영생을 얻을 수 있게 된 것입니다. 내가 행복하게 살고 싶다면 예수를 믿으라 했습니다. 모세는 율법을 지키며 율법대로만 살면 구원을 얻고 행복해진다 했습니다. 나는 길기리아 다소의 디아스포라 가정에서 태어나 여덟 살에 할례를 받고 랍비가 되기 위해 예루살렘으로 유학하고 당대 최고의 현인인 가말리엘 선생 밑에서 율법공부를 했습니다. 나는 히브리인 중에 히브리인이 되었습니다. 율법교사가 되고 철저히 율법을 지켰습니다. 하지만 그 율법은 나에게 자유와 행복을 주는 복음이 되지 못했습니다. 차라리 내 죄를 모르고 살았을 때가 행복했습니다. 율법에서 내 죄를 지적하기 시작하면서부터 율법은 날 완전히 구속하는 멍에가 되었습니다. 예수님은 바로 그 멍에를 벗겨내 주시고 율법을 지키지 않아도 의로운 길로 나아갈 수 있는 길, 그 복음의 문을 열어주신 것입니다."

말을 계속함에 따라 바울의 두 눈은 맑은 수정알처럼 빛나고 그 얼굴은 붉게 상기되었고 목소리는 떨리고 있었다. 귀부인은 놀라워하며 걱정스럽게 물었다.

"괜찮으세요? 네?"

바울이 고개를 끄덕였다.

"지금까지 내가 한 말씀은 내 말씀이 아니고 바로 그 분 예수께서 내 입을 빌어서 성령으로 하신 겁니다."

"성령이 뭐지요?"

그녀 또한 진지함 속으로 빠져들며 물었다. 바울은 성령이 무엇이며 예수 사후 마가의 다락방에 내려왔던 성령의 임재와 성화(聖化)와 영화(靈化)의 이적변화의 현장 등을 자세하게 알려주었다. 그러자 그녀는 감동한 표정으로 머리를 숙였다.

"저는 이곳 빌립보에 살고 있고 자주색 비단을 염색해서 파는 상인이며 원래 고향은 아시아(터키) 지방의 두아디라(Thyatira)이고 이름은 루디아(Lydia)라 합니다. 세례를 받고 싶습니다."

"그러시지요."

바울은 그녀를 강물 속으로 데리고 들어가 세례를 베풀었다. 그녀의 일행들도 자기들도 원한다하여 세례를 베풀었다.

"선생님, 오늘은 저의 집으로 가 머물러 주세요. 집안 식구들도 좋아할 거예요. 그들에게도 세례를 해주시고 새 복음을 전해주세요."

루디아는 바울에게 진심으로 권했다. 바울은 승낙하고 그녀를 따라 집으로 갔다. 얼마 떨어지지 않은 오렌지나무 숲속에 자리 잡은 이층집에 이르렀다. 루디아의 집이었다. 별채가 집 옆과 뒤로 두 채가 딸려 있었다. 부유해 보이는 가정이었다. 바울 일행은 거실에 안내되었다.

"집이 아주 넓고 크군요."

바울의 말에 루디아가 미소를 지었다.

"그런 셈이지요. 집 뒤에는 염색 공방이 있으니까요. 기술자가 많을 때는 이십여 명 됩니다. 오늘 강기데스 시냇가에 함께 나가 기도를 올린 친구들이 바로 그들이랍니다."

"하얀 비단을 자주색 염료로 염색하는 거로군요."

"네, 그렇습니다."

비단 옷감 중에서 자주색 원단이 가장 비싸게 팔리고 있었다. 자주색 비단옷은 귀족들이거나 호족 그리고 원로원 회원들과 궁중 고관, 황제 등이나 입는 사치스런 옷감이었다. 그 비단이 비싼 것은 색깔이 우아하고 고급스러워서이기도 했지만 염색이 어려워 귀하고 비싼 것이었다. 자주색 염료는 얕은 바다에 사는 뿔 고동에서 채취하는 것이다. 뿔 고동 속에서만 자주색 염료가 나오는 것이다. 잡아 올린 뿔 고동에서 염료를 빼내고 다시 그 고동을 바다 속에 뿌려둔다. 1년에 두 번 잡아 올려 염료를 빼내고 다시 바다에 넣어 키우는 것이다. 뿔 고동의 원산지는 베니게(페니키아, 現레바논) 앞바다였다. 루디아는 염색원료를 사다가 이곳에서 비단에 염색하여 그걸 내다 파는 사업을 하고 있었던 것이다. 루디아의 원대로 그녀의 모든 식구들이 바울에게서 세례를 받고 새로운 신도가 되었다.

바울의 선교여행에 관한 모든 것을 들은 루디아는 자기 집을 가정교회로 정하여 빌립보 온 지역을 복음 전도지로 삼아 달라했다. 바울은 루디아에게 감사했다.

유대인 회당에서보다 전도가 더 잘되었다. 루디아 집의 공방에 있던 기술자나 일꾼들이 앞장서니 안식일이면 헬라 이방인들이 모여들었던 것이다. 바울 일행은 빌립보 중심가로 다니며 전도하고 말씀을 전했다. 특히 빌립광장 집회는 몰려든 군중들로 언제나 열기가 뜨거웠고 설교가 끝나 자리를 뜨면 군중들은 무리를 지어 바울일행의 뒤를 따르곤 했다.

"이 사람들은 지극히 높은 하나님의 종으로써 구원의 길을 너희에게 전하러 온 것이다! 너희는 저 사람들의 말을 믿으라!"

군중 속에서 그렇게 외치는 여자가 있었다. 삼십여 세 되어 보이는 여자는 차림새가 괴상했다. 각가지 색깔로 치장한 겉옷 위에 머리에는 붉은 띠를 두르고 있었다. 집회마다 따라다니는 여자였다. 그것도 언제나 따라다니며 악을 쓰듯 외쳐대는 것이었다. 바울은 디모데에게 도대체 그 여자가 누군가 알아오라 했었다.

"무당 점쟁이랍니다. 선생님이 새로운 복음을 전하는 것이 사람들 길흉을 점쳐줄 수 있는 예언력을 가지고 있는 것 같아 그걸 시기하여 훼방을 하는 모양입니다."

"같은 점쟁이로 알고 있다 그 말이군? 우릴 내치지 않으면 제 영업에 지장을 초래할 것이다. 그래서 집요하게 따라다니며 방해하는 거구먼?"

실라의 말에 바울의 얼굴 표정이 굳어졌다. 얼마 후 뒤돌아보니 따르는 무리들이 흩어지고 십여 명만 그 여자와 함께 따라오고 있었다.

"저 사람은 하나님의 아들이다. 저 사람 말을 들어라!"

그녀가 팔을 휘두르며 또 소리쳤다. 홱 돌아선 바울이 그녀 앞으로 다가갔다. 그런 다음 무섭게 노려보았다. 그녀는 시선을 마주치지 못하고 주눅이 들어 고개를 떨어뜨렸다. 벼락 치듯 바울이 부르짖었다.

"귀신은 당장 네 몸에서 나와라. 예수 그리스도의 이름으로 명하노니 귀신은 당장 몸에서 나와 떨어져 나가라! 나갈 찌어다! 나가라!"

여자는 온몸을 사시나무처럼 부들부들 떨더니 흙으로 만든 인간이 부서지듯 땅바닥에 쓰러져 버둥거렸다. 그 여자의 몸에서 귀신이 나가는 걸 보았다고 외치는 사람들도 있었다. 아무 일도 없었던 것처럼 바울은 돌아서서 일행들과 함께 루디아의 집으로 돌아왔다. 자초지종을 들은 루디아는 깜짝 놀라는 얼굴이 되었다.

"정말로 붙어 있던 귀신이 떨어져 나갔을까요?"

"예수님의 능력으로 귀신을 쫓아낸 것입니다."

"그럼 그 여자는 이제 점을 봐줄 수 없겠네요?"

"물론입니다. 다시는 점쟁이 노릇을 할 수 없을 겁니다. 주님을 영접하여 구원을 얻었으니까요."

실라의 말에 루디아는 걱정스런 표정을 지었다.

"왜 그러지요?"

"조용히 넘어갔으면 좋겠는데…, 앞으로 별일 없겠지요."

"그건 또 무슨 말이지요?"

"그 여자는 고용된 점쟁이거든요. 주인은 로마 퇴역장군의 부인일 거예요. 그 부인네들이 돈벌이를 안하는 게 없답니다. 점쟁이를 고용해서 점을 치게 하고 거기서 들어오는 수입을 차지하는 거지요. 점쟁이는 그 여자 말고도 모르긴 해도 십여 명쯤 될 거예요."

"그 고용주들이 시끄럽게 할 수도 있겠군요. 조심해야겠습니다."

루디아의 말을 듣자 실라가 걱정스럽게 말했다. 하지만 바울은 개의치 않았다. 이튿날도 그는 빌립 광장에 나가 예수 그리스도의 복음을 전했다. 백여 명의 군중들이 모여들어 바울의 설교를 경청했다. 바로 그때였다. 다섯 명의 남자와 세 명의 여자가 합세하여 바울일행을 덮쳐왔다.

"왜 이러시오?"

놀라서 바울이 뒷걸음질 치자 나이든 사내 두 명이 바울의 팔을 잡았다.

"이 자들은 사기꾼들이다. 관에 고발해야 한다."

"끌고가세요."

여자들이 외쳤다. 이미 덮치기 전 고발부터 해 놓았던 듯 로마병사 세 명이 달려와 바울일행을 연행했다. 항의를 해도 소용이 없었다. 이유도 말하지 않고 치안 병사들과 함께 고발자들은 저자거리인 아고라에 있던 치안관청으로 들어갔다. 군중들까지 뒤따라와서 관청 앞마당은 소란스럽기 이를 데 없었다. 고발자와 여자들은 모두 로마인들이었다. 치안관이 나왔다.

"무슨 일이시오?"

그러자 고발자인 로마인의 평상복을 입은 중년 사내가 나섰다.

"이자들은 유대인들입니다. 이자들은 우리가 믿을 수도 없고 믿어서도 안되는, 공인되지도 않은 사교(邪教)를 퍼트려 성안의 풍속과 질서를 어지럽히고 있습니다. 여러분도 아시겠지만 로마시에서도 재작년에 유대인들이 커다란 죄악을 저질러 글라오디오 황제 폐하로부터 로마시에서 모두 추방당했습니다. 어떤 죄냐고요? 로마황제를 신으로 모시지 아니하고 이상한 저희들 신을 믿는 불경죄를 저지른 것입니다. 그런 자들이 이제는 빌립보 성에까지 들어와 난동을 부리며 황제폐하를 모독하고 있는 것입니다. 이자들을 엄벌에 처해주십시오."

고발자의 말을 듣자 치안관은 관리에게 명했다.

"이자들의 옷을 벗기고 매를 치도록 하라!"

먼저 바울의 옷이 찢겨 나갔다. 실라가 외쳤다.

"이 분은 우리를 치료해 주는 의사선생이십니다. 그리고 또 한사람의 젊은이는 길 안내자에 불과합니다. 여기 와서 군중 앞에 설교하고 복음을 전한 사람은 나와 내 선생님 두 사람 뿐입니다. 의사선생과 젊은이는 풀어주십시오."

"좋다. 두 사람은 가도 좋다. 어서 매를 쳐라!"

실라의 청이 받아들여져서 누가와 디모데는 풀려났다. 바울과 실라만 윗옷이 찢겨져 나가고 매를 맞게 되었다. 관청 마당에는 세 개의 돌기둥이 서 있었다. 두 사람은 두 손을 묶인 채 돌기둥 머리를 안고 엎드렸다.

"두 놈에겐 로마의 질서를 파괴하고 황제 불경죄를 물어 태장 40대를 명한다. 쳐라!"

벗은 등허리에 가죽채찍이 날아들었다. 바울과 실라는 이십 대를 맞자 피투성이가 된 채 의식을 잃고 말았다. 유대인들은 40대를 치는 태장형을 내려도 죽지는 않도록 40에서 1대를 감한 39대를 치지만 로마인들은 봐주는 게 없었다. 죽든 살든 40대를 다 채우는 것이었다. 시체처럼 널브러지자 그들은 두 사람을 끌어다가 토굴로 된 옥방에 가두어버렸다. 먼저 정신이 든 건 실라였다. 그는 고통 속에서 눈을 뜨자 바울의 생사가 걱정이 되었던지 그때까지도 의식을 차리지 못하고 피투성이로 쓰러져 있는 바울을 흔들어보려고 팔을 뻗었다. 그러나 마음뿐이었다. 쇠사슬로 묶여 있었고 발에도 족쇄가 채워져 있었던 것이다. 실라가 걱정스럽게 바울을 불렀다.

"선생님, 정신 차려보십시오. 선생님!"

얼마가 지나서야 바울이 깨어났다.

"선생님. 괜찮으세요?"

"실루아노. 으음, 난 괜찮네. 기도하세."

두 사람은 소리를 내어 기도를 하기 시작했다. 처음에는 매 맞은 상처의 고통으로 기도 속에 신음소리가 섞여 나왔으나 시간이 흐를수록 목소리가 명료해지고 힘이 생겨났다. 무사함에 감사드리며 앞으로의 전도사역을 흔들림 없게 잡아달라는 기도였다. 기도가 끝나자 두 사람은 찬송가를 부르기 시작했다.

나의 힘이 되신 여호와여 내가 주를 사랑하나이다.

여호와는 나의 반석이시며 나의 요새이시요 나를 건지시는 이요 나의 하나님이요

나의 피할 바위이시요 나의 방패시요 나의 구원의 뿔이시요 나의 산성이시로다.

내가 찬송 받으실 여호와께 아뢰리니 내 원수들에게서 구원을 얻으리로다.

옥안에 찬송가가 울려 퍼지자 죄수들을 지키고 있던 간수들이 쑤군거렸다. 죽을 만큼 매를 맞아 피투성이 된 몸으로 그 아픔으로 꿈쩍할 수 없을 텐데 어디서 힘이 나 이상한 기도를 하고 노래까지 부르는지 이해할 수 없다는 것이었다. 다른 방에 갇힌 죄수들도 마찬가지였다. 노래하는 자들이 미친 게 아니냐며 비웃던 그들의 얼굴표정이 점점 굳어져갔다. 두 사람의 기도와 노랫소리 속에는 알 수 없는 어떤 거룩함과 감동 같은 것이 들어 있었던 것이다. 찬송소리가 이어졌다.

사망의 줄이 나를 얽고 불의의 창수가 나를 두렵게 하였으며

음부의 줄이 나를 두르고 사망의 올무가 내게 이르렀도다. 내가 환난에서 여호와께 아뢰며

나의 하나님께 부르짖었더니 저가 그 전에서 내 소리를 들으심이여

그 앞에서 나의 부르짖음이 그 귀에 들렸도다. 이에 땅이 진동하고 산의 터도 요동하였으니 그의 진노를 샀기 때문이라.

"아악!"

그때였다. 옥 안팎 여기저기에서 놀라는 비명소리가 들려왔다. 찬송가 내용처럼 갑자기 땅이 진동하고 감옥터가 요동을 치기 시작했던 것이다. 모두 경악하여 온몸을 떨며 어쩔 줄 모르는데도 바울과 실라는 찬송을 멈추지 않았다.

"우르르, 쾅!"

감옥 전체가 흔들리다가 무너져 내렸다. 비명소리가 여기저기에서 솟아났다. 지진이었다. 천장과 벽이 무너져 내렸다. 흙먼지 때문에 앞이 보이지 않았다. 이윽고 지진이 멈추었다.

"선생님, 괜찮으십니까? 선생님!"

실라가 다가와 쓰러진 바울을 흔들었다.

"아아 실라, 난 무사해."

바울이 일어나 앉았다. 서로의 모습을 바라본 두 사람은 깜짝 놀라고 말았다. 분명 지진 나기 전까지는 손에 쇠고랑이 채워져 있었고 발에는 족쇄가 채워져 있었는데 그것들이 모두 다 벗겨져 있었고 손발이 자유롭게 되어 있었던 것이다.

"오, 하나님 아버지, 감사합니다."

두 사람은 서로 껴안은 채 감사 기도를 올렸다. 하나님이 아니면 보여줄 수 없는 기적이 일어났던 것이다. 그때 감옥 입구 쪽에서 간수의 다급한 목소리가 들려왔다.

"죄수들을 찾아라. 죄수들이 탈옥했다면 우린 살아남지 못한다. 어서 찾아!"

도망쳤던 간수장이었다. 지진이 나고 땅이 흔들리며 갈라지자 간수들이 먼저 도망쳤던 것이다. 뒤늦게 그들은 갇혀있던 죄수들의 안위가 걱정이 되어 달려 온 것이다. 그때 어둠 속에 횃불 하나가 더듬어오며 주위를 밝혔다. 그는 담당간수였다. 그는 아직도 공포에 질려 있었다. 찾고 있던 죄수가 보이지 않자 그는 폐허가 된 옥방 앞에 주저앉으며 절망의 신음을 넘겼다.

"이 일을 어쩌란 말인가? 다 도망쳐버렸으니. 이제 나에게 책임을 물으면 난 당장 죽임을 당하게 될 것이다. 그런 치욕을 당하기보다는 차라리 내 칼로 자결하는 게 낫겠다."

그는 차고 있던 검을 높이 뽑아들었다. 그런 다음 칼끝을 자기 가슴 복판에 댔다. 무릎을 꿇고 엎어지면 자살할 수 있었다.

"에잇!"

그가 찌르려하자 바울의 다급한 목소리가 가로막았다.

"멈추시오. 우린 도망치지 않고 그냥 있습니다. 여기 있으니 와보시오."

불빛이 다가왔다. 간수였다. 등불을 들어 바울과 실라의 모습을 확인하고 난 간수는 놀라 서 물었다.

"이게 어찌된 일이지요? 누가 와서 풀어주었나요?"

바울과 실라의 몸을 감고 있던 쇠사슬과 발목에 차고 있던 족쇄가 풀려서 자유롭게 되어있었던 것이다.

"하늘에 계신 우리 하나님께서 풀어주신 겁니다."

"뭐라구요? 하늘에 계신 분이? 허어."

간수는 몸을 떨면서 무릎을 꿇었다.

"용서해주시오. 나는 그저 옥사를 지키는 간수에 불과합니다. 두 분께서 믿으시는 하늘에 계신 분이 그토록 대단한 분인 줄 몰랐습니다. 그분에 대해 알고 싶습니다. 어떻게 해야 구원을 얻을 수 있겠습니까?"

"예수를 믿으면 당신과 당신 집이 구원을 얻을 것이오."

간수는 심한 매질을 당하고 옥안에 갇혔으면서도 하나님께 감사의 기도를 올리고 지진이 날 때까지 밤새 찬송가를 부를 때부터 내심 감동하고 있었다며 간절하게 원했다. 바울은 간수에게 세례를 베풀었다. 그런 다음 예수 그리스도의 새 복음을 전했다..

"여기서 이러지 마시고 저희 집으로 가주십시오. 저희 가족들에게도 세례를 해주십시오."

"나중에 그게 밝혀지면 가만두지 않을 텐데요?"

"지진 때문에 감옥은 쑥대밭이 되었습니다. 죄수들은 죽었거니 다 도망친 걸로 칠 겁니다. 저희집에 갔다가 이곳 빌립보성을 아무도 모르게 떠나십시오."

간청에 못 이겨 바울과 실라는 그의 집으로 갔다. 그의 집은 감옥 뒤 산 밑에 있었다.

집안으로 들어가자 간수는 식구들과 함께 바울과 실라의 매 맞은 등짝에 엉겨 붙은 핏물자국을 깨끗이 닦아주고 상처를 치료해주었다.

"열흘쯤 고생하셔야 상처가 아물게 생겼습니다."

"고맙습니다."

"저희 집 식구들에게 세례를 주시고 예수님을 만나게 해주십시오."

바울은 즉시 그의 식구들에게 세례를 베풀었다. 아침식사를 대접 받고 났을 때 누가와 디모데가 찾아왔다. 간밤에 지진으로 옥사가 무너져 사상자가 났다는 소문을 듣고 놀라서 달려왔던 것이다.

"바울! 아아 무사하시군요. 실라형제도."

"주님이 봐주셨습니다. 걱정 많이 했군요."

"우리보다 놀라서 걱정 많이 한 분은 루디아 부인이십니다. 함께 오겠다는 걸 우리가 말렸습니다."

"잘 하셨습니다."

이들이 만나고 있을 때 로마군병 둘을 데리고 관리 하나가 찾아왔다. 치안관청에서 나온 관리였다.

"죄수 두 놈이 여기 있다지? 으음, 여기 있군?"

바울과 실라 앞에 섰다. 바울이 정중하게 말했다.

"옥사 방이 허물어져서 있을만한 곳이 없어 간수님이 우릴 끌고 자기 집으로 온 겁니다. 우릴 끌어가겠다면 기꺼이 가겠습니다."

그러자 관리는 손을 저었다.

"아닙니다. 치안관께서 두 죄수를 풀어주게 하라 하시어 내가 온 것이오. 치안관께서는 이 두 죄수를 풀어주고 성 밖으로 떠나도록 하란 명을 내리셨다. 간수는 그대로 행하도록!"

말을 마치고 관리가 돌아섰다. 그러자 바울이 그의 발길을 잡았다.

"잠깐! 이렇게 슬그머니 갈수는 없소. 당신네 상관인 치안관에게 전하시오. 나와 내 동역자 두 사람은 로마의 시민권자요. 로마시민은 황제의 명이 없는 한 매질을 당하지 않는다는 것쯤은 알고 있을 텐데 아무런 죄도 없이 로마 시민권자인 우릴 고발하고 수많은 군중 앞에서 공개적으로 매질을 하고 옥에 가두었소. 치안관은 뒷감당을 어떻게 하려고 그랬는지 한 번 물어보고 다시 오시오."

"시민권자! 그게 사실입니까?"

이해가 안간다는 듯 관리가 긴장하며 되물었다.

"그런 사실을 왜 거짓으로 말하겠는가? 가서 전하라."

누가가 호령했다. 관리는 흠칫하더니 황급히 군병들과 함께 치안관청으로 달려갔다. 얼마 안 되어 듀오비리(duoivri)라 불리는 로마의 치안관이 말을 타고 달려왔다. 그는 직접 바울과 실라에게 풍속과 치안을 어지럽혔다하여 태장형을 내린 장본인이었다.

"신성한 로마시민을 사칭한 자들이 너희들인가?"

말에서 내리자마자 두 사람을 다그쳤다. 바울과 실라는 품속에서 시민권자의 표시인 비패(秘牌)를 보여주었다. 그걸 보고난 치안관은 흠칫 놀라더니 급히 저자세로 사과했다.

"못 알아 봐서 죄송합니다. 송사 처음부터 밝히셨더라면 좋았을 것을 어쨌든 죄송합니다."

그러자 실라가 나서서 꾸짖었다.

"시민권자인 우리에게 당치도 않은 죄를 뒤집어씌우고 수많은 군중들이 지켜보는 가운데 매를 치게 했소. 이제 우리가 당신을 고발하면 어찌 되는지 아시지요? 각오하시오."

치안관은 두 사람 앞에서 싹싹 빌었다.

"깊이 뉘우치고 사죄드립니다. 용서하시고 더 이상 문제 삼지 말아주시고 조용히 빌립보성에서 떠나주십시오. 배상을 원하신다면 최선을 다해드리겠습니다."

그러자 바울이 말했다.

"배상은 필요 없습니다."

"용서 하시는 겁니까?"

"물론입니다."

"고맙습니다."

"그 대신 꼭 우리의 부탁을 들어주시오."

"말씀만 하십시오."

"우리가 전한 구원의 복음은 로마의 미풍양속을 해치거나 치안을 어지럽히거나 하는 사교(邪教)가 아닙니다. 모든 사람들이 사람답게 살아가며 서로 사랑하며 하나님을 공경하면 영원히 살며 복락을 누린다고 가르치는 예수교입니다. 그런 믿음을 갖거나 전하는 사람들을 우리처럼 박해하고 잡아가두고 그러지 않겠다고 약속하십시오. 그들을 도와주시오."

"알겠습니다. 약속합니다."

이윽고 바울과 실라는 그를 용서하고 파괴된 옥사 앞을 떠났다. 루디아의 집으로 돌아왔다. 그다음 안식일이 되자 그동안 바울 일행과 루디아가 전도하여 새로운 신도가 된 교인들이 가정교회로 사용하고 있던 루디아의 집으로 모여들었다. 예배를 드리기 위해서였다. 빌립보 감옥의 옥리인 프로메가 동료인 다른 옥리가족을 데리고 예배에 참석했다.

빌립보 교회는 활기를 띄게 되었다. 공방에서 일하고 있던 유대인 글레멘트가 개종하여 세례를 받고 역시 공방에서 일하던 헬라인 에바브로 디도가 교회를 위해 헌신적으로 일을 하고 있었다. 이윽고 예배가 다 끝났을 때였다. 디모데가 들어와 바울에게 손님이 찾아왔음을 알렸다. 바울이 밖으로 나가자 세 사람의 중년남자가 서 있었다.

차림새가 로마인 같아 바울은 약간 긴장했다.

"무슨 일로 찾아오셨는지요?"

그러자 그중에서는 얼굴 반쪽이 검은 수염으로 뒤덮인 연장자인 듯한 사내가 앞으로 나섰다.

"저희들은 로마의 가이사 궁정에 소속되었던 노예들이었습니다. 십년만에 속량(贖良)을 받고 자유인이 되어 빌립보로 옮겨와 살게 되었지요."

"아, 그러시군요. 어서 오십시오. 뭘 도와드릴까요?"

"저희들은 선생님들이 빌립광장에서 새로운 복음을 전하는 걸 들은 적이 있습니다. 아주 가슴에 와닿는 말씀이어서 어떡하면 그 도(道)를 믿을 수 있을까 하여 찾아온 것입니다."

"잘 오셨습니다."

바울은 그들의 손을 일일이 잡아주며 얼싸 안았다. 자진해서 예수영접을 위해 찾아오는 경우가 흔치 않았던 것이다. 세 사람은 그리스 중부지방인 아가야에서 태어난 헬라인들이었다. 이윽고 루디아의 가정교회에 모이는 신도들은 남녀 30여 명이 되었다. 놀라운 개척 전도의 역사가 일어났던 것이다. 바울과 누가와 실라는 정성을 다하여 공동체의 기초를 쌓았다. 그런 다음 바울은 빌립보를 떠나겠다 했다.

"어디루 가시렵니까?"

누가가 물었다.

"데살로니가로 가고 싶습니다. 데살로니가와 인근의 베뢰아에는 이곳 빌립보와 달리 유대인들이 많이 거주한다고 들었습니다. 이방인들의 전도도 중요하지만 그들 못지않게 유대인 형제들의 개종도 중요합니다."

"잘 생각하셨습니다. 이곳 교회는 내가 남아 돌볼 테니 염려마시고 떠나십시오."

"바울선생님 곁에는 역시 누가선생이 계셔야 안심이 되는데 불안하군요?"

실라의 말에 누가는 고개를 흔들며 미소를 지었다.

" 바울 사도의 건강 때문에 그런 거라면 안심하시오. 등짝의 살점이 떨어져 나가고 피를 많이 흘렸어도 건강하지 않습니까? 건강이 안 좋아지면 언제라도 어디에서든 연락을 하시오. 내가 달려갈 테니."

"개척한 새 교회 양육을 위해 남으시겠다는 뜻은 알고 있지만 선생님이 굳이 이곳에 남으시려는 또 다른 이유가 있나요?"

디모데가 물었다.

"있지. 한 달에 한 번은 드로아에 가야할 일이 있다네. 의사로서의 할 일이 있어서야."

"그러셨군요."

이윽고 바울은 떠나기로 했다. 그러자 루디아 공방에서 일하고 있던 에라스도라하는 유대인이 바울 일행을 따라가겠다고 나섰다.

"자네가 왜? 공방 일을 해야지 왜 날 따라 나서나?"

바울이 이해가 안 가는지 건너다보자 루디아가 웃으며 말해주었다.

"저더러 데살로니가까지만 모시고 갔다가 돌아오라 했어요."

"하지만…."

" 데살로니가에는 사도님 친척이 살고 있다면서요? 어디 사는지 찾지 못할 거 아니에요? 초행이니?"

"그렇지요."

"에라스도는 이곳 사람이니 빌립보나 데살로니가는 아주 잘 압니다. 그러니 친척을 찾는데 도움이 될 거예요. 그래서 제가 다녀오라구 했답니다."

"아이구 거기까지 마음을 써주시다니 고맙습니다."

바울은 고마워했다. 데살로니가에는 야손이라는 친척이 살고 있었다. 야손은 가까운 친척이었는데 원래는 다소에서 바울 부친 밑에서 장사일을 배우고 혼자 독립하여 성공한 사람이었다.

"자, 가세."

이윽고 바울은 루디아의 식구들과 그리고 신도들, 누가의 배웅을 받으며 빌립보를 떠나 데살로니가로 향했다.

"고맙소. 그럼 누가선생만 믿고 떠납니다."

"도착하시는 대로 연락 주시오."

"그러리다. 자, 여러분 또 만납시다. 하나님의 가호를 빕니다."

빌립보에는 누가 혼자 남고 바울은 실라와 디모데, 그리고 에라스도를 데리고 길을 나섰다. 데살로니가는 빌립보에서 남쪽 해안으로 100마일(약 400리) 쯤 떨어진 곳에 있었다. 역시 멀리 남쪽의 아테네까지 이어지는 에그나티아 고속도로가 뻗어 통과하고 있었다. 걸어서 6일쯤 걸리는 거리였다. 중간에는 암비볼리(Amphipolice)와 아볼로니아 (Apollonia)가 있었다. 바울 일행은 그 두 도시를 지나 6일 만에 데살로니가(Thessalonica. 現 Saloniki) 성문 앞에 이르렀다. 빌립보와는 비교가 되지 않을 만큼 큰 도시였다.

데살로니가의 본래 이름은 데르마이(Thermai)였으며, 그 뜻은 온천이란 말이다. 화산지대였기 때문에 질 좋은 온천이 많았다. 이 도시는 B.C. 1세기 전부터 에게해에서는 가장 좋은 항만을 가지고 있어 해상무역의 중심지가 되어 있었고, 북으로는 보스포러스 해협을 지나 이스탄불과 흑해로 통하고 남쪽으로는 아테네와 지중해 그리고 로마로 통하는 해운의 주요 거점이었다. 그 때문에 이곳을 점령했던 페르샤 때부터 해군기지로 사용했으며 그 후 알렉산더 대왕이 세계를 정복하다 죽은 다음 광활한 영토를 그의 부하 장군들이 나눠가질 때 그리스 북부, 마게도냐 지방은 알렉산더의 매제인 카산더가 차지하게 되었고 그의 부인이 알렉산더의 이복누이였기에 그 누이 이름을 따서 데살로니가라고 도시명을 바꾸었다. 그 후 로마제국이 점령했고 시저의 암살로 일어난 전쟁으로 옥타비아누스가 안토니우스 군을 무찌르고 승리하여 개선할 때 데살로니가는 그를 지지했다는 공로를 인정받아 로마제국 최대의 해군기지가 되었으며 자유시가 되었다. 자유시는 로마군이 통치하지 않고 자치정부가 구성되어 자치를 허용하는 도시가 된 것이다. 이후 데살로니가는 유럽과 아시아를 잇는 관문으로 무역, 선박, 창고업, 어업 등이 번창하는 대도시가 되었다.

"지금까지 우리가 본 도시와는 아주 다른 이국적 풍경인데요? 그런데 여기서 어떻게 바울 선생님 친척을 찾지요?"

디모데가 으리으리한 건물들을 올려다보며 걱정스럽게 말했다.

"우선은 숙소를 정하시지요? 그런 다음 제가 나서서 찾아보겠습니다."

에라스도의 말이었다.일행은 곧 여행자를 위한 대형 여관을 찾아들었다.

"친척인 야손 씨는 장사하시는 업종이 뭔가요?"

에라스도의 물음에 바울은 잠시 생각에 잠겼다가 말을 이었다.

"천막 제작 기술자였네. 우리 집에서 독립해 나갈 때는 제작은 하지 않고 만들어진 천막을 판매하는 상점을 열었다는 소식을 들은 적 있지."

"상점은 컸겠죠?"

"처음엔 조그맣게 시작했는데 장사가 잘 되니까 키웠다는데 아마도 도산매점(都散賣店)을 하지 않았을까 싶네만."

"그럼 의외로 찾기 쉬울지도 모릅니다. 여하튼 제가 찾아보겠습니다."

"고맙네."

에라스도가 나가고 나자 바울은 곧 회의를 했다.

"듣기로 이곳 데살로니가에는 유대인들도 많이 살고 있다는 구먼. 다른 말로 하면 유대인의 회당인 시나고구도 여러 군데 있을 거란 말이지. 역시 우리의 선교 출발지는 시나고구일세. 실라, 디모데 두 사람은 성내를 돌아다니며 어느 곳에 회당이 있는지 알아봐 주게. 난 아고라(시장) 쪽으로 나가볼 테니. 상업과 산업이 발달하여 활기찬 도시니 아마 찾아보면 일자리가 많을 거야."

"일자리라니요?"

"빌립보에서는 하나님이 도와서 루디아 부인 같은 천사를 만나게 해주시어 우리가 마음 놓고 선교할 수 있었지만 이곳은 황무지 아닌가. 스스로 벌어서 일용할 양식을 얻고 전도를 하기루 하세."

저녁에 만나기로 하고 세 사람은 헤어져 나갔다. 저녁이 되자 에라스도까지 모두 돌아왔다.

"야손의 거처를 알아냈는가?"

"천막제품 도산매를 하고 있는 상인 대 여섯 명을 만났는데 야손이란 이름은 알지 못한다고 했습니다. 도시가 커서 다른 지역에도 상점들이 있으니 거기 가서 찾아보라고 하더군요."

"수고했네. 서두르지 말고 천천히 찾아보게. 꼭 만나야만 할 사람은 아니니까. 두 사람은 회당을 찾아보았겠지?"

바울이 실라와 디모데를 바라보았다.

"전 세 군데를 찾았습니다."

실라의 말에 디모데는 자기는 두 군데를 찾았다 했다.

"잘되었군. 이번 안식일부터는 회당을 찾아다니며 전도를 하기루 하세."

"시장 가신 일은 잘 되셨습니까?"

"내일부터 일 나가게 되었어. 마침 천막 수선공장이 있어서 찾아들어 갔더니 기술자가 부족했다며 반겨주더군. 회당 전도는 두 팀으로 나누는 게 좋겠어. 나와 디모데가 한 팀이 되고 실라와 에라스도가 한 팀이 되구?"

"좋습니다."

안식일이 되자 약속대로 두 팀으로 나누어 나갔다. 바울은 디모데와 성내에서도 번화가 뒷골목에 있는 시나고구로 갔다. 제법 큰 회당이었다. 아래층 바닥에 60여 명, 베란다처럼 된 위층에 40여 명의 신도들이 앉아 있었다. 그리고 이층 구석, 커튼이 쳐진 좌석에는 여신도들이 앉아 있는데 모습을 감추고 있었다. 남녀 구별은 관례였다. 바울은 회당장을 찾아가 인사를 했다.

"나는 수리아 안디옥교회에서 온 선교사 바울입니다. 오늘은 이 성스러운 성전에서 하나님의 말씀을 대언(代言)하고 싶습니다. 기회를 주실 수 있을지요?"

"원하신다면 하시오."

회당장은 선선히 승낙했다. 회당 안에서는 누구나 율법에 대한 토론과 자신의 의견을 발표할 수 있게 되어 있었다. 이윽고 회당장이 강대상으로 나가 예배를 인도했다.

"찬송을 부릅시다."

-보라. 하나님은 나의 구원이시라.
내가 의지하고 두려움이 없으리니
주 여호와는 나의 힘이시며 나의 노래시며 나의 구원이시라
여호와께 감사하라. 그 이름을 부르며
온 세계가 알게 하라.
시온의 백성들아 소리 높이 부르라.
이스라엘의 거룩한 이가 너희 중에 크심이니라 하리라.

찬송이 끝나자 회당장은 바울을 소개했다.

"귀한 형제 한 분이 먼 곳으로부터 오셨습니다. 수리아 안디옥에서 오신 바울 선교사를 소개합니다. 좋은 말씀 부탁드려보겠습니다."

바울이 나갔다. 조금 높은 단위에 올라간 그는 방석 위에 앉았다. 유대교 회당은 의자가 없고 모두 바닥에 앉아 예배를 보게 되어 있었다. 의자를 사용하는 사람들은 로마인들이거나 서양인들이었다. 이윽고 바울은 천천히 사방을 둘러보고 입을 열었다.

"바울 선교사입니다. 나는 새로운 천국복음을 전해드리려고 이 성전에 나왔습니다. 내 이름은 사울이며 헬라식으로 불러 바울입니다. 난 길리기아의 다소에서 디아스포라의 경건한 유대인의 아들로 태어났습니다. 아버지는 내가 랍비교육을 받고 존경받는 바리새 율법사가 되기를 원하셨습니다. 그래서 소년시절에 예루살렘으로 유학하여 모든 이들이 존경하는 국사(國師) 가말리엘의 문하에서 교육을 받아 삼십 세에 랍비 안수를 받고 예루살렘 산헤드린의 검찰관보(輔)가 되었습니다."

잠시 말을 중단하고 말머리를 돌리려하자 모인 신도들이 모두 존경의 표정이 되어 바울을 바라보며 조용히 다음 말을 기다렸다.

"여러분은 예수라는 이름을 잘 알 것입니다. 유대 율법과 성경에서는

말세에 메시야가 나타나며 그때 하나님의 최후심판이 일어난다고 가르쳐왔습니다. 따라서 메시야는 중간에 올 수 없었습니다. 그런데 천한 땅이라 멸시를 받아온 나사렛에서 태어난 예수가 바로 자신이 메시야라 참칭하며 혹세무민하다가 십자가형을 받고 죽었습니다. 예수만 죽으면 그 일당은 모두 장마철에 거미 흩어지듯 없어질 것으로 보았는데 없어지기는커녕 지하에서 그 세력을 더 넓히고 엉뚱한 주장을 하기 시작한 것입니다. 예수는 골고다에서 죽임을 당했지만 하나님이 죽은 자 가운데 다시 살려서 3일 만에 부활하고 40일 만에 승천하여 하나님 곁으로 올라간 하나님의 아들이라는 것이었습니다. 그걸 주장한 대표적인 자가 스데반이란 집사였습니다. 그가 체포되어 산헤드린 법정에 섰습니다. 당시 나는 검사로써 그의 죄상을 낱낱이 밝혀냈습니다. 그는 투석형을 받았습니다. 그가 돌에 맞아 죽을 때 나는 집행 증인이 되었습니다. 스데반이 죽고 났는데도 지하세력은 꺾이지 않았습니다. 나는 대제사장의 명을 받아 예수교도 일당을 체포 연행해 오기 위해 다메섹으로 향했습니다."

바울은 다메섹에서 전혀 예상치도 않은 곳에서 살아 있는 예수 그리스도를 만났던 사건들을 감격스럽게 설명하기 시작했다.

"사울아, 사울아, 너는 왜 나를 핍박하느냐며 내 앞에 나타나신 분은 내가 뉘시냐고 물었을 때 살아계신 구주 예수라 하셨습니다. 꿈에서, 환상으로 본 예수님이 아니라 실존의 예수님을 만나 뵌 것입니다. 그 분은 이 세상을 구하실 메시야였습니다. 메시야는 마지막대에 최후심판자로서 오시는 게 아니라 내 곁에 아니 우리 곁에 계셨던 것입니다. 나에게 현신하신 주님은 곧 다시 하늘로 올라 하나님 보좌 곁으로 가셨습니다. 올라가시는 걸 목격한 것입니다. 나는 비로소 수백 년 전부터 초림하실 메시야 예수에 대한 예언이 성경 곳곳에 기록되어 있었다는 사실을 그제야 깨닫고 사실로 믿게 되었습니다. 메시야는 모세의 권능과 다윗의 지혜와

용맹을 지닌 구국의 영웅으로 와서 외세에 시달리는 유대백성을 구원해 주신다고 가르쳐왔지만 그건 그릇된 가르침이었습니다.

그런데 우리는 그걸 모르고 오히려 죄인으로 삼아 그를 비난하고 고난을 주었으며 채찍으로 때렸으며 십자가에 매달았던 것입니다. 그 과정을 이사야께서는 예언했고 그 예언대로 이루어졌습니다. 나는 다메섹 도상에서 살아계신 예수님을 만나고 나서 그 진실을 깨닫게 된 것입니다. 여러분은 예수 그리스도야말로 하나님의 아들이며 죽은 지 3일 만에 다시 살아나시고 40일 후에 승천하신 걸 믿어야 합니다. 그 분은 승천하시면서 자기 대신 성령을 보내어 역사케 하신다 하셨습니다. 이처럼 메시야는 마지막대에 오시는 심판자가 아니라 곧 오실 예수 그리스도가 심판자인 것입니다. 예수를 믿어야하는 이유가 거기 있습니다. 회개하십시오."

바울의 설교가 길게 이어져도 신도들은 감동하여 움직임도 없이 경청했다. 예배가 다 끝났는 데도 일어날 줄을 몰랐다. 디모데가 다가와 소근거렸다.

"선생님 성공인 듯합니다."

바울도 미소를 지으며 고개를 끄덕였다. 신도 백여 명 중에 유대인은 30여 명쯤 되어 보이고 나머지 사람들은 헬라인이 대다수였고 로마인들도 섞여 있었다. 그들은 바울에게 감동을 받았다며 다음 안식일에도 설교하기를 원했다. 다른 곳에 있던 회당으로 가서 복음을 전한 실라도 놀랍다는 표정을 지었다.

"성령의 바람이 데살로니가에 불어온 듯합니다. 특히 지식층 헬라인들이나 상류층 부인들이 많은 관심을 보이고 예수복음을 알고 싶어 했습니다. 빌립보와 대조적입니다."

"주님의 역사가 일어나는 것일세."

그 때 바울의 친척 소재를 탐문하러 나갔던 에라스도가 돌아왔다.

"수고했네. 얼마나 피곤한가?"

"야손이란 분을 찾았습니다."

"찾았다구?"

바울이 흠칫 놀라자 에라스도 뒤에 누군가 들어서는 게 보였다.

"사울형님!"

"오, 이게 누군가? 야손 아닌가?"

두 사람은 감격스러운 듯 포옹을 나누었다, 에라스도는 마침내 찾고 있던 야손을 데리고 돌아 왔던 것이다.

"사울 형님이 이 데살로니가에 계시다는 말을 듣고 정말 놀라지 않을 수 없었습니다. 풍문으로 형님은 수리아 안디옥에 계신 걸로 알고 있었거든요."

"우리가 얼마 만에 만나는 거지? 야손?"

"이십년도 더 된듯 한데요? 형님이 바리새 랍비 안수를 받고 다소 고향집으로 금의환향했을 때 보고 그게 마지막이었으니까요. 전 그때 천막 판매 가게를 차리겠다고 어르신께 말씀드리고 아시아 쪽으로 나왔습니다. 드로아에서 칠팔년쯤 가게를 하다가 마게도냐 쪽이 장사가 잘 된다구해서 이곳까지 온 겁니다."

"그래 사업은 잘 되겠지?"

"굉장히 큰 업체를 가지고 계십니다. 그 업종 사업가 중에서 야손 씨 이름을 모르는 사람이 없었습니다. 그래서 쉽게 찾은 거구요."

야손 대신 에라스도의 말이었다.

"천막 도매업을 크게 하구 있나보구먼."

"예, 그러구 저러구 모두 짐 챙기시지요?"

"왜?"

“제가 모시겠습니다. 저희 집으로 가시지요? 이곳에 계시는 동안은 저희 집에서 편안히 계셔 주십시오.”

바울은 폐가 된다며 사양했지만 야손의 간곡한 권유를 뿌리치지는 못했다.

“그렇게 하세.”

바울은 일행들을 채근하여 야손의 집으로 거처를 옮겼다. 야손은 바울의 집안 친척이었다. 가난한 집안에서 고생하던 야손은 바울의 집 공방에 들어와 천막 짜고 만드는 기술을 익히게 되었다. 손재주도 있고 부지런했으며 성실해서 바울 부친의 신임을 받았다. 바울은 소년시절부터 고향집을 떠나 있었기 때문에 야손과는 아주 친숙한 관계는 아니었다. 야손의 가게는 번화한 거리에 자리 잡고 있었지만 살림집은 데르마이만이 내려다보이는 포구의 뒷산 밑에 있었다. 그 뒷산은 옛날부터 질 좋은 온천수가 솟아나와 마게도냐에서는 유명한 휴양지로 알려져 왔다.

“천막을 제조하거나 재단하는 일들을 하지 않고 완성품만을 판매하고 있기 때문에 공방이 없습니다. 사업장에 직원들만 30여명 있을 뿐이지요.”

야손의 말이었다. 한편 그의 집으로 거처를 옮기고 난 바울은 마게도냐로 건너온 이래 처음으로 평화로운 안정감을 얻었다. 데살로니가의 복음 전도는 대성공이었다. 열 명의 할례자 유대인들이 개종을 했으며 50여명의 헬라인 남녀가 세례를 받고 하나님의 자녀가 되었던 것이다. 데살로니가는 자유시였기 때문에 여러 계층의 사람들이 살고 있었다. 장사하는 상인들이 많았으며 그들 밑에서 일하는 직원들 인부들 그리고 노예생활에서 해방된 속량인(贖良人)들 퇴직한 로마의 군인들과 가족 등등이었다. 그중에도 괄목할만한 변화는 여인들의 참여였다.

전통 유대교는 여인들의 공개적인 예배 참석을 허용하지 않았다. 물론

원천적으로 예배당 출입을 금지시킨 건 아니었다. 예배당인 회당에 올 수는 있어도 그녀들의 출입구는 따로 있었으며 예배가 시작되고 끝날 때까지 두꺼운 천으로 된 커튼을 친 구석자리에서 눈치예배를 보아야 했다. 토론에도 참여할 수 없었다. 그 같은 금기(禁忌)를 바울은 완전히 깨버린 것이다. 여자도 남자와 똑같이 똑같은 자격으로 예배당에 와서 예배를 볼 수 있게 만든 것이다. 비교적 자유롭게 여인들이 회당예배에 남자와 똑같이 참여하기 시작한 것은 예루살렘에 있던 기독교인들의 교회인 리버디노회당이었다. 바울은 신도로 모든 계층의 여인들을 다 받아들였다. 당시 여인들은 사회적인 약자들이었다. 리버디노 회당 교회에서 뽑힌 7집사들이 한 일 중에는 모교회에서 빵을 타다가 과부들에게 나누어 주는 것도 포함되어 있었다. 그 여인들은 대부분 과부들이었다. 바울 역시 과부들의 도움에 특별히 신경 썼다. 그 때문에 빌립보 교회에도 그 숫자가 많았고 데살로니가에도 많이 생겨났다. 빌립보에서는 루디아의 집에 가정교회가 들어섰지만 데살로니가에서는 야손의 집이 가정교회가 되었다.

야손은 할례자 유대인이었지만 자기 사업체 직원들과 함께 바울에게 세례를 받고 기독교로 개종했다. 개척교회는 아연 활기를 띠고 성장했다. 바울은 그곳에서 아리스다고 같은 유대인 동역자를 얻게 되었고 세군도, 그리고 데마 같은 헬라계 일꾼들을 얻게 되었다. 그리고 로마의 퇴역장군들의 부인들로 이루어진 상류층 여인들도 세례 받아 교인이 되었고 든든한 울타리가 되어 주기도 했다. 바울은 신도가 찾아오기를 기다리지 않았다. 그는 안식일마다 야손의 집에서 일찍 예배를 끝내고 유대인 회당으로 가 복음을 전했다. 그 결과가 곧 나타났다. 회당에는 할례를 받지 않은 헬라인들도 신도로 참예하고 있었다. 그들 가운데는 교육수준이 높고 교양 있는 지성인들도 많이 있었는데 바울의 설교를 듣고 개종하여 예수를 영접하였다. 바울은 그에 만족하지 않고 안식일 뿐 아니라 매일 성내의 중심가를 돌며 광장 앞에 나가서 복음을 전했다. 그리고 틈이 나면 생활에 필요한 경비를 벌기 위해 야손 사업장의 직원이었던 에라스도에게 청하여 천막 제조공장에서 일할 수 있도록 알아봐 달라 했다. 물론 야손이나 경건한 헬라인들이나 귀부인들이 재정적인 도움을 준다 했지만 바울은 끝내 정중히 사양했다. 다만 야손집의 가정교회를 위한 감사헌금이나 예루살렘 모교회 구제헌금은 받게 했지만 자신과 일행들의 생활비는 받지 않은 것이다. 마침내 바울은 데살로니가의 어느 천막 제작공장에서 일감을 얻게 되어 스스로 돈을 벌게 되었다. 그러던 어느 날이었다. 안식일이 되어 야손의 집에서 예배를 보려는데 누군가 바울을 찾아왔다는 전갈을 받았다. 바울이 나가보니 정원 안에 들어 온 사람은 남자 하나와 여자 하나였다.

"안녕하십니까? 접니다. 빌립보교회에서 온 에바브로 디도입니다."

"오, 에바브로! 정말 반갑구려. 헌데 당신은?"

바울은 그의 곁에 선 여인을 보자 깜짝 놀라는 표정이 되었다.

"저예요. 보고 싶었어요."

뜻밖에도 에바브로 곁에 선 여인은 바울의 부인인 유오디아였다.

"들어오구려."

바울은 아내의 두 손을 잡고 안으로 안내했다. 아내 유오디아와 헤어진 것은 벌써 20년 전이었다. 다메섹 회심 이후 예루살렘 집으로 돌아온 바울은 하나님의 계시에 따라 평생을 회개하며 새로운 복음을 전파하는데 생명을 바치겠다고 서원하고 아내의 양해를 얻어 먼저 아라비아 페트라로 떠났다. 그 이후 바울은 한 번도 아내를 만나지 않았다. 만나지 않은 게 아니라 만나지 못했다.

"어떻게 지냈소? 날 얼마나 원망했겠소? 미안하오."

"하나님 일을 해야 하고 그러기 위해서는 내 곁을 떠나야만 한다고 했을 때 난 이미 주님의 말씀대로 하라 했잖아요? 난 당신을 원망하지 않았어요."

"고맙소. 유오디아. 내가 여기 있다는 건 어떻게 알았소?"

"예루살렘 집에 그냥 살아왔어요. 당신이 언제 또 돌아올지 몰라서요. 그러다가 몇 년 전에 다소집을 다녀온 적이 있지요. 그때 당신이 수리아 안디옥교회에 계시단 말씀을 들었어요. 예루살렘으로 돌아가는 길에 안디옥에 들렸지요. 당신이 마게도냐에서 전도하고 있다는 소식을 거기서 들었지요. 그래서 빌립보로 건너갔는데 마침 가정교회가 있다는 말을 듣고 찾아간 거구요."

"그럼 지금 빌립보교회에 다닌단 말이군? 그럼 이곳은 당신이 오자고 한 거요?"

"아니에요. 루디아께서 빌립보 교인들이 모은 예루살렘 모교회 구제헌금이라며 에바브로께 전해 달라 했어요. 난 그걸 알고 그냥 따라온 거구요."

바울은 놀랐다. 의외였던 것이다. 빌립보성을 떠날 때도 루디아는 한사코 받지 않으려던 바울에게 여비조로 돈을 내놓았었다. 바울은 선교단 일행들을 모두 불러 모아 회의에 부쳤다.

"난 선교 경비는 자급자족해야한고 여러분에게 가르쳐왔다. 왜 그래야 하는지는 여러분이 잘 알 것이다. 마치 삯을 받고 복음을 전하는 것 같은 오해를 줄 수도 있기 때문이다. 그런데 빌립보교회에서 선교를 위한 성금과 예루살렘 모교회 구제성금을 모금해 보내주었다. 우리가 고생할까봐 그런 것 같은데 어떤가? 정말 고맙지만 내 생각엔 받지 않는 게 좋을 것 같다. 돌려보낼까 하는데 여러분 생각은 어떤가?"

그러자 실라가 한마디 했다.

"아름다운 성금이군요. 우리가 사용하는 게 마음에 걸린다면 그 성금은 예루살렘 구제헌금에 포함했다가 나중에 전해주면 어떨까 합니다."

모두들 실라의 의견에 찬동했다.

"음, 그게 좋겠군."

바울도 그 이상 말하지 않았다. 유오디아는 남편 곁에 더 있고 싶어 했지만 바울이 빌립보로 돌아가기를 바랐다. 마지못해 그녀는 눈물을 흘리며 에바브로 디도와 함께 빌립보로 돌아갔다. 그 뒤에도 에바브로가 한 번 더 성금을 가지고 데살로니가로 왔다.

"지난번 성금은 예루살렘 구제헌금으로 쓰인다는 걸 듣고 고마워했습니다. 그런데 이번에 다시 드리는 성금은 사도님 개인에게 드리는 게 아니라 데살로니가 교회에 전하는 것이니까 꼭 받으시라 당부했습니다. 예배 마치면 성찬도 나누어야 하고 쓰임새가 많을 테니 그냥 받아두셔야 한다 했습니다."

에바브로는 바울이 받지 않고 도로 줄까봐 변변히 인사도 못하고 되짚어 빌립보교회로 떠나버렸다. 나중에 바울이 회고하는 것을 보면 선교헌금은 오직 빌립보 교회에서 보내온 것만 감동으로 받았다고 술회하는 것을 읽을 수 있다. 그만큼 마게도냐 지방의 첫 열매인 빌립보 교회에 대한 애정이 남달랐음을 보여주는 모습이다. 한편 누가는 사도행전에서 바울이 데살로니가에서 머문 기간을 세 번의 안식일 기간이라 했지만 사실은 3개월 이상을 머물며 복음전도 활동을 한 것으로 볼 수 있다. 왜냐하면 에바브로 디도가 빌립보 교회에서 성금을 가지고 두 번이나 데살로니가를 다녀갔기 때문이다. 빌립보에서 데살로니가까지는 도보로 5일 이상 걸리는 거리였으니 한 번 왔다 가는데 10일이 거리는 기간이고 에바브로가 다시 다녀간 것을 감안해도 또다시 10일이 가산되며 두 번째 성금을 모금하는 시간도 당장에는 어려웠을 테니까 넉넉잡아 3개월이 걸렸다 치면 그의 체류기간은 3개월이란 계산이 나오는 것이다. 그런데 누가가 3

번의 안식일로 기록한 것은 3번의 안식일에 바울이 시나고구 회당에 나가 복음을 전했다는 표현으로 봐야 한다.

그러나 3개월 이상 전도사역을 계속할 수 없는 사정이 발생했다. 안식일이 되어 예배를 드리려고 신도들이 야손의 집으로 모여들고 있을 때였다. 신도 중 한사람이 숨이 턱에 닿아 뛰어들었다.

"바울 사도님, 큰일났습니다. 지금 로마 관원들을 앞세우고 몽둥이를 든 자들이 이쪽으로 몰려오고 있습니다."

"몽둥이를 든 자들이라니?"

"불한당들 같습니다."

급보를 전해들은 야손은 바울에게 빨리 피하도록 권했다.

"소문이 사실로 다가온 듯 합니다. 빌립보에서 할례자들이 응징하겠다며 몰려온다는 소문이 있었습니다만 워낙 먼 곳이라 믿지 않았는데 정말로 온 모양입니다."

"아닐 수도 있잖아?"

"불길해서 그럽니다. 집 안에는 아무도 모르는 지하실이 있습니다. 지하실에는 포구 쪽으로 나가는 통로도 있습니다. 일단 지하실로 내려가십시오."

바울과 실라 두 사람만 지하실 쪽문을 열고 밑으로 몸을 숨겼다. 야손의 예상은 적중했다. 세 명의 관원들을 앞세우고 30여 명의 할례자 유대인들과 그들에게 동조하는 열 명의 헬라출신의 건달들이 몽둥이를 들고 나타났던 것이다.

"집 밖을 포위해. 한 놈도 빠져나가지 못하도록 지켜야 한다. 바울이란 자를 끌어내라."

할례자의 대부분은 빌립보 회당에서 온 자들이었다.이윽고 예배에 참석하려던 신도들 하나하나를 끌어내어 검사하며 바울 찾기에 열을 올렸다. 샅샅이 뒤져도 없자 그들은 집주인 야손을 잡아 묶었다.

"도대체 당신들은 누구이고 바울 선생님이 무슨 죄를 지었다고 이러느냐?"

야손이 큰소리로 외쳐 항의했다. 그러자 관원 하나가 나섰다.

"하늘에 태양이 둘 있는 것을 보았느냐? 바울 그자는 로마의 황제를 믿지 말고 유대인 황제인 예수를 믿어야 한다고 가르치고 있다. 이는 가이사 황제에 대한 신성모독이다. 그리고 그자는 예수라는 사기꾼을 앞세워 시민들을 혼란에 빠뜨리고 로마 법질서를 어지럽히고 있다. 따라서 그자는 반란 선동자로 고발이 되어 체포하러 온 것이다."

끝내 수색을 했는데도 바울을 체포할 수 없게 되자 야손을 끌고 치안관청으로 갔다. 야손은 감옥에 갇히게 되었고 심문을 받게 되었다.

"천하를 소란케 한 바울이란 자는 어디로 빼돌렸는지 바른대로 말하라."

관원이 다그쳤다. 심문장 바깥에는 빌립보에서부터 몰려온 격앙된 할례자 유대인들과 그들의 선동으로 덩달아 흥분한 이곳 데살로니가 유대인들이 지켜보고 있었다.

"무슨 말씀을 하시는 겁니까? 바울 사도는 이미 이틀 전에 아덴으로 떠났습니다. 아덴으로 가는 배를 탔으니 지금쯤 도착했을지도 모르겠군요."

"정말인가?"

"이를 잡듯 다 뒤지고 수색했는데도 잡지 못한 거 아닙니까? 날 풀어주시오. 난 바울이 아닙니다."

"당신의 죄도 고발되어 있어. 바울이 퍼뜨리는 사교를 믿고 신자들을 포섭하여 당신 집에서 예배를 드려왔다던데? 당신은 사교자들을 양산하고 방조해 온 중죄를 저지른 거야."

"말씀 삼가십시오. 그렇다면 집정관님 입회하에 공정한 재판을 받아봅시다. 바울사도가 전파한 기독교 복음은 사교의 교리가 아니고 정통 유대교입니다. 잘못된 부분을 개혁하자는 쪽에 불과할 뿐입니다. 유대인 종교는 묵인하면서 왜 바울이 전하는 유대교는 부인하지요? 예수께서는 현세의 제왕이 아닙니다. 현세의 제왕은 로마의 황제 한 분 뿐이지요."

야손의 주장이 강력해지자 관원들이 당황했다. 야손이 덧붙였다.

"난 매일 장사를 하는 사업가입니다. 여기 감옥에 갇혀서 조사만 받을 수는 없습니다. 알아보시면 아시겠지만 난 신분이 확실한 사람입니다. 도주의 우려가 없으니 보석금 받고 날 풀어주시오."

그러자 잠시 기다려보라며 저희들끼리 구수회의를 했다. 실상 유대인들이 고발을 해서 바울을 체포하려 했지만 구체적 범법사실은 찾지 못하고 있었다. 더구나 그가 전한 복음에서도 사회적으로 지탄받을 문제점도 없었다. 게다가 바울이 사라지고 없다면 고발은 결국 없었던 일로 되는 게 뻔했다. 그러자 그들은 보석금이나 받고 풀어주는 게 현명하다는 생각을 하게되어 야손의 제의를 받아 들였다. 결국 야손은 적지 않은 돈을 보석금으로 치르고 석방이 되었다.

"나 때문에 아주 큰 물질적 손해를 보게 되었으니 미안해서 어쩌면 좋은가?"

바울이 미안해했다.

"아닙니다. 전 부자입니다. 그 정도야 사도님의 전도사역에 보탬이 된다면 언제라도 쓸 수 있는 돈입니다. 내일 밤 중에 이곳을 떠나 베뢰아로 피신하시는 게 좋겠습니다."

"알겠네."

바울은 깊은 밤을 이용하여 떠나기로 했다. 야손의 집에는 비밀리에 십여 명의 집사들만 모여 바울의 무사여행과 전도 성공을 비는 기도회를 가졌다. 이윽고 바울 일행은 그들의 전송을 받으며 데살로니가를 빠져나갔다. 일행은 모두 네 명이었다. 바울과 실라 그리고 디모데와 에라스도였다. 에라스도는 빌립보 출신 헬라인이었는데 바울을 모시기 위해 빌립보 교회에서부터 따라온 성도였다.

"에그나티아 고속도로를 타고 걸어야 베뢰아로 갈 수 있다던데?"

달빛이 비치는 거리를 둘러보며 바울이 말하자 실라가 받았다.

"성의 서쪽 문을 통해 나가면 도로를 만난다 했습니다."

"서문이 어디에 있는지 알 수 없잖은가?"

"저기 보이는 탑문이 아우구스도 황제 아치입니다. 횃불에 비쳐서 잘 보이지 않습니까? 서문은 그 옆에 있다 했으니 찾기 쉬울 겁니다. 가시지요."

황제 아치(Arch of Augustus)는 빌립보 전쟁에서 승리한 아우구스투스(옥타비아누스) 황제의 승리를 기념하는 기념물이었고 밤이나 낮이나 횃불이 꺼지지 않고 타오르며 아치를 비추고 있어 어디에서나 잘 보였다.

"거리는 얼마나 된다구 했지?"

"베뢰아까지 50마일(80km, 200리)이라니까 삼사 일 정도 걸어가야 도착할 수 있을 것 같습니다."

베뢰아(Boerea. 現 Veria)는 베르미아산 밑에 펼쳐진 비옥한 평야에 자리 잡고 있는 그리스 북부 마게도냐 지방의 4개 도(道) 중 하나였고 도청 소재지이기도 했다. 도시는 할리약만강과 악시우스강이 만나는 곳에 세워졌고 알렉산더 대왕의 고향인 펠라와는 인접한 땅이기도 했다. 베뢰아는 기원전 168년에 로마의 마게도냐 피드니 침략전 때 가장 먼저 항복했던 도시였기에 전화는 입지 않고 온존(溫存)하게 되었다. 바울 일행은 고속도로를 걸어서 4일 만에 베뢰아성에 도착했다.

"데살로니가와는 아주 다른 인상이군요. 데살로니가가 번화하고 시끄러운 도시인데 반해 이곳은 전원적이고 조용해서 좋습니다."

디모데의 베뢰아평이었다. 일행은 여행자 숙소를 찾아 들어갔다.

"이곳에서 숙식을 하고 전도를 나서기로 한다. 유대인 회당이 몇 개나 되고 어느 쪽에 있는지 찾아보도록 하자."

역시 바울이 전도기지로 삼는 곳은 유대인 회당이었다. 어느 도시든 유대인들은 살고 있고 그들이 있는 곳에는 예배를 위한 회당이 존재한다. 안식일 예배에 참예하면 자연스럽게 전도 활동을 벌일 수 있다.

"빌립보 할례자 유대인들이 이곳까지 쫓아와 훼방을 놓진 않겠지요?"

겁이 나는 표정으로 실라가 말했다.

"그런 핍박과 환난은 늘 있어 왔는데 두려워할 건 뭔가? 담대한 마음을 가지고 나서기루 하세."

"선교 전략을 수정해 보시는 게 좋을 것 같습니다. 할례자들 보다는 헬라계 이방인들이 훨씬 순수하고 물 빨아들이는 솜처럼 주님의 말씀을 받고 감동합니다. 이방인 선교에 더욱 힘을 쓰는 게 좋겠습니다."

"나도 그 생각을 하고 있었네. 이방인들을 위한 노방전도(路傍傳道)에도 전력을 다해보기루하세."

베뢰아에는 전체 2백 가구의 유대인들이 살고 있고 유대인 회당인 시나고구는 열군데 쯤 된다 했다. 바울은 데살로니가에서처럼 실라와 분담해서 회당 강론을 하기로 했다. 베뢰아의 유대인들은 타지의 할례자와는 다르게 처음부터 바울의 새 복음 전파에 항의하거나 배척하지 않았다. 예수는 하나님의 아들이며 모든 인간들의 죄를 대속하기 위해 십자가형을 받아 피 흘리며 죽고 다시 살아나 부활 승천해 하나님 곁으로 돌아갔다는 이른바 십자가 신앙교리를 설파하고 그 모든 것은 이미 성경 속의 선지서에 예언되어 있고 예수는 그 예언을 성취하기 위해 이 땅에 왔다고 선포했다.

할례자들은 바울의 설교에 감복하고 성경 속에서 바울이 말한 예언을 찾으며 진지하게 공부했다. 그들은 마음에 차지 않는다며 성경 공부반을 만들어 안식일 뿐 아니라 매일 모여서 상고(尙古)하며 토론하고 공부했다. 게다가 헬라 본고장인 마게도냐는 주민들 대부분이 헬라인들이고 그 밖에 로마인 그리고 유대인들이 섞여 살고 있어 지식이나 문화적인 수준이 높은 편이었다. 새로운 신도가 된 사람들은 하층민들도 많았지만 중류층 사업가들 혹은 지도층 지식인들도 있어서 신흥 교회의 든든한 울타리가 되어 주기도 했다. 그 중에서도 해운 무역업을 하는 사업가 중에 부로(pyrrhus)라는 헬라인이 있었다. 그의 가족 모두 세례를 받고 기독교도가 되었는데 부로는 바울에게 자기 집에 가정교회를 열었으면 어떻겠느냐고 제의했다. 제법 큰 집이었다. 바울은 고맙게 그 뜻을 받아들였다. 베뢰아 지역의 교회가 세워지게 된 것이다. 부로는 그뿐 아니라 자기 아들인 소시바더(sopater. 혹은 소바더로 부르기도 함)를 아예 바울의 선교사역에 필요한 일꾼으로 키워달라고 맡기기까지 했다. 소시바더는 나중 바울이 3차 전도여행을 마치고 예루살렘으로 돌아갈 때 마게도냐 지역(빌립보, 데살로니가, 베뢰아)에서 모금한 예루살렘 모교회를 위한 구제헌금을 가지고 바울과 동행한 봉헌자 중 하나가 되기도 했다.

베뢰아 선교는 별다른 고난이나 박해를 받지 않고 순탄하게 이루어져 개척한 교회가 부흥해가고 있었다. 훗날 바울이 빌립보서란 편지를 써 보낸 것이나 데살로니가서를 써 보낸 것은 두 교회의 믿음의 뿌리가 흔들리는 위기를 맞았기 때문에 설득과 권면을 위해 써 보냈지만 베뢰아에는 걱정근심의 편지를 써 보내지 않았는데 그건 베뢰아 교회는 처음부터 신도들이 성경적인 진지한 믿음을 가지고 새 복음을 받아들였기 때문에 전혀 문제가 없었던 것으로 보인다. 바울은 베뢰아에서 3개월간 체류하며 복음을 전했는데 그 평화로움이 깨지게 되는 사건이 발생했다. 유대인 회당에 멀리 빌립보와 데살로니가에서 몰려온 할례자 유대인 20여 명이 바울을 잡아 고발하고 그를 처형되게 만들어야 한다고 열을 올렸던 것이다.

“어째서 베뢰아성에 있는 할례자 형제 여러분은 바울 같은 이단자를 가만 두었습니까? 그 자는 전통 유대교를 근본에서부터 부정하고 있습니다. 하나님과의 약속의 징표인 할례를 부정하고 율법도 필요없다 하고 있습니다. 그러면서 사기꾼 예수가 하나님의 아들이라고 속이며 그자가 죽었다가 살아나 부활했다며 헛소리를 하며 바르게 믿고 있는 우리 형제들을 모욕하고 있습니다. 오죽하면 빌립보에서, 데살로니가에서까지 왔겠습니까? 여러분들도 동참하여 그 자를 잡아 족치러 갑시다!”

그 소식은 다행히 한발 빠르게 아리스다고가 알게 되었다. 그 회당 주변에 있던 천막가게에 심부름을 갔다가 목격했던 것이다. 그는 한달음으로 뛰어와 바울 일행에게 위험을 알렸다. 마침 예배를 위해 집사들이 모여 회의를 하고 있다가 그 소식을 듣자 집주인 부로가 서둘렀다.

“그자들이 덮쳐 오면 육로로 아덴을 향해 이미 떠났다 할 터이니 사도님은 부두로 빨리 나가십시오. 선착장에 몸을 숨기고 계시다가 아덴행 배를 타시면 될 겁니다.”

그의 말대로 따르기로 했다. 바울은 디모데를 베뢰아에 남겨두고 실라와 에라스도만 데리고 떠나겠다 했다.

“디모데 선생도 위험할 텐데요? 함께 떠나십시오.”

부로가 걱정스럽게 말했다. 바울이 손을 저였다.

“디모데!”

“예.”

“빌립보 교회, 데살로니가 교회. 그리고 이곳 베뢰아교회 그 세 교회를 어떻게 개척했느냐? 지금 디모데는 데살로니가로 몸을 피하고 잠잠해지기를 기다려 개척한 교회들이 뿌리를 내릴 수 있도록 계속 양육해줘야 한다. 실라와 에라스도와 난 배를 타고 아덴으로 떠날 테니. 내가 나중에 부르면 그때 합류해도 늦지 않아.”

"그러겠습니다. 서두르시지요."

디모데도 짐을 꾸려 데살로니가로 가기 위해 먼저 빠져나갔다. 바울 역시 디모데와 헤어져 미로 같은 골목길로 들어가 부두로 향했다. AD 49년 8월 말경이었다.

12
헬라의 니느웨(Nineveh), 고린도(Corlnth)와 명판관 갈리오

바울은 실라와 에라스도만을 데리고 베뢰아의 디움(Dium) 항구에서 아테네(Athene)로 가는 상선을 얻어 타고 떠나게 되었다. 고속도로를 따라 걸어서 아테네까지 갈 수 있었지만 베뢰아까지 좇아온 추격대가 따라올 수도 있을 것 같아 바다 길을 택한 것이다. 배는 디움 앞의 유베아섬을 지나 이틀 만에 그리스 아티카 남단의 케이프 수니온(Cape Sounion)을 돌아 에기나섬과 살라미섬을 바라보는 아테네의 외항인 피레우스(Piraeus)항구에 도착했다.

"보입니다."

갑판으로 나가자 에라스도가 환성을 올렸다.

"뭐가 보인다는 게야?"

"저기 멀리 보이는 시가지 한복판 높은 언덕에 세워진 건물 말입니다. 저게 아덴이 자랑하는 파르테논 신전 아닌가요?"

"음, 아름답구나."

일행은 10킬로미터 쯤 걸어서 아테네 시가지로 들어왔다.

"하얀 대리석으로 서있는 건 신전이고 탁자처럼 생긴 것들은 모두 제단이요 사당이며 신상들이군요. 주택수보다 많은 것 같습니다."

"원래부터 아테네는 신들의 종합 거주 지역으로 널리 알려진 곳이다. 헬라 속담에도 있다. 아테네에는 사람 수보다 신들의 수가 더 많다."

"정말 그런 것 같습니다."

두 사람은 여행자 숙소를 찾아 들었다. 제우스 신전이 가까이 있는 곳이었다. 바울은 앞으로의 전도 계획에 대한 의견을 나누었다.

"에라스도는 헬라출신이니 아덴에 대해서 잘 알고 있겠지? 듣고 싶은데? 이곳에선 어디서부터 어떤 방법으로 전도를 시작하는 게 좋을까?"

"잘 아는 건 아닙니다. 사장님 심부름으로 몇 번 오긴 했지만 잘은 모릅니다. 인종들의 구성을 보니까 거의 90%가 헬라인들이고 나머지는 로마인 그리고 지중해 연안의 여러 인종들이 섞여 살고 있었습니다. 그 가운데 유대인들은 아주 적은 숫자라 들었습니다. 장사하는 사람들이 대부분인데 유대인들은 오히려 아덴 남쪽 끝에 있는 고린도에 많이 살고 있답니다."

"이곳에 회당은 많지 않겠군?"

"서너 곳 정도 되리라 봅니다. 여긴 회당보다는 시가지 광장에서 전도집회를 여는 게 훨씬 효과적일 것으로 보입니다만."

"광장 집회? 음, 그게 좋겠군."

아테네는 일찍이 개명하여 에게해에 철학과 학문 그리고 문화 예술과 체육을 통하여 그리스문화의 꽃을 피운 최고의 도시국가였다. 아덴은 기원 전 478년부터 향후 50년간 최초로 시민들이 주인 되는 민의(民意)주의를 내세우고 수준 높은 학문과 소크라테스 플라톤 아리스토텔레스 제논 등 걸출한 철학자들을 배출하여 아덴철학을 집대성하였으며, 유려한 헬라어(Artica)를 구사하여 문학 연극 등의 작품을 남겼다. 또한 이오니아, 고린도식이라는 독특한 건축양식을 만들어 수많은 신전을 건축하고 조각물을 만들어 눈부신 헬라문화를 만개시킨 도시국가였고, 강국이었던 페르시아와 싸워서도 승리할 만큼 국력이 강했었다. 그러나 지금은 옛날의 영광이 완전히 퇴색되어 있었다. 주변국과의 전쟁에서 계속 패했기 때문이었다. 그러던 중 아테네에 맞서 그리스 남부지방에서 일어난 스파르타가 강성해지며 아덴에 선전포고를 했다. 이른바 펠로폰네소스 전쟁(BC 431)이 일어난 것이다. 그 싸움에서 아덴은 스파르타에 패하고 쇠퇴기에 접어들었고. 엎친 데 덮친 건 다음엔 북쪽에서 일어난 마게도냐의 알렉산더 대왕에게 패하여 헬라의 영광이 사그라지고 말았다. 그렇더라도 수준 높은 아덴의 예술과 학문 등은 아직도 세계 최고로 인정받고 있다고 봐야했다.

"광장에서 전도 하는 게 좋다는 이유가 뭐라 생각하나?"

"항상 시민들이 많이 모이는 곳이 광장이고 거기가면 정치 체육 철학 이야기 무슨 예술 이야기 등등으로 사람들이 서로 토론하기를 즐겨하기 때문이죠. 그런 곳에는 어디든지 스페르몰로고스(Spermologos)란 사람들이 있습니다. 말쟁이(seed picker)라고 할까요?"

"말쟁이라니? 말 만들어내는 사람을 말하는 건가?"

"그게 아니구 말을 재미있게 아주 잘하는 사람들을 말함이지요. 말쟁이들은 별별 사람들로부터 별 걸 다 얻어 듣기 때문에 모르는 게 없습니다. 광장 토론은 그 말쟁이가 이끌어간다고 보아야지요."

바울은 무슨 생각을 하는지 혼자서 고개만 끄덕거리고 있었다.

"선생님, 무슨 생각을 하고 계십니까?"

실라가 묻자 바울은 빙그레 웃었다.

"얘기를 들어보니 거리를 돌아다니는 말쟁이까지 유식하다는데 하물며 아덴시민들의 지적 수준은 얼마나 높을까 만나보지 않아도 알만해서 그러네. 하지만 너무 염려할 필요는 없겠지. 성령께서 이끄는 대로 나가면 될 테니까."

일단 광장 전도를 나가기로 했다. 아덴의 큰 시장 앞은 사람들로 북적이고 가게마다 진귀한 상품을 진열하고 손님을 부르고 있었다. 바울은 시장 가까운 곳에 있던 광장 근처로 갔다. 거기에도 시민들이 돌층계 앞에 앉아 휴식을 취하거나 몇 사람씩 모여 이야기를 나누고 있었다. 잠시 주변을 살피던 바울은 사람들 사이로 들어갔다. 그런 다음 약간 높은 돌층계 위로 올라가 외쳤다.

"여러분은 믿으시는 종교가 있습니까?"

"종교? 그런 건 갑자기 왜 물으시나?"

누군가 나서며 대꾸했다.

"구원의 새 복음을 전해드리기 위해 왔습니다. 처음 들으시는 하나님의 말씀일 것입니다."

"하나님의 말씀이라니? 그런 것도 있소? 어디서 누가 들려준다는 거요?"

"하나님의 선교사인 제가 들려줄 겁니다. 자, 다 함께 모여 들어보시지요."

하나님 말씀이 전해진다는 말에 모든 사람들이 갑자기 호기심을 보이며 바울 주위에 모여 들었다.

"당신은 누구시오?"

사람들 앞에서 조금 전까지 한참 뭐라고 떠들고 있던 사나이가 물었다. 그는 이 광장의 이른바 말쟁이처럼 보였다.

"나는 수리아 안디옥에서 온 하나님의 사자인 선교사 바울입니다. 하나님의 독생자인 예수 그리스도의 복음을 만천하에 알리기 위해 왔습니다."

"하나님은 뭐이고 예수는 또 누구요?"

바울은 여호와 하나님이 누구인가 밝히고 이 땅에 예수 그리스도가 왜 왔으며 왜 아무런 죄도 없이 십자가에 못 박혀 죽었으며 3일 만에 죽은 자 가운데 다시 살아나 40일 동안 제자들과 생활하고 승천하여 하나님 곁으로 돌아가게 되었는지 그 십자가 사상과 부활의 교리를 전파하고 누구든지 지금 회개하고 예수를 믿으면 다 천국에 들어가 영생 복락을 누릴 수 있다고 설파했다.

많은 시민들이 관심을 보였다. 이튿날도 바울은 같은 장소에 가서 전도 집회를 열었다. 소문이 나서인지 첫날 보다 배 이상의 시민들이 모여들어 경청했다. 바울의 열정에 찬 강론이 끝나자 말쟁이가 다른 한 사내를 데리고 다가왔다.

"이 분은 알레오바고(Areios Pagos) 관원인 디오누시오(Dionysis)란 분이오."

말쟁이가 사십 여세 된 사나이 하나를 바울에게 소개했다.

"전 그리스도교 선교사인 바울입니다."

그러자 말쟁이가 다시 끼어들었다.

"광장에 나와서 시민들에게 전하는 말씀들이 이상한 도(道)에 관한 것 같아 이 분에게 내가 전했지요. 한 번 와서 들어보라구 말이오."

"그러셨군요."

그러자 관원이 바울에게 말했다.

"잘 들었습니다. 새로운 도 같습니다?"

"예."

"외지에서 오셔서 잘 모르실 것 같아 말씀드리겠습니다. 이곳 아테네는 자유십니다. 시민들은 여러 신을 숭배하기도 하고 광장이나 거리에서는 철인(哲人)들이 나와 자신의 학설을 전하기도 하고 시민들과 활발한 토론도 벌이곤 합니다. 전통입니다. 백여 년 전엔 소크라테스라는 철인이 있었고 그분의 제자 가운데는 플라톤이라는 대석학도 있었고 그분 제자 중에는 아리스토텔레스도 있었습니다. 제가 드리고자하는 말씀의 골자는 광장이나 거리 연설은 아무나 할 수 없다는 것입니다. 정치나 일상사에 대한 토론은 누구나 할 수 있지만 선생처럼 새로운 도에 관한 것은 알레오바고 법정의 심사를 받고 전도해도 좋다는 허락을 받아야 한다는 것입니다."

"그건 몰랐군요. 그럼 알레오바고라는 법정에 출두해서 심사를 받아야 하나요?"

"그렇게 까다로운 건 아닙니다. 알레오바고라는 장소에서는 주민 재판도 열리기도 하지만 권위 있는 강연도 하는 곳입니다. 강사의 강연이 있으면 시민들이 모여들어 경청하곤 하지요. 선생도 그 자리에 세워드릴 터이니 오늘처럼 강론을 하십시오. 원로 심사원도 몇 명이 들을 테고 시민들도 듣고 평가를 할 것입니다. 좋은 평가가 나오면 아마 전도를 허용할 것입니다."

"고맙습니다."

바울은 그 관원에게 고개 숙여 고마워했다.

"삼일 후 오전에 알레오바고로 오십시오."

"그러겠습니다."

숙소에 돌아 온 바울은 오랫동안 혼자서 기도했다. 실라가 걱정스러웠던지 바울에게 말했다.

"이곳 시민들은 배운 것도 많고 들은 것도 많아서 스스로 수준이 높다고 자랑합니다. 강론에 특별히 신경을 쓰셨으면 합니다."

"걱정하시지 말게. 성령에 따르면 되네."

바울은 자신감을 보였다. 그로부터 사흘이 지난 다음 바울은 알레오바고로 향했다. 아테네는 성 한복판에 높지도 낮지도 않은 올리브나무 숲으로 덮여 있는 돌산이 솟아 있다. 아크로폴리스(Acropolis)라 불리며 아테네 어디서든 바라보인다. 그 아크로폴리스 정상에는 파르테논(PARTHENON) 신전이 아름답고 웅장한 모습을 자랑하고 있다. 그리고 그 오른쪽 밑에는 에레크레이온 신전이 있으며 그 밑쪽에는 승리의 여신 아데나 니케신전이 자리 잡고 있는 것이 보인다. 기원전 447년부터 15년에 걸쳐 건축 완공했던 파르테논 신전은 페르시아 군대에 의해 소실되고 파괴되었다가 기원전 406년에 다시 재건되었다. 아크로폴리스 언덕 아래쪽에는 각종 상품을 파는 커다란 시장(Agora)이 펼쳐져 있다. 알레오바고는 밑에 있는 시장에서 파르테논 신전 쪽으로 올라가는 중간지점에 위치하고 있었다. 열서너 명이 앉으면 될 만한 너른 바위가 있어 그곳에 재판관이 앉아 재판을 진행할 수도 있게 되어 있었고 강연하는 연사의 연단으로도 사용되고 있었다. 그 너른 바위 밑으로는 돌층계가 내려와 있고 층계 밑은 공터 광장이었다. 시민들은 그곳에 서서 연설을 듣거나 재판을 방청할 수 있게 되어 있었다.

"어서 오십시오. 잠시만 기다려 주시오. 지금 연설하는 사람이 끝나면 그 다음 순서를 드리도록 하겠습니다."

디오누시오라는 관원이 바울을 맞았다. 광장에는 백여 명의 시민들이 서서 연설을 듣고 있었다. 군중들의 반응은 적극적이었다. 이윽고 연설이 끝났다. 바울이 소개되었다. 예의 그 관원이었다.

"다음 연설자는 수리아 안디옥에서 온 선교사입니다. 이 분은 지금까지와는 아주 다른 새로운 도를 전파하고 있습니다. 본인이 이 자리에서 우리 아덴시민들에게 전해보고 싶다 해서 모신 것입니다. 들으시겠습니까?"

"좋습니다. 들어봅시다."

군중 가운데 누군가 외쳤다. 바울은 이윽고 알레오바고 연단에 올라섰다.

"여러분 안녕하십니까? 소개 받은 것처럼 저는 멀리 수리아 안디옥에서 새로운 천국복음을 들고 온 선교사 바울입니다. 동물과 인간이 가장 다른 점이 한 가지 있다고 합니다. 인간은 자신의 죽음에 대한 공포가 있는데 동물은 그 공포를 느끼지 못하고 죽는다 합니다. 약육강식(弱肉强食)의 세계이기 때문에 강한 자를 만나면 싸우다 죽는 것으로 끝이기 때문입니다. 하지만 인간은 죽음 그리고 사후세계에 대한 공포가 있습니다. 그 같은 죽음에 대한 공포와 고해(苦海)와 같은 삶에 대한 성찰 때문에 종교가 있습니다. 또 종교는 유일신을 믿는 사람들과 다신(多神)을 믿는 사람들과 신비의 힘을 가진 우상을 섬기는 여러 미신(迷信)을 믿는 사람들도 있습니다. 이곳 아덴사람들은 온갖 신을 다 섬기고 있다는 걸 알게 되었습니다. 그것들을 섬기기 위해서는 제단이 필요하고 제사가 필요하겠지요. 헬라 속담에 아덴에는 사람의 수보다 신의 수가 더 많다 하고 있습니다. 그래도 챙기지 못해 빠지는 신들이 있는지 제가 발레렌(Phaleren)이란 곳에서 아덴으로 들어오는 입구에서는 이런 제단이 있는 걸 보았습니다. 머릿돌에는 이렇게 씌어있었습니다.

아시아와 유럽과 리비아의 제신에게. 그리고 알지 못하는 기타 여러 잡신들에게(To the gods of Asia and Europe and Lydia, to the unknown and strange gods)

잡신들 중에 빠진 신이 있을지 몰라 그 신까지 기념하여 제사를 지내고 있다는 뜻이겠지요. 그 모든 신들을 거느리고 있는 주신을 헬라에서는 제우스라 하며 로마에서는 주피터라 합니다. 우주의 질서와 인간의 모든 생사화복은 그 많은 모든 신들이 일일이 주관하고 있다고 생각들 하십니다. 그래서 신전을 짓고 제단을 만들고 온갖 방법으로 제사를 지내며 복을 빕니다. 그리하면 다 이루어진다고 합니다.

사람들은 일찍부터 우주와 이 세상을 지배하는 절대적이고 신비하며 인간으로써는 이해가 안가는 불가사의한 어떤 힘과 섭리가 있다고 말해 왔습니다. 그 신비한 힘과 섭리의 힘을 가진 정체가 무엇일까요? 수많은 동서의 석학들은 그 정체를 풀어내고자 모든 철리(哲理)를 다 동원하여 연구하고 규명하려 했지만 하지 못하고 있습니다. 왜 그럴까요? 그 신비한 힘으로 세상과 우주를 운행하고 있는 섭리자(攝理者)는 따로 있기 때문입니다. 그 섭리자는 인간이 철학적 이치로 연구하고 풀어낸다고 규명될 분이 아닙니다. 그 섭리자는 창세전부터 스스로 자존(自存)하신 빛이요 진리이신 창조주 하나님이시기 때문입니다.

이 분이 바로 제가 전하고자 하는 유일신 여호와이십니다. 여호와께서는 이 세상과 인간을 창조하시고 에덴동산에 살게 하셨습니다. 그곳은 영생불사하며 영원히 살 수 있는 낙원이었지만 최초의 인간 부부가 뱀의 꼬임에 넘어가 먹지 말라는 선악과를 따먹고 하나님의 징벌을 받아 낙원에서 쫓겨났습니다. 하지만 사랑이 많으신 하나님은 인간들을 불쌍히 여겨 그 죄를 사해주고 다시 지상에 에덴 같은 낙원나라를 건설해주려 했지만 인간들은 모이면 하나님을 거역하고 벌을 받으면 회개하다가 다시 또 거역하여 죄의 악순환 고리를 끊지 못하고 죄 속에서 허우적거렸습니다. 마침내 하나님은 단안을 내리셨습니다. 자신의 아들을 세상에 보내시어 피 흘리고 죽게 하심으로 인간들의 죄를 영원히 씻어주게 하신 것입니다."

거기까지 설파하고 잠시 숨을 돌렸다. 처음에는 웅성거리며 장내가 소란스러웠지만 바울의 설교가 진행됨에 따라 감동이 오는지 조용해지기 시작하며 귀를 세웠다. 진지한 표정이었다. 그때 누군가 큰소리로 외쳐 물었다.

"당신이 전하는 그 새로운 복음의 도는 신선하고 설득력이 있습니다. 다음 말이 기대되는군요. 인간들의 죄를 대신 혼자 다 사해주기 위해 당신의 그 하나님은 자기 아들을 보냈단 말이군요? 그 아들 이름은 뭐요?"

"나사렛 예수입니다. 그분이 인간으로 성육신(成肉身)되어 이 땅에 오시어 우리들의 모든 죄를 대속하시고 십자가에서 피 흘리고 돌아가셨습니다. 하지만 이 분은 죽은 지 사흘 만에 다시 살아나셨고 부활하셔서 40일 동안 제자들과 생활하시다가 하나님 우편으로 올리워 가셨습니다."

"우우우,"

어디선가 비아냥거리는 소리가 물결처럼 일어나 번져갔다. 실망스럽다는 반응이었다.

"그건 사실입니다. 죄가 없는데도 십자가상에서 처형되어 장사까지 지냈지만 사흘 만에 다시 살아난 겁니다. 하나님이 살리신 겁니다. 그 현장을 목격한 증인들이 있습니다. 게다가 그분은 제자들과 40일 동안이나 생전처럼 함께 사시다가 예루살렘 감람산에서 500여명이 지켜보는 가운데 하늘로 승천하신 것입니다. 그 500명 가운데는 지금도 생존해 있는 사람들이 많습니다."

"말 같은 소릴 하시오! 죽었는데 그것도 3일 만에 살아났다? 그걸 믿어라?"

그만 집어치우라고 소리치는 사람도 생겨났다. 하지만 바울은 조금도 당황하지 않고 목소리를 높였다.

"여러분! 전지전능하신 하나님과 예수님을 믿으면 우리도 예수님과 함께 죽고 다시 살아나고 부활하여 구원 받아 영생을 누리며 살 수 있습니다. 예수님은 바로 우리들에게 그 구원의 길을 열어주신 것입니다. 여러분의 모든 잡신들은 그저 제물만 바치고 제사만 드리면 끝입니다. 여러분은 그런 신들을 정성으로 모시고 사랑합니다. 하지만 그리스도인들은 하나님과 예수님을 사랑하지 않습니다. 사랑은 바로 그 하나님이 조건 없이 언제나 우리에게 폭포수처럼 내려주시기 때문입니다."

바울의 설교가 끝났다. 시민들은 불만스럽게 뭐라 떠들면서 흩어져 알레오바고 언덕을 내려갔다. 언뜻 언뜻 들리는 소리는 허황된 신비종교의 일파라느니 사실성이 전혀 없는 무교(巫敎)의 일종이라느니 하는 말이었다. 숙소로 돌아오자 실라와 에라스도가 바울을 위로했다.

"아는 게 힘이란 말이 있습니다만 뒤집어보면 힘이 아니라 난체하는 병 같습니다. 그런 사람들이 어떻게 단번에 믿으려 하겠습니까?"

"학문이거나 지식이거나 이성(理性)으로 따지고 결론을 내기 좋아하는 사람들이 아덴 사람들이라고 알고는 있었지만 아크로폴리스 같은 바윗덩이들이었네. 복음 들어갈 빈틈이 안보였어. 내가 전하는 부활의 복음은 한마디로 비이성적인 무속(巫俗)신앙에 불과하다고 폄하해 버린 걸세. 그게 실패 이유야."

"하지만 단단한 바위도 물방울이 떨어져 내리면 언젠가는 구멍이 나는 법. 너무 실망하지 마십시요."

저녁식사를 하고 바울은 휴식을 취했다. 그러자 숙소 밖에 나갔던 에라스도가 들어와 바울에게 전했다.

"선생님을 찾는 손님이 오셨는데요?"

"손님? 모시게."

중년의 남녀 한 쌍을 방안으로 안내했다. 남자를 본 바울이 약간 놀라는 얼굴로 물었다.

"알레오바고 관원 아니시오?"

"그렇습니다. 나는 디오누시오이고 이쪽은 제 처인 다마리라 합니다."

"어서 앉으십시오. 찾아주시어 반갑습니다."

"저는 선생님의 전도말씀을 세 번 들었습니다. 들을 때마다 은혜롭고 신비한 감동이 왔습니다. 하나님과 예수님을 만나고 싶어 왔습니다. 신도가 되려면 어떻게 해야 할지 알 수 없어 찾아왔습니다."

바울은 몹시 기뻐하며 부부에게 세례를 베풀었다. 그러자 알레오바고 관원 디누오시오는 바울을 자기 집으로 초대하고 싶어 했다.

"가족들이 있습니다. 저희 가족들에게도 세례를 주십시오."

바울은 그의 청을 받아들여 그의 집으로 가서 가족들에게 세례를 베풀고 설교했다. 비록 알레오바고 설교는 실패로 돌아갔지만 관원 부부를 새 신자로 얻게 된 것은 큰 수확이 아닐 수 없었다. 디누오시오 집은 빌립보의 루디아 부인집이나 데살로니가 야손의 집처럼 가정교회로 거듭나게 되어 친척들과 친지들까지도 전도가 되어 예수를 믿게 되는 은혜를 받게 되었다.

아덴에 온지 두 달쯤 지났을 때 바울은 짐을 쌌다.

"선생님, 어디로 가시려고 그러십니까?"

실라가 묻자 바울은 밤새워 기도를 했을 때 이제 펠로폰네소스(그리스의 남단) 반도 끝에 있는 고린도(Corinth)로 가서 복음을 전하라는 주님의 계시를 받았다 했다.

"주님께선 고린도로 가라 하셨네. 옛날 하나님은 요나에게 명하셨지. 너는 악독이 가득한 도시 니느웨로 가서 회개하지 않으면 멸망할 것이라 전하라 하셨지. 동에서 서쪽 끝까지 가려면 삼일이 걸려야 도달할 수 있을 만큼 크고 사치와 향락과 불법이 판을 치고 있던 소돔 같은 도시가 앗수르의 수도였던 니느웨였지. 바로 고린도가 니느웨 같은 도시이니 가서 나의 복음으로 그들을 구하라 하신 것일세. 떠나세."

"선생님, 육로로 가시는 것보다 아덴의 외항인 피레우스로 나가서 배편을 이용하여 고린도로 가시는 게 좋겠습니다."

떠나기로 했다는 말을 듣자 알레오바고 관원 디오누시오가 몹시 섭섭해 하며 알려 주었다.

이윽고 바울은 다시 기회가 닿으면 아덴을 방문하겠다며 실라와 에라스도와 함께 아테네의 외항인 피레우스로 향했다. AD 49년 9월 하순경 이었다.

고린도는 그리스의 펠로폰네소스(Peloponessus) 반도의 남쪽 병목 같은 위치에 발전한 국제적인 도시였다. 그리스에서는 가장 중요한 항구이며 가장 부유한 도시였고 60만의 인구를 가진 헬라 최대의 도시였다. 그뿐 아니라 예로부터 군사 요새이기도 했다. 지중해 복판에 내밀고 있는 남부 지방이었고 시내 끝에는 해발 571m의 돌산이 아프로디테 신전을 머리에 이고 우뚝 솟아 아크로고린도(Acrocorinth)라 불리고 있었고 고린도시는 그 산 밑에 펼쳐져 있었다. 높은 아크로고린도 산 위에서 내려다보면 고린도시는 동쪽에 겐그레아(Cenchrae)항구가 딸려 있고 서쪽에는 레기온 (Lecheion)항구가 딸려 있다. 겐그레아 항구가 있는 동쪽은 에게 바다였고 북쪽으로는 사로니아 해협을 지나 터키 이스탄불과 흑해로 통하고 동쪽으로는 터키 남부해안과 시리아 이스라엘 이집트 그리고 아프리카 리비아까지 이르는 해로가 연결되고, 서쪽의 레기온 항구는 아드리아해와 연결되어 있어 이탈리아 그리고 스페인에 이르는 해로가 연결되어 고린도는 그 한복판에 위치하여 지중해의 상권을 쥐고 있었다. 고린도시는 남쪽의 스파르타와 함께 섬 같은 육지에 속해 있다. 고린도 북쪽은 델포이시와 아테네가 속해 있는 아가야도인데 고린도가 섬처럼 보인다는 것은 20미터가 채 되지 않는 바닷길이 양쪽 땅을 가르고 있었기 때문인데 섬이 안 된 이유는 고린도지역의 폭 6미터밖에 안되는 지협(地峽)이 끈처럼 연결되어 있기 때문이었다. 항해하는 많은 상선들, 그중에서도 그리스 북쪽 마게도냐 바다 쪽에서 내려오는 배가 이탈리아 로마로 가려면 반도의 끝에 매달린 스파르타(Sparta)의 말레아(Cape Malea)곶을 돌아가야 했는데 그 곳은 항상 물살이 빠르고 소용돌이를 쳐서 아프리카의 케이프 혼과 함께 가장 위험한 해협이었다.

게다가 말레아 곶을 돌면 항해시간이 엄청나게 길어진다. 그 때문에 생긴 것이 고린도 육지도선(陸地渡船)이었다. 지금은 그리스 본토와 스파르타, 고린도와 연결된 이스무스 지협을 파 고린도운하(1893년 완공 개통)를 만들어 모든 문제를 해결했지만, 성서시대에는 배를 양쪽 바다를 가르는 폭 6미터 가량의 지협을 밀어서 넘겨야 했다. 선박은 많은 인부들의 힘으로 낮은 평판수레에 올려져 이동용 도로(Diolkos)를 타고 건너편 바다로 옮겨졌다. 부근에는 바다의 신 포세이돈의 신전이 있고 배를 끌어 넘기는 도선공 수백 명이 들끓었다. 고린도시는 그리스의 전함을 건조한 해군기지였으며 가장 강력한 바다의 신 포세이돈을 신전에 모시고 바다의 신과 소년의 신인 팔라이몬을 기념하는 헬라의 전국체전(Isthmian Games)을 올림픽 중간해인 매 2년마다 열어 도시의 위상을 드높였다. 원형 야외극장(Theatron)은 3만석이었으며 음악당(Odeion)은 1천8백 석이나 되며 아크로 고린도 산 정상에 있는 아프로디테 신전에는 상주하는 신녀(神女)만 천여 명이 있을 만큼 거대했다. 그처럼 도시국가로 번창하던 고린도는 기원전 146년 로마제국에 저항하다가 함락당한 후 완전히 폐허가 되었으나 기원전 44년, 줄리어스 시저가 도시를 재건하고 아가이야도(Achaia道)의 수도로 만들어 해운, 산업, 상업의 중심지로 옛 영화를 되찾게 되었다.

해상교역의 중심지가 되었기 때문에 고린도는 다인종 도시가 되었다. 물론 주민의 대다수는 헬라인들이었지만 로마인들뿐 아니라 세계 각지, 이집트에서 소아시아, 터키, 베니게인, 유대인, 페르샤인, 아프리카인, 구브로인 등 여러 인종이 모여들어 살고 있었다. 그 가운데는 지위가 높은 관리들이나 부자들 귀족, 퇴역군인들도 많았지만 밑바닥 계층의 가난한 자들이나 뱃사람들, 노동자들, 과부들, 노예들, 노예신분을 면한 속량인 등이 모여 살았다. 거기다가 유동인구도 많았다. 항해하는 선원들이거나 아니면 관리, 체육인, 군인, 순례자들이 끊임없이 가고 왔다. 바울은 번화한 시장(Agora) 주변에 있던 여행자 숙소에 짐을 풀었다. 그리고 근처에 있던 유대교 회당을 찾아가 안식일 예배를 드렸다. 예배 말미에 시간을 얻은 바울은 성령을 받아 점점 감동적인 설교를 이어갔다. 30여 명의 신도들은 조용히 경청했다.

"율법은 하나님이 모세에게 직접 준 게 아니라 천사가 준 것입니다. 그렇다고 율법의 권위나 정통성을 따지자는 게 아닙니다. 율법은 지키기 위해 있습니다. 평생 지킬 수 없다는데 문제가 있습니다. 저는 히브리인 중에 히브리인이고 가말리엘 선생 밑에서 교육을 받은 바리새 랍비 중 하나였습니다. 저 역시 율법을 가르치며 온전히 지키며 살고 싶었지만 그 율법은 내가 모르고 있던 나의 숨은 죄만 고발하는 재갈이었고 멍에였습니다. 여호와 하나님은 다른 사람에게 가르치는 게 아니고 계율을 만들어 따지고 지켜야하는 분이 아니었습니다. 진정으로 모시고 그분의 위대한 능력을 믿기만 하면 되는 것입니다. 다른 종교는 따지는 신앙이지만 우리 하나님은 따지는 게 아니고 믿는 것입니다. 그것이 새복음이고 예수그리스도의 복음입니다. 하나님은 우리들의 죄를 한꺼번에 사해주시고 구원해주시기 위해 독생자이신 예수를 성육신시켜 이 땅에 메시야로 보내셨습니다."

바울은 예수 그리스도의 십자가 구속사(救贖史)와 부활 구원의 복음에 대해 열정적으로 전했다. 모든 신도들은 감명을 받은 표정이었다. 회당장 그리스보는 바울에게 다시 한 번 와서 예수복음을 전해달라고 부탁할 정도였다.

"고린도는 느낌이 좋은 곳입니다. 시간을 두고 전도활동을 할 만한 곳 같습니다."

실라의 말에 바울은 고개를 끄덕였다.

"동감이야. 문제는 우리들의 생계일세. 좀 길게 체류하려면 벌이가 있어야 할 게 아닌가?"

"시장에 나가서 막일이라도 하여 벌겠습니다."

에라스도의 말에 바울이 웃었다.

"생각만으로 가상하다. 이렇게 큰 도시에 천막 만드는 공장이나 가게가 없을 리 없다. 나하구 지금 함께 나가서 가게를 찾아보기루 하자."

바울은 시장거리로 나섰다. 국제적인 도시답게 고린도는 시장의 규모도 컸고 고급스런 상품도 상점마다 많이 쌓여 있었다. 시장은 겐그레아 항구로 통하는 겐그레아 대로에 있었다. 바울은 시장 곳곳을 살피고 돌아다녔다. 다리가 아파 대로변에 있던 올리브나무 그늘에서 다리쉼을 하고 있는데 딴 곳으로 갔던 실라가 다가왔다.

"여기 계셨군요. 천막 파는 곳을 발견했습니다."

"어느 쪽이지?"

"저와 함께 가보시죠."

바울은 그가 안내하는 데로 따라갔다. 천막을 파는 상점들은 시장 북동쪽 아폴로 신전 가까운 곳에 있었다. 그중에서도 제법 큰 상점 안에는 전시장이 있고 전시장 옆으로는 수선장이 있었다. 오륙 명 기술자들이 천막 원단으로 뭔가를 만들고 있었다.

"어서오세요."

계산을 맞추고 있던 주인 여자가 인사를 했다.

"잠시 구경 좀 해도 될까요?"

"그러세요."

바울은 천막 원단들을 꼼꼼하게 살펴보고 남녀 기술자들이 일을 하고 있는 곳으로 갔다.

"범선 돛을 제작하고 있군요?"

바울의 말에 일하던 기술자들이 놀란 듯 바라보았다.

"제법 큰 돛인데요? 한번 봐도 될까요?"

"뭔 상관이시오?"

나이 지긋한 사내가 약간 불쾌하게 물었다.

"미안합니다. 간섭하자는 건 아니니 오해는 하지 마십시오. 다만 언뜻 보니까 마스트 꼭대기 부분에 걸어야하는 행거에 문제가 있습니다. 이렇게 제작이 되면 마파람에 오래 견디기 힘듭니다."

"나 이거야 당신이 뭘 안다구 나서는 거야? 천막 사러 왔으면 그거나 사가지구 가지?"

시커먼 구레나룻이 얼굴 아랫부분을 온통 덮고 있는 그 중년사내가 노골적으로 무시했다.

"우리 식대로 만들어도 돛을 맞춰가는 선주(船主)들은 다 좋다는데 당신이 무슨 상관이야?"

"죄송합니다. 가겠습니다."

인사를 하고 돌아서자 언제 왔는지 여자주인이 바울을 쳐다보았다.

"천막 기술자세요?"

"천막에 대해서 조금 아는 정도입니다."

"지금 지적하시는 거 보니까 상당히 전문적이신데요? 바람 방향에 따라 움직여주는 마스트 행거에 문제가 있다고 저도 평소에 생각을 하구 있었거든요? 왜냐하면 가끔 맞춰가는 선주들의 불만을 듣게 돼서요."

"…."

"기술적인 문제에 도움을 주실 수 없을까요?"

"전문가는 아닙니다만 정 그러시다면 도와드리지요."

바울은 그 상점에 취직이 되었다. 상점 이름은 <아굴라(Agulla) 천막상점>이었고 여자사장의 이름은 브리스길라(Priscilla, 혹은 Prisca)였다. 바울이 고마워하며 다시 물었다.

"천막을 만드는 공방이 따로 있지는 않은가요?"

"있지요. 우리 상점 뒤 쪽에 공방이 있답니다. 십여 명이 일을 하고 있어요."

취급하고 있는 품목이 여러 가지였다. 일반적인 천막 말고도 고린도는 두 개의 항구를 끼고 있어 선박용 돛도 생산하고 있었고 선박에 필요한 장식물, 때로는 낡은 돛을 맡기는 선주들이 많아 그 수선일도 많다는 것이었다.

천막 제작과 수선 기술을 본 주인 브리스길라는 바울에게 당장 반하여 궁금한 것들을 물었다.

"어디 사시고 성함이 뭔지 궁금하군요."

"저는 바울이라는 선교사이고 제 옆은 역시 동역자 실루아노 선교사입니다."

"선교사라면? 봐하니 히브리인 같으신데 유대교 선교를 하시는 분인가요?"

"아닙니다. 저는 예수 그리스도의 새복음을 전도하는 선교삽니다. 수리아 안디옥에서 파송되어 왔습니다."

"나사렛 예수를 믿는 크리스천이란 말인가요?"

오십 여세 되어 보이는 귀부인 타입의 주인 브리스길라는 놀라며 한편 반가운 표정을 지었다.

"부인께서 어떻게 크리스천이란 말을 아시지요?"

바울 역시 놀라워하며 물었다.

"로마에 살 때 예수님을 영접했습니다."

"부인께서는 유대인 같지 않은데요?"

"제 남편이 디아스포라 유대인이랍니다. 나는 로마인이에요. 남편 따라 시나고구 회당에 가서 예배를 드리긴 했지만 예수복음도 믿었습니다."

그 때 외출했던 여인의 남편이 돌아왔다. 부인이 소개했다.

"수리아 안디옥교회에서 선교차 고린도에 오신 분이랍니다."

"안디옥교회? 그 교회에 대해 소문은 들었습니다. 크리스천들이 모여서 예배를 드리는 예배당이라고 말이오."

"알아주시니 정말 반갑습니다. 그 교회에서 파송한 선교사 바울입니다."

"나는 아굴라입니다. 앙퀴라가 고향인 디아스포라 유대인입니다."

"말씀 들었습니다. 로마에 사셨고 예수님을 영접했다구요?"

"로마에서 천막사업을 했지요. 거기에도 시나고구가 여러 군데 있어 할례자들이 안식일 예배를 봅니다. 나도 할례는 받지 않았지만 유대인이기에 당연히 회당에 다녔습니다. 그런데 언제부터인가 크리스천들이 하나 둘 생겨났습니다. 우리 부부도 믿게 되었지요. 은밀하게 전도되어 그 숫자가 점점 많아졌습니다."

"예배는 양쪽 모두 따로 따로 딴 곳에서 보게 되었나요?"

"바로 그 문제 때문에 소란해지기 시작한 거지요. 예수교는 이단이며 그걸 믿는 자들은 불법이니 이단자들은 처단해야 하고 그런 자들은 모두 회당에서 몰아내야 한다며 유대인 할례자들이 들고 일어나 시나고구마다 소동을 피운 겁니다. 끌어내라, 안나간다, 나중에는 폭력사태까지 벌어졌습니다."

"안됐군요. 그리되면 로마 당국에 탄압의 빌미를 주게 될 텐데?"

"안 그래도 두 번에 걸쳐서 황제의 경고를 듣게 되었습니다. 더 이상 소란을 피우면 로마시에 있는 모든 유대인들은 다 내쫓을 거라구 말이오. 그런데도 소동이 가라앉지 않았습니다. 글라우디오 황제(로마 제4대 황제 재위AD 41-54년)는 유대인들의 분쟁이 로마 시내에 거주하는 다른 이민족들에게까지 영향을 주어 그들도 들고 일어날 수 있는 위험성을 초래하게 될지 모른다는 판단 아래 로마시 안에 거주하는 모든 유대인은 모조리 찾아내 추방해버리라고 명을 내렸습니다."

"그럼 두 분도 황제의 추방령 때문에 로마에서 나오신 거군요?"

"쫓겨났지요."

"고린도에도 추방된 동포들이 많은가요?"

"내가 만난 사람 중에는 열두어 명 됩디다. 선교사님께서는 안디옥에서 직접 이곳으로 오신 건가요?"

"아닙니다. 마게도냐로 가서 선교하라신 주님의 계시를 받고 드로아에서 빌립보로 건너왔지요. 많은 주님의 자녀들을 얻었습니다만 할례자 동포들의 대적과 핍박을 받아 여러 곳으로 옮겨 다니며 전도를 해야 했습니다."

바울은 마게도냐 지방의 빌립보와 데살로니가 그리고 베뢰아 그리고 아테네에 이르기까지 겪어온 고난의 역정을 털어 놓았다.

"정말 고생하셨군요. 이곳은 조금 덜 할지 모릅니다. 소란스러운 곳에서는 멀리 떨어진 곳이니까요. 그리고 고린도는 보수적인 도시가 아니고 국제적인 자유시이기 때문이지요. 듣자하니 천막 제작, 보수 기술에 탁월하시다니 우리와 함께 일을 하시고 전도사역을 계속하십시오."

"바울은 아굴라의 공장 뒤쪽에 딸린 작은방에 거처를 정하게 되었다. 뿐만 아니라 바울은 천막공장에서 일을 하게 되어 생활비도 벌어서 지내게 되었다. 바울은 브리스길라 부인의 권고로 그 집 공장에서 일하고 있던 헬라인 남녀 공원 일곱 명에게 세례를 베풀어 기독교에 입교시켰다. 브리스길라 부인은 남편 아굴라보다 현명하고 교육도 제대로 받은 지식 있는 여인이었다. 남편 아굴라는 평범한 디아스포라 유대인 무할례자 사업가였다. 대외적인 사업은 그가 하고 있었지만 사업의 모든 운영은 그녀가 하고 있었다. 브리스길라 부인은 유대인이 아닌 로마인 출신이었다. 장교였던 퇴역군인의 딸이었고 유복한 귀족집안에서 로마 중상류층 여성들이 받던 교육도 받은 여성이었다. 바울의 설교를 들은 그녀는 단번에 감화되어 바울의 열성적인 전도 동역자가 되어주었다. 막강한 원군을 얻은 셈이었다. 안식일이 되면 오전에는 유대인 회당인 시나고구에 나가 복음을 전하고 저녁에는 아굴라 공장 안에서 예배를 인도했다. 다행인 것은 고린도 시장 안의 시나고구에는 삼십여 명의 유대인 신도들이 나와 예배를 보았는데 바울의 설교에 크게 저항하거나 대적하는 신자들이 없다는 것이었다. 오히려 바울 일행에게 호의적이었다. 더 많은 설교를 해주기를 원했다.

"선생님, 불안합니다. 태풍이 일어나기 전에는 주변이 더 조용해지잖아요? 태풍전야 같아요. 할례자들이 왜 저렇게 조용하지요?"

에라스도가 불안하다며 바울에게 말했다.

"성령이 운행하게 되면 모든 혀가 조용해지는 법이야. 말씀 속에 성령이 내려와 역사하시는 걸로 보아야지. 이제 이곳에서는 자리를 잡았으니 디모데에게 연락을 했으면 싶은데?"

"그럼 제가 데살로니가로 가서 오시라고 전하겠습니다."

"그래주었으면 고맙겠네. 마게도냐 소식이 궁금하네."

에라스도는 즉시 데살로니가로 가는 배편을 알아보고 승선을 서둘렀다. 그가 떠나갔다. 한편 고린도에 온 뒤로 바울은 아주 소중한 동역자 세 사람을 얻게 되었다. 아굴라와 브리스길라 또 한 사람은 그리스보였다. 그리스보(Crispus)는 고린도 아고라의 유대인 회당 회당장이었다. 회당장은 아무나 그 직책을 맡는 게 아니었다. 존경받는 율법선생인 랍비가 맡는 게 보통이었다. 그처럼 완고한 랍비가 예수를 믿게 되었다는 것은 그야말로 획기적인 사건이었다.

그 역시 회심하기 전의 바울처럼 재림주(再臨主)가 천상에 있다는 건 믿고 있었다. 그 재림주는 마지막대에 최후심판을 위해 심판자로써 재림하게 된다고 생각해왔다. 그런 그의 고정관념을 바울이 깨버렸던 것이다. 천상의 재림주는 마지막대에 오는 게 아니라 지금 와있다. 그분이 바로 죽음에서 부활한 예수 그리스도라는 바울의 설파에 감화되어 예수를 영접하게 되었던 것이다. 회당에서의 전도는 바로 그리스보 회당장이 있었기에 안전하게 할 수 있었던 것이다. 그런데 회당장 그리스보의 개종은 바울 쪽에는 복음전도에 아주 큰 힘이 되었지만 유대인들에게는 용서할 수 없는 배교(背教) 행위로 보여 여론이 좋지 않았다. 거기다가 당장을 사임한 그리스보가 자신의 후임으로 천거하여 새 당장이 된 소스데네(Sosthenes)의 태도도 애매한 것이 문제가 되었다. 소스데네는 아무도 모르게 은밀하게 바울을 찾아와 개종하겠다는 결신(決信)을 보이고 세례를 받게 되었던 것이다. 그 비밀은 오래 가지 못했다. 배신감에 위기를 느낀 할례자 유대인들이 마침내 들고 일어날 기미를 보였다. 그로부터 한 달쯤 지난 어느 안식일이었다. 바울은 여느 날처럼 일행을 데리고 예배와 설교를 하기 위해 아고라의 시나고구를 찾았다. 회당 안으로 들어가려던 바울은 흠칫 뒤로 물러났다.

"왜들 이러시오?"

회당 안에서 십여 명의 할례자 유대인들이 지키고 서 있다가 바울을 잡았다. 그들은 밖으로 끌고 나갔다.

"왜 이러는지 이유나 압시다."

"잔소리 말고 앞장서라. 당신은 혹세무민의 이단 사교를 전염병처럼 퍼트려 고린도의 안녕과 질서를 무너뜨린 죄로 고발당하였다."

청년 중의 하나가 외쳤다. 그러더니 회당 뒤쪽에서 일단의 할례자들이 누군가를 잡아끌고 오고 있었다.

"놓아라. 난 회당장이다. 이 무슨 무례한 행동이냐?"

끌려나온 사람을 바라본 바울은 깜짝 놀랐다. 신임 회당장 소스데네였던 것이다.

"당신 역시 저자에게 포섭되어 예수쟁이가 되었으면서 우릴 속였다. 바울과 동일한 죄로 고발했으니 총독부 재판정으로 가자."

회당 앞은 몰려 온 유대인으로 삽시간에 가득 찼다. 누군가 로마인 관원 두 명과 창을 든 군인 세 명을 데리고 가깝게 다가 왔다.

"고발 당한 자는 누군가?"

관원 하나가 앞으로 나서며 물었다.

"이 자와 이 잡니다."

"네가 바울, 네가 소스데네인가?"

"그렇소만."

그러자 관원은 쥐고 있던 두루마리를 펼치며 소환장을 읽었다. 재판정에 출두하라는 것이다. 이윽고 바울은 소스데네와 함께 아고라 시장을 통과하여 아크로 고린도산을 앞으로하고 뻗어있는 겐그레아 대로로 끌려갔다. 유대인들 뿐 아니라 시민들까지 바울 일행을 둘러싸고 그 큰길을 꽉 채우며 걸어갔다. 한동안 걸어가던 무리들이 멈춰 섰다. 대로의 오른쪽 길가에 대리석 주랑들이 세워져 있고 돌층계가 나있으며 그 위쪽은 돌로 높게 쌓아 올려 만든 넓은 공간이 있었다. 그 바닥 중앙에 고급스런 의자가 표피(豹皮)에 쌓여 있었다. 그곳이 고린도시의 재판정인 베마(Bema)였다. 베마는 화강암이나 대리석으로 높게 쌓아올려 만든 로마의 공개 재판정을 말한다. 대소 재판이 이곳에서 열리게 되어 있었다. 두 사람은 재판정 밑에 세워졌고 그의 뒤에는 다섯 명의 로마병사가 호위하듯 지키고 있었으며 유대인들과 시민들은 그 주변에 물러서서 재판 열리기를 기다리고 있었다.

계단 위 오른쪽에 붉은 닭벼슬 같은 털이 매달린 은색투구를 쓰고 검정 갑옷을 입은 병사 하나가 나타나며 나팔을 길게 불었다. 재판 시작을 알리는 신호였다. 나팔소리가 멎자 두 명의 관원들이 왼쪽에 있던 서기석에 나와 앉았다. 다시 한 번 병사는 길게 나팔을 두 번 불었다. 로마 제국 아가야도 총독인 갈리오(Calius)가 재판관과 함께 나타났다. 고린도시는 그리스 아가야도의 수도였고 로마의 총독부가 있었다. 갈리오는 로마의 유명한 수사학자(修辭學者)였던 대 세네가(大Seneca)의 손자였고 아우구스투스 황제의 스승이었던 소(小)세네가의 아들이었다. 갈리오의 원래 이름은 노바투스(Novatus)로 코르도바에서 태어났다. 나중에 그의 아버지 세네가는 아들을 같은 수사학자였던 루키우스 갈리오집에 양자로 보내어 이름이 갈리오가 된 것이다. 그의 형은 시인이며 철학자였던 세네가 3세였으며 동생은 멜라(Mela)였다. 갈리오가 아가야총독으로 부임한 것은 불과 몇 개월 전인 AD 51년 5월이었다. 사십이 갓 넘은 교양과 학식이 남다른 관료였다. 신중하고 사려가 깊었다. 갈리오는 그 후 AD 65년 폭군 네로의 축출 쿠데타 음모에 참여했다가 발각되어 형 세네가와 함께 살해당한 인물이기도 했다. 팔자수염을 멋있게 기르고 있었는데 평소에도 그 수염 끝을 말아 올리는 버릇이 있었다. 갈리오가 의자에 앉았고 재판관은 옆에 서있었다. 이윽고 갈리오는 들고 있던 등채를 들어 올려 보였다. 재판을 시작하라는 신호였다. 재판관이 외쳤다.

"누가 고발자 아비브이고 누가 원고 바울과 종범(從犯) 소스데네인가?"

그러자 단 아래에서 바울을 연행해 온 관원이 한발 나서며 손으로 가리켰다.

"이 자가 고린도시의 모든 유대인을 대신해서 이 자를 고발한 고발자이며 옆에 있는 이 자가 고발당한 피고발자 바울과 그 종범입니다."

"너희 세 사람, 인정하는가?"

"예."

"고발장을 통하여 이 자가 어떤 죄를 범했으며 왜 고발하지 않으면 안

되었는지 조사를 해서 여기 계신 로마대제국 아가야도 총독이신 갈리오 각하께 보고 드려서 잘 아시고 계신다. 다만 이 재판은 공개 재판인고로 여기 모인 모든 시민들도 내용을 소상하게 알 필요가 있다. 고발인은 고발 내용을 진술하라."

그러자 오십 여세 되어 보이는 키가 작고 비만한 몸을 가진 사내기 입을 열었다.

"존경하옵는 총독각하! 저는 할례자 유대인으로써 시장에서 자영업을 하고 있는 유대교 신자입니다. 그런데 두 달 전부터 어디서 왔는지 모를 이단의 마귀 하나가 저희 시나고구에 들어와 흙탕물을 일으켜 저희들의 거룩하고 고유한 신앙을 뿌리째 흔들어 놓고 있습니다. 게다가 용서할 수 없는 것은 중죄자의 하나로 강도들과 함께 십자가형을 받고 죽은 예수가 만왕의 왕이라며 로마황제에 대한 신성모독을 하고 있는 것입니다. 위험하기 짝이 없는 주장이 아닙니까? 그래서 저희 고린도시에 거주하는 모든 유대인 이름으로 이 자를 고발하기로 한 것입니다. 무거운 처벌을 해 주십시오."

그의 진술이 끝나자 지켜보고 있던 유대인들이 옳소를 연발하며 마귀를 죽여야한다고 외쳐댔다. 그러자 재판관이 제지했다.

"조용히 하라. 조용! 그럼 고발당한 자의 변명을 들어 보겠다."

"변명 필요 없습니다. 들을 필요 없습니다. 처벌해 주십시오."

유대인들이 막았다. 하지만 재판관은 바울에게 변명의 기회를 주려했다. 그러자 재판장인 갈리오 총독이 자리에서 일어서며 바울의 진술을 듣고 싶지 않다는 듯 무시해버리고 위엄 있는 목소리로 판결을 내려버렸다.

"유대인들이 믿는 유대교는 당국이 인정을 한 종교이다. 그건 유대인들의 고유한 신앙을 인정해주었다는 뜻이다. 헌데 고발장을 읽어보니 고발자인 유대인들은 피고발자가 고린도시의 안녕과 질서를 문란케 하고 황제폐하를 모독한 것처럼, 그래서 유죄인 것처럼 주장하고 있으나 지금 바울 저 자의 죄에 대해 유무죄를 따질 필요가 없다는 것을 명백히 밝혀 두는 바이다. 이는 유대인들 사이에 일어난 너희들의 종교법과 서로 다른 언어와 명칭에 대한 시비이며 다툼이기 때문이다. 이는 어디까지나 유대인들끼리 해결해야할 일이다. 본 법정은 로마법을 어긴 범법자만 재판할 뿐이다. 그러므로 본 법정은 고발장을 기각하는 바이다."

판결을 내리고 갈리오는 재판관을 데리고 퇴장해버렸다. 그렇게되자 분노해 있던 할례자 유대인들은 어처구니없어 마치 닭 쫓던 개 지붕 쳐다보는 꼴이 되었다. 흩어지려던 그들은 아직도 남은 화를 풀지 못하고 바울과 소스데네 주위에 몰려들었다.

"총독이 죄가 없다고 판결했다 해서 네 죄가 없는 게 아니다. 유대인의 일이니 유대인끼리 해결하라 했을 뿐이다. 율법을 모독한 너 같은 사탄은 이 고린도에서 영원히 추방당해야 한다. 이 두 놈을 끌어다가 바다에 던져버립시다."

십여 명 장정들이 달려들더니 바울과 소스데네를 구타하기 시작했다. 얼굴이며 팔이며 가슴이며 다리를 가리지 않았다. 두 사람은 비명을 지르며 길 위에 쓰러졌다. 그때 실라가 로마병사 두 명을 데리고 나타났다. 실라가 로마어로 뭐라 하자 병사들이 달려들어 구타를 제지했다.

"더 이상 집단으로 폭력을 행사할 때는 전원 체포 구금할 것이다. 모두 해산하라."

병사 하나가 외치자 구타하던 자들이 뒤로 물러섰다. 실라가 쓰러진 바울을 일으켜 세웠다. 맞은 데가 아픈 듯 얼굴을 찡그리며 바울이 흙투성이가 된 상의를 벗어 소리 나게 털었다. 옷을 벗어 털었다는 것은 신발에 묻은 먼지를 털고 돌아섰다는 행동보다 더 강한 의미를 가지고 있었다. 장차 하나님의 심판을 받게 될 너희들과는 두 번 다시 상대하지 않겠다는 결별(決別)의 뜻이 들어 있었다. 그런 다음 바울이 외쳤다.

"더러운 너희들의 피는 너희들 머리로 돌아갈 것이요, 나는 깨끗하다. 이제부터는 이방인들에게로 돌아갈 것이다!"

바울의 이 선언은 그동안 할례자 유대인 위주로 전도사역을 벌여왔지만 이 순간 이후부터는 하나님의 계시대로 이방인 전도에 신명을 다 바치겠다는 각오를 드러낸 것이었다. 한편 바울은 총독 갈리오의 현명한 판결에 고마워했다. 갈리오 총독은 유대종교 내에서 파생되는 시비 갈등이나 싸움 등은 당국이 개입할 문제가 아니고 유대인 상호간에 스스로 해결해야 한다는 판례를 남기게 되었던 것이다. 더구나 그 판례는 로마제국의 실력자 중의 하나가 내린 판례이기 때문에 더 권위가 있었다. 그 판결은 바울의 어렵던 전도활동을 훨씬 용이하게 해주는 계기가 되었다. 극악스런 할례자의 고발이 줄어든 것이다. 바울은 일행들과 함께 아굴라 공장으로 돌아 왔다. 일행 중에는 회당장 출신 그리스보와 소스데네도 함께였다.

"큰일날 뻔 하셨네요. 많이 다치셨죠?"

집주인 브리스길라가 손발 씻을 물을 떠다놓으며 위로했다.

"어디 한두 번 당해봤나요? 난 괜찮습니다. 소스데네 당장님이 다치셨을 겁니다."

"아, 아닙니다. 저두 멀쩡합니다."

일행이 잠시 쉬고 있는 사이 손님이 찾아 왔다고 상점의 서기가 알려왔다.

"누구라더냐?"

브리스길라가 물었다.

"아시는 분인데요. 가이오 씨입니다."

"그래? 모셔드려."

잠시 후 오십 여세 되어 보이는 신사 하나가 들어왔다. 다른 사람들과는 다른 차림새여서 한눈에 봐도 로마인 부자처럼 보였다.

"바울 선생님이 여기 계신다구 해서 왔습니다. 걱정이 돼서요. 많이 다치시지는 않으셨는지?"

"다행히 무사합니다만 시종 현장에 계셨던 건가요?"

"아, 예. 눈뜨고는 못 볼 야만인들의 소동이었습니다. 이제 회당 예배에는 절대 참예하시지 않겠다고 선언하신 건 정말 잘하신 겁니다."

"그럼요. 다음 안식일부터는 우리 집 공장에서 예배를 보면 됩니다. 선생님, 그렇게 하세요."

브리스길라가 권하자 가이오가 나섰다.

"그래서 제가 온 것입니다. 나는 바울 선생님을 만나서 비로소 예수님을 영접하는 은혜를 입었습니다. 그 은혜 갚아야지요. 아시고 계시겠지만 우리 집은 한꺼번에 수백 명이 앉을 수 있는 정원 공터도 있고 백여 명이 함께 앉아 예배 드릴 수 있는 큰방도 있습니다. 안식일마다 개방하겠습니다. 저희 집을 이용해주십시오."

"오, 고맙습니다."

바울이 고개 숙여 인사했다. 실라가 점검한 바에 의하면 바울일행이 고린도에 도착하여 전도활동을 한지 두 달 쯤 지났는데 새신자가 된 신도들은 모두 삼십여 명이었다.그 가운데는 브리스길라 공장의 천막공 여덟 명과 유대인 회당에서 전도되어 개종한 할례자 여섯 명 그리고 로마인 다섯 명 나머지는 헬라인들이었다. 그중 대부분의 신도들은 사회적으로 비천하거나 경제적으로 가난하기 이를 데 없는 하층민들이었다. 그들은 하루하루 벌어서 연명하는 노동자들이거나 유력자의 집 노예들이거나 노예생활에서 해방된 속량인(贖良人), 그리고 과부들이 많았다. 아시아나 유럽이나 당시 과부가 많았던 이유는 작고 큰 전쟁과 전투가 끊임없이 일어나 남편들이 징집 당하여 전사하는 일이 많아서였다. 물론 하층민들만 있는 건 아니었다. 아굴라와 브리스길라같은 큰 사업가가 있는가 하면 글로에(Chloe)같은 부자 미망인 여성 무역업자도 있었다. 글로에 부인도 로마인 출신이었고 해상무역을 하여 두 군데나 해외지사를 가지고 있었다. 에베소 지사와 알렉산드리아 지사였다. 그런가하면 가이오 디도 유스도(Gaius Titus Justus)같은 로마인 부자들도 있었다. 이들은 모두 사업상 서로 잘 알고 지내는 브리스길라 부부와 가까운 사이였고 그래서 부부의 권유로 자기 집 예배에 참석했다가 바울의 복음 선포에 무릎을 꿇게 된 사람들이었다.

이윽고 바울이 한 마디 했다.

"하나님께서 기뻐하실 것입니다. 이렇게 하는 게 어떨는지요? 안식일 예배는 두 군데로 나누어 드렸으면 합니다."

"두 군데라니요?"

"한 군데는 지금까지처럼 이곳 아굴라 상점 공장 안에서 드리고 또 한 군데는 가이오 디도 유스도 댁에서 드리기로 하는 게 좋겠습니다."

"신자가 많지도 않은데 왜 나누시려고 하죠?"

"한 군데로 고정시키면 적대하는 할례자들의 시선이 집중됩니다. 그래서 나누자는 것도 있지만 가정교회가 몇 군데 만들어지면 전도의 영역을 더 넓힐 수 있는 장점도 있습니다."

"그럼 설교는 어찌하시렵니까?"

"가이오 유스도댁의 교회는 제가 맡고 아굴라댁 교회는 실라 선교사가 맡으면 될 겁니다. 모두 어떠신지요?"

"어련히 알아서 정하셨겠습니까? 좋습니다."

디도 유스도는 갈이오의 본 이름이었다. 그는 로마인이었으며 고린도 외항인 겐그레아에서 3척의 큰 화물선을 가지고 해운업을 하는 부자였다. 그의 집은 격식을 갖춘 대저택이었다. 여러 개 방 중에서 하나를 예배당으로 내 놓겠다 한 것이다.

"예배 뿐 아니라 바울 선생 일행들도 우리 집에 머무시는 게 좋을 듯 싶습니다, 그렇게 하십시오."

가이오가 강권했다.

"고맙습니다만 숙소는 스데바나 형제 댁으로 이미 옮기기로 정했습니다."

스데바나(Stephana)는 아굴라의 천막공장에서 일하는 디아스포라 유대인 기술자였다. 할례는 받지 않았지만 시나고구에 다니며 유대교를 신봉하고 있었다. 그런데 바울의 설교를 듣고 가장 먼저 바울에게 개종하여 그리스도 교인이 되겠으니 받아 달라 하였다. 바울은 그에게 세례를 베풀었다. 스데바나는 고린도 교회의 첫 열매가 된 것이다. 그 후 고린도 교회가 자리를 잡고 신도들의 수가 계속 불어나게 되었어도 바울은 스스로 성도들에게 세례 주는 경우가 드물었다. 누구는 주고 누구는 안 해주느냐는 불평이 일어날까 저어해서였다. 스데바나의 집은 아폴로 신전 부근에 있었다. 그의 집 뒤에는 아굴라 천막상회가 사용하는 제법 큰 창고 건물이 있었다. 아굴라의 허락을 받아 그 건물을 예배당으로 쓰기로 하고 바울 일행도 숙소를 그 집으로 옮기기로 했다. 이사를 마친 바울은 일행과 함께 스데바나와 그리스보 전 시나고구 회당장을 불러 의논하게 되었다. 바울이 당부했다.

"이곳 스데바나 성전은 고린도 교회의 중심이 되어야 합니다. 모교회(母敎會가 되어야 한다는 뜻입니다. 고린도 안에는 여러 개의 가정교회가 만들어 질 것입니다. 폭넓은 전도를 위해서입니다. 교회들이 공동으로 해야 하는 일이나 예배가 있을 때에는 모두 연합하여 모여서 집회를 하면 될 겁니다. 그래서 말씀인데 그리스보 당장께서 이곳 감독을 맡아주시면 고맙겠습니다."

"아, 아닙니다. 감히 나처럼 무지하고 능력이 없는 사람이 어떻게 사도님의 기대에 부응할 수 있는 감독 목회자가 될 수 있습니까? 차라리 내 후임으로 시나고구 회당장을 하던 소스데네 당장을 내세우시는 게 어떻겠습니까?"

"소스데네 당장님은 따로 하셔야 할 일이 있으니 너무 사양하지 마시고 맡아주십시오."

그제야 그리스보는 마지못해 스데바나 가정교회의 감독목사를 맡았다. 그렇게 되어 자리가 잡히자 시나고구 회당의 그리스보 당장의 후임이었다가 배교자(背教者)로 몰려 쫓겨났던 전 당장 소스데네를 찾아갔다.

"사도님이 어인 일이십니까?"

"당장님, 나와 함께 가실 데가 있습니다. 나서시지요."

"어딜 가시자는 거지요?"

"가보시면 압니다."

바울은 실라와 그리고 소스데네를 대동하고 큰길로 나서서 레기온 항구 쪽으로 갔다. 종려나무 숲으로 뒤덮인 큰 저택이 나타났다.

"저 집은 글로에 사장님댁 아닙니까?"

소스데네가 눈을 크게 뜨고 바울을 바라보자 바울은 고개를 가볍게 끄덕이고 저택 안으로 들어갔다. 마침 집주인인 글로에(Chloe) 부인이 바울을 반갑게 맞아주었다. 글로에 부인은 브리스길라 부인이 소개해서 알게 된 여성 사업가였다. 사업을 하는 유력한 여성들이라 서로 친밀하게 지내고 있었다. 바울은 찾아온 용건을 털어 놓았다.

"아굴라 가정교회에 예배 와주셔서 항상 고맙게 생각합니다. 주의 은총이 함께 하실 겁니다."

"예수님을 영접케 해주신 사도님께 언제나 감사하고 있습니다."

“아시아에서 마게도냐로 건너와 주님의 명령대로 전도에 심혈을 기울였는데도 가는 곳마다 할례자들이 반대하고 대적하고 때로는 폭력까지 휘두르는 바람에 한 곳에서 2주 이상을 버텨내지 못했습니다. 빌립보에서도 그랬고 데살로니가, 베뢰아에서도 그랬으며 아덴에서도 그랬습니다. 결국 고린도까지 왔는데…, 두려웠습니다. 발도 못 붙이고 며칠 만에 다시 내 쫓김을 당할 것 같은 두려움에 가득 차 있었지요.”

“그러셨군요. 이곳에서도 할례자들의 고소를 받아 총독의 재판정에 끌려가시지 않았나요? 하지만 다행히도 현명한 총독을 만나 문제 삼지 않아 다행이에요. 앞으로는 그렇게 못할 겁니다. 고린도에서는 오랫동안 주님의 일을 하셔도 될 것입니다.”

“고맙습니다. 다행입니다. 고린도는 성령님께서 함께 하시며 나의 전도를 도와주고 계신 듯 해서요. 게다가 내 일처럼 도와주시는 분들이 많아 얼마나 고마운지 모릅니다. 그 중에도 아굴라 내외분 그리고 가이오 디도 유스도씨와 글로에 부인 같으신 분이 주님을 도와주고 계시니 얼마나 든든합니까?”

“저야 뭐 도와드린 게 있나요?”

“제가 여기 소스데네 당장님을 모시고 온 이유가 있습니다.”

“말씀해 보시지요.”

“고린도는 큰 도시입니다. 제가 여기 온지 두 달이 채 되지 않았는데 백여 명의 새 성도가 생겨나 절 기쁘게 했습니다. 예배당도 세 군데나 생겨났습니다. 아굴라 브리스길라 천막 상회의 집과 가이오댁과 스데바나 집 등 세 군데입니다. 예배당은 성도들이 모이기 쉬운 집이면 좋을 것 같았습니다. 글로에 상사(商社)에도 십여 명이 넘는 성도들이 있으니 지금처럼 여사님 댁에서 예배를 드리면 좋겠습니다.”

“당연하지요.”

"소스데네 당장님을 담임감독으로 하여 예배당의 기초를 다져나갔으면 합니다."

"그래서 당장님이 오셨군요? 좋습니다. 환영합니다."

그렇게 하여 글로에의 집에도 가정교회가 생겨나게 되었다. 바울은 한 군데 교회에 머물지 않고 그 네 군데 교회를 돌아가며 설교를 하고 성도들을 양육했다. 자기가 갈 수 없으면 실라를 보내 가르치고 보살피게 했다. 바울은 주로 아굴라 천막공장에서 일을 하며 안식일 예배는 가이오의 집 교회에서 인도했다.

참고문헌

1. Paul by Bornkamm
2. Saint Paul by M. Grant
3. Antioch and Rome by R.E. Brown
4. Paul by John W.Drane
5. St Paul the Traveller and the Roman ctizen by W. Ramsay
6. St Paul's Epistle to the Galatians by J.B Lightfoot
7. PAUL - A man of Grace and Grit by Charles R Swindoll I 곽철호 譯
8. An introduction to the study of Paul   by David G. Horrell I 윤철원 譯
9. The Mind of St Paulby William Barclay I 박문재 譯
10. The Pre Christian Paul by Martin Hengel I 강한표 譯
11. 바울의 생애 I 권오현 著
12. 바울의 편지 I 권오현 著
13. 예수. 바울. 요한 I 유동식 著
14. 신약주해 옥중서신 I 이상근 著
15. 원시 기독교와 바울 I 전경연 著
16. 바울서신 해석 I 서중석 著
17. 바울의 행전 I 조지연 著
18. 사도 바울의 신학 I 도양술 著

19. 사도행전 강해 I 김기수 著

20. 로마서 연구 I 전경연 著

21. 고린도 서신의 신학논제 I 전경연 著

22 바울의 마지막 항해와 로마세계 I 전경연 譯

23. 승리자 바울 I Donald Miller 著 I 심재원 譯

24 바울과 예수 I Ebehard Jungel 著 I 허혁 譯

25. 터키 성지순례 I 이승수 著

26. 초대교회의 복음전도 I M. Green 著 I 홍병룡 譯

27. 바울의 생애와 신학 I Robert Reymond 著 I 원광연 譯

28. 초대교회의 생활 I John Drane 著 I 이종수 譯

29. 사도 바울로의 생애 I 정양모 著

30. 위대한 여행 – 사도 바울로의 발자취 따라 I 정양모 著

31. PAULO di Tarso I Romano Penner 著 I 성염 譯

32. 바울로의 고백 I C.M. 마르티니 著 I 서정화 譯

33. 바오로 서간과 신학 I Stanley R.Marrow 著 I 안소근 譯

34. 오늘 함께 걷는 바오로 I Carlos Mesters 著 I 김수복 譯

35. 바오로의 편지 I 존 F. 오그레디 著 I 박태식 譯

유현종 장편소설
사도 바울 【상】

지은이 | 유현종
펴낸이 | 최병식
펴낸날 | 2016년 6월 15일
펴낸곳 | 주류성출판사 · 시타델
주소 | 서울특별시 서초구 강남대로 435, 주류성빌딩 15층
전화 | 02-3481-1024(대표전화)　팩스 | 02-3482-0656
홈페이지 | www.juluesung.co.kr

값 12,800원

ISBN 978-89-6246-278-4 04810
ISBN 978-89-6246-277-7 04810 (세트)